BASTEI
LÜBBE

Taschenbücher von LINDA LAEL MILLER
im BASTEI-LÜBBE-Programm:

18 100 Wer das Paradies nur finden will
18 101 Wer ein Lächeln des Glücks einfängt
18 102 Wer dem Zauber der Liebe verfällt
18 103 Wer dem Weg des Herzens folgt . . .
18 104 Wie der Glanz des silbernen Mondes . . .
18 105 Wie das helle Feuer der Sterne
18 106 Lily und der Major

Linda Lael Miller

Emma und der Rebell

Roman

Ins Deutsche übertragen
von Katharina Braun

Bastei Lübbe

BASTEI-LÜBBE-TASCHENBUCH
Band 18 108

Erste Auflage:
August 1992

This edition is published by arrangement with the original publisher, Pocket Boock, New York.
Deutsche Lizenzausgabe 1992
Bastei-Verlag Gustav H. Lübbe GmbH & Co., Bergisch Gladbach

Originaltitel: Emma and the Outlaw
Lektorat: Katharina Woicke
Titelillustration: Sebastian Boada, Norma Agency, Barcelona
Umschlaggestaltung:
Quadro Grafik, Bensberg
Satz: KCS GmbH,
2110 Buchholz/Hamburg
Druck und Verarbeitung:
Brodard & Taupin,
La Flèche, Frankreich
Printed in France

ISBN 3-404-18108-5

Prolog

Beaver Crossing, Nebraska
10. Dezember 1865

Emma Chalmers stand zwischen den anderen Waisenkindern in der beißenden Kälte auf dem Bahnsteig und wappnete sich gegen die Aussicht, von Lily getrennt zu werden. Die Kleine, die mit sechs ein Jahr jünger war als Emma, klammerte sich an die Röcke ihrer Schwester, die braunen Augen ganz groß vor Angst. Caroline, ihre älteste Schwester, war schon bei einem Halt in Lincoln adoptiert worden, und Lily war damit alles, was Emma noch geblieben war, außer der kleinen Fotografie von ihnen allen, die in ihrer Kitteltasche steckte.

Die hagere kleine Frau, die ihnen gegenüberstand, musterte Emma von Kopf bis Fuß, dann sagte sie zu dem Zugführer: »Ich nehme die kleine Rothaarige hier.«

Vor Schreck brachte Emma kein Wort heraus, ihr Arm schloß sich schützend um Lilys schmale Schultern. »Nehmen Sie meine Schwester auch«, flehte sie. »Bitte, Madam – ich kann Lily nicht allein weiterfahren lassen.«

Die Frau schnalzte verächtlich mit der Zunge. »Ich kann froh sein, wenn ich *ein* Mädchen bekomme, das mir bei der Hausarbeit hilft«, erwiderte sie. »Mr. Carver würde mir ein blaues Auge schlagen, wenn ich gleich zwei nach Hause brächte.«

Daraufhin hob der Zugführer Lily hoch und trug sie – obwohl sie wie wild strampelte und schrie – von Emma fort und in den Zug. Die Trennung war so brutal, daß Emma sich für einen Moment nicht rühren konnte. Lily war doch noch so klein! Wer würde sich nun um sie kümmern? Wer würde sie vor den frechen Waisenjungen schützen, die sich ein Vergnügen daraus machten, Lily zu ärgern?

Emma rührte sich nicht; sie stand wie angewurzelt auf dem Bahnsteig. Tränen der Verzweiflung in den blauen Augen. Sie wollte protestieren, wollte schreien, so laut sie konnte, aber sie ahnte, daß diese Mrs. Carver sie schlagen würde, falls sie es tat.

»Komm jetzt! Mr. Carver ist im Saloon, und er wird wütend, wenn man ihn warten läßt«, sagte die fremde Frau, die ein verwaschenes Kattunkleid trug, einen zerdrückten Hut und einen Umhang, der aussah, als stammte er vom Trödler. »Ich würde dir nicht raten, Ben zu verärgern. Er wird sehr schnell zornig.«

Ein schriller Pfiff, und aus dem Schornstein der Lokomotive kam zischend Dampf heraus. Emma drehte sich um und versuchte, Lily an einem der Fenster des Passagierwagens zu sehen, aber sie konnte sie nirgendwo entdecken.

Mit hängenden Schultern folgte sie Mrs. Carver über die schneebedeckten, rutschigen Stufen, die vom Bahnsteig hinunterführten. Die eisige Kälte drang durch ihr dünnes Kleid und ihren Mantel, aber das spürte Emma nicht; sie fühlte nichts als den herzzerreißenden Schmerz, der ihr in seiner Intensität fast den Atem raubte.

»Haben Sie schon wieder ein Mädchen adoptiert, Molly?«

Emma schaute an Mrs. Carver vorbei und bemerkte eine elegant gekleidete Frau in einem grünen Samtumhang und einem federbesetzten Hut.

»Und wenn es so wäre, Chloe Reese?« entgegnete Mrs. Carver schnippisch und schob sich vor Emma, als könnte sie das Mädchen so vor den Blicken der anderen verbergen.

Doch die schöne, elegante Frau griff an Mrs. Carver vorbei und strich Emma über das Haar, in dem sich die dicken Schneeflocken verfangen hatten. »So ein hübsches kleines Mädchen.«

»Sie sieht jedenfalls kräftig genug aus, um zu arbeiten«, versetzte Molly mürrisch.

Wieder ertönte ein schriller Pfiff, und der Ton schnitt wie ein Messer in Emmas Herz. Sie drehte sich noch einmal um, und diesmal sah sie Lilys blasses Gesicht an einem der Fenster. Das kleine Mädchen preßte die Nase gegen die schmutzige Scheibe und hielt verzweifelt Ausschau nach Emma.

»Die arme kleine Alice, die du dir beim letztenmal geholt hast, hast du anscheinend schon verbraucht«, sagte Miss Reese in vorwurfsvollem Ton, während sie ihre Handtasche öffnete. Molly Carver erwiderte nichts darauf, aber Emma sah, daß sie beide Hände zu Fäusten ballte. »Nimm sie nicht mit nach Hause, Molly«, fuhr Chloe etwas sanfter fort. »Du weißt doch, was Benjamin ihr antun wird!«

Emma hatte das Gefühl, daß eine kalte Hand über ihren Rücken strich. Schaudernd dachte sie an den Soldaten, der bei ihrer Mutter wohnte und wie er sie immer auf dem Schoß hatte halten wollen, wenn keiner in der Nähe gewesen war. Emma spürte, daß etwas Wichtiges vorging zwischen diesen beiden fremden Frauen, die so verschieden voneinander waren.

Emma riß erstaunt die Augen auf, als sie Miss Reese einen Geldschein aus ihrer mit Goldborten besetzten Tasche nehmen sah. »Hier, Molly. Nimm das und sag deinem Mann, es wären diesmal keine guten Waisenkinder dabeigewesen.«

Molly Hand zitterte, als sie nach dem Geld griff. »Willst du eine Hure aus ihr machen?«

Emma hielt den Atem an. Sie hatte gehört, wie ihre Mutter von einigen Männern so bezeichnet wurde, obwohl sie alle Kathleen doch recht gern zu haben schienen. Sie wußte, daß das Wort etwas Schlechtes zu bedeuten hatte.

Chloe Reeses smaragdgrüne Augen glitten prüfend über Emmas kleine Gestalt, und sie lächelte sanft. »Ich glaube nicht«, sagte sie leise. »Eigentlich habe ich mir schon immer ein kleines Mädchen für mich selbst gewünscht.«

Mollys abgetragene Schuhe knirschten auf dem Schnee, als sie sich, Chloes Geld in der Hand, zum Gehen wandte.

»Komm jetzt«, forderte Chloe Emma freundlich auf. »Wir werden zusehen, daß du etwas zu essen und etwas Anständiges zum Anziehen bekommst. Ich bin überzeugt, daß du ein sehr hübsches Mädchen sein wirst, wenn wir dich umgezogen und gekämmt haben.«

Hinter ihnen setzte sich der Zug ratternd in Bewegung.

Mit Tränen in den Augen blieb Emma stehen, um ihrer Schwester zuzuwinken. Lily, die sie endlich unter den vielen Menschen entdeckt hatte, winkte zurück.

»War das deine Freundin?« fragte Chloe, als sie Emma zu einem hübschen zweisitzigen Wagen führte.

Emma konnte nichts erwidern. Ihre Kehle war wie zugeschnürt angesicht des schrecklichen Verlusts, den sie erlitten hatte. Zuerst Caroline, und nun Lily. Sicher mußte Lily schon wieder – sie hatte die peinliche Angewohnheit, immer im unpassendsten Moment auf die Toilette zu müssen –, und diese ungezogenen Bengel im Zug würden sie dann wieder ärgern.

»Sei nicht traurig«, sagte Chloe, die selbst an diesem kalten Dezembertag einen angenehmen Blumenduft um sich verbreitete. »Du wirst andere Freundinnen finden, wenn wir in Whitneyville sind. Es liegt in Idaho, meine Kleine.«

Emma saß verwirrt und fröstelnd neben ihrer Wohltäterin im Wagen und hoffte inbrünstig, daß sich irgend jemand irgendwo um Lily kümmern würde. Sie war doch noch so klein und bisher noch nie allein gewesen ...

»Sehr gesprächig bist du nicht«, bemerkte Chloe, als sie die Zügel auf den Pferderücken klatschen ließ und das Tier sich in Bewegung setzte.

Traurig dachte Emma an die unzähligen Gelegenheiten, bei denen Mama sie auf den Mund geschlagen hatte, weil sie zuviel geredet hatte. »Nein, Madam«, erwiderte sie, ihre Stimme rauh vor ungeweinten Tränen. »Grandma sagte immer, ich könnte sogar eine Vogelscheuche aus der Ruhe bringen.«

Chloe lachte schallend, was nicht sehr damenhaft klang, aber Emma hatte längst erraten, daß Chloe keine Dame war. »Du hattest also eine Großmutter? Wieso warst du dann im Waisenkinderzug, wenn du Familie hast?«

Die Frage schmerzte. Emma straffte ihre Schultern und fuhr sich mit dem Mantelärmel über Augen und Nase. »Grandma starb im letzten Winter. Danach lernte Mama einen Soldaten kennen, und der wollte uns nicht. Er verlangte von ihr, daß sie uns in den Zug setzte, und das hat sie getan.«

Chloe bemühte sich, ihr Mitleid zu verbergen, was sie in Emmas Augen noch viel sympathischer machte. *»Uns?«* wiederholte sie leise. »Wie viele von euch waren denn auf dem Zug?«

»Drei«, antwortete Emma verzagt. »Caroline wurde gestern adoptiert, in Lincoln. Lily ist noch im Zug.«

»Ist Lily älter als du?«

Emma schüttelte den Kopf. »Lily ist erst sechs, und ich bin sieben.« Nervös suchte sie den Zettel, den die Frau in dem Waisenhaus in Chicago an ihren Mantel geheftet hatte und auf dem die Nummer Zweiunddreißig stand. Emma riß ihn ab, zerknüllte ihn und warf ihn in den schmutzigen Schnee am Straßenrand.

»Lieber Gott«, murmelte Chloe, mehr zu sich selbst, als zu Emma. »Was müssen das für Leute sein, die kleine Kinder in den Westen schicken, damit sie Männern wie Benjamin Carver zum Opfer fallen?«

Emma schwieg, weil sie wußte, daß keine Antwort von ihr erwartet wurde – sie hätte auch keine darauf gehabt. Sie konnte nun wieder den Zug in der Ferne rattern hören und hätte am liebsten laut geschrien.

Die Geschäfte der betriebsamen Prärieansiedlung befanden sich alle auf einer Seite der schlammigen schmalen Straße, die durch Beaver Crossing führte. Im Vorbeifahren betrachtete

Emma die ausgestellten Waren, die Hüte und Kleider, aber in Wirklichkeit schaute sie durch sie hindurch und sah nur ein kleines Mädchen mit blondem Haar und großen, ängstlichen Augen, das ganz allein in einem Zug nach Westen saß.

»Es wird ihr nichts passieren«, sagte Chloe beruhigend und nahm die Zügel in eine Hand, um Emma die andere auf die Schulter zu legen. »Der Herrgott paßt auf die Kinder auf. Hat er nicht auch dafür gesorgt, daß ich zufällig am Bahnhof war, um eines meiner Mädchen zu verabschieden, als du ankamst?«

Emma konnte weder Chloes Logik folgen noch der des Herrgotts, aber sie schaute ihre Wohltäterin mit argwöhnischem Interesse an. »Haben Sie noch andere Mädchen außer mir?«

Chloe lächelte und brachte den Buggy vor einem großen Haus zum Halten. Die Worte auf dem vergoldeten Schild über der Tür konnte Emma nicht lesen, aber sie war ein Mädchen aus der Stadt und erriet, daß es sich um ein Hotel handeln mußte. »Ja, ich habe noch andere Mädchen«, antwortete Chloe. »Aber sie sind nicht meine Töchter, wie du es von jetzt an sein wirst.« Dann brach sie ab. »Du lieber Himmel, ich weiß ja nicht einmal, wie du heißt!«

»Emma«, sagte das kleine Mädchen höflich. »Emma Chalmers.«

Chloe reichte ihr eine behandschuhte Hand. »Ich freue mich, dich kennenzulernen, Emma Chalmers. Ich bin Chloe Reese, falls du es vorhin nicht gehört haben solltest.« Sie befestigte die Zügel geschickt an der Bremsvorrichtung des Buggys, raffte mit einer Hand ihre Röcke und ihren Umhang und kletterte vom Wagen. »Komm, Emma. Du bist viel zu dünn. Es wird Zeit, daß du etwas Gutes zu essen bekommt.«

Emmas Kehle war wie zugeschnürt, sie wußte, daß sie nichts herunterbringen würde beim Gedanken, daß Lily den ganzen Tag nichts anderes zu essen und zu trinken bekam, als einen verschrumpelten Apfel und ein Glas kalten Tee. »Ich . . . ich habe keinen Hunger«, flüsterte sie, als sie vom Buggy kletterte und auf die Straße trat.

Ihre Retterin berührte Emmas kalte Wange. »Du möchtest deine Schwestern bestimmt gern wiederfinden?«

Emma nickte. »O ja, Madam. Ich habe Caroline versprochen, mich an alles Wichtige zu erinnern . . .«

»Und dafür mußt du gesund und kräftig bleiben, nicht wahr?« fuhr Chloe lächelnd fort.

Emma dachte über ihre Worte nach, dann schluckte sie und nickte zustimmend. Sie konnte Lilys Los nicht erleichtern, indem sie selbst hungerte. »Ja, Madam«, sagte sie leise.

Chloe führte sie in das Hotel, und kurz darauf saßen sie an einem Tisch, der mit einem schneeweißen Tuch gedeckt war. Chloe zog ihre Handschuhe aus, legte sie beiseite und lächelte Emma an. »So, und jetzt sag mir, was du am liebsten tust.«

Ein köstlicher Duft drang aus der Küche, als eine Frau mit einem Block und einem Stift in der Hand an ihren Tisch trat. Und da wurde Emma erst bewußt, wie hungrig sie war.

»Essen«, beantwortete sie Chloes Frage eifrig.

Chloe lachte. »Und was sonst noch? Zeichnest du? Oder reitest du gern?«

Emma schüttelte den Kopf. »Ich kann nicht viel – außer fegen und singen und auf Lily aufpassen, damit ihr nichts geschieht.«

Ein trauriger Ausdruck huschte über Chloes hübsches Gesicht, aber das Bestellen lenkte sie für einen Moment ab. Sie forderte die Kellnerin auf, zweimal Hühnchen zu bringen, Kaffee für sie selbst und ein großes Glas Milch für Emma.

Als das Essen kam, konnte Emma es lange Zeit nur stumm anstarren und daran denken, wie Lilys braune Augen beim Anblick einer solchen Festmahlzeit aufgeleuchtet hätten. Und Caroline hätte sich bestimmt mit ihnen um die Schenkel gestritten . . .

Emmas Hand zitterte, als sie die Gabel in die Hand nahm. Ihre Mutter und den Soldaten vermißte sie nicht, aber was sollte sie ohne ihre Schwestern tun?

1

Whitneyville, Idaho, 15. April 1878

Das schrille Pfeifen des Zugs vergrößerte Emmas Verzweiflung noch, als sie bei den letzten Zeilen von *Anna Karenina* angekommen war, und mit Tränen in den Augen klappte sie das Buch zu. Dann trocknete sie hastig ihre Tränen und strich den Rock ihres braunen Satinkleids glatt.

Einen Stapel frischbedruckter Plakate unter dem Arm, ging sie zur Tür. Die Leihbücherei war leer, aber Emma machte sich nicht die Mühe abzuschließen, denn niemand, den sie kannte, wäre so tief gesunken, ein Buch zu stehlen.

Für einen kurzen Moment sah sie ihre schlanke Silhouette im blitzsauberen Fenster des Krämerladens, dann beschleunigte sie ihren Schritt, weil sie die Erfahrung gemacht hatte, daß einige der Zugführer und Postkutschenfahrer ihr aus dem Weg gingen, wenn sie es konnten.

Als sie am Yellow Belly Saloon mit der schiefen Veranda und dem abblätternden Fassadenanstrich vorbeikam, drang der aufdringliche Geruch von Whiskey, Bier und Schweiß zu ihr hinaus. Emma ging noch schneller und stürmte schließlich recht undamenhaft mit großen Schritten und gerafften Röcken über die schmutzige Straße.

Der Bahnhofsvorplatz war mit ankommenden und abreisenden Passagieren überfüllt. Schweine, Pferde und Hühner in Kisten warteten darauf, in den Zug verfrachtet zu werden.

So unauffällig wie möglich drängte Emma sich durch die Menschen und hielt mit geübtem Auge Ausschau nach dem Zugführer. Ein korpulenter Mann mit gerötetem Gesicht und vollem weißem Haar stand halb verborgen hinter einer Ladung Konservendosen, die für Whitneyvilles Kolonialwarenladen bestimmt waren.

Emma näherte sich ihm und räusperte sich. »Einen schönen guten Tag, Mr. Lathrop«, begann sie höflich.

Der Mann nickte ihr zu. »Miss Emma.« Seine braunen Augen blickten freundlich und eine Spur bedauernd. »Ich fürchte, heute habe ich keine Nachricht für Sie. Es sieht fast so aus, als gäbe es keinen Menschen in diesem Teil des Landes, der etwas über ihre Schwestern weiß.«

Obwohl sie mit dieser Antwort gerechnet hatte – seit fast vierzehn Jahren bekam sie keine andere – wurde Emma für einen Moment von tiefster Niedergeschlagenheit erfaßt. »Wenn Sie bitte trotzdem auf jeder Station einen dieser Zettel aufhängen würden . . .«

Mr. Lathrop nahm eines der bedruckten Blätter und betrachtete es prüfend.

BELOHNUNG! 500 DOLLAR IN BAR!
Für jede Information, die dazu beitragen könnte
MISS CAROLINE CHALMERS
(dunkle Augen, dunkles Haar)
und
MISS LILY CHALMERS
(braune Augen, blondes Haar)
zu finden.
Bitte setzten Sie sich mit MISS EMMA CHALMERS
bei der Whitneyville Lending Library in Whitneyville,
Idaho, in Verbindung.

»Vielleicht hätte ich noch ›Danke‹ daruntersetzen sollen«, bemerkte Emma besorgt, als sie über Mr. Lathrops breite Schulter hinweg noch einmal ihre Nachricht las.

Der Zugführer lächelte. »Es kommt klar genug zum Ausdruck, daß Sie für jede Hilfe dankbar wären, Miss Emma.«

»Manchmal kommt es mir so sinnlos vor, so hoffnungslos«, erwiderte sie seufzend. »Genau wie der Schluß von *Anna Karenina*. Haben Sie das Buch gelesen, Mr. Lathrop?«

»Nicht, daß ich wüßte, Miss Emma«, erwiderte er verblüfft. »Wissen Sie, wenn man sein Leben auf den Eisenbahnschienen verbringt, kommt man nicht zum Lesen.«

Emma nickte. »Das kann ich mir vorstellen. Die Fahrtgeräusche müssen doch sehr störend sein.«

Es war Mr. Lathrops Aufgabe, dafür zu sorgen, daß die Tiere und Menschen ihre Plätze in seinem Zug fanden. Deshalb verließ er Emma, nachdem er sich freundlich von ihr verabschiedet hatte. Jedes Weihnachten schenkte Emma ihm ein Paar selbstgestrickte Socken und eine Schachtel Walnußpralinen, aber jetzt fragte sie sich, ob das eine ausreichende Belohnung für einen Mann sein mochte, der sich mit solcher Beharrlichkeit bemühte, ihr zu helfen.

Sie blieb noch eine Weile stehen und betrachtete die ein- und aussteigenden Passagiere, denn die Hoffnung, einmal eine ihrer Schwestern unter ihnen zu erblicken, hatte sie nie ganz aufgegeben. Als sie schließlich enttäuscht weiterging, wäre sie fast gegen eine Rampe gelaufen – und gegen den Mann und das Pferd, das die Rampe hinunterkamen.

Mit einem erschrockenen Ausruf sprang Emma zurück, und der Mann im Sattel tippte lächelnd an den Rand seines ausgebeulten Huts. Er sah aus wie ein heruntergekommener Cowboy, nichts an ihm erinnerte an einen Gentleman, und doch verspürte Emma ein gar nicht unangenehmes Prickeln im Magen, als sie den Blick des Mannes erwiderte.

»Passen Sie doch auf!« sagte sie entrüstet.

Mit einer kaum wahrnehmbaren Bewegung zügelte der Mann das nervöse Pferd und führte es auf die schlammbedeckte Straße. Er schien es amüsant zu finden, daß Emma Anstoß an seinem Verhalten genommen hatte, denn er grinste sie frech an. Strahlend weiße Zähne blitzten in einem sonnengebräunten, stoppelbärtigen Gesicht.

Dann machte er eine angedeutete Verbeugung vor ihr. »Ich bitte vielmals um Verzeihung, Mylady«, sagte er spöttisch, bevor er lachend weiterritt.

Emma strich sich übers Haar, raffte seufzend ihre Röcke und machte sich auf den Heimweg. Anscheinend bemühte sich heutzutage niemand mehr um gute Manieren!

Weil irgend etwas an diesem Reiter sie verstört hatte, zwang Emma sich, wieder an ihre Schwestern und die Suche nach ihnen zu denken. Selbst wenn ich Caroline oder Lily einmal gegenüberstehen sollte, überlegte sie bedrückt, würde ich sie vielleicht nicht mehr erkennen. Menschen veränderten sich in dreizehn Jahren. Beide Schwestern würden heute erwachsene Frauen sein...

Emmas Stimmung wurde erst wieder etwas fröhlicher, als sie an der First Territorial Bank vorbeikam und durch das Fenster Fulton Whitney sah, der seit einiger Zeit beabsichtigte, ihr Mann zu werden. Er war groß, blond und sah gut aus in seinem dreiteiligen grauen Nadelstreifenanzug und dem blütenweißen Hemd.

Als Emma ihm zuwinkte, lächelte er abwesend, und sie ging weiter, weil sie wußte, daß Fulton es mißbilligen würde, wenn sie die Bank betrat, um mit ihm zu sprechen. Geschäft ist Geschäft, pflegte er zu sagen, und Emma gehöre zu einem anderen Teil seines Lebens.

Im Weitergehen runzelte sie die Stirn. Wie oft kam sie sich bei Fulton wie ein Strohhut vor, der für den Winter in den Schrank verbannt worden war, und es beunruhigte sie, daß ihr Herz nie schneller schlug, wenn sie ihn sah.

Sie schaute sich nach beiden Seiten um, raffte ihre Röcke und überquerte die Straße, um nicht wieder am Yellow Belly Saloon vorbeigehen zu müssen. Es war viel angenehmer, das glitzernde blaue Wasser des Crystal Lake zu betrachten, der kaum einen Steinwurf weit von der Hauptstraße entfernt begann.

Fulton war der festen Überzeugung, daß dieser große schöne See Whitneyville eine glänzende Zukunft als Ferienort sicherte, und er hatte sein Geld entsprechend investiert. Aus dem gleichen Grund hatte auch Chloe sich für diese Stadt entschieden.

Als Emma die Leihbücherei betrat, hörte sie fröhliche Musik aus dem Stardust Saloon. Wie üblich war die Bücherei leer. Emma stellte gerade *Anna Karenina* ins Regal zurück, als eine gewaltige Explosion die Wände erschütterte und die Glasscheiben in den Fenstern klirren ließ.

Mit aufgeregt klopfendem Herzen lief sie zur Tür, um zu sehen, was passiert war. Eine derartige Explosion konnte nur das Ende der Welt bedeuten. Fast erwartete Emma, den Herrgott und seine Engel auf einer Wolke herabschweben zu sehen, um das Jüngste Gericht abzuhalten, und sie fragte sich entsetzt, ob sie in den Himmel kommen würde oder in der Hölle brennen mußte.

Aber keine Wolke war zu sehen, vom Herrgott keine Spur, was Emma sehr erleichterte. Denn manche behaupteten, daß sie eine Sünderin war wie Chloe, und für Sünder gab es bekanntlich keinen Platz im Himmel

Menschen rannten über die Straße, erregte Schreie durchschnitten die Luft. Die Feuerglocke bimmelte, und Emma nahm den beißenden Geruch von Rauch wahr.

Sie war noch keine drei Schritte weit gegangen, als sie sah, daß der Yellow Belly Saloon nur noch eine Ruine war. Die Vorderfront des Gebäudes war ganz verschwunden, und im Inneren des Saloons hingen Männer reglos über ihren Tischen – wie Puppen in einem Puppenhaus. Und das Feuer, das sich mit jedem Augenblick noch mehr auszubreiten schien!

Trotz der wie wild bimmelnden Glocke war der Wagen der Feuerwehr nirgendwo zu sehen. Vorsichtig näherte Emma sich dem Schauplatz der Tragödie, an dem einige Männer bereits damit beschäftigt waren, Verwundete herauszuschleppen.

»Zurück!« schrie Doc Waverley, der für seine Ungeduld bekannt war. »Verdammt, laß diesen armen Kerlen Luft zum Atmen!«

Emma errötete, rührte sich jedoch nicht vom Fleck, als könne sie den Verletzten schon allein durch ihre Anwesenheit helfen. Und da kamen auch schon Chloe und ihre Mädchen mit flatternden Satinröcken aus dem Stardust Saloon gerannt.

»Was ist passiert, Doc?« wollte Ethan Peters, der Herausgeber des *Whitneyville Orator,* wissen.

»Keine Ahnung«, brummte der alte Mann, der fast seit den Gründerjahren der Arzt in Whitneyville war. »Stehen Sie uns nicht im Weg. Sobald jemand weiß, was geschehen ist, werden Sie es schon erfahren.«

Emma biß sich auf die Lippen, als einige der Männer in den Stardust Saloon getragen wurden. Sie hätte gern geholfen, aber auch heute noch, mit zwanzig Jahren, wagte Emma Chloes Anordnung, daß sie den Saloon unter gar keinen Umständen betreten dürfe, nicht zu brechen.

So wartete sie auf dem Bürgersteig, bis die erste Aufregung abgeklungen und das Feuer gelöscht war. Dann ging sie in die Bücherei zurück, wo sie bis zum Öffnungsschluß blieb. Sie listete Bücher auf und las ein paar Seiten aus *Little Women,* wann immer sie Zeit dazu fand. Die Leute kamen und gingen den ganzen Nachmittag lang, aber keiner schien mehr über die Tragödie im Yellow Belly Saloon zu wissen als sie selbst.

Um Punkt fünf schloß sie die Bibliothek ab und ging nach Hause. Der einzige Mensch außer dem Arzt, der Bescheid wissen mußte, war Chloe.

Ein feiner Schweißfilm bedeckte Steven Fairfax' Körper, als er zu sich kam. Er sah eine Wand mit einer geblümten Tapete und ein Fenster mit weißen Spitzenvorhängen. Er versuchte, sich aufzurichten, aber der Schmerz, der ihm wie eine gewaltige Faust den Brustkasten zusammenpreßte, hinderte ihn daran.

Mit einem gemurmelten Fluch sank Steven zurück und tastete an seiner Hüfte nach dem 45er Colt, den er immer bei sich trug. Aber jetzt war er fort, zusammen mit dem Halfter und der Patronentasche.

Er wollte laut dagegen protestieren, aber er beherrschte sich, denn noch wußte er nicht, wo er sich befand und was ihm zugestoßen war. Und die Möglichkeit, daß Macon, sein Halbbruder, ihn doch endlich gefunden hatte, war nicht auszuschließen.

Keuchend vor Schmerz und Anstrengung begann er nachzudenken, und ganz langsam kamen ihm die Ereignisse des Tages wieder in Erinnerung.

Er war mit dem Zug in die Stadt gekommen, hatte sein Pferd im Mietstall untergebracht und sich auf die Suche nach einem Ort gemacht, wo er etwas trinken und sich vom Reisestaub befreien konnte. Weil ihm der Name gefiel, hatte er dieses häßliche Loch namens Yellow Belly Saloon aufgesucht, obwohl der Stardust Saloon sehr viel einladender gewirkt hatte. Aber für einen Besuch dort war er sich zu schmutzig vorgekommen.

Er hatte Whiskey bestellt und allein an einem Tisch Platz genommen, seiner Regel getreu, immer mit dem Rücken an der Wand zu sitzen, damit sich niemand von hinten anschleichen konnte. Diese Lektion hatte er im Krieg gelernt, und er war damit bis jetzt immer bestens gefahren.

Steven hatte erst ein, zwei Schluck von seinem Whiskey getrunken, als ein Betrunkener grölend durch den Hintereingang kam. Niemand, nicht einmal Steven, hatte ihm große Beachtung geschenkt.

Erst als der Mann auf einen Tisch stieg und ein Geburtstagslied zu singen begann, wurde Steven aufmerksam und sah, daß der Kerl eine Stange Dynamit in der Hand hielt. »Heute ist mein Geburtstag«, hatte er verkündet und dann zur Bestürzung aller Anwesenden ein Streichholz an seinem Stiefel angezündet und es an die Lunte gehalten. Als die Männer in seiner Nähe reagierten und sich auf ihn stürzten, pustete er grinsend auf die Flamme, als handelte es sich um eine Kerze auf einem Geburtstagskuchen.

Einem der Männer gelang es, ihm das Dynamit zu entreißen und es fortzuschleudern, aber an mehr als das und die ohrenbetäubende Explosion, die folgte, erinnerte sich Steven nicht.

Er mußte dringend herausfinden, wo er war.

»Hallo?« rief er probeweise. »Ist jemand da?«

Niemand antwortete auf seinen Ruf, und Steven versuchte, sich auf die Seite zu drehen, um besser sehen zu können. Aber der Schmerz war zu groß und zwang ihn wieder auf den Rücken.

Er kämpfte gerade gegen eine drohende Ohnmacht an, als sich die Tür öffnete und ein Fremder eintrat. Unter anderen Umständen hätte Steven seinen Colt gezogen, aber so tastete seine Hand nur hilflos über das Bett.

»Beruhigen Sie sich, mein Junge«, sagte der alte Mann, und jetzt sah Steven, daß er eine Arzttasche trug. »Ich bin hier, um Ihnen zu helfen.«

»Wo ist mein 45er?« keuchte Steven.

Der Arzt zuckte mit den Schultern. »Vermutlich da, wo Chloe alle Waffen aufbewahrt«, antwortete er. »Sie brauchen ihn hier nicht. Wie heißen Sie, mein Junge?«

Steven zerbrach sich den Kopf nach einem falschen Namen, aber es fiel ihm keiner ein. Sein Verstand war wie eingerostet. »Steven Fairfax«, sagte er schließlich. »Und ich bin kein Junge, verdammt. Ich habe im Krieg gekämpft, genau wie Sie wahrscheinlich.«

Seine gereizten Worte brachten den Arzt zum Lächeln. »Ich bin Dr. Waverly«, stellte er sich vor, »aber Sie können mich Doc nennen. Haben Sie starke Schmerzen?«

Steven maß ihn mit einem ärgerlichen Blick. »Gehen Sie zum Teufel, Sie verdammter Yankee – ich habe mich in meinem ganzen Leben noch nie besser gefühlt!« Der Arzt lachte nur. »Sparen Sie sich das Rebellengeschrei, Johnny. Der Krieg ist lange vorbei.« Er zog eine Spritze auf und hielt sie ins Licht. »Was bringt Sie nach Whitneyville?«

»Ich bin auf der Durchreise«, knurrte Steven. »Bleiben Sie mir mit der Nadel vom Leib!«

Wieder lächelte der Arzt. »Tut mir leid, Rebell, hier gebe ich die Befehle. Sie haben Glück, daß ich auf Ihrer Seite bin.«

Stevens Hemd war so zerfetzt, daß der Arzt keine Schwierigkeiten hatte, eine Stelle für den Einstich zu finden. Und Stevens Schmerzen erlaubten ihm keine Gegenwehr.

»Nur ein bißchen Morphium«, sagte Doc Waverly. »Wir müssen Sie drehen und Ihre Rippen verbinden, ganz zu schweigen von den anderen Wunden, die genäht werden müssen. Glauben Sie mir, es wird leichter sein, wenn Sie schlafen.«

Steven hatte das Gefühl zu schweben; das Morphium tat seine Wirkung. Eine Weile spürte er noch einen dumpfen Schmerz, dann war auch das vorbei.

Sein drogenbetäubtes Gehirn führte ihn in die Vergangenheit zurück, und er war plötzlich in Fairhaven in der Nähe von New Orleans im Haus seines Vaters, und er war wieder ein kleiner Junge.

Er und *Maman* saßen in einer Kutsche und bewunderten das prächtige weiße Haus aus der Entfernung. Es war von ausgedehnten Rasenflächen umgeben und hatte einen Brunnen, dessen sprudelndes Wasser im hellen Sonnenschein wie Diamanten funkelten.

»Eines Tages wirst du hier leben, wohin du gehörst«, sagte Maman mit ihrem melodischen französischen Akzent, und leichte Traurigkeit klang in ihrer Stimme mit. »Auch du wirst ein Fairfax sein und dich nicht mehr Dupris nennen müssen.«

In diesem Augenblick erfuhr Steven den ersten wirklichen Hunger seines Lebens, aber es war kein Hunger, der mit einem guten Essen befriedigt werden konnte. Er war geistiger Natur – fast so, als schaute man vom tiefsten Abgrund der Hölle zum Himmel auf.

Wie es Träume so an sich haben, fühlte sich Steven nun ganz unvermittelt an einen anderen Zeitpunkt versetzt, den Tag der Beerdigung seines Vaters. Er stand hinter dem hohen Eisenzaun und schaute zu, wie Beau Fairfax' Sarg in ein steinernes Mausoleum getragen wurde. Sein Vater hatte Steven nie anerkannt, aber der alte Cyrus, Patriarch der aussterbenden Familie, sah ihn am Zaun stehen und kam zu ihm herüber.

»Bist du Moniques Junge?« fragte er.

Damals war Steven schon sechzehn Jahre alt und besuchte das St. Matthew's Internat für Jungen. »Ja, Sir«, antwortete er seinen Großvater. »Es tat mir sehr leid, als ich hörte, daß Monique dem Fieber erlegen ist.«

Steven verhärtete sich gegen die Erinnerung daran. New Orleans war belagert von Unionstruppen, seine Mutter tot, und nichts war mehr wie früher. »Danke, Sir«, sagte er leise.

»Ich möchte, daß du mich nach Fairhaven begleitest. Dein Vater hat dich in seinem Testament bedacht.«

Steven schüttelte den Kopf. »Ich will nichts von ihm.«

»Hast du etwa vor, dich an den feindlichen Linien vorbeizustehlen und dich zu General Lee zu gesellen, mein Junge?«

Die Frage überraschte Steven, vielleicht, weil es genau das war, was er beabsichtigte. Während er noch zwischen Lüge und Wahrheit zögerte, erkannte Cyrus Fairfax, was er wissen wollte.

»Sei nicht albern, Steven. Überlaß diesen Kampf denen, die ans Kämpfen gewöhnt sind.«

Steven war nicht übermäßig groß mit seinen ein Meter fünfundfünfzig, aber dafür kräftig und ein geschickter Fechter, seit zwei Jahren der anerkannte Champion seiner Schule. Nun strich er mit einer arroganten Geste sein halblanges braunes Haar zurück, und seine Augen funkelten mit dem Temperament, das seine französische Mutter ihm vererbt hatte. »Ich nehme es mit jedem Yankee auf!« prahlte er.

Cyrus nickte schmunzelnd. »Ja, das glaubst du wahrscheinlich sogar. Aber sag mir doch, wenn die Blauröcke dir nicht willkommen sind in New Orleans, wie kommt es dann, daß du sie nicht längst davongejagt hast?«

Steven spürte, wie ihm das Blut in die Wangen schoß. »Ich hätte es getan, wenn Pater O'Shay nicht immer nach dem Fechtunterricht die Degen weggeschlossen hätte.«

Cyrus lachte. »Komm mit nach Fairhaven«, wiederholte er. »Dort kannst du kämpfen, soviel du willst. Dein Halbbruder Macon wird dir sicher erst ein paarmal eine blutige Nase verpassen, aber du wirst schon mit ihm fertig werden, wenn du dir erst eine Strategie zurechtgelegt hast.« Er beugte sich über den Zaun, der sie voneinander trennte. »Macon ist hinterlistig, weißt du. Du solltest ihm nie den Rücken zukehren.«

Steven war so neugierig geworden, daß er am nächsten Tag, ohne Widerrede einstieg, als eine Kutsche nach St. Matthew's kam, um ihn abzuholen. Obwohl er sich einredete, er tue es nur, um seine Lateinstunde zu verpassen, war ihm insgeheim doch bewußt, daß es ihm nur darum ging, Fairhaven und seinen Halbbruder kennenzulernen.

Tatsächlich stellte sich bald heraus, daß Macon ein Halunke und ein Feigling war, der nicht einmal dagegen protestierte, daß die Yankees den großen Ballsaal in Fairhaven für ihre Kommandozentrale beschlagnahmten. Steven war danach nur noch zwei Monate geblieben. Dann nahm er das Pferd, das Cyrus ihm geschenkt hatte, stahl eine Yankeeuniform von der Wäscheleine und ritt davon.

Kaum war er außer Reichweite der feindlichen Belagerungstruppen, riß er sich die Uniform vom Körper, als verbrenne sie ihm die Haut, und zog seine eigenen Sachen an. Eine Woche später war er bereits Gefreiter in General Lees Armee . . .

»Hören Sie mich, Mister? Können Sie mich hören?«

Steven kam allmählich wieder zu sich. Als er die Augen öffnete, erblickte er eine stark geschminkte, nicht mehr ganz junge Frau, die sich besorgt über ihn beugte. Sie hatte ein immer noch schönes Gesicht, doch ihr dichtes, aufgestecktes Haar hatte einen unnatürlichen Rotton.

»Du lieber Himmel, wahrscheinlich wäre Ihnen ein Bad lieber als alles andere«, sagte die Frau freundlich. »Aber der Arzt meinte, etwas zu essen wäre besser, deshalb habe ich Ihnen einen Teller von Daisys guter Hühnersuppe gebracht.«

Steven starrte verwirrt auf das Tablett in ihren Händen, dann blickte er sich um. Hier in diesem Zimmer war die Tapete anders. »Wo bin ich?« fragte er scharf und richtete sich ein bißchen auf. Obwohl es nicht leicht war, war es ihm wenigstens nicht mehr unmöglich.

»In meinem Haus«, antwortete die Frau. »Ich bin Chloe Reese, und Doc sagte, Sie seien Steven Fairfax. Sie brauchen sich also nicht vorzustellen.«

»Das erleichtert mich ungemein«, bemerkte Steven mit mildem Spott. Sein Magen knurrte; er wollte essen.

Chloe lächelte. »Sie können ruhig ein bißchen freundlicher sein. Wenn meine Mädchen und ich nicht gewesen wären, lägen Sie jetzt in irgendeiner Scheune statt in diesem bequemen Bett.«

Steven nahm das Tablett und begann zu essen, und erst da bemerkte er, daß er einen Verband um Rippen und Bauch hatte und daß auch seine Arme verbunden waren. »Verdammt«, knurrte er und fragte sich, wie lange es dauern würde, bis er diese Stadt verlassen konnte. Vielleicht war Macon ihm schon hierher gefolgt.

»Wo ist meine Waffe?« fragte er, und weil er gerade begonnen hatte zu essen, sprach er mit vollem Mund.

»Sie haben wahrhaftig nicht die Manieren, die man von einem Südstaatler erwarten könnte«, bemerkte Chloe. »Ich habe Ihren Colt unten eingeschlossen. Ich dulde keine Schießwaffen in meinem Haus.«

Während Steven weiter aß, dachte er nach. Er konnte Chloe nicht sagen, daß er in Gefahr war, denn dann hätte sie vielleicht erraten, daß er gesucht wurde, und wenn sich jemand die Plakate im Büro des Marshals ansah, hängten sie ihn vielleicht noch auf. Unglücklicherweise hatte er dem Arzt seinen richtigen Namen angegeben. »Wissen Sie, Madam«, sagte er vorsichtig, »ich bin ein Gesetzesvertreter, und deshalb brauche ich meine Waffe.«

»So?« entgegnete Chloe. »Und wo ist Ihr Abzeichen?«

Steven dachte blitzschnell nach. Für einen Fairfax war er ein sehr schlechter Lügner. »Ich muß es bei der Explosion verloren haben.«

Chloe wirkte nicht überzeugt. »Ich lasse Sie trotzdem nicht mit der Waffe in der Hand hier im Bett liegen, Mr. Fairfax. Sie befinden sich in einem anständigen Haus.«

Steven hatte sein Dinner beendet, und Chloe stand auf, um ihm das Tablett abzunehmen. »Wie spät ist es?« erkundigte er sich.

»Halb sieben Uhr abends«, antwortete sie kurz. Sie deutete auf einen Stuhl, wo die Reste von Stevens langem Trenchcoat lagen. »Was wir an Ihnen und in Ihrer Nähe gefunden haben, befindet sich in den Manteltaschen. Es war kein Dienstabzeichen dabei.«

Damit ging sie hinaus und schloß die Tür hinter sich.

Steven lag im flackernden Licht der Petroleumlampe und überlegte, wie er sich verteidigen konnte, falls Macon ihn in diesem Zimmer – und so hilflos – fand.

Fulton legte eine Hand auf Emmas Knie, aber sie schob sie fort.

»Du liebe Güte, Emma«, beschwerte Fulton sich, »wir sind fast verheiratet!«

»Aber eben nur *fast*«, entgegnete Emma steif und beugte sich wieder über ihre Stickarbeit. »Und wenn du deine Hände nicht bei dir behältst, kannst du gehen.«

Fulton stieß einen übertriebenen Seufzer aus. »Man sollte meinen, ein Mädchen, das im gleichen Haus lebt wie Chloe Reese, würde wenigstens *etwas* lernen.«

Emmas blaue Augen waren dunkel vor Ärger, als sie ihren Blick auf Fulton richtete. »Wie bitte, Fulton?«

»Nun ja, ich meinte bloß . . .«

»Ich weiß, was du meintest, Fulton.«

»Ein Mann hat ein Recht auf einen Kuß, wenn er bereit ist, sich für den Rest seines Lebens an eine Frau zu binden!«

Emma musterte ihn aus schmalen Augen und dachte, daß er nicht der einzige war, der sich für sein ganzes Leben band. Aber bevor sie etwas sagen konnte, packte Fulton sie und preßte seinen Mund auf ihre Lippen.

Emma wehrte sich verärgert und fragte sich, warum in den Romanen Küsse immer als etwas so Wunderbares beschrieben wurden. Als sie merkte, daß sie sich nicht befreien konnte, stach sie ihre Nadel Fulton in die Hand.

Er wich mit einem Aufschrei zurück und klatschte auf seine Hand, als hätte er dort einen Floh entdeckt. »Verfluchtes Frauenzimmer!« brüllte er.

Ruhig nahm Emma ihre Stickarbeit wieder auf. Es war nicht gut, einem Mann zu viele Freiheiten zu gestatten. »Gute Nacht, Fulton«, meinte sie kühl.

Er stand auf. »Willst du nicht wenigstens so freundlich sein, mich zum Tor zu begleiten?« brummte er.

Emma dachte daran, daß sie durch eine Heirat mit Fulton eine geachtete Stellung in der Gesellschaft erreichen würde, unterdrückte ein Seufzen und stand auf. Arm in Arm gingen sie zum Tor hinaus.

Die sternenklare Nacht und die kühle Brise, die vom nahen See herüberkam, stimmten Emma romantischer. Sie richtete sich auf die Zehenspitzen auf und küßte Fulton auf die Wange.

Er lächelte erfreut.

Reumütig berührte Emma seine verletzte Hand. »Es tut mir leid, daß ich dich gestochen habe«, sagte sie.

Fulton nahm ihre Hand an seine Lippen und hauchte einen Kuß auf ihre Fingerspitzen, aber das leise Kitzeln, das die Berührung in Emma auslöste, hatte nichts mit den köstlichen Dingen zu tun, die in den Romanen beschrieben wurden, die sie las. Und auch Fultons Worte waren alles andere als poetisch. »Ein Mann hat gewisse Bedürfnisse, Emma«, sagte er. »Ich hoffe, daß du im Ehebett nicht ganz so zurückhaltend sein wirst.«

Sie verzichtete darauf, ihm zu erwidern, daß sie offiziell noch gar nicht verlobt waren, bedachte ihn nur mit einem kühlen Lächeln und sagte: »Gute Nacht.«

Fulton verabschiedete sich mürrisch, und Emma ging rasch ins Haus zurück, um Chloe zu suchen.

Sie fand ihre Adoptivmutter im kleineren der beiden Salons, wo sie verträumt den zarten Klängen einer Spieldose lauschte. Als sie Emma sah, klappte sie den Kasten zu und sagte lächelnd: »Hallo, Liebes. Ist Fulton schon fort?«

»Ja.«

»Na endlich! Ich begreife wirklich nicht, was du an diesem Menschen findest.«

Emma war an Chloes freimütige Art gewöhnt, und deshalb nahm sie keinen Anstoß an ihrer Bemerkung. »Er ist ein Gentleman«, erwiderte sie, denn sie wollte nicht zugeben, daß sie Fulton oft selbst ein bißchen fade und langweilig fand. »Aber erzähl mir jetzt, was im Saloon passiert ist. Bisher habe ich nichts darüber erfahren können.«

Chloe seufzte. »Der alte Freddy Fiddengate hat seinen Geburtstag mit einer Stange Dynamit statt mit einem Kuchen gefeiert.«

Emma schlug erschrocken die Hand vor den Mund. »Ist jemand ums Leben gekommen bei der Explosion?«

»Nein, aber oben liegt ein Mann, der ziemlich schwer verletzt ist. Der Doc sagte, er hätte mehrere gebrochene Rippen und einige schlimme Schnitte von Glassplittern.«

Es schauderte Emma bei dem Gedanken, daß irgendein

armer verletzter Mensch leidend in einem von Chloes Gästezimmern lag.

»Charlie Simmons hat ein Bein gebrochen«, setzte Chloe ihren Bericht fort, »und Philo DeAngelo verlor zwei Zehen. Alle anderen waren nur bewußtlos geworden.«

Emma berührte Chloes Hand. »Du mußt müde sein«, sagte sie sanft. »Warum gehst du nicht ins Bett? Ich bringe dir dann ein Glas heiße Milch.«

Chloe verzog das Gesicht. »Du weißt, daß ich das Zeug nicht ausstehen kann. Außerdem muß ich ins Stardust hinübergehen und mich um meine Mädchen kümmern, Emma.«

Aus Erfahrung wußte Emma, daß Chloe sich nicht überreden ließ, wenn sie etwas nicht wollte. »Na schön, dann geh nur«, sagte sie seufzend. »Ich kann die heiße Milch auch selbst trinken.«

Chloe stand auf. »Du bist langweilig wie eine zahnlose alte Frau, Emma«, bemerkte sie kopfschüttelnd. »Statt hier herumzusitzen, solltest du draußen im Mondschein sein und dich von einem hübschen jungen Mann küssen lassen. Und damit meine ich keineswegs diesen biederen Bankier.«

»Ich habe gar kein Verlangen danach, geküßt zu werden«, entgegnete Emma ungehalten und ging zur Treppe.

»Das ist dein Problem«, rief Chloe ihr nach. »Weißt du was? Ich glaube, du versuchst nur, der Welt zu zeigen, daß du nicht so bist wie ich.«

Emma blieb auf der Treppe stehen. Trotz der Tatsache, daß Chloe ein gutgehendes Bordell führte, gab es keinen gütigeren Menschen als sie. »Mir ist egal, was die Leute denken«, erwiderte sie schnell, doch sie wußte, daß es eine Lüge war, und Chloe wußte es auch.

2

Nur eine Kerze erhellte Emmas geräumiges Zimmer, als sie sich auszog, um ins Bett zu gehen. Eine Petroleumlampe hätte besseres Licht gegeben, aber Emma kam sich im sanften Schein der Kerze fast wie Jane Eyre vor, und es fiel ihr nicht schwer, sich vorzustellen, daß Mr. Rochester in der Halle auf sie wartete.

Nachdem sie ihren Morgenrock angezogen hatte, nahm sie den bronzenen Kerzenständer und verließ ihr Zimmer, um nach dem verletzten Mann zu sehen, den Chloe aufgenommen hatte.

Auf dem Korridor blieb sie lauschend stehen, aber es war nichts zu hören, und so öffnete sie die ihrem Zimmer gegenüberliegende Tür und trat leise ein.

Im Bett konnte sie vage Umrisse einer Gestalt erkennen, aber es war kein Atmen zu hören und auch kein Schnarchen, was Emma als sehr beunruhigend empfand. Angeblich schnarchten Männer, wenn sie schliefen. Zumindest hatte Chloe das behauptet.

Auf leisen Sohlen näherte Emma sich dem Bett. »Sir?« flüsterte sie, um den verwundeten Mann nicht zu erschrecken. »Sir – sind Sie wach?«

Der Patient rührte sich nicht und gab keinen Ton von sich.

Emma beugte sich über die reglose Gestalt, um den Mann besser betrachten zu können, und da passierte etwas, womit sie nicht gerechnet hätte: Die Flamme der Kerze streifte die Mullbinden, mit denen die Brust des Mannes verbunden war, und sie fingen Feuer.

Zuerst war Emma zu entsetzt, um zu reagieren. Es dauerte lange, viel zu lange, bis sie sich wenigstens wieder so weit in der Gewalt hatte, daß sie die Kerze fortstellte. Doch da hatte das Unglück schon seinen Lauf genommen.

Der Mann erwachte fluchend, und das löste Emmas Starre endgültig. Mit beiden Händen versuchte sie die Flammen auszuschlagen.

Der Fremde schrie auf vor Schmerz und fuhr sie dann an: »Bevor Sie mich totschlagen, lassen Sie es lieber brennen, verdammt noch mal!«

Doch Emma schlug weiter auf die Verbände ein, bis auch der letzte glimmende Funken erloschen war. Dann erst zündete sie die Petroleumlampe an, in deren Schein sie einen gutaussehenden Mann Anfang Dreißig sah, dessen Rippen und Arme mit weißen Tüchern verbunden waren.

Es war der Mann, dem Emma am Nachmittag am Bahnhof begegnet war! Eine seltsame Erregung erfaßte sie bei seinem Anblick, und sie sagte rasch: »Es tut mir so leid . . .« Doch der Mann schien für Entschuldigungen nicht empfänglich zu sein. Seine braungrünen Augen blitzten zornig, als er sich zu einer sitzenden Stellung aufrichtete, und selbst im schwachen Lampenschein konnte Emma sehen, daß er vor Schmerz ganz blaß geworden war. »Ich kannte mal jemanden wie Sie. Er war Wächter in einem Yankee-Gefangenenlager«, sagte er grollend.

Emma beschloß, seine Bemerkung zu ignorieren, zog ihren Morgenmantel noch fester um die Schultern und setzte sich auf einen Stuhl. »Ich fürchte, diese Verbände müssen gewechselt werden«, sagte sie. »Da Doc Waverly im allgemeinen nur tagsüber nüchtern ist, tue ich es lieber selbst.«

Der Mann bedachte sie mit einem argwöhnischen Blick.

Emma seufzte. »Ich habe gesagt, daß es mir leid tut, oder?«

Er schaute sie aus schmalen Augen an. »Wer sind Sie?«

»Emma Chalmers. Wir sind uns heute schon einmal begegnet. Aber wer sind *Sie*?«

Er strich sein verschwitztes braunes Haar zurück. »Steven Fairfax.«

»Wie geht es Ihnen, Mr. Fairfax?«

»Wunderbar, was haben Sie denn geglaubt?« entgegnete er spöttisch. »Ich gehe in diesen verdammten Saloon, weil ich etwas trinken will und . . . und werde fast in der Mitte auseinandergerissen, weil irgendein Verrückter seinen Geburtstag feiert. Dann kommen Sie herein und legen Feuer an meine Verbände . . .«

»Ach, hören Sie auf, sich zu beschweren«, unterbrach Emma ihn ungeduldig. »Sie sind nicht der erste Mensch, der in eine Explosion geraten ist. Lassen Sie mich den Verband entfernen.«

Fairfax musterte sie stirnrunzelnd und zog das Laken bis unter das Kinn. »Ich warte lieber, bis der Doktor wieder nüchtern ist.«

»Kommt nicht in Frage«, widersprach Emma entschieden und stand auf. »Ich bin gleich wieder da.«

Als sie wenige Minuten später zurückkehrte, brachte sie mehrere Laken aus ihrem eigenen Schrank mit, außerdem eine Schere, Mull und die Flasche Laudanum, die Doc Waverley ihr für ihre Menstruationsbeschwerden gegeben hatte.

Steves Blick ignorierend, stellte sie die Medizin auf den Nachttisch und breitete die anderen Dinge am Fußende aus. Dann begann sie vorsichtig die Verbände aufzuschneiden, was Mr. Fairfax in mißtrauischem Schweigen über sich ergehen ließ.

Dort, wo Doc genäht hatte, wies die Brust des Mannes mehr Einstiche auf als das Stickmuster, das Emma im vergangenen Monat angefertigt hatte. Seine Wunden schienen sich entzündet zu haben, was kein Wunder war, da Doc Waverley darauf verzichtet hatte, sie zu reinigen, bevor er sie nähte.

Als Emma alle Verbände außer der Bandage um seine Rippen entfernt hatte, trat sie zurück. »Sie müssen gewaschen werden, bevor wir weitermachen, Mr. Fairfax. Sonst könnte sich die Wunde infizieren.«

Zu ihrem Erstaunen betrachtete der störrische Fremde sie jetzt ganz anders – seine haselnußbraunen Augen zwinkerten, und seine Stimme klang viel leiser, beinahe sanft. »Wieviel kostet das? Das Waschen, meine ich?«

Emma runzelte die Stirn. »Ich verstehe nicht ...?«

Fairfax lächelte. Wenn er so lächelte, wirkte er schon eher wie ein Gentleman statt wie ein heruntergekommener Cowboy. »Sie wissen, was ich meine.«

Emma hatte keine Zeit, darüber nachzudenken. »Tut mir leid«, sagte sie, schon auf dem Weg zur Tür. »Ich fürchte, ich habe keine Ahnung, was Sie meinen.« Sie ging hinaus und kam kurz darauf mit einer Schüssel heißem Wasser, Seife, Waschlappen und Handtüchern zurück.

»Sie machen mir eine Menge Arbeit, Mr. Fairfax.«

»Steven«, berichtigte er sie lächelnd.

Emma schaute ihn verwirrt an. »Steven.«

»Darf ich Sie Emma nennen?«

»Nein«, entgegnete sie, weil ihr ein bißchen unbehaglich zumute wurde bei seinem vertraulichen Ton. »Sie dürfen es nicht. Es wäre nicht korrekt.«

Steven grinste, als hätte sie einen Witz gemacht. »Nicht *korrekt*?« wiederholte er lachend.

Emma gab Seife auf den Waschlappen und begann Steven zu säubern, wobei sie es vermied, ihn an irgendeiner anderen Stelle als an seiner Brust und seinen Armen zu berühren.

»Dort in meiner Manteltasche ist Geld«, bemerkte er, als Emma die Seife abwusch.

»Gut«, erwiderte sie abwesend. »Sie werden sich neue Kleider kaufen müssen. Ich kann es morgen, wenn ich aus der Leihbücherei nach Hause komme, für Sie erledigen.«

Steven musterte sie prüfend. »Wie lange arbeiten Sie schon hier?«

»Ich arbeite nicht hier – ich bin die Stadtbibliothekarin. In diesem Haus lebe ich nur.«

Steven stieß ein heiseres Gelächter aus. »Bibliothekarin? Das ist ja etwas ganz Neues!«

Emma zerriß ein Laken. »Neu? Was ist daran neu?«

»Hören Sie – wenn Sie mit dem Verbinden fertig sind, könnte ich ein bißchen Trost gebrauchen.«

Emma stand über ihr Arbeit gebeugt und verband sorgfältig seinen linken Arm. »Wir haben unten Whiskey, aber von dem Laudanum werden Sie auch einschlafen. Ich könnte Ihnen natürlich etwas vorlesen, wenn Sie wollen ...«

»*Vorlesen?* Sagen Sie, was für ein Ort ist das hier?«

»Ein Zuhause, Mr. Fairfax«, antwortete Emma, während sie den Verband an seinem anderen Arm befestigte.

»Sie leben hier?«

»Natürlich. Warum würde ich wohl sonst im Morgenmantel und Nachthemd durch das Haus laufen?«

Steven schützte Verwirrung vor. »Ja ... und warum sonst hätten Sie einen unschuldigen Mann verbrennen wollen?«

»Sie scheinen ein sehr nachtragender Mensch zu sein, Mr. Fairfax.«

»Steven.«

»Also gut – Steven.« Sie gab etwas von dem Laudanum auf einen Löffel und reichte es ihm.

»Sie halten mich doch nicht zum Narren, oder?« fragte er, als er die Medizin geschluckt hatte.

»Warum sollte ich Sie zum Narren halten?« entgegnete Emma gekränkt.

Er schüttelte den Kopf. »Dann sind Sie anscheinend wirklich Bibliothekarin!« sagte er verblüfft und begann dann laut zu lachen.

Emma dachte, daß er verrückt sein mußte. Vielleicht war er sogar aus einem Irrenhaus entflohen. Vorsichtshalber trat sie zurück und entfernte sich aus seiner Reichweite.

Steven bemühte sich, mit dem Lachen aufzuhören, aber es schien im schwerzufallen. »Was ist mit der Frau, die vorhin hier war? Was ist sie denn – Lehrerin?«

Und nun begriff Emma endlich, was Steven gedacht hatte –

er mußte Chloe in ihrer ›Arbeitskleidung‹ gesehen haben. Emma straffte die Schultern, richtete sich in ihrer vollen Größe von einem Meter siebzig auf und maß ihn mit einem strafenden Blick. »Wenn Sie nicht so schwer verletzt wären«, sagte sie empört, »hätten Sie jetzt eine Ohrfeige verdient!«

Das Laudanum begann zu wirken, Mr. Fairfax gähnte. »Sie haben bereits meine Verbände angezündet und dann auch noch versucht mich totzuschlagen. Im Vergleich dazu wäre eine Ohrfeige das reinste Streicheln.«

Nun wurde Emma wirklich wütend. »Keine Angst, Mr. Fairfax«, fuhr sie ihn an. »In Zukunft werden Sie vor mir sicher sein.«

»Sehr beruhigend.«

Emma ging auf die Tür zu, aber aus Pflichtbewußtsein blieb sie noch einmal stehen. »Brauchen Sie einen Nachttopf?«

»Ja«, antwortete Steven kurz.

Emma kehrte zu Steven zurück und zog einen Nachttopf unter dem Bett hervor, den sie ihm recht unsanft in die Hände drückte. »Gute Nacht, Mr. Fairfax«, sagte sie, löschte die Petroleumlampe und verließ den Raum.

Steven biß vor Schmerz die Zähne zusammen, als er den Topf auf den Fußboden stellte. Dann ließ er sich erschöpft in die Kissen sinken.

Emma.

Er lächelte, als ihm bewußt wurde, wie dumm er sich verhalten hatte. Chloes wegen hatte er geglaubt, sich in einem Bordell zu befinden, und Emma für eines ihrer Mädchen gehalten. Aber das war nicht der Fall, Emma war Bibliothekarin, und Steven hatte sogar den Eindruck, daß sie noch unberührt war.

Darüber war er froh, obwohl ein Teil seines Wesens jetzt gern den zärtlichen Trost einer Hure in Anspruch genommen hätte.

Mit geschlossenen Augen rief er sich ins Gedächtnis, wie sie ihn gewaschen hatte, und stellte zu seiner Verblüffung fest, daß schon der bloße Gedanken daran eine starke Erregung in ihm auslöste.

Er war überrascht, als sich die Tür einen Spalt breit öffnete und er Emmas Stimme hört. »Mr. Fairfax . . .?«

»Ja?«

»Ich . . . ich wollte Sie nur fragen, ob Sie Schmerzen haben.«

»Ja«, gab er ehrlich zu.

Der schmale Spalt, durch den das Licht fiel, verbreiterte sich. »Hat das Laudanum nicht geholfen?«

Emmas Besorgnis rührte Steven, und so sagte er wahrheitsgemäß. »Es hat noch keine Zeit gehabt zu wirken, Miss Emma.«

Nun kam sie herein, diesmal mit einer Petroleumlampe, und Steven wurde ganz übel bei der Vorstellung, was sie *damit* alles anrichten könnte.

Aber sie stellte die Lampe auf den Nachttisch und setzte sich auf einen Stuhl. Steven sah, daß sie ein Buch in der Hand hielt.

»Es tut mir leid, daß ich vorhin so unfreundlich war«, sagte sie schüchtern.

Steven mußte lachen, als er ihre ernste Miene sah, und dachte, daß er zu gern die Wildkatze in ihr geweckt hätte, die mit Sicherheit in ihr steckte und die sie vor der Welt und vielleicht sogar vor sich selbst verbarg.

»Mir tut auch leid, was ich gesagt habe«, entgegnete er, bemüht, seine Belustigung zu verbergen.

»Ich dachte, Sie möchten vielleicht, daß ich Ihnen etwas vorlese.«

Steven unterdrückte ein Schmunzeln. »Das ist sehr nett von Ihnen, Miss Emma. Was haben Sie mir als Lektüre mitgebracht?«

Der Lampenschein fiel auf ihre offenen, klaren Züge, ihre sanfte Stimme klang warm und ein bißchen heiser, und für einen flüchtigen Moment wünschte Steven, er hätte mit seinem ersten Urteil über sie rechtbehalten . . .

»*Little Women* – mein Lieblingsbuch«, erwiderte sie lächelnd. »Ich habe es schon unzählige Male gelesen.«

Steven hatte von dem Buch gehört, aber es hatte ihn nie interessiert. Natürlich sagte er nichts dergleichen, denn er merkte allmählich, daß Emma sehr verwundbar war, und wollte sie nicht verletzen. »Warum gefällt es Ihnen so gut?« fragte er.

Sie schien zu überlegen. »Vielleicht, weil es von vier Schwestern handelt«, sagte sie dann leise. »Meg, Amy, Jo und Beth.«

Klingt wirklich ungeheuer aufregend, dachte Steven, aber er behielt seinen Spott für sich. Selbst wenn er kein Interesse für irgendwelche ›Kleinen‹ *Frauen* aufbringen konnte, wollte er doch Emmas Stimme hören.

Sie schlug das abgegriffene Buch auf, räusperte sich und begann ihm vorzulesen.

»Ich habe noch nie jemanden gekannt, der seine Mutter ›Marmee‹ nannte«, warf Steven ein, als Emma das erste Kapitel beendet hatte und für einen Moment schwieg.

»Das ist im Osten nichts Ungewöhnliches«, erwiderte sie.

Steven nickte. Auch er selbst hatte seine Mutter nicht ›Mom‹ genannt, sondern stets das französische ›Maman‹ benutzt. Und obwohl er es nie zugegeben hätte, war er plötzlich begierig, das nächste Kapitel zu hören.

»Haben Sie Schwestern?« fragte Emma leise, und Steven sah, daß ein trauriger Ausdruck in ihre schönen Augen trat.

Gern hätte er sie tröstend an sich gezogen, aber das wagte er noch nicht. »Nein, aber ich habe einen Bruder«, erwiderte er kurz, weil er nicht über Macon sprechen wollte. Oder über Nathaniel, einen Cousin, der nach Fairhaven gekommen war, nachdem er seine Eltern verloren hatte, und der noch so jung war, daß Steven ihn fast nicht kannte. Nat war erst geboren worden, als Steven schon bei der Armee war.

Emma seufzte wehmütig. Sie wirkte sehr jung und verletzlich in ihrem Morgenmantel und mit dem dicken rotblonden Zopf, der ihr auf die Schultern fiel. Steven fragte sich beschämt, wie er sie je für eine Prostituierte hatte halten können.

Irgendwie ahnte er, daß sie sehr allein auf dieser Welt war, und das tat ihm weh und schmerzte fast mehr als seine Verletzungen. »Ich bin froh, daß Sie zurückgekommen sind, um mich ein bißchen aufzuheitern, Miss Emma«, meinte er weich.

Sie lächelte abwesend und stand auf. »Ich wünsche Ihnen eine gute Nacht, Steven«, sagte sie. Dann war sie fort, und im Raum war es wieder dunkel.

Als sie wieder in ihrem eigenen Zimmer war, löschte Emma die Lampe, legte das Buch daneben und kroch ins Bett. Wie immer, wenn sie *Little Women* gelesen hatte, dachte sie an ihre Schwestern – an Lily und Caroline. Aber schon nach wenigen Minuten drängte sich Steven in ihr Bewußtsein, und obwohl ihr klar war, wie unpassend derartige Gedanken waren, konnte sie nicht umhin, sich voller Bewunderung seine kräftige Gestalt ins Gedächtnis zu rufen, seine muskulösen, von der Sonne gebräunten Arme und seine breiten Schultern . . .

Nein! Emma zog die Decke höher und zwang sich, an Fulton zu denken, der nun schon seit Monaten um sie warb. Es war verrückt, ihre Zeit mit Gedanken an Steven zu verschwenden, und im übrigen hatte sie überhaupt kein Recht, einen Mann wie ihn zu waschen und zu verbinden.

Andererseits jedoch hatte sie Fultons Arme noch nie entblößt gesehen, und erst recht nicht seine Brust, so daß sie keine Vergleiche anstellen konnte. Ihre Wangen brannten vor Verlegenheit, als sie versuchte, sich ihren Verlobten nackt vorzustellen.

Aber sie wußte – auch ohne ihre blühende Phantasie zu beanspruchen – daß die Haut ihres Verlobten ganz weiß sein würde und sein Körper vermutlich so weich, daß er sich anfühlte wie der einer Frau, wenn man ihn berührte . . .

Mit einem Stöhnen der Verzweiflung drehte Emma sich auf die Seite und zog die Decke über ihren Kopf. Steven Fairfax war nichts als ein Vagabund, ein Tramp, nach dem vielleicht sogar gefahndet wurde, und es war sehr undamenhaft von ihr gewesen, ihn zu waschen.

Aber er wollte ihr einfach nicht mehr aus dem Kopf gehen. Sie dachte an sein Lächeln, dem es trotz der Schmerzen, die er auszustehen hatte, nie an Humor fehlte, und an seinen weichen Südstaatenakzent, der sie an warme Sommernächte denken ließ, an blühende Magnolien und . . .

Ärgerlich über sich selbst stand Emma auf und trat ans Fenster, um auf den dunklen See hinauszuschauen. Seufzend lehnte sie die Stirn an das kühle Glas und fragte sich, was es sein mochte, was sie an Steven Fairfax so beunruhigte.

Am nächsten Morgen ging Emma noch vor dem Frühstück zu Steven, um zu sehen, wie er sich fühlte.

Er lächelte erfreut, und obwohl er dringend eine Rasur benötigt hätte und sein Haar schmutzig und zerzaust war, machte Emmas Herz bei seinem Anblick einen kleinen Sprung.

»Ich könnte Ihnen etwas zum Frühstück bringen, wenn Sie möchten«, sagte sie, von einer unerklärlichen Scheu erfaßt.

Steven schüttelte den Kopf. Der prüfende Blick, mit dem er sie betrachtete, schien eine glühende Spur auf ihrem Körper zu hinterlassen. »Danke, aber ich esse nie vor Mittag.«

»Dann wenigstens Kaffee?« schlug Emma vor, weil sie noch nicht gehen wollte, obwohl ihr klar war, daß sie in seinem Zimmer nichts zu suchen hatte.

»Vielen Dank«, erwiderte er, und Emma faßte dies als Zustimmung auf, ging in die Küche hinunter und schenkte eine Tasse Kaffee für ihn ein.

Doch als sie zu Steven zurückkehrte, schlief er wieder.

Enttäuscht kehrte Emma in die Küche zurück, wo Daisy, die Haushälterin, am Herd stand und Pfannkuchen backte.

»Ich begreife nicht, warum Miss Chloe uns diesen Fremden ins Haus geschleppt hat«, brummte die große schwarze Frau, ohne von der Pfanne aufzusehen. »Er gefällt mir gar nicht!«

»Reg dich nicht auf, Daisy«, sagte Emma, während sie sich einen Kaffee einschenkte. »Es ist so ein schöner Tag heute.«

»Ich rege mich auf, soviel ich will«, murmelte Daisy, als sie klappernd den Teller mit den Pfannkuchen auf den Tisch stellte. »Ein richtiger Mann läßt sich nicht von vorne bis hinten bedienen.«

Emma lächelte. »Ihm bleibt nichts anderes übrig, Daisy. Er ist noch ans Bett gefesselt.«

»Das ist nicht meine Schuld«, entgegnete die Köchin grollend und stapfte wieder zu ihrem Herd.

Emma nahm sich einen Pfannkuchen und bestrich ihn mit Butter.

»Kommt dein Bankier heute zum Abendessen?« fragte Daisy.

Emma lächelte. »Ich glaube nicht, Daisy. Fulton geht an Wochentagen nicht gerne aus. Er behauptet, es beeinträchtigte seine Konzentration am nächsten Arbeitstag.«

»Pah«, brummte Daisy. »Ich möchte ihm zu Konzentration verhelfen – mit meiner großen Eisenpfanne . . .«

Emma verschluckte sich fast an ihrem Pfannkuchen. »Also

wirklich, Daisy«, meinte sie mit gespielter Strenge. »Man könnte Zweifel bekommen, daß du eine gute Christin bist, wenn man dich so reden hört! Was würde Reverend Hess dazu sagen?«

»Daß ich eine alte Frau bin und ihr mich in Ruhe lassen sollt.«

»Mr. Fairfax schläft, und er will kein Frühstück haben. Du kannst aber später nach ihm sehen, wenn du willst.«

»Das werde ich«, versicherte Daisy grimmig. »Dann lernt er meinen Besen kennen!«

Emma nahm Daisys Gerede nicht ernst, denn hinter all ihrem Gebrumme und Geknurre verbarg sich ein sehr gütiger Mensch.

»Tu das nur«, sagte sie deshalb lächelnd, als sie aufstand und durch die Halle zur Eingangstür ging.

Draußen war herrliches Wetter, und Emma ging mit beschwingten Schritten über den von Ahornbäumen beschatteten Bürgersteig in Richtung Stadtmitte. Chloes Haus mit den vielen Zimmern, der geräumigen Veranda und dem großen Garten war eines der schönsten Gebäude in der ganzen Stadt. Eigentlich sogar das schönste im ganzen Distrikt, wenn man Big Joe Lenahans Ranch und die Villa der Whitneys nicht mitzählte.

Emma trug ein schlichtes blaues Taftkleid und hatte ihr langes blondes Haar heute aufgesteckt, anstatt es wie sonst zu einem Zopf zu flechten. Ihr einziger Schmuck war die wunderschöne Kameebrosche, die Chloe ihr zum letzten Weihnachtsfest geschenkt hatte.

Als sie am Yellow Belly Saloon – oder was davon übriggeblieben war – vorbeikam, blieb sie kopfschüttelnd stehen. Die Fassade des Gebäudes lag noch immer mitten auf der Straße, obwohl man bereits angefangen hatte, sie mit Hammer und Säge zu zerteilen. Das Innere des Lokals war rauchgeschwärzt, Piano und Theke bis zur Unkenntlichkeit verbrannt. Holzbalken lagen quer über dem Billardtisch, und das Gemälde von der nackten Frau, das so oft den Unmut der Presbyterianer ausgelöst hatte, war auf einer Seite völlig weggebrannt, so daß nur noch der Kopf der Dame zu sehen war.

Emma überquerte die Straße und wäre zu ihrer Bücherei weitergegangen, wenn nicht Callie Visco aus dem Stardust Saloon gekommen wäre. Schon am frühen Morgen trug sie ein pinkfarbenes Satinkleid, schwarze Netzstrümpfe und eine blaue Federboa.

»Hallo, Miss Emma«, sagte sie und zog, nachdem sie sich umgeschaut und vergewissert hatte, daß niemand zusah, den Roman aus der Tasche, den sie sich am Tag zuvor ausgeliehen hatte. »Könnten Sie mir noch ein solches Buch besorgen?« flüsterte sie Emma zu.

»Warum so geheimnisvoll, Callie?« entgegnete Emma lächelnd. »Es ist doch keine Sünde, wenn man gern liest.«

Callie straffte die schmalen Schultern. Auf die rechte Wange hatte sie sich einen Schönheitsfleck gemalt, und ihr platinblondes Haar bauschte sich in großen Locken um ihr Gesicht. »Die anderen Mädchen könnten denken, ich hätte zuviel Zeit«, erwiderte sie gedämpft.

»Na schön«, antwortete Emma im gleichen verschwörerischen Ton, »dann komm heraus, wenn du mich heute mittag vorbeigehen siehst. Ich bringe dir ein Buch mit.«

Callie lächelte erfreut. Es war fast unmöglich, ihr Alter zu schätzen, bei all der Schminke in ihrem Gesicht, aber Emma vermutete, daß sie mindestens Ende Dreißig war. »Danke, Miss Emma«, sagte sie erleichtert.

Emma schloß die Leihbücherei auf und trat ein. Sie war noch keine fünf Minuten da, als Fulton erschien, schon für die Bank gekleidet und mit einer Taschenuhr in der Hand, die er nervös befingerte. Emma kannte das schon; es war ein schlechtes Zeichen.

»Ich hörte, daß Chloe einen Mann in ihrem Haus beherbergt«, sagte er steif. »Du weißt, Emma, daß es mich nicht stört, wenn Big John Lenahan ab und zu bei ihr vorbeikommt, aber ich ziehe die Grenze bei . . .«

»Es ist nicht dein Haus, Fulton« unterbrach Emma ihn kühl.

Er war so verdutzt über die Unterbrechung, daß er bis unter den Haaransatz errötete. »Wie dem auch sei, es paßt mir jedenfalls nicht, daß meine Verlobte unter dem gleichen Dach schläft wie ein Kerl, der im Yellow Belly verkehrt.«

Emma ging zur Tür und begann die zurückgebrachten Bücher einzusammeln. Dabei bemühte sie sich, ein Lächeln zu verbergen. »Ich bin nicht deine Verlobte, Fulton«, erinnerte sie ihn freundlich.

»Wer ist er? Wie heißt er?«

Aus einem Instinkt heraus beschloß Emma, Stevens Namen zu verschweigen. »Er ist nur auf der Durchreise, Fulton«, sagte sie, während sie die Bücher zu ihrem Schreibtisch trug und sie ordnete. »Er wird bald wieder fort sein.«

»Das möchte ich auch sehr hoffen!«

Emma hielt es für besser, das Thema zu wechseln. »Daisy wollte wissen, ob du heute abend zum Essen kommst.«

»Du weißt doch, daß ich an einem Wochentag nicht ausgehe.«

Emma seufzte und schaute an Fulton vorbei in die Ferne. Er war auch gestern ausgegangen, an einem Montag, aber sie sparte sich eine diesbezügliche Bemerkung darüber. »Ja«, meinte sie nur und dachte an den Mann, den sie am Abend zuvor verbunden und dem sie vorgelesen hatte. Sie fragte sich, ob er jetzt wach sein mochte und seinen Kaffee trank, obwohl der inzwischen bestimmt eiskalt war. Oder ob er wieder wütend nach seiner Waffe verlangte und fluchte, weil keiner sie ihm geben wollte . . .

»Warum lächelst du so?« fragte Fulton gereizt.

Emma sortierte gelassen ihre Bücher. »Nur so«, entgegnete sie ausweichend. »Aus keinem bestimmten Grund.«

3

Joellen Lenahan gehörte zu den wenigen Menschen, die Emma überhaupt nicht leiden konnte. Joellen war erst sechzehn, aber ihr Körper war der einer erwachsenen Frau, und auch ihr Verhalten war alles andere als kindlich. Sie schien alle anderen weiblichen Wesen als Bedrohung zu empfinden, derer man sich schleunigst entledigen mußte. Sie war schön wie ein Engel mit ihrem goldblonden Haar und den kornblumenblauen Augen, doch es war allgemein bekannt, daß Big John Lenahan, ihr Vater, verzweifelt versuchte, sie zu verheiraten, bevor sie ihm Schande bereiten konnte.

Als Joellen jetzt mit der Haltung einer Königin die Bücherei betrat, bedachte sie Emma mit einem herablassenden Blick und fragte: »Gibt es irgendwelche Bücher hier, die wir zu Hause noch nicht haben?«

Emma versuchte, sich an ihre gute Erziehung zu erinnern, und staubte weiter die Regale ab. »Da ich nicht weiß, welche Bücher Sie zu Hause haben, kann ich Ihre Frage nicht beantworten.«

Doch Joellen hatte schon eine Ausgabe von Thomas Hardys neuestem Roman auf dem Schreibtisch entdeckt. »*Das* will ich haben!« erklärte sie und drückte das Buch an ihren schon recht beachtlichen Busen.

»Tut mir leid, aber das ist bereits bestellt.« Emma hatte es für Callie ausgesucht, was sie natürlich nicht sagen konnte, da Joellen sich zweifellos als vorrangig betrachtet hätte.

Das Mädchen schob ärgerlich die Unterlippe vor. »Sie sind gemein, Emma Chalmers«, sagte sie in einem weinerlichen Ton, der Emma maßlos auf die Nerven ging. »Sie mögen mich nicht, weil ich aus einer anständigen Familie stamme und Sie . . . na ja, weil Sie eine Waise sind und in . . . in schlechter Umgebung aufgewachsen sind.«

Emma war es gewöhnt, durch Chloes Beruf falsch beurteilt zu werden, deshalb erwiderte sie nichts. Außerdem mochte sie Big John, Joellens Vater. »Sie können das Buch haben, wenn es zurückkommt«, sagte sie betont höflich.

Widerstrebend legte Joellen den Roman zurück. Da sie es gewöhnt war, ihren Willen zu bekommen, blitzten ihre Augen vor unterdrücktem Zorn. »Sie haben wahrscheinlich sowieso nichts Vernünftiges zu lesen in diesem albernen kleinen Laden. Jeder weiß, daß Chloe ihn nur eröffnet hat, damit Sie etwas zu tun hatten, weil die Schulverwaltung Sie nicht als Lehrerin zugelassen hat. Es ist gar keine *richtige* Bibliothek.«

Emma versteifte sich ganz unbewußt. Joellens Worte verletzten sie, aber das ließ sie sich nicht anmerken. »Da dies keine *richtige* Bibliothek ist, verstehe ich nicht, warum Sie so lange bleiben.«

Joellens selbstzufriedener Gesichtsausdruck reizte Emma so sehr, daß sie das Mädchen fast geschlagen hätte. »Es gehen Gerüchte über Sie um, Emma«, meinte Joellen gehässig. »Die Leute sagen, Sie hätten einen *Mann* in Ihrem Haus.«

Emma hätte Joellen einiges über die Männer erzählen können, die Chloes Haus aufsuchten – über Big Joe Lenahan, zum Beispiel, Joellens Vater – doch sie beherrschte sich. Nur ihre Augen funkelten zornig, als sie antwortete: »Und wenn es so wäre, Joellen? Was geht Sie das an?«

»Es ist nicht schicklich«, erwiderte Joellen triumphierend.

»So? Und was Sie mit Billy Baker beim Erntedankfest gemacht haben, war *das* schicklich?« versetzte Emma scharf. »Big John würde einen Anfall bekommen, wenn er es wüßte.«

Joellen wurde blaß. »Sie haben Billy und mich gesehen?«

»Ich habe genug gesehen.«

Das Blut schoß Joellen in die blassen Wangen. Ohne ein weiteres Wort wandte sie sich ab, stürmte aus dem Laden und ließ die Tür weit offen stehen.

Emma ging mit einem fröhlichen Summen auf den Lippen hin und schloß die Tür. In Wirklichkeit hatte sie nur gesehen, daß Joellen mit Billy beim Tanzen Händchen hielt; alles andere hatte sie erraten.

Punkt zwölf Uhr mittags nahm sie den Roman von Thomas Hardy und machte sich auf den Weg nach Hause. Wie abgesprochen, kam Callie aus dem Saloon, um das Buch in Empfang zu nehmen. Dann schlich sie verstohlen die Hintertreppe in den zweiten Stock hinauf, um von niemandem gesehen zu werden.

Bevor Emma nach Hause ging, suchte sie noch den Laden auf und kaufte ein Hemd und eine Hose, von denen sie annahm, daß sie Mr. Fairfax passen würden. Ihre Einkäufe wurden gerade eingepackt, als Fulton, der sie durch das Schaufenster gesehen haben mußte, in den Laden kam.

Er warf einen flüchtigen Blick auf Hemd und Hose, ging weiter und blieb dann stehen, um Emmas Einkäufe eingehender zu betrachten.

»Könntest du mir helfen, etwas zu finden, was ein Mann unter seinen Hosen trägt?« flüsterte Emma Fulton verstohlen zu, um zu vermeiden, daß die Ladenbesitzerin es hörte. Mrs. Birdwell war für ihre Klatschsucht bekannt und hätte es vermutlich in ganz Whitneyville herumerzählt, als Beweis, daß der Apfel nicht weit vom Stamm fällt.

Fulton starrte Emma an, als hätte sie ihm eine eiskalte Dusche verpaßt.

»Emma!« zischte er entrüstet.

»Schon gut«, seufzte sie. »Laß nur. Ich frage Chloe.«

»Sind die Sachen für diesen . . . diesen Strolch?«

Mrs. Birdwell, eine große dünne Frau mit einem strengen Knoten, schaute neugierig zu ihnen hinüber.

»Natürlich sind sie für ihn«, erwiderte Emma gereizt. »Du erwartest doch nicht, daß er nackt herumläuft, oder?«

Mrs. Birdwell setzte eine empörte Miene auf. Sie gehörte zur Schulverwaltung, und sie war es gewesen, die Emma den Lehrerinnenposten verweigert hatte, als sie nach ihrem Studium aus St. Louis zurückgekommen war. Emma könne einen ›schädlichen‹ Einfluß auf die Kinder ausüben, so hatte sie ihre Entscheidung begründet.

Fultons Ohren wurden feuerrot. »Emma, ich muß doch sehr bitten! Hüte deine Zunge.«

Doch Emma war mit ihrer Geduld am Ende. Sie forderte Mrs. Birdwell auf, die Einkäufe auf Cloes Rechnung zu setzen – denn die alte Krähe hatte nichts dagegen, ihre Waren an ›schädliche Einflüsse‹ zu verkaufen –, und ging zur Tür. »Ich sehe, daß wir zu keiner vernünftigen Einigung kommen werden. Auf Wiedersehen, Fulton.«

Er folgte ihr nach draußen. »Es ist eine ernste Angelegenheit, Emma«, beharrte er. »Es ist schon schlimm genug, daß du bei diesem schrecklichen Frauenzimmer lebst. Wenn Mutter erfährt, daß ihr diesen Herumtreiber aufgenommen habt, kommen eine Menge Probleme auf uns zu.«

»Er reist bald weiter«, meinte Emma seufzend. »Sobald er aufstehen kann, vermute ich. Er hat genauso wenig Verlangen danach, in dieser Stadt zu bleiben, wie du ihn hierhaben willst.«

Das schien Fulton ein wenig zu beruhigen. »Du pflegst ihn doch nicht etwa selbst, oder?«

Emma ging weiter, den Blick stur auf die Straße gerichtet. »Ich habe ihm gestern abend etwas vorgelesen«, gab sie zu, wobei sie klugerweise ausließ, daß sie Steven auch gewaschen und verbunden hatte.

»Wie die meisten Vagabunden ist er bestimmt sehr ungebildet.«

Emma nickte, obwohl sie Steven Fairfax für mindestens so gebildet hielt wie Fulton. Aber es zuzugeben hätte nur weiteren Ärger ausgelöst.

»Hast du schon etwas von deiner Mutter gehört, Fulton?«

»Ja, sie und Vater kommen im nächsten Monat von ihrer Reise zurück«, antwortete er mit sorgenvoller Miene. Sowohl er als auch Emma wußten, daß seine Eltern nicht begeistert von seiner Wahl sein würden.

Vor der Bank blieb Fulton stehen. »Sei vernünftig«, rief er Emma in strengem Ton nach, als sie weiterging. Sie schaute auf das glitzernde Wasser des Chrystal Lake hinaus, weil der Anblick des Sees sie stets beruhigte. Im Sommer gab es nichts Schöneres für sie, als an heißen Tagen ihre Füße ins Wasser zu stecken und in Mondnächten frei und nackt wie eine Nymphe im See zu schwimmen.

Daisy fegte gerade die Halle, als Emma eintrat. »Wurde auch langsam Zeit«, brummte die alte Frau. »Die Suppe, die ich gekocht habe, wird schon kalt.«

Emma dankte Daisy lächelnd und ging in den ersten Stock hinauf. An Stevens Tür blieb sie stehen und klopfte.

»Herein«, bellte er, nicht freundlicher als Daisy.

Emma öffnete die Tür und trat ein. »Ich habe Ihnen neue Kleider mitgebracht«, sagte sie heiter. »Hoffentlich passen sie.«

Stevens unrasiertem Gesicht war deutlich anzusehen, wie sehr er unter dem Alleinsein, den Schmerzen und seiner Hilflosigkeit litt. Eine Atmosphäre unterdrückter Spannung erfüllte den Raum. »In meiner Manteltasche ist Geld«, sagte er mürrisch.

Emma zog einen Stuhl ans Bett und setzte sich. »Das regeln wir später. Wie fühlen Sie sich?«

»Miserabel.« Er starrte an die Decke und trommelte nervös mit den Fingern.

Er hat schöne, schlanke Hände, dachte Emma und ermahnte sich sogleich, daß diese Hände bestimmt auch sehr gefährlich werden konnten. Es war anzunehmen, daß Steven ein Revolverheld war, und solche Männer belasteten sich nicht mit Gewissensfragen.

»Haben Sie Hunger?«

»Nein«, fuhr er auf. »Das alte Biest, daß Sie Köchin nennen, hat mir schon zwei Teller Suppe aufgezwungen.«

Emma lachte. »Ich hätte Sie warnen sollen. Man darf Daisy nicht verärgern. Sie ist eine starke Persönlichkeit.«

Auch Steven lachte, aber es klang grimmig. Er verschränkte die Arme über der Brust und musterte fast verächtlich Emmas Kleid. »Warum ziehen Sie so etwas an, wo Sie doch die schönste Frau im ganzen Distrikt sein könnten?« erkundigte er sich barsch.

Emma errötete und wollte schon protestieren, aber dann war sie plötzlich nicht mehr sicher, ob es ein Kompliment oder eine Beleidigung gewesen war.

»Was gefällt Ihnen denn nicht an meinem Kleid?«

»Es ist bieder genug für eine Missionarsfrau«, antwortete er.

Seine Worte brachten Emma zu Bewußtsein, wie gern sie attraktiv für ihn gewesen wäre, und das beschämte sie, denn schließlich beabsichtigte sie, Fulton zu heiraten. Fultons Ansicht über ihre Garderobe hatte sie jedoch noch nie interessiert. Bevor sie es verhindern konnte, kamen ihr die Tränen.

»Verdammt«, knurrte Steven, »ich wollte Sie wirklich nicht zum Weinen bringen!«

Emma zog ihr Spitzentuch aus ihrer Tasche und trocknete ihre Tränen. »Ich wünschte, Sie würden mit dem Fluchen aufhören.«

Steven seufzte. »Verzeihen Sie, Emma. Aber eine Frau wie Sie sollte wirklich Seide, Satin und Spitzen tragen. Und einen Ausschnitt, der ein bißchen Busen zeigt.« Er betrachtete Emma aus schmalen Augen, als versuchte er, sich einen solchen Ausschnitt vorzustellen. »Ja, Sie haben einen sehr hübschen Busen.«

Wieder stieg Blut in Emmas Wagen, aber trotz ihrer Entrüstung über seine Worte verspürte sie ein angenehmes Kribbeln in ihrem Magen. Erschrocken sprang sie auf. »Wenn Sie ordinär werden ...«

Steven ergriff blitzschnell ihre Hand und zog sie auf den

Stuhl zurück. Emma erschauerte unter seiner Berührung. »Bitte«, sagte er leise. »Gehen Sie noch nicht.«

Als sie nickte, gab er – sehr widerstrebend, wie ihr schien – ihre Hand frei. »Es muß sehr unangenehm für Sie sein, so ... so schmutzig zu sein«, sagte sie, um ihre Verlegenheit zu überspielen. »Schade, daß Sie nicht hinuntergehen können, um Chloes Badewanne zu benutzen.«

Steven zog die Brauen hoch. »Ich könnte es schon, Miss Emma«, bemerkte er gedehnt. »Aber Sie müßten mir helfen ...«

Emmas Herz setzte einen Schlag aus. *»Helfen?«*

»Nur die Treppe hinuntergehen«, beruhigte er sie. »Nicht beim Baden.«

Emmas Lächeln verriet ihre Erleichterung, aber ihr Herz schlug noch immer beängstigend schnell. »Oh.«

»Würden Sie das für mich tun?«

»Warum nicht?« Emma strich ihre Röcke glatt und stand auf. Da Stevens Kleider völlig zerfetzt waren, holte sie ihm rasch Big Johns Morgenrock aus Chloes Zimmer.

Mit gemeinsamer Anstrengung gelang es ihnen, Steven aufzurichten. Als er endlich stand, stöhnte er von der Anstrengung.

Auf der Treppe mußten sie auf jeder Stufe haltmachen, und Emma zitterte vor Angst, daß er stürzen und sich noch mehr verletzten könnte.

Daisy kam aus der Küche, als sie das Erdgeschoß erreichten. Sie trug ihren Sonntagshut auf dem Kopf und ihre Handtasche unter dem Arm.

»Du liebe Güte, Miss Emma, bringen Sie den Mann sofort zurück!«

Emma schüttelte den Kopf. »Mr. Fairfax braucht ein Bad.«

»Das gehört sich nicht, Miss Emma!« entgegnete Daisy streng, ging zur Tür und zerstörte damit Emmas Hoffnung, daß sie ihr mit Steven helfen würde. »Tun Sie nichts Unschickliches, Miss Emma!« fügte Daisy stirnrunzelnd hinzu, bevor die Tür hinter ihr ins Schloß fiel.

Die Tatsache, daß sie nun ganz allein mit einem Mann im Haus war, der sich in wenigen Minuten bis auf die Haut ausziehen würde, ließ Emma sich unbehaglich fühlen. Aber daran war nichts mehr zu ändern. Steven die Treppe hinunterzubringen, war zu mühsam gewesen, als daß Sie jetzt noch einen Rückzieher hätte machen wollen.

Ein Blick auf die Küchenuhr bewies, daß die Hälfte ihrer Mittagspause schon verstrichen war. Und dabei hatte sie noch nicht einmal gegessen.

Ganz langsam und vorsichtig führte sie Steven zu dem Raum, auf den Chloe so stolz war. Außer dem Bad in der großen Villa auf dem Hügel, wo die Whitneys lebten, gab es meilenweit kein anderes Badezimmer wie dieses hier.

Am Ende des langen Korridors öffnete Emma die Tür, führte Steven hinein und half ihm, sich auf den Deckel des Klosetts zu setzen, einer weiteren Errungenschaft moderner Zeiten.

Emma drehte ihm den Rücken zu und befestigte den Stöpsel in der Wanne. Als sie beide Wasserhähne aufgedreht hatte und sich wieder zu Steven umdrehte, grinste er sie an.

»Was ist?« fragte sie verwirrt.

»Nichts.«

Sie begriff, daß sie – sozusagen – ihren Po zur Schau gestellt hatte, und wurde feuerrot. »Schuft«, sagte sie entrüstet.

»Ja – aber sympathisch«, entgegnete er lächelnd. »Steigen Sie jetzt in die Wanne«, befahl Emma ungeduldig. »Ich muß zur Bibliothek zurück und habe noch nichts gegessen.«

Steven erhob sich mühsam und begann den Gürtel von Big Johns Flanellmantel zu lösen.

Emma drehte sich blitzschnell um und legte die Hände über die Augen.

Steven lachte. »Entschuldigung«, sagte er, und dann: »Ich brauche Sie, um meine Verbände zu entfernen.«

Mit abgewandten Blick ging Emma an ihm vorbei und holte eine Schere. Während sie die Verbände entfernte, bemühte sie sich, nur auf den weißen Stoff zu schauen, aber sie konnte trotzdem nicht umhin, einen verstohlenen Blick auf Stevens kräftigen Brustkasten und seinen flachen Bauch zu werfen.

»Sie machen das sehr gut«, lobte er. »Haben Sie schon einmal Verwundete gepflegt?«

Emma holte tief Luft und atmete dann langsam wieder aus.

Das Zimmer kam ihr heiß und stickig vor, und wieder hatte sie das inzwischen schon vertraute Gefühl, daß eine unsichtbare Kraft in ihr danach drängte, freigesetzt zu werden. »Vor ein paar Jahren ist ein Stollen in einer Miene eingestürzt, und viele Männer wurden verletzt. Chloe erlaubte mir, ihr zu helfen, sie zu versorgen.«

»Und wo war Doc Waverly?«

»Er war auch da«, entgegnete Emma verteidigend, weil sie Dr. Waverly mochte, trotz seiner verhängnisvollen Vorliebe für den Whiskey. »Er hatte genug zu tun, das können Sie mir glauben.«

»Wie kommt es, daß Sie hier leben, Emma?«

Sie half ihm bis zur Badewanne und wandte sich ab, als er sich auszog. Doch trotz ihrer Bemühungen, nichts zu sehen, erhaschte sie einen kurzen Blick auf lange behaarte Beine. »Chloe brachte mich nach Whitneyville, als ich noch ein kleines Mädchen war.«

Steven stöhnte, als er in das heiße Wasser stieg, und Emma wagte nicht, hinauszugehen, aus Sorge, er könne das Bewußtsein verlieren und ertrinken.

»Chloe scheint eine ... Dame der Nacht zu sein«, bemerkte er.

Emma seufzte und wischte mit dem Ärmel über ihre feuchte Stirn. Ihr war unerträglich heiß, und sie war erschüttert von den Gefühlen, die Stevens Nähe in ihr auslöste. »Ja.«

»Ist sie Ihre Mutter?«

»Nein«, sagte Emma rasch. »Chloe ist ein viel besserer Mensch, als meine Mutter je gewesen ist.«

»Das klingt sehr bitter, Emma.« Das Atmen bereitete ihr Schwierigkeiten, aber noch schwerer fiel es ihr, nicht verstohlen zu Steven hinüberzuschauen. »Mama hat sich nie um uns gekümmert, weder um meine Schwestern noch um mich. Warum sollte ich behaupten, sie sei ein guter Mensch, wenn sie es nicht ist?«

Steven seufzte. »Emma.«

»Ja?«

»Ich brauche Hilfe.«

Emma schwieg bestürzt, dann fragte sie: »Wozu?«

»Ich kann mir nicht selbst den Rücken waschen. Oder das Haar.«

Emma schloß die Augen, drehte sich um und tastete sich zur Badewanne vor. Als sie mit dem Knie gegen ihren harten Rand stieß, riß sie mit einem Schmerzensschrei die Augen auf.

Steven schaute schmunzelnd zu ihr auf. Zwar hatte er seine intimste Körperstelle mit einem Waschlappen bedeckt, aber der Rest seines Körpers war in seiner ganzen männlichen Pracht zu sehen.

Mit der Absicht, die ganze Sache so schnell wie möglich hinter sich zu bringen, krempelte Emma die Ärmel auf und kniete sich neben die Wanne. Bemüht, nicht darüber nachzudenken, was sie tat, schrubbte sie Stevens Rücken und seifte sein etwas zu langes Haar ein, das sich weich wie Seide anfühlte.

»Die Bandage um ihre Rippen ist naß.«

Steven lehnte sich seufzend zurück. »Egal«, murmelte er und lächelte zufrieden. »Gott, wie gut das tut!«

»Ich wünschte, Sie würden nicht wegen jeder Kleinigkeit Gottes Namen in den Mund nehmen«, tadelte Emma.

»Der Mann, dem der Morgenrock gehört – hat er vielleicht zufällig auch ein Kistchen Zigarren hier im Haus?«

Tatsächlich sorgte Chloe stets dafür, daß Big John bei seinen Besuchen Zigarren vorfand, aber Emma war es leid, das Dienstmädchen zu spielen. Sie mußte in ihre Bibliothek zurück, hatte Hunger und wurde von den merkwürdigsten Empfindungen gequält.

»Nein«, sagte sie rasch. »Wir haben hier keine Zigarren.«

Steven zog mit dem Zeh den Stöpsel aus der Wanne. »Sie drehen sich jetzt besser um, Emma. Ich werde aufstehen, das heißt, falls es mir gelingt.«

Sie gehorchte und hoffte, daß sie ihm nicht zu helfen brauchte.

»Ich schaffe es nicht«, knurrte er schließlich verärgert. »Sie müssen mir helfen.«

»Ach, du meine Güte«, murmelte Emma bestürzt, aber sie sah ein, daß sie ihn nicht ewig in der Wanne sitzen lassen konnte. Mit geschlossenen Augen legte sie ihre Arme unter Stevens Achselhöhlen und versuchte, ihn auf die Beine zu ziehen.

Es war nicht leicht, aber schließlich schafften sie es, und Emma beeilte sich, den Morgenrock zu holen.

Sie hatten gerade ihren anstrengenden Aufstieg in den ersten Stock begonnen, als Dr. Waverley an das Glas der Eingangstür klopfte.

Noch nie war Emma so froh gewesen, jemanden zu sehen.

»Guten Tag«, sagte der Arzt heiter, als er hereinkam. »Haben Sie unseren Patienten gebadet?«

Emma errötete. »Ich habe ihm geholfen, die Treppen hinabzusteigen«, wich sie aus.

»Lügnerin«, flüsterte Steven ihr zu, und sein warmer Atem streichelte ihr Ohr.

»Seine Bandage ist naß«, fuhr Emma fort, und sie fand selbst, daß ihre Stimme unnatürlich laut klang.

»Dann wechsele ich sie«, sagte Doc Waverley und übernahm Emmas Platz an Stevens Seite.

»Ich beziehe sein Bett, während Sie ihn nach oben bringen«, rief Emma, die rasch weitergegangen war, dem Arzt zu.

Sie war schon fertig, als Steven blaß vor Erschöpfung in sein Zimmer kam. Aber er lächelte, als er sie von dem frischgemachten Bett zurücktreten sah.

»Danke«, meinte er leise.

»Ich glaube, wir könnten jetzt beide einen Schluck Whiskey vertragen«, sagte der Arzt und zog eine Flasche aus seinem Arztkoffer.

Kopfschüttelnd sammelte Emma die schmutzigen Laken ein und ging dann hinaus. Als sie zurückkehrte, hatte sie ihr feucht gewordenes blaues Taftkleid gegen ein anderes aus schwarzem Satin vertauscht.

Der Arzt befestigte gerade die neue Bandage um Stevens Rippen. »So gut wie neu«, prahlte der alte Mann.

»Nicht ganz«, entgegnete Steven mit einer Grimasse und ließ sich auf das Kissen zurücksinken.

»Brauchen Sie noch etwas, bevor ich in die Bibliothek gehe, Mr. Fairfax?« fragte Emma.

»Nein, vielen Dank, Miss Emma«, antwortete er müde und schloß die Augen.

Als sie ihn so blaß und erschöpft von der Anstrengung in den

Kissen liegen sah, tat er ihr leid. »Ich lese Ihnen heute abend wieder etwas vor, wenn Sie möchten«, sagte sie, ohne einen Gedanken daran zu verschwenden, ob der Arzt es in der Stadt herumerzählen würde oder nicht.

»Das wäre ... schön«, erwiderte Steven. Noch einmal glitt sein Blick über ihre schlanke Gestalt, dann schlief er erschöpft ein.

Emma begleitete den Arzt nach unten. In der Küche hob sie den Deckel von Daisys Suppentopf und stellte fest, daß das Essen eiskalt war.

»Lassen Sie mich rufen, wenn der junge Mann Beschwerden hat«, bat der Arzt, bevor er ging.

»Ja, danke«, antwortete Emma und machte sich rasch ein Sandwich zurecht, das sie auf der Straße aß, während sie zur Bibliothek eilte.

Wie immer um diese Zeit war nichts zu tun, und so hatte Emma Zeit, über Steven nachzudenken. Doch die Bilder, die vor ihr erstanden, ware so verstörend, daß sie unwillkürlich schneller atmete und sich ein feiner Schweißfilm auf ihrer Oberlippe bildete.

Emma schloß für einen Moment die Augen und bemühte sich, an etwas anderes zu denken, aber es war sinnlos. Immer wieder drängte Steven sich in ihr Bewußtsein.

Ohne den Schmutz, den Schweiß und das getrocknete Blut sah er noch attraktiver aus als vorher, und auch sein Lächeln wirkte irgendwie entspannter. Wie weich sein Haar ist, dachte sie verträumt, wie geschaffen zum Streicheln ...

Emma wurde plötzlich so heiß, daß sie zur Tür ging und sie öffnete, um frische Luft hereinzulassen. Es war ungewöhnlich heiß für April, fand sie.

In diesem Moment kam Big John Lenahan vorbei und trat lächelnd ein. Er war – wie sein Spitzname schon besagte –, ein großer, kräftiger Mann mit weißem Haar und den gleichen kornblumenblauen Augen wie seine Tochter. Aber im Gegensatz zu Joellen war er ein ausgesprochen netter Mensch.

»Hallo, Miss Emma«, grüßte er freundlich.

Emma nickte ihm lächelnd zu. »Guten Tag, Big John. Kann ich etwas für Sie tun?«

»Nun ja, Joellen scheint eine Vorliebe für ein Buch zu haben, das sie hier gesehen hat, und sie will nicht warten, bis sie mit dem Lesen an die Reihe kommt. Deshalb dachte ich, ich frage Sie, was es ist, und bestelle es dann beim alten Mitch, um sie damit zu überraschen.« Emma ließ sich ihre Meinung über Joellen nicht anmerken, weil sie Big Johns Gefühle nicht verletzten wollte. »Natürlich. Es war Mr. Hardys neuester Roman.« Sie schrieb den Titel auf einen Zettel und reichte ihn dem wohlhabenden Rancher. »Was macht die Circle L?« fragte sie.

Big John zuckte mit den Schultern. »Wir sind knapp an Arbeitern, und Joellen ist wie immer reichlich schwierig. Ich wünschte, Chloe würde sich endlich dazu entschließen, mich zu heiraten, damit das Mädchen eine Mutter bekommt.«

Emma lächelte, als sie sich Chloe als Joellens Stiefmutter vorstellte. Das würde die Karriere des Mädchens als frechste Göre von Whitneyville sehr schnell beenden. »Sie wissen ja, wie Chloe ist, Big John.«

Er nickte wehmütig und steckte den Zettel ein. »Eine starrköpfigere Frau gibt es im ganzen Distrikt nicht, aber ich werde sie schon überzeugen. Und wenn es das letzte ist, was ich auf Erden tue!«

»Das könnte sein«, warnte Emma, und Big John lachte.

4

»Das gleiche wie immer, Miss Emma?« fragte Ethan Peters, Chefredakteur des *Whitneyville Orator*.

Emma war in sehr melancholischer Stimmung an diesem sonnigen Freitagmorgen. Im Laufe der Jahre hatte sie Tausende, ja vielleicht sogar *Hundert*tausende von Plakaten drucken lassen und noch nie einen Hinweis auf Caroline oder Lily erhalten. Manchmal fragte sie sich, ob ihr Anschläge überhaupt gelesen wurden. »Ja, Mr. Peters«, antwortete sie seufzend.

Der freundliche ältere Mann lächelte sie an, als er nach einem Stift griff, um den Text aufzunehmen. Sein langer schwarzer Schnurrbart war gewachst, und das wenige Haar, das ihm geblieben war, kämmte er sehr geschickt über die kahlen Stellen auf seinem Kopf.

»Sie dürfen nicht aufgeben, Miss Emma«, sagte er tröstend. »Ihre Schwestern müssen irgendwo sein, und eines Tages wird jemand, der sie kennt, Ihr Plakat sehen.«

Emma zwang sich zu einem Lächeln. »Hoffentlich haben Sie recht.«

Mr. Peters nickte. »Es ist nur eine Frage der Zeit.«

Emma verließ die Redaktion und ging zu ihrer Bücherei. Der Yellow Belly Saloon war nun ein düsterer, trüber Ort, und niemand sprach davon, ihn wieder aufzubauen. Chloes Lokal hingegen, jetzt das einzige am Ort, wo Alkohol ausgeschenkt wurde, dröhnte von Musik und Gelächter.

Mit einem Lächeln auf den Lippen und einem Kopfschütteln schlenderte Emma daran vorbei. Sie hätte für ihr Leben gern einen Blick hineingeworfen, vor allem in den ersten Stock, wo Mädchen wie Callie ihre liebeshungrigen Besucher empfingen. Aber Chloe hatte geschworen, Emma bei lebendigem Leib die Haut abzuziehen, falls sie je einen Fuß über die Schwelle setzte. Und obwohl Chloe die gutmütigste aller Adoptivmütter war, wußte Emma, daß die legendäre Miss Reese in *dieser* Hinsicht zu keiner Meinungsänderung zu bewegen war.

Emma schloß gerade ihren Laden auf, als Fulton erschien. Er machte einen sehr aufgeregten Eindruck.

»Ich muß mit dir reden«, flüsterte er Emma zu, als befürchtete er, die ganze Stadt könnte ihn hören.

Emma seufzte. »Komm herein.«

Er folgte ihr, und kaum hatte sie die Tür geschlossen, sagte er erregt: »Es muß etwas gegen die Gerüchte unternommen werden, Emma!«

»Welche Gerüchte?« entgegnete sie, obwohl ihr klar war, worauf Fulton anspielte.

Anerkennend musterte er ihren grünen Taftrock und die gestärkte weiße Bluse. »Du siehst gut aus heute morgen.«

Emma trat hinter ihren Schreibtisch, um eine Barriere zwischen sich und ihm zu schaffen, und gab vor, sich mit ihrer Kartei zu beschäftigen. »Danke.«

Fulton beschloß, nicht lange um den heißen Brei herumzureden. »Es ist dieser Rebell, den ihr aufgenommen habt. Er muß aus dem Haus, Emma.«

Sie dachte an Steven, der am Vorabend mit aufrichtigem Interesse einem weiteren Artikel von *Little Women* gelauscht hatte, und senkte den Blick, damit Fulton nicht merkte, was sie beschäftigte. »Er ist völlig harmlos«, versicherte sie Fulton, obwohl sie inzwischen wußte, daß Steven nicht bloß eine vorübergehende Erscheinung in ihrem Leben sein würde. Es sah ganz danach aus, als hätte er eine einschneidende und bleibende Wirkung auf sie.

»Ich habe mit Leuten gesprochen, die im Yellow Belly waren, als er hereinkam, Emma«, fuhr Fulton mit besorgter Miene fort. »Sie sagten, er hätte einen .45er Colt getragen, und es hätte keinen Mann gegeben, der sich mit ihm anzulegen wagte.«

»Wahrscheinlich war im ganzen Salon kein einziger Mann, der nüchtern genug dazu gewesen wäre«, entgegnete Emma trocken.

»Er ist ein Pistolero«, beharrte Fulton. »Ich muß darauf bestehen, daß du ihn aufforderst, die Stadt zu verlassen.«

Emma verspürte das erste, leise Stechen in ihren Schläfen. Fulton hatte kein Recht, auf irgend etwas zu bestehen, solange sie beide noch nicht offiziell verlobt waren. »Ich bezweifle, daß er das könnte«, sagte sie. »Er kann nicht einmal alleine laufen.«

»Dann schick ihn zu Doc Waverly.«

»Eine großartige Idee, Fulton. Dann kann der Arzt sich – wenn er ausnahmsweise mal nüchtern ist –, persönlich um seinen Patienten kümmern.«

Emmas Spott entging Fulton nicht, und er hieb wütend mit der Faust auf den Schreibtisch. »Verdammt noch mal, Emma, die Leute behaupten, du hättest den Kerl sogar gebadet!«

Doc Waverley, die alte Klatschbase, hatte also doch nicht den Mund gehalten! Emma nahm sich vor, ihm Bescheid zu sagen, wenn sie ihn wiedersah. »Ich glaube, das besprichst du besser mit Chloe«, antwortete sie Fulton und suchte in einer Schublade nach dem Pulver gegen Kopfschmerzen.

Beide wußten, was Chloe sagen würde – daß Fulton sein Geld zählen und sich aus ihren Angelegenheiten heraushalten sollte. Nur würde sie es nicht ganz so höflich ausdrücken.

Emma atmete tief durch, um Mut zu sammeln. »Außerdem bin ich der Ansicht, daß wir uns in nächster Zeit nicht so häufig sehen sollten. Wir brauchen beide Zeit, um uns alles zu überlegen.«

Fulton starrte sie betroffen an, dann drehte er sich auf dem Absatz um und stürmte wütend aus der Bibliothek.

Emma holte Wasser und rührte sich ein Pulver gegen ihre Kopfschmerzen an. Glücklicherweise war sie den ganzen Morgen sehr beschäftigt, und als sie mittags nach Hause kam, fand sie in der Küche einen Teller mit kaltem Huhn und Brot. Daisy war nirgendwo zu sehen.

Nachdem Emma sich überzeugt hatte, daß der Zopf ordentlich geflochten war, kniff sie sich in die Wangen, um ihnen Farbe zu geben, und ging hinauf zu Steven.

Er wirkte gereizt, als sie hereinkam.

»Wie fühlen Sie sich heute?« fragte sie.

Er klappte das Buch zu, das Emma ihm morgens gegeben hatte. »Gut«, knurrte er.

Sie lachte, zog sich einen Stuhl heran und stellte den Teller mit den Sandwiches auf ihre Knie. »Ich weiß, daß Sie sehr nett sein können, wenn Sie wollen, Mr. Fairfax. Gestern abend, als ich Ihnen vorgelesen habe, haben Sie sich wie ein perfekter Gentleman verhalten.«

Sein hungriger Blick auf ihren Teller veranlaßte sie, ihm ein Sandwich zu reichen. »Danke«, sagte er fast unwillig, um dann hinzuzufügen: »Ich brauche meinen Colt.«

Emma strich ihren Satinrock glatt. »Heute scheint mein Tag für unerfüllbare Forderungen zu sein«, meinte sie.

Steven runzelte die Stirn, als er weiteraß, und Emma unterdrückte das Bedürfnis, sich Luft zuzufächeln. »Was soll das heißen?« fragte er unfreundlich.

»Ich glaube, das ist ziemlich klar. Es heißt, daß ich Ihnen die Waffe nicht geben werde.«

Steven nahm sich kein zweites Sandwich, und als er mit der Zungenspitze über seine Lippen fuhr, versetzte es Emma einen lustvollen Stich. »Hat Ihnen schon einmal jemand gesagt, was für ein starrsinniger kleiner Hitzkopf Sie sind?«

»Ja«, erwiderte sie schlicht. »Aber es hat nie etwas genützt.«

Steven legte sich auf die Kissen zurück, und an der Art, wie er das Gesicht verzog, sowie an seiner Blässe bemerkte Emma, daß er große Schmerzen litt.

Sie legte ihre Hand auf seine Stirn, und Steven ergriff sie und hielt sie fest. Seine Finger waren stark und gleichzeitig unglaublich sanft. »Komm«, sagte er rauh. Emma hatte das Gefühl, hypnotisiert zu werden. Wie in Trance stellte sie den Teller beiseite und erlaubte Steven, sie auf die Bettkante zu ziehen.

Als er die Innenfläche ihres Handgelenks zu streicheln begann, ging ein seltsames Erschauern durch ihren Körper, und plötzlich kam sie sich so hilflos vor wie eine Feldmaus vor einer Kobra.

Steven ließ ihre Hand los, aber nur, um ihren langen, rotblonden Zopf zu berühren und ihn spielerisch durch seine Finger gleiten zu lassen. Dann strich er mit dem Zeigefinger über ihr Kinn und ihre volle Unterlippe, und Emma begann zu zittern und wollte sich von ihm abwenden.

Aber er streckte die Hand aus, umfaßte ihr Kinn und zwang sie, ihn anzusehen. »Unter Ihren Bibliothekarinnenkleidern verbirgt sich eine Wildkatze, Emma Chalmers«, sagte er mit leiser, beschwörender Stimme. Als ihre Augen sich vor Erstaunen weiteten und ein gekränkter Blick darin erschien, lächelte er. »Und eines Tages werde ich Ihnen beweisen, daß es so ist.«

Dann zog er Emmas Kopf zu sich herunter und küßte sie. Ein wohliges Prickeln erfaßte sie, als er mit seiner Zunge ihre Mundwinkel berührte und sie um etwas zu bitten schien, was noch kein Mann von ihr verlangt hatte.

Das heiße Sehnen, das seine Zärtlichkeiten in ihr auslösten, bestürzte sie so sehr, daß sie aufspringen und sich von ihm entfernen wollte. Aber statt dessen wurde sie weich und nachgiebig in seinen Armen, öffnete die Lippen und gewährte Steven Einlaß. Mit einem hilflosen Seufzer schloß sie die Augen und schmiegte sich in seine Arme.

Aber da zog er sie ganz unvermittelt zu sich aufs Bett. »Steven!« protestierte sie, ohne sich ihm jedoch ernsthaft zu widersetzen.

»Meine süße Emma«, murmelte er, und seine Lippen suchten von neuem ihren Mund.

Sie fühlte sich beschwipst wie in jenem Sommer, als sie fünfzehn gewesen war und heimlich von Chloes Likör getrunken hatte. Die ganze Welt schien sich um sie zu drehen. Als Steven eine Hand auf ihre Brust legte, stöhnte sie leise auf und krümmte ihren Rücken.

»Faßt dein Bankier dich auch so an, Emma?«

»O Gott«, wisperte Emma, die viel zu abgelenkt war, um sich zu fragen, woher Steven von Fulton wußte.

Als er den Kopf auf ihre Brust senkte und seine Lippen um eine ihrer verborgenen Knospen schloß, stöhnte Emma noch einmal auf, preßte ihre Fersen gegen die Matratze und versuchte sich aufzurichten, um ihm noch näher zu sein.

Aber Steven drängte sie sanft zurück, küßte ihren Hals, ihr Ohrläppchen und den heftig pochenden Puls an ihrer Kehle, während er gleichzeitig ihr Mieder aufknöpfte. »Mr. Fairfax!« flüsterte sie erschrocken.

»Ich werde dir nicht weh tun«, versicherte er ihr ruhig, und sie glaubte ihm. »Ich möchte dir nur zeigen, wer du wirklich bist«, fügte er hinzu und unterstrich jedes seiner Worte mit aufreizenden Liebkosungen. Als er Emma so weit entblößt hatte, daß sie nur noch ihr dünnes Hemdchen trug, ließ er seine Lippen tiefer gleiten.

Mit überwältigender Zärtlichkeit befreite er eine ihrer Brüste von dem störenden Hemd und schloß mit einem bewundernden Seufzer seine warmen Lippen um die rosige Knospe.

Emma seufzte lustvoll, als er zärtlich daran saugte, und warf ihren Kopf von einer Seite zur anderen. Stevens Worte klangen in ihrem Kopf wider: Ich möchte dir nur zeigen, wer du wirklich bist ...

Schließlich entblößte er auch ihre andere Brust und liebkoste sie auf die gleiche Weise, was Emma so erregte, daß sie kaum noch stillzuliegen vermochte. Doch als er ihren Rock hinaufzog und eine Hand zwischen ihre Schenkel legte, war sie so entsetzt, daß sie sich abrupt aufrichtete, vom Bett aufsprang und in die andere Zimmerecke floh.

Stevens Gesichtsausdruck verriet Verständnis, aber auch Belustigung, und er schaute mit unverhohlenem Interesse zu, wie Emma hastig Hemd und Mieder über ihre Brüste zog.

»Ich weiß«, sagte er schmunzelnd. »Du bist kein leichtes Mädchen.«

Emmas Gesicht brannte vor Scham und vor Empörung. »Nein, das bin ich nicht!« erwiderte sie heftig.

»Aber es hat dir Spaß gemacht«, stellte er mit einem befriedigten Seufzer fest. »Und bis zu dem Tag, an dem ich dich besitze, wirst du dich fragen, was du heute alles verpaßt hast.«

»Sie sind unerträglich arrogant, Mr. Fairfax!«

»Aber dennoch ehrlich«, entgegnete er gelassen und besaß dann die Frechheit, ausgiebig zu gähnen. »Du bist ganz heiß und willig, Emma, und gewisse Bereiche deines Körpers sind zutiefst enttäuscht, ob du es nun zugeben willst oder nicht.«

Ihr lahmer Widerspruch erstarb in ihrer Kehle. Was Steven sagte, stimmte leider.

»Emma, die Bibliothekarin«, sagte er und lachte, als fände er ihren Beruf unglaublich erheiternd.

Emma maß ihn mit einem gereizten Blick. »Sie überschätzen sich, Mr. Fairfax«, zischte sie, bevor sie aus dem Zimmer stürmte und die Tür laut hinter sich zuknallte.

Erst als sie kurz darauf an ihrem Lieblingsplatz am See saß, ließ ihre innere Erregung etwas nach, und sie atmete wieder normal. Die Erkenntnis, daß sie gern bei Steven geblieben wäre, um ihm noch weitere Freiheiten zu gestatten, beschämte sie und jagte ihr entsetzliche Angst ein. Denn wichtiger als alles andere auf der Welt – außer der Suche nach ihren Schwestern, natürlich –, war für Emma, als anständige, rechtschaffene Frau zu gelten.

Statt dessen hatte sie sich wie eine Hure benommen! Sie legte die Hände auf ihre heißen Wangen. Auch jetzt noch glaubte sie Stevens warmen Mund auf ihren Brustspitzen zu spüren, und das Lustgefühl, das sie bei dieser Erinnerung empfand, löste tiefste Verzweiflung in ihr aus.

Sehr viel später, als sie ihre Fassung einigermaßen wieder zurückgewonnen hatte, ging sie zu Steven, um ihn zurechtzuweisen.

»Wie konnten Sie es wagen, mich auf diese Weise zu berühren?« herrschte sie ihn an.

Er lag in seinen Kissen, las in einem Buch und schien sich

ausgesprochen wohl zu fühlen. »Das war nur der Anfang«, erwiderte er gedehnt. »Ich habe noch ganz andere Dinge mit Ihnen vor.«

Emma errötete vor Zorn. »Das können Sie vergessen!« fuhr sie ihn an.

Steven deutete mit einer Kopfbewegung auf den Stuhl. »Setzen Sie sich, Emma«, bat er sanft. »Bitte.«

Emma zog den Stuhl aus seiner Reichweite, erst dann setzte sie sich.

»Hören Sie bitte auf, so zu tun, als hätte ich Sie besudelt oder beschmutzt«, meinte er mit leisem Vorwurf in der Stimme. »Sie sind nicht das erste Mädchen, dessen Brüste geküßt worden sind.«

»Bitte«, flüsterte sie und wandte beschämt den Blick ab.

Steven lachte. »Ich würde gern einmal Ihren Verehrer kennenlernen«, bemerkte er, während er sein Buch wieder aufschlug. »Er scheint mir eine Rarität zu sein.«

Aufgebracht sprang Emma auf. Sie hätte ihm am liebsten das Buch aus der Hand geschlagen. »Fulton ist ein Gentleman«, entgegnete sie spitz und fragte sich im gleichen Augenblick, warum sie den Mann verteidigte, mit dem sie erst wenige Stunden zuvor gebrochen hatte. »Er hat gute Manieren, ist gebildet, und er ist keine ... keine *Rarität*!«

Ihr Patient lächelte höflich und blätterte eine Seite um. »Er hat Ihnen nie das Gefühl vermittelt, eine Frau zu sein«, entgegnete er mit geradezu unheimlichem Einfühlungsvermögen. »Sie sind verlockend wie ein reifer Pfirsich, und dieser Narr hat ihn nicht gepflückt. Das macht ihn in meinen Augen zu einer Rarität, so ähnlich wie der mumifizierte Indianer, den ich einmal sah.« Stirnrunzelnd blätterte er eine weitere Seite um. »Er könnte im Zirkus auftreten.«

Es kostete Emma große Überwindung, Steven nicht zu ohrfeigen. Aber er war verwundet, und außerdem wagte sie nicht mehr, ihm zu nahe zu kommen. So drehte sie sich nur wortlos um, stürmte aus dem Zimmer und knallte die Tür so heftig zu, das sämtliche Bilder auf dem Korridor klirrten, was ihr wenigstens ein bißchen Befriedigung verschaffte.

In der Küche stellte sie den Wasserkessel auf den Herd und

blieb bebend vor Zorn davor stehen. Ausgerechnet in diesem Augenblick kam Chloe herein.

Erstaunt musterte sie Emmas aufgelöstes Haar und ihr zerknittertes Kleid. »Ist dir nicht gut, Emma?« fragte sie besorgt.

»Nein«, antwortete Emma kurz. »Überhaupt nicht.«

»Darf ich fragen, was passiert ist? Du siehst aus wie damals, als du elf oder zwölf warst und den ganzen Tag auf der Insel verbracht hattest.« Doch Chloes Gesichtsausdruck verriet, daß sie die Wahrheit erraten hatte, und ihre grünen Augen funkelten belustigt.

»Soso, Emma! Du hast dich also von Steven küssen lassen. Und ziemlich gründlich sogar, deinem Aussehen nach zu schließen.«

»Ich bin nicht besser als meine Mutter!« flüsterte Emma erschüttert.

»Unsinn!« widersprach Chloe energisch und ging zum Schrank, um Tee, Kanne und Tassen herauszunehmen. »Du würdest nie jemanden, der dich braucht, im Stich lassen. Der beste Beweis dafür ist deine beharrliche Suche nach deinen verlorenen Schwestern.«

Emma sank auf einen Stuhl am Tisch. Ihre Kehle war wie zugeschnürt von ihren widerstreitenden Emotionen.

Mit einem nachsichtigen Lächeln setzte Chloe sich zu ihr. »Wie wäre es, wenn du dir den Tag morgen freinehmen würdest? Du könntest ruhig einmal etwas für dich selbst tun, Emma.«

»So? Was denn?« entgegnete Emma in hoffnungslosem Ton.

Chloe zuckte mit den Schultern. »Ich fahre morgen nachmittag zu Big John hinaus. Du könntest mich begleiten.« Emma dachte an Joellen und verzog das Gesicht. »Nein, danke. Ich würde euch nur im Weg sein.« Und dann endlich kamen ihr die Tränen, und sie begann zu weinen.

»Emma, was ist dort oben vorgefallen? Ein simpler Kuß kann dich doch nicht so erschüttert haben!« sagte Chloe streng.

Zum ersten Mal, seit Emma Chloe kannte, wagte sie sich ihrer Adoptivmutter nicht anzuvertrauen. Dazu schämte sie sich zu sehr. Wie sollte sie ihr eingestehen, welche Freiheiten sie Steven gestattet hatte – und wie sehr sie es genossen hatte?

»Mach dir keine Sorgen, es geht schon wieder«, meinte sie gepreßt, dann stand sie auf und verließ die Küche, ohne ihren Tee zu trinken.

In ihrem Zimmer bürstete sie ihr Haar, flocht es neu und steckte es zu einer Krone auf. Da sie der Ansicht war, es sei besser, sich durch Arbeit abzulenken als im Haus zu bleiben und darüber nachzudenken, was für ein leichtfertiger Mensch sie war, ging sie hinunter. Sie wollte in die Stadt.

Aber an der Haustür verspürte sie plötzlich das dringende Bedürfnis, noch einmal nach Steven zu sehen – trotz allem, was er sich ihr gegenüber erlaubt hatte.

Sie kehrte in den ersten Stock zurück, klopfte leise an seine Tür und trat ein.

Steven hatte seine neuen Kleider angezogen und versuchte nun, aufzustehen, indem er sich am Bettpfosten festhielt. Er war ganz blaß von der Anstrengung und hielt die Augen fest geschlossen. Obwohl er Emmas Anwesenheit spüren mußte, schenkte er ihr keinerlei Beachtung.

Rasch ging Emma auf ihn zu und ergriff seinen Arm. »Sie dürfen noch nicht aufstehen!«

Er maß sie mit einem verdrossenen Blick, als sei es ihre Schuld, daß er sich ohne fremde Hilfe nicht bewegen konnte. Dann ließ er sich auf die Matratze zurücksinken, und blieb reglos liegen. Sein Gesicht war grau vor Schmerz, ein Muskel an seiner Wange zuckte vor unterdrücktem Zorn.

»Wie fühlen Sie sich?« fragte Emma besorgt.

Steven öffnete die Augen. »Ihre Frisur ist unmöglich«, erklärte er, ohne ihre Frage zu beantworten. »Sie sehen wie eine alte Jungfer aus.«

»Ist Ihnen noch nie der Gedanke gekommen, daß ich vielleicht wie eine Dame aussehen *will*?« entgegnete Emma schroff.

»Wozu?« knurrte er und griff nach seinem Buch.

»Ich habe es nicht nötig, mich von Ihnen beleidigen zu lassen!« meinte sie gekränkt. »Sie sind der arroganteste, unerträglichste Mensch, den ich kenne, Mr. Fairfax!«

Steven lächelte amüsiert. »Das klingt gut. Nennen Sie mich in Zukunft immer so – zumindest in der Öffentlichkeit. *Mr. Fairfax.*« Er machte eine Pause. »Ja, das wäre mir sehr angenehm.«

Wenn Emma etwas in der Hand gehabt hätte, wäre es jetzt an seinem Kopf gelandet. »Sie bilden sich doch wohl hoffentlich nicht ein, daß ich nach allem, was vorgefallen ist, überhaupt noch mit Ihnen sprechen werde!«

Er lachte. »Sie tun viel mehr als mit mir zu sprechen.«

Mit einem erstickten Wutschrei stürzte Emma nun schon zum dritten Mal in einer Stunde zur Tür, verließ fluchtartig den Raum und lief über die Hintertreppe nach unten. Chloe war fort, aber dafür war Daisy in der Küche. Sie war damit beschäftigt, einen Brotteig zu kneten.

»Was ist los, Kind?« fragte sie lachend, als Emma hereinstürmte. »Ist dir der Teufel auf den Fersen?«

Emma blieb stehen, um Atem zu holen. »Ja«, bestätigte sie düster. »Weißt du, wo Chloe Mr. Fair... wo sie Stevens Colt aufbewahrt?«

»In ihrer Schreibtischschublade, bei ihrem Derringer. Aber warum fragst du? Willst du ihm die Waffe etwa zurückgeben?«

Emma nickte und wandte sich zur Tür. »Genau.«

»Aber warum, Emma?« fragte Daisy verblüfft und folgte ihr in Chloes Arbeitszimmer.

Emma holte den Schlüssel aus dem ihr bekannten Versteck, schloß Chloes Schreibtisch auf und zog den gewaltigen 45er Colt heraus. »Vielleicht jagt er sich damit eine Kugel in den Kopf«, murmelte sie grimmig.

Daisy blieb auf der Schwelle stehen. »Miss Emma, entweder Sie lassen das Ding da liegen, oder ich lege Sie übers Knie, wie früher, als Sie noch ein kleines Mädchen waren!«

Emma hob die Waffe und richtete sie auf das Bücherregal an der Wand. Wie mochte es wohl sein, sie abzufeuern? Im nächsten Augenblick erfuhr sie es, denn die Waffe ging ohne ihr Zutun los, und mehrere von Choes ledergebundenen Büchern explodierten in einer Wolke aus Rauch und Papierfetzen.

Daisy schrie, und Emma auch. Auch als sie entsetzt die Waffe fallen ließ, ging sie von neuem los. Diesmal zerstörte die Kugel ein Bein von Big Johns Lieblingsessel.

»Wage ja nicht, das Ding noch einmal zu berühren!« kreischte Daisy, als Emma sich bückte, um den Colt aufzuheben.

Emma ließ ihn liegen und richtete sich betroffen auf. Lange Zeit standen die beiden Frauen schweigend und reglos da, voller Angst, sich zu bewegen, und Emma stellte sich alle möglichen schrecklichen Dinge vor, die hätten passieren können. Sie war verblüfft, als sie Steven in den Raum stolpern sah, mit Ausnahme seiner Stiefel voll angekleidet, und schweißbedeckt von der Anstrengung, allein und in aller Eile die Treppe hinunterzugehen. Seine Augen flackerten wild.

»Was zum Teufel geht hier vor?« schrie er.

Emma zeigte auf den Revolver, als sei er eine Schlange, bereit zum Angriff. »Er ist losgegangen – zweimal.«

Steven stützte sich schweratmend auf die Schreibtischkante. »Heb ihn vorsichtig auf und gib ihn mir«, befahl er.

Emma biß sich nervös auf die Lippen und zögerte.

»Du kannst es«, drängte Steven. »Du darfst nur den Abzug nicht berühren.«

Emma bückte sich, hob die Waffe vorsichtig auf und gab sie Steven, der sofort die restlichen vier Kugeln entfernte. Dann atmete er erleichtert auf, seufzte und betrachtete den Colt so liebevoll, als sei er ein Hündchen oder eine kleine Katze.

»Ich wollte ihn dir bringen«, gestand Emma.

»Sie hoffte, Sie würden sich damit eine Kugel in den Kopf jagen«, murmelte Daisy, bevor sie sich abwandte und in die Küche zurückging.

Stevens Stimme klang ungewöhnlich ruhig. »Warum haben Sie es sich anders überlegt, Emma? Das letzte Mal, als ich Sie um den Revolver bat, wollten Sie ihn mir nicht geben.«

Emma leckte sich nervös die Lippen. Sie wußte selbst nicht, warum sie die Waffe hatte berühren und halten wollen. Wahrscheinlich übte sie die gleiche gefährliche Faszination auf sie aus wie ihr Besitzer.

»Antworten Sie«, beharrte Steven.

»Ich weiß es nicht«, erwiderte Emma.

»Wo ist das Halfter?«

Emma ging zu Chloes Schreibtisch und holte den Gurt aus schon etwas brüchigem Leder, der aussah, als würde er schon jahrelang benutzt. »Sie sind ein Rebell, nicht wahr?« flüsterte sie, als sie ihm das Halfter reichte.

Steven nahm es und legte Gürtel und Halfter schnell an. Es war ihm anzusehen, wie schwach er war, er konnte sich kaum noch auf den Beinen halten. »Das kommt darauf an, auf welcher Seite Sie stehen, Miss Emma«, erwiderte er.

Nervös befeuchtete sie ihre Lippen. »Geben Sie mir die Waffe, Steven. Wir verstecken sie.«

Er schüttelte den Kopf. »Würden Sie so freundlich sein, mir die Treppe hinaufzuhelfen?«

Emma nickte, und Steven stützte sich auf ihre Schultern.

Oben in seinem Zimmer streckte er sich auf dem Bett aus, legte den Colt neben sich auf die Matratze und schloß die Augen. »Ich bin kein Verbrecher, Miss Emma«, sagte er müde. »Sie sind bei mir in Sicherheit.«

›Sicher‹ war wohl kaum das Wort, das Emma – nach allem, was zwischen ihnen vorgefallen war – benutzt hätte, aber sie besaß keine Kraft mehr, ihm zu widersprechen. Und als es laut an der Haustür klopfte, wußte sie, daß der Marshal und einige seiner Männer gekommen waren, um herauszufinden, warum im Haus von Miss Chloe Reese zwei Schüsse gefallen waren.

Eine stumme Bitte stand in Steves braunen Augen, als er sie öffnete, um Emma anzusehen. »Lügen Sie, wenn es sein muß«, sagte er. »Aber erwähnen Sie mich bitte nicht.«

5

Emma strich sich glättend über das Haar, bevor sie die Tür öffnete, um den Marshal zu begrüßen. Zu ihrem Ärger stand ein sehr besorgter Fulton neben ihm.

»Allmächtiger, Emma!« rief er und drängte sich sofort an ihr vorbei ins Haus. »Was ist geschehen? Bist du verletzt?«

»Nein«, erwiderte sie ruhig und schloß die Tür. »Niemand ist verletzt. Ich . . . ich nahm die Waffe heraus, die Chloe in ihrem Schreibtisch aufbewahrt, und da hat sich ein Schuß gelöst. Ich hätte sie nicht anfassen sollen.«

Fulton ging ins Arbeitszimmer voran, und der alte, vergeßliche Marshal folgte ihm. Zusammen untersuchten sie die zerstörten Bücher und Big Johns Sessel.

»Wo ist die Waffe jetzt?«

»Ich habe sie versteckt«, log Emma schnell. Sie war sehr verärgert über Fultons Verhalten. Obwohl sie ihm gesagt hatte, daß sie ihn für eine Weile nicht mehr sehen sollte, benahm er sich, als hätte sich zwischen ihnen nichts geändert.

»Ich möchte sie sehen.«

»Das geht nicht«, erwiderte Emma schroff. »Es ist hier kein Verbrechen begangen worden. Es war ein Unfall, mehr nicht.«

»Es hat bestimmt etwas mit diesem verdammten Strolch zu tun!« sagte Fulton anklagend, das Gesicht rot vor Zorn.

»Das ist nicht wahr«, stritt Emma ab. »Ich habe doch schon gesagt, daß es ein Unfall war.«

Fulton schaute wütend zur Zimmerdecke hoch. »Ich glaube, der Marshal und ich sollten hinaufgehen und mit deinem Freund ein Wörtchen reden.«

Emma erschrak. Sie hatte versprochen, Steven mit keinem Wort zu erwähnen, und es auch nicht getan. »Das ist nicht . . .«

»Einen Moment«, mischte sich eine andere Stimme ein, und Emma sah Chloe in der Tür stehen. Ihr Gesicht war stark gerötet und ihr Haar zerzaust, als wäre sie in höchster Eile nach Hause gelaufen. »Das ist mein Haus, und was Besuch betrifft, bin ich sehr wählerisch!«

Der alte Marshal schien nicht geneigt, sich auf eine Auseinandersetzung mit Chloe einzulassen. »Kein Grund, sich aufzuregen«, sagte er lächelnd zu ihr. »Wir sind nur wegen der Schüsse gekommen.«

Chloe schaute Emma eindringlich in die Augen. »Ist jemand verletzt?« Emma schüttelte den Kopf und merkte, daß sie noch immer zitterte.

»Dann sehe ich keinen Grund, daß Sie beide noch länger hier herumstehen«, wandte Chloe sich wieder an Fulton und den Marshall »Guten Tag, meine Herren, und vielen Dank für Ihre Bemühungen.«

»Ich komme morgen nachmittag vorbei«, sagte Fulton in mißbilligendem Ton zu Emma, bevor er schnell den Rückzug antrat, um ihr keine Zeit zu Widerspruch zu lassen.

»Was ist passiert?« fragte Chloe Emma, sobald die beiden Frauen allein waren.

Emma erklärte es ihr, so gut sie konnte.

»Du weißt doch, daß ich niemandem gestatte, eine Waffe in diesem Haus zu tragen! Warum hast du das Ding aus der Schublade genommen?«

Als Emma sich den mörderischen Blick ins Gedächtnis rief, mit dem Steven nach den Schüssen ins Zimmer gekommen war, ging ihr auf, daß er sehr ernste Motive haben mußte, um ständig nach seiner Waffe zu verlangen. Ganz offensichtlich erwartete er Ärger.

»Steven braucht sie«, erwiderte sie leise und runzelte die Stirn, als ihr einige sehr verstörende Vorstellungen durch den Kopf schossen. »Er ... Ich glaube, er wird gejagt.«

Chloe wirkte gar nicht überzeugt, aber ihr Ärger war verflogen. Sie ging zum Barschrank und schenkte sich einen starken Drink ein. »Von wem? Einem Vertreter des Gesetzes? Oder einem Kopfgeldjäger?«

Emma schüttelte bedrückt den Kopf. »Ich weiß es nicht.«

Chloe seufzte und stürzte rasch den Drink hinunter. Obwohl sie selbst keine ›Kunden‹ mehr empfing, hatte sie doch eine Menge Arbeit in ihrem Lokal, und dieser Zwischenfall bedeutete eine unwillkommene Unterbrechung für sie. »Ich würde ja Marshal Woodridge fragen, ob er irgendwelche Fahndungsmeldungen von einem Mann gesehen hat, der Fairfax' Beschreibung entspricht, aber der alte Narr würde vermutlich nicht einmal Billy The Kid oder Butch Cassidy erkennen, geschweige denn einen Rebellen, der sich bisher vielleicht nicht einmal einen Namen gemacht hat.«

»Er wird bald weiterreiten«, entgegnete Emma rasch. »Könnten wir die Sache bis dahin nicht einfach auf sich beruhen lassen?«

Chloe runzelte die Stirn, dann nickte sie. »Ich denke schon – solange es nicht noch mehr Ärger gibt.« Sie ging zur Tür, aber dort blieb sie noch einmal stehen. »Laß dir nur nicht einfallen, dich in ihn zu verlieben!« warnte sie Emma streng. »Ich glaube nicht, daß Fairfax ein schlechter Mensch ist, aber es kann durchaus sein, daß deine Vermutung stimmt und er in Schwierigkeiten steckt. Ich möchte nicht, daß du in Streitigkeiten verwickelt wirst, mit denen du nichts zu schaffen hast.«

Emma schluckte. Sie konnte unmöglich versprechen, Steven nicht ihr Herz zu schenken, wenn sie ihm doch schon fast ihren Körper überlassen hatte. »Ich werde aufpassen«, war das einzige, was sie guten Gewissens erwidern konnte.

Als Chloe fort war, ging Emma in den Salon und setzte sich ans Piano, um die Geschehnisse zu vergessen und das alte Kinderlied zu spielen, daß sie früher so oft mit Lily und Caroline gesungen hatte.

Three flowers bloomed in the meadow,
Heads bent in sweet repose,
The daisy, the lily and the rose . . .

Als sie schon glaubte, sich beruhigt zu haben, hörte sie plötzlich lautes Geschrei in der Küche und stand auf, um nachzusehen, was dort vorging. An der Hintertür entdeckte sie Callie, die sich ängstlich vor Daisys erhobener Eisenpfanne duckte.

»Ich muß hereinkommen, Miss Emma«, rief Callie flehend, als sie Emma sah. »Miss Chloe hat mir befohlen hierherzukommen und mich um den verletzten Mann zu kümmern.«

Emma umklammerte haltsuchend die Lehne eines Stuhls, aber das war auch das einzige, was ihre Gefühle verriet. Es gelang ihr sogar zu lächeln, als sie sagte: »Daisy, nehmen Sie Ihre Pfanne und lassen Sie mich und Callie einen Moment allein.«

Daisy gehorchte widerstrebend, während sie sich darüber ausließ, wie tief dieses Haus gesunken war, wenn Dirnen wie Callie gestattet wurde, ihre Küche zu betreten.

»Was soll das heißen, Sie sollen sich um Mr. Fairfax ›kümmern‹?« erkundigte Emma sich mit vorgetäuschter Freundlichkeit.

Callie befeuchtete nervös ihre karmesinrot geschminkten Lippen. »Ich soll Gesellschaft leisten und . . . nun ja . . .«

Emma nahm den Wasserkessel vom Feuer und goß das kochende Wasser auf die Teeblätter in der Kanne. Obwohl sie sich nach außen hin sehr freundlich gab, kochte sie innerlich vor Eifersucht und Zorn. »Und was sonst noch, wenn ich fragen darf?«

Callie blickte mit ihren schwarzumrandeten Augen so intensiv auf die Wand, als stünde dort die Antwort geschrieben. »Das ist alles, was Miss Chloe sagte, aber ich glaube, falls er ein bißchen ... Trost braucht, soll ich dafür sorgen, daß er ihn erhält.«

Emma setzte sich Callie gegenüber. »Und wie würden Sie einen Mann wie Mr. Fairfax trösten, Callie?« fragte sie ganz offen.

Das einzige Thema, von dem Callie wirklich etwas verstand, war angesprochen worden, und das Mädchen strahlte. »Wissen Sie, es gibt Dinge, die alle Männer mögen, Miss Emma ...«

Emma errötete und schenkte rasch Tee ein, um ihre Verlegenheit zu überspielen. »Zum Beispiel?«

Nun errötete sogar Callie unter ihrer Schminke. »Sie sind eine Dame«, protestierte sie. »Eine Dame sollte so etwas gar nicht wissen.«

»O doch, das sollte sie – falls sie ihren Mann von Lokalen wie dem Stardust fernhalten will«, entgegnete Emma wehmütig.

Callie schien sich unbehaglich zu fühlen. »Das tun nicht viele Männer – sich vom Stardust fernhalten, meine ich.«

»Unsinn«, entgegnete Emma. »Fulton geht auch nicht hin.«

Callie hob rasch die Tasse an den Mund und verschluckte sich fast beim Trinken.

»Sagen Sie mir, was Sie tun, um den Männern zu gefallen«, beharrte Emma.

Nachdem Callie sich umgeschaut und vergewissert hatte, daß Daisy nirgendwo in der Nähe war, beugte sie sich vor und flüsterte Emma etwas zu, was diese veranlaßte, über und über rot zu werden.

Emma stellte ihre Tasse auf den Teller. »Das tun Sie nicht!«

»Doch, das tun wir«, beteuerte Callie. »Und die Männer lieben es.«

Emma schnappte nach Luft. Ihre Wangen glühten, und sie wurde von einem Schwindelgefühl erfaßt, als stünde sie am Rande eines Abgrunds. »Wenn Sie so etwas bei Mr. Fairfax tun, Callie, leihe ich Ihnen kein Buch mehr aus!«

Callie machte ein betroffenes Gesicht, aber sie sagte nichts.

Emma fand das sehr beunruhigend, sie hätte lieber ein ernsthaftes Versprechen von ihr gehört. »Sie können jetzt in den Saloon zurückkehren«, meinte sie streng. »Wir brauchen Sie hier nicht.«

Darauf schüttelte Callie den Kopf. »Damit Miss Chloe mich vor die Tür setzt, weil ich ihren Befehl mißachtet habe? Ich wüßte nicht, wohin ich sonst gehen könnte.«

»Dann werden Sie wohl bleiben müssen«, gab Emma seufzend zu. Obwohl sie sich ihrer Eifersucht jetzt schämte, blieb das Gefühl unverändert stark. Nachdenklich betrachtete sie Callies blonde Mähne und das tiefausgeschnittene rote Kleid. »Allerdings werden wir Ihr Aussehen ein bißchen verändern müssen.«

Und so wurde Miss Visco Steven eine Stunde später in einem schlichten Kattunkleid präsentiert, ungeschminkt und das lockige blonde Haar zu einem strengen, altjüngferlichen Knoten gebändigt. Doch Steven begrüßte sie wie einen Engel, der gekommen war, ihn von seinen Qualen zu erlösen. »Hallo!« sagte er erfreut, und wieder fühlte Emma Zorn in sich erwachen.

Callie knickste ungeschickt und warf Emma einen unsicheren Blick zu. »Hallo«, antwortete sie.

»Mr. Fairfax«, sagte Emma förmlich, »das ist Miss Callie Visco. Sie wird Sie pflegen, da ich . . . in meiner Bibliothek zu tun habe.«

Steven klappte das Buch zu, in dem er las. »Wie Sie wünschen, Miss Emma.«

Die Art, wie er Callie musterte, gefiel Emma nicht. »Ich kann mich bestimmt darauf verlassen, daß Sie sich wie ein Gentleman benehmen werden«, sagte sie steif.

»Wie kommen Sie denn darauf?« entgegnete Steven amüsiert.

Emma ahnte, daß sie jeden Augenblick einem Anfall von kindischer Eifersucht erliegen und sich lächerlich machen würde. Entschlossen, Steven diese Freude nicht zu machen, straffte sie die Schultern, sagte kühl: »Bis später, Mr. Fairfax«, und verließ den Raum.

Nun blieb ihr nicht anderes übrig, als in ihre Bibliothek zu gehen. Aber dort konnte sie sich nicht auf ihre Arbeit konzentrieren. Sie dachte nur an Callie und fragte sich, ob sie vielleicht in diesem Augenblick bei Steven das tat, was Männer angeblich so liebten. Der Gedanke entnervte sie, und sie war sehr gereizt, als Fulton wenig später die Bibliothek betrat.

»Ich habe ein Geschenk für dich«, sagte er und reichte Emma einen blauen Geschenkkarton. »Der Wortwechsel, den wir vorhin hatten, tut mir leid, Emma. Wirst du nach dem Abendessen mit mir spazierengehen?«

Emma warf einen Blick auf den Karton mit den Pralinen, aber sie nahm ihn nicht an. »Ich dachte, wir hätten uns darauf geeinigt, uns eine Zeitlang nicht zu sehen, Fulton.«

Er stellte den Karton auf den Schreibtisch und bemühte sich, ruhig zu erscheinen. »Wir haben uns auf nichts dergleichen geeinigt«, entgegnete er nüchtern. »Emma, dieser Mann paßt nicht zu dir. Er ist ein Vagabund, ein herumziehender Cowboy, mehr nicht. Er kann dir kein Heim und keine Familie bieten, so wie ich.«

Emma dachte an die süßen, köstlichen Gefühle, die sie in Stevens Armen erfahren hatte, und empfand einen schmerzhaften Stich bei der Erinnerung daran. »Es hat nichts mit Mr. Fairfax zu tun«, sagte sie leise. Und traurig – denn Fulton hatte zumindest teilweise recht. Steven konnte ihr wirklich nicht das Leben bieten, das sie sich wünschte; wahrscheinlich verspürte er nicht einmal den Wunsch, sich irgendwo niederzulassen und eine Familie zu gründen. Fulton hingegen konnte ihr all das geben, doch sie hatte bei den wenigen Küssen, die er ihr im Verlauf ihrer Freundschaft abgerungen hatte, nie das geringste empfunden. Und jetzt machte sie sich nicht länger vor, daß das nichts zu bedeuten hatte.

Fulton seufzte. »Ich hoffe, daß du mir Gelegenheit gibst, dich umzustimmen, meine Liebe. Trotz allem sind wir schließlich Freunde. Oder betrachtest du mich jetzt als deinen Feind?«

Emma schüttelte den Kopf. »Natürlich nicht«, entgegnete sie schnell, denn obwohl Fulton ein bißchen langweilig und stur war, mochte sie ihn doch recht gern.

»Dann besteht kein Grund, warum du meine Pralinen nicht annehmen solltest«, erklärte er und reichte ihr die Schachtel.

»Danke«, sagte Emma, weil ihr keine andere Wahl blieb.

Callie Visco war Steven sympathisch. Obwohl sie die Idee nicht für vernünftig zu halten schien, hatte sie ihm geholfen, aufzustehen und ihn fast eine Stunde lang durch das Zimmer begleitet, während er das Gehen übte.

Jetzt, bei Sonnenuntergang, war ihm fast übel vor Erschöpfung. Dankbar sank er auf das Bett zurück und ließ sich von Callie zudecken wie ein Kind.

Mit der Hand strich sie ihm das feuchte Haar aus der Stirn. »Sie würden sich jetzt sicher gern ein bißchen verwöhnen lassen, nicht wahr, Mr. Fairfax?« fragte sie in mitleidigem Ton.

Ein rauhes Lachen entrang sich seinen Lippen, als er an Emma dachte, die die arme kleine Callie mit einem Kattunkleid und einem Altfrauenknoten verkleidet hatte. »Das stimmt, Callie«, erwiderte er aufrichtig. »Aber ich fürchte, es gibt nur eine Frau, die ich begehre.«

Callie lächelte verschmitzt. »Miss Emma?«

»Genau«, gab Steven seufzend zu. »Aber sagen Sie es ihr nicht. Es soll unser Geheimnis sein.«

Callie setzte sich auf den Stuhl, den Emma benutzte, wenn sie ihm vorlas, und Steven vermißte die rothaarige kleine Wildkatze mit einer Intensität, als hätte er sie monatelang nicht mehr gesehen. »Miss Emma war sehr aufgebracht, als ich herkam und ihr sagte, daß Miss Chloe mich schickte, um Sie zu pflegen«, vertraute Callie Steven flüsternd an.

Er lachte vergnügt. »Das ist gut«, antwortete er und schaute aus dem Fenster auf die untergehende Sonne. »Ich mache Fortschritte.«

Callie zupfte an dem Knoten in ihrem Nacken. »Ich glaube, ich muß jetzt zum Stardust zurück, Mr. Fairfax.«

Er nahm ihre Hand und drückte sie herzlich. »Steven«, berichtigte er.

Sie nickte erfreut. »Gut. Steven.«

»Callie, es gibt etwas, was Sie für mich tun könnten . . .«

Callies Augen leuchteten auf. »Was?«

»Dort in meiner Manteltasche ist Geld. Könnten Sie mir ein Kistchen Zigarren besorgen?«

»Sonst noch etwas?« fragte sie, und Steven glaubte, so etwas wie Hoffnung in ihrer Stimme zu vernehmen, als sie zu seinem Mantel ging und Geld herausnahm.

Steven grinste. »Ja. Kaufen Sie sich einen hübschen Schal oder sonst etwas, was Ihnen gefällt.«

Callie drehte sich überrascht zu ihm um. »Danke, Steven«, sagte sie leise. »Für alles.«

»Ich danke *Ihnen*, Callie«, antwortete er und schloß die Augen vor den letzten Sonnenstrahlen.

»Bis morgen dann«, meinte Callie, und er hörte, wie sie die Tür hinter sich schloß.

Emma blieb wie angewurzelt stehen, als sie Callie mit einem Zehndollarschein in der Hand aus Stevens Zimmer kommen sah.

»Hallo, Miss Emma«, sagte Callie heiter.

Emma mußte ihre ganze Beherrschung aufbieten, um sich nicht auf die Frau zu stürzen und ihr die Haare auszureißen. »Wie geht es Mr. Fairfax?« fragte sie steif und bemüht, nicht laut herauszuschreien.

Callie lächelte. »Er fühlt sich wohl – er ist nur sehr müde«, sagte sie stolz, aber dann sah sie Emmas Miene und erschrak. Ohne ein weiteres Wort drehte sie sich um und hastete die Treppe hinunter.

Nachdem Emma ein paarmal tief durchgeatmet hatte, um sich zu beruhigen, klopfte sie an Stevens Tür.

»Herein«, rief er sofort, und Emma dachte, daß es nicht so schroff wie üblich klang, sondern ganz, als fühlte er sich tatsächlich ausgesprochen ›wohl‹.

Emma stürmte in den Raum, trat an Stevens Bett und stützte wütend beide Hände auf die Hüften. Sein albernes Grinsen und das ausgiebige Gähnen, das darauf folgte, steigerten Emmas Zorn ins Unermeßliche.

»Sie hinterhältiger Schuft!« zischte sie.

»Eifersüchtig, Miss Emma?«

»Wohl kaum, Mr. Fairfax.«

»Ich glaube es aber doch«, entgegnete er nüchtern. »Sie sprühen Feuer, meine Liebe, und der Grund dafür muß Miss Callie sein.«

Vor Wut hätte Emma am liebsten mit dem Fuß aufgestampft, doch sie beherrschte sich, und zu ihrem Erstaunen lächelte er sie an. »Sie haben das Geld in Callies Hand gesehen, nicht wahr?« fragte er.

»Ja!« fuhr Emma auf.

»Ich habe sie gebeten, mir Zigarren zu besorgen.«

Emma stand wie vom Schlag getroffen. »Was?«

»Sie haben mich schon verstanden, Emma.«

Beschämt tastete sie nach einem Stuhl und setzte sich.

Steven lachte. »Sie mögen mich also, nicht wahr, Emma?«

»Ein wenig«, erwiderte sie steif, richtete sich auf und strich ihre Röcke glatt.

»Wir werden sehen, *wie* wenig, wenn ich mich erst wieder richtig bewegen kann«, erklärte Steven mit einem vielsagenden Blick auf ihren Mund und ihre Brüste.

»Sie bilden sich eine Menge ein, Mr. Fairfax. Mein Interesse für Sie ist nichts als christliche Nächstenliebe.«

Steven lächelte, so nachdenklich und zärtlich, daß Emmas Herz einen Schlag auszusetzen drohte. »Ich habe noch nie erlebt, daß eine Frau einen Mann aus christlicher Nächstenliebe auf eine solche Weise tröstet, wie Sie es bei mir getan haben.«

Emma errötete vor Scham, denn was Steven sagte, war nicht zu bestreiten, und er mußte auch gemerkt haben, welche Gefühle seine Liebkosungen in ihr ausgelöst hatten. »Mein Irrtum ist mir bewußt«, entgegnete sie kühl. »Sie brauchen mich nicht daran zu erinnern.«

»Kommen Sie her«, sagte Steven ruhig. Sein beeindruckender Revolver lag neben ihm auf dem Nachttisch.

Emma stand auf und entfernte sich von ihm. »Nein«, sagte sie, obwohl sie für ihr Leben gern zu ihm gegangen wäre, um sich von ihm küssen und streicheln zu lassen, wie er es beim letzten Mal getan hatte.

Er lächelte nur und schloß die Augen.

Die Aufgabe, Steven abends sein Essen zu bringen, fiel Emma zu, da Chloe sich im Stardust aufhielt und Daisy sofort nach dem Essen nach Hause gegangen war. Obwohl Emma sich einredete, sie hätte jeden weiteren Kontakt mit Mr. Fairfax lieber vermieden, empfand sie eine schwindelerregende Vorfreude bei dem Gedanken, ihn zu sehen.

Steven wirkte müde und ungewöhnlich sanft, als sie mit dem Tablett in sein Zimmer kam und die Tür bewußt weit offenstehen ließ.

»Hm, das riecht gut«, sagte er.

»Setzen Sie sich«, forderte Emma ihn auf.

Als ihr Patient gehorchte, stellte sie das Tablett auf seinen Schoß, aber er nahm weder Gabel noch Löffel in die Hand. »Es war ein langer Tag«, bemerkte er seufzend. »Ich glaube, es wäre mir zu anstrengend, etwas zu essen.«

Emma setzte sich auf den Stuhl neben seinem Bett. »Sie *müssen* essen«, entgegnete sie streng. »Wie wollen Sie sonst je wieder zu Kräften kommen?«

Steven hob mutlos die Schultern und wandte den Blick ab.

Emma zögerte kurz, dann nahm sie seine Gabel, spießte ein Stückchen von Daisys Fleischpastete auf und hob sie an Stevens Lippen.

Er lächelte schwach und erlaubte ihr, ihn zu füttern. Emma hatte sogar das Gefühl, daß er seine Hilflosigkeit in diesem Augenblick sehr genoß.

Für sie war es eine merkwürdig sinnliche Erfahrung, ihn zu füttern. Als Steven ihre Hand ergriff und sie an seine Lippen führte, entglitt ihr die Gabel und fiel klappernd auf den Boden.

Stevens Lippen streiften die Innenseite ihres Arms und hinterließen eine glühende Spur auf ihrer zarten Haut. Als seine Zunge ihre Armbeuge berührte, stöhnte Emma leise auf, so intensiv waren die lustvollen Empfindungen, die seine Zärtlichkeiten bei ihr auslösten.

Er schaute ihr in die Augen und sagte ihr – ohne daß ein einziges Wort über seine Lippen kam –, daß es andere Stellen an ihrem Körper gab, die er gerne küssen würde. Geheime, verborgene Orte, die er erforschen und besitzen wollte.

Emma ergriff mit zitternden Händen das Tablett und sprang auf. Ihr war so heiß und schwach zumute wie noch nie in ihrem Leben. »Nun«, sagte sie mit aufgesetzter Fröhlichkeit, »wenn Sie keinen Hunger mehr haben . . .«

»Das habe ich nicht gesagt, Miss Emma«, unterbrach er sie rauh. »Aber es ist nicht das Essen, wonach mich hungert.«

Fast hätte Emma das Tablett fallen lassen. »Wie können Sie so etwas ... Unschickliches sagen!«

Steven räkelte sich schmunzelnd. »Ich könnte Ihnen noch eine ganze Menge mehr solcher ›unschicklicher‹ Dinge sagen«, bemerkte er.

Emma war schmerzlich bewußt, wie heftig ihr Puls an ihrer Armbeuge pochte, wo Steven sie geküßt hatte. Und eine ganze Reihe anderer empfindlicher Punkte an ihrem Körper prickelten als Reaktion darauf. »Gute Nacht, Mr. Fairfax«, sagte sie mit vorgetäuschter Ruhe, bevor sie hinausging.

6

Steven sah Emma eine volle Woche nicht, und obwohl er sich sagte, daß es so am besten war, sehnte er sich in jedem Augenblick nach ihr. Die Tage verbrachte er damit, an Callies Arm im Zimmer auf und ab zu gehen, und die Nächte mit dem Reinigen seines Colts und dem Lauschen auf Emmas Schritte auf dem Korridor.

Er vermutete, daß sie sich entweder schämte wegen dem, was zwischen ihnen vorgefallen war, oder daß sie ihn dafür bestrafen wollte. Steven zweifelte nicht mehr daran, daß Emma noch Jungfrau war und nie einem Mann gestattet hatte, sie zu berühren, wie sie es bei ihm, Steven, zugelassen hatte.

Ein schmerzhaftes Ziehen erfaßte seine Lenden, als er an all die anderen Zärtlichkeiten dachte, mit denen er Emma gern verwöhnt hätte. Verdammt, er war es allmählich leid, in diesem Bett zu liegen – und zu allem Überfluß auch noch allein.

Es war Samstag morgen, als es ihm endlich gelang, sich ohne Hilfe aus dem Bett zu schleppen und sich anzuziehen. Obwohl ihn alle Glieder schmerzten, hatte er nicht vor, noch länger untätig herumzuliegen und darauf zu warten, daß Macon ihn fand.

Als es klopfte, schob er seinen Revolver rasch in das Halfter. »Herein.«

Selbst nach all dieser Zeit hoffte er noch, es möge Emma sein. Aber es war Daisy, die sein Frühstück brachte.

»Ziehen Sie weiter?« fragte sie, als sie ihn angekleidet sah.

Steven nickte lächelnd.

»Das wird das Beste sein«, meinte sie erleichtert. »Aber vorher sollten Sie etwas essen«, fügte sie streng hinzu.

Steven war begierig aufzubrechen, wollte Daisy jedoch nicht kränken. »Danke«, sagte er lächelnd.

»Werden Sie Miss Emma sehen, bevor Sie gehen?«

Steven setzte sich seufzend auf die Bettkante und nahm das Teblett, das Daisy ihm gebracht hatte. »Ich weiß nicht. Vielleicht wäre es besser, mich auf den Weg zu machen, ohne sie zu stören.«

Daisy betrachtete ihn aus schmalen Augen. »Sie haben das Mädchen verführt, nicht wahr?«

Steven verschluckte sich fast an einem Stück Brot. »In gewisser Weise ja«, gab er dann leise zu.

Daisy stützte ihre verarbeiteten Hände in die Hüften. »Wird sie ein Baby bekommen?« Steven schüttelte den Kopf. Nein, so weit war es nicht gekommen. Emmas Babies würden mit Sicherheit dem Bankier ähnlich sehen, von dem Callie ihm erzählt hatte, und nicht ihm. Der Gedanke stimmte ihn traurig. »Nein, Daisy. Machen Sie sich keine Sorgen.«

»Die mache ich mir aber«, beharrte Daisy. »Miss Emma hat sich sehr verändert. Sie ißt nichts mehr, und sie kann nachts nicht schlafen. Außerdem ist sie ständig mürrisch. Irgend etwas stimmt nicht mit ihr.«

Stevens Appetit war verflogen, er legte die Gabel nieder. »Sie wird sich wieder fangen«, versicherte er sanft, obwohl er sich dessen gar nicht so sicher war. Einige Frauen verziehen sich nicht einmal die kleinste Intimität mit einem Mann. Er wollte nicht, daß Emma litt. »Wo ist sie?« fragte er und stand auf.

»In der Bibliothek.«

Steven nickte und nahm seinen Hut und Mantel. »Danke für alles, Daisy«, sagte er und küßte die große schwarze Frau auf die Wange. »Sie sind die beste Köchin in ganz New Orleans.«

Daisy strahlte, um gleich darauf in schroffem Ton zu sagen: »Raus jetzt, Sie Schmeichler! Sie halten mich von der Arbeit ab.«

Steven lachte und ging. Auf der Straße wandte er sich zuerst zum Mietstall, wo er die Pension seines braunen Wallachs bezahlte, der auf den Namen ›Cherokee‹ hörte. Er ließ Pferd und Mantel beim Stallmeister und ging die kurze Entfernung zum Stardust Saloon zu Fuß.

Aus dem Augenwinkel sah er Emma auf dem Bürgersteig vor ihrer kleinen Bücherei, aber er tat, als hätte er sie nicht bemerkt. Sie hatte ihm ihre Gefühle deutlich genug gezeigt, indem sie nicht mehr zu ihm gekommen war.

Das Stardust dröhnte vor Gelächter und Pianomusik, und überall saßen Chloes Mädchen in ihren farbenfrohen Kleidern herum. Eine Rothaarige in einem knappen gelben Kleid hockte auf dem Piano, eine Dunkelhaarige in Königsblau auf der Bar. Verschiedene andere ›Paradiesvögel‹ drängten sich um den Billardtisch und feuerten die Spieler an.

Steven näherte sich der Bar und fragte die dunkelhaarige Frau nach Chloe Reese.

Die hübsche junge Frau nahm ihm den Hut ab und setzte ihn ihm lächelnd wieder auf. »Sie brauchen Chloe nicht, Cowboy. Was Sie brauchen, finden Sie hier bei uns.«

Steven grinste. »Verzeihen Sie, Madam, aber ich muß Chloe trotzdem sehen.«

Das Mädchen schob schmollend die Unterlippe vor. »Na schön, aber Sie werden sehen, daß sie nicht zu haben ist, nicht einmal für einen gutaussehenden Burschen wie Sie. Big John Lenahan ist der einzige Mann, den Chloe an sich heranläßt.«

»Danke für die Warnung«, erwiderte Steven, zog einen Geldschein aus seiner Tasche und legte ihn der Dame auf das nackte Knie. »Also«, sagte er sanft, »wo ist Chloe?«

»Oben im Salon«, kam bereitwillig die Antwort. Der Geldschein verschwand im Ausschnitt. »Falls Sie es sich anders überlegen, Süßer – ich bin hier«, rief die Frau Steven nach, als er zur Treppe ging.

Er tippte sich an den Hut und ging hinauf.

Chloe hielt Hof in einem prächtigen Salon, dessen Wände Gemälde nackter Frauen schmückten. Sie selbst trug ein elegantes Kleid aus rubinroter Seide.

»So so«, sagte sie, als Steven eintrat, und schickte die Mädchen, die ihr Gesellschaft leisteten, mit einer Geste fort.

Steven zog seinen Hut. »Hallo, Chloe.«

Chloe deutete lächelnd auf einen Sessel. »Nehmen Sie Platz, Mr. Fairfax.«

Er setzte sich vorsichtig.

»Immer noch ein bißchen steif, nicht wahr?« bemerkte sie.

»Es geht mir schon sehr viel besser«, versicherte Steven. »Was ich Ihnen zu verdanken habe. Was bin ich Ihnen schuldig?«

Chloe wirkte gekränkt. »Wollen Sie mich beleidigen, Mr. Fairfax? Nehmen Ihre Leute unten im Süden keine Verwundeten bei sich auf?«

Er lächelte wehmütig. »In meiner Familie nicht.«

Bevor Chloe etwas dazu sagen konnte, öffnete sich eine Tür, und ein großer, untersetzter Gast kam herein, dem nicht nur eine, sondern gleich zwei Frauen folgten.

Ein Instinkt verriet Steven, wer dieser Frauenheld sein mußte, noch bevor Chloe etwas sagte. »Sie waren so neugierig auf Mr. Fairfax, Fulton«, wandte sie sich an den Mann. »Hier ist er.«

Der Bankier. Steven erhob sich, aber nicht aus Höflichkeit, sondern damit Fulton nicht auf ihn herabsehen konnte.

»Fulton Whitney«, stellte der Bankier sich mürrisch vor.

Steven zog weder seinen Hut, noch grüßte er den Mann. Er fragte sich nur, was für ein Schuft dieser Kerl sein mußte, wenn er – obwohl er mit einer Frau wie Emma verlobt war – gleich mit *zwei* Prostituierten ins Bett stieg.

Whitney räusperte sich unbehaglich, und Chloe stand von ihrem Sofa auf. »Ich muß für einen Moment nach unten«, sagte sie und ging.

»Sie reisen also ab«, meinte Fulton schließlich. »Bei einem Mann wie Ihnen kann ich mir auch nicht vorstellen, daß es ihn lange an einem Ort hält.«

Steven verschränkte die Arme. »Bis vor wenigen Minuten hatte ich das vor«, antwortete er. »Jetzt bin ich nicht mehr so sicher.«

Das Blut stieg Whitney in die bleichen Wangen. »Aus welchem Grund könnten Sie denn bleiben wollen?«

»Aus einem einzigen. Emma.«

Der Bankier starrte ihn verächtlich an, und Steven vermutete, daß er in seinen Augen wie ein Vagabund aussah. Er hatte sich schon tagelang nicht mehr rasiert, und sein Haar war seit über zwei Monaten nicht mehr geschnitten worden. »Sie sind nicht gut genug, um ihr die Schuhsohlen zu lecken«, knurrte Fulton böse.

Steven lächelte. »Habe ich Sie richtig verstanden?« erkundigte er sich gedehnt. »*Ich* bin also nicht gut genug für Emma, aber *Sie*, ihr Verlobter, steigt gleich mit zwei Huren ins Bett?«

Wieder errötete Whitney. »Ich brauche Ihnen keine Erklärungen abzugeben«, sagte er unfreundlich und wandte sich zum Gehen.

Wilder Zorn, wie bisher nur Macon in ihm ausgelöst hatte, erfaßte Steven. Er packte den Bankier am Arm, drehte ihn grob zu sich herum und hieb ihm die geballte Faust ans Kinn.

Fulton stieß einen erschrockenen Schrei aus, prallte gegen die Wand, glitt an ihr hinunter und preßte eine Hand an seinen blutenden Mund.

»So«, sagte Steven, »jetzt wissen wir wenigstens, woran wir miteinander sind.« Dann wandte er sich ab und schritt gelassen die Treppe hinunter.

Bis er Fulton Whitney gesehen hatte, hatte er fest vorgehabt, sein Pferd zu nehmen und nach Kalifornien zu reiten, oder nach Oregon. Früher oder später, mit Hilfe von Whiskey, harter Arbeit und Frauen wäre es ihm gelungen, Emma Chalmers zu vergessen.

Aber jetzt war alles anders. Er konnte sie nicht diesem heuchlerischen Narren überlassen, den sie zu heiraten beabsichtigte; falls er das tat, würde das Strahlen in ihren blauen Augen verblassen und eines Tages, in nicht allzu ferner Zukunft, ganz ersterben.

Draußen überquerte er die Straße und betrat das Warenhaus. Wenn er in Whitneyville bleiben wollte, benötigte er Geld. Da er es nicht wagte, seinem Großvater zu telegrafieren – auf so etwas warteten Macons Leute vermutlich nur –, würde er sich eben um Arbeit bemühen. Und Händler wußten im allgemeinen am besten über Jobs Bescheid.

Emma biß sich auf die Lippen und drückte sich in den schattigen Eingang ihres Ladens. Steven wiederzusehen, war erschütternd genug gewesen, aber mit ansehen zu müssen, wie er den Saloon betrat, war eine noch sehr viel niederschmetterndere Erfahrung.

Doch ihre Neugier war größer als ihr Stolz, nach wenigen Minuten trat sie wieder auf die Straße hinaus und schlenderte zu den geöffneten Schwingtüren des Stardust Saloons. Entsetzt beobachtete sie, wie Steven sich von einer Dirne an der Bar entfernte und die Treppe zum, berüchtigten zweiten Stock hinaufstieg.

Emma preßte eine Hand auf ihr heftig pochendes Herz. Nur mit Mühe gelang es ihr, Steven nicht zu folgen und ihn zu fragen, was er dort im Salon zu suchen hatte.

Stolz und Eifersucht kämpften in Emma, und es war ihr Stolz, der schließlich gewann. Mit zusammengekniffenen Lippen, um nicht zu weinen, kehrte sie langsam in ihre Bibliothek zurück.

In der darauffolgenden Stunde war ihr jede Minute, die verstrich, schmerzhaft bewußt, und sie versteifte sich vor Erleichterung, als endlich die Tür aufging und Steven hereinkam.

Er war so dreist, sie anzugrinsen, als er seinen Hut vor ihr zog. »Hallo, Emma«, sagte er gutgelaunt.

Sie spürte, wie eine Hitzewelle von ihren Brüsten zu ihrem Gesicht aufstieg. Volle sechzig Minuten waren vergangen, seit sie ihn bei Chloe die Treppe hatte hinaufgehen sehen, und es bestand kein Zweifel mehr, was er dort getan hatte.

Als sie nichts sagte, ging Steven zum Schreibtisch und legte seinen Hut ab. »Willst du mir nicht ›Guten Tag‹ sagen?«

»*Auf Wiedersehen* wäre der Situation wohl angemessener«, entgegnete sie schroff.

Steven streckte die Hand aus und ergriff ihren langen Zopf. »Wie gesponnenes Feuer«, bemerkte er bewundernd. »Du bist eine ausgesprochen schöne Frau, Emma.«

»So?« entgegnete sie spitz. »Dann sag mir doch bitte, ob ich mich mit den Mädchen aus dem Stardust messen kann!«

Stevens Grinsen war entnervend. »Zweifellos – wenn man einmal davon ausgeht, was ich letzte Woche mit dir erlebt habe.«

Emma wandte sich entrüstet ab, aber Steven umfaßte ihr Kinn und zwang sie, ihn anzusehen.

»Bist du mir deshalb aus dem Weg gegangen, Emma? Wegen der Vorfälle zwischen uns?«

Ihr Leben lang hatte Emma sich gewünscht, anständig und geachtet zu bleiben. Und was hatte sie getan? Sich dem erstbesten Revolverhelden, der in die Stadt gekommen war, wie eine gewöhnliche Dirne an den Hals geworfen! »Ja, verdammt!« platzte sie heraus, und ihre Augen füllten sich mit Tränen.

Steven kam zu ihr hinter den Schreibtisch. »Du wirst dich daran gewöhnen müssen, mich zu sehen«, bemerkte er rauh. »Ich bleibe nämlich ein Weile in der Stadt.«

Emma schluckte verblüfft. »Du sagtest doch, jemand sei hinter dir her . . .«

»Vielleicht wird es allmählich Zeit, daß er mich findet«, erwiderte Steven, und sein Mund war plötzlich nur noch Zentimeter von ihrem entfernt.

Sein Kuß erschütterte Emma so sehr, daß sie nicht imstande war, Steven fortzustoßen, so gern sie es auch getan hätte. Statt dessen gab sie nach wie immer, schmiegte sich in seine Arme und seufzte vor Entzücken, als seine Küsse immer mehr Leidenschaft verrieten.

Als Steven sie gegen den Schreibtisch drängte und sie seinen harten Körper spürte, erfaßte sie ein Schwindelgefühl, das sie veranlaßte, die Augen zu schließen und sich seinen Liebkosungen widerstandslos zu überlassen.

Doch kaum hatte er sich von ihr gelöst, erwachte wilder

Zorn in ihr. Immerhin hätte jemand hereinkommen und alles mit ansehen können, und dann wäre Emmas Ruf in dieser Stadt für immer zerstört gewesen.

»Wie ich sehe, hat sich nicht viel geändert«, bemerkte Steven lächelnd. »Auf Wiedersehen, Emma.«

Mit einem Wutschrei hob sie den Fuß, um ihn zu treten, tat es dann jedoch nicht, aus Angst, ihn zu verletzen. »Verschwinde!« zischte sie ihn böse an.

Stevens braune Augen funkelten belustigt. »Ich gehe ja schon. Aber so, wie du dich eben an mich geklammert hast ... ich könnte mir vorstellen, daß du imstande bist, einen Mann zu vergewaltigen.«

Emma hätte ihm gern ein Buch an den Kopf geworfen, aber sie standen alle im Regal. Mit zitternder Hand deutete sie auf die Tür.

Steven ging lachend an Emma vorbei und verließ die Bibliothek.

Danach war sie so verstört, daß sie nicht mehr stillsitzen konnte. Kaum sah sie Steven beim Barbier eintreten, trat sie an das Regal mit den Enzyklopädien und begann sie neu zu ordnen. Danach brachte sie den Karteikasten in Ordnung. Und dann blieb ihr immer noch zuviel Zeit, bevor sie die Bibliothek schließen konnte ...

Eine Flut nachmittäglicher Besucher war Emmas Rettung. Um Punkt fünf Uhr schloß sie ab und ging nach Hause.

Durch das Fenster der Bank sah sie Fulton. Er saß über seinen Schreibtisch gebeugt, mußte Emmas Blick jedoch gespürt haben, denn er schaute auf und lächelte ihr traurig zu.

Emma nickte kühl – das verlangte die Höflichkeit – und eilte weiter.

Doch Fulton folgte ihr, rief laut ihren Namen, und ihr blieb nichts anderes übrig, als zu warten. Unwillkürlich umklammerte sie das Buch, das sie sich als Bettlektüre mitgenommen hatte, noch fester.

»Ich würde gern heute abend mit dir essen«, rief Fulton ihr zu, froh, daß sie so bereitwillig auf ihn wartete.

Emma ging ihm entgegen, um ihre Absage nicht vor der ganzen Stadt herausschreien zu müssen. »Fulton«, meinte sie gedämpft, »wir haben bereits darüber gesprochen. Ich habe dir gesagt, daß wir meiner Ansicht nach in letzter Zeit viel zu oft zusammen waren.«

Er wirkte eher verärgert als enttäuscht. »Man sollte meinen, du hättest diesen Unsinn längst vergessen. Ich hole dich um sieben ab, und wir speisen im Hotel.«

Emma gab sich die größte Mühe, ihre Wut zu zügeln. »Bemühen Sie sich bitte nicht, Mr. Whitney«, sagte sie kalt. »Ich *speise* heute allein und gehe früh ins Bett.«

Sie wollte sich abwenden, doch Fultons Finger gruben sich so hart in ihren Arm, daß sie befürchtete, blaue Flecken davonzutragen. Empört hob sie den Kopf und erschrak über den kalten Zorn, der in seinen Augen stand. »Glaub bloß nicht, daß ich dich so schnell aufgebe, Emma«, sagte er leise. »Denn das habe ich nicht vor.«

Hin und her gerissen zwischen Verwunderung und Ärger, ging sie weiter, massierte ihren schmerzenden Arm und fragte sich, was das bohrende Unbehagen bedeuten mochte, das sich in ihrem Magen breitmachte.

Aber als sie nach Hause kam, war Fulton vergessen, denn im Salon wartete Steven. Er hatte sich rasieren und das Haar schneiden lassen, trug ein neues Hemd und neue Hosen und sah so hinreißend attraktiv aus, daß Emmas Knie schwach wurden.

Trotzdem sagte sie kühl: »Du bist nicht mehr willkommen in diesem Haus.«

Steven lächelte ungerührt. »Ist das eine Art, einen gesetzestreuen Bürger von Whitneyville zu behandeln, Emma?«

»Falls ich einem begegnen sollte«, erwiderte Emma steif, »werde ich schon wissen, wie ich ihn zu behandeln habe.«

Steven lachte. »Du freche kleine Wildkatze«, meinte er und kam langsam auf sie zu. »Ich hätte große Lust, dich noch zu küssen.«

Bei der Erinnerung an seinen letzten Kuß begannen Emmas Handflächen feucht zu werden. »Stört es dich eigentlich überhaupt nicht, daß ich einem anderen Mann gehöre?« fragte sie gereizt.

Steven blieb dicht vor ihr stehen. »Du gehörst keinem anderen Mann als mir«, erwiderte er entschieden. »Das habe ich dir schon mehr als einmal bewiesen.«

»Warum bist du gekommen?« entgegnete Emma mit zitternder Stimme.

»Einerseits, weil ich mich für deine aufopfernde Pflege bedanken wollte . . .«

»Und andererseits?« unterbrach sie ihn.

Steven streckte lachend die Hand aus und strich mit dem Zeigefinger über ihre Lippen. »Andererseits, Miss Emma«, fuhr er mit lachenden Augen fort, obwohl er sonst ganz ernst blieb, »wollte ich dich darüber informieren, daß du von jetzt an mit mir zusammensein wirst und nicht mit dem Bankier.«

7

»Das ist doch nicht dein Ernst«, widersprach Emma entgeistert. »Wir haben keinerlei Gemeinsamkeiten, Steven.«

Der verlangende Blick, mit dem er sie maß, löste ein warmes Prickeln unter ihrer Haut aus. Plötzlich war ihr so heiß, daß sie zu ersticken glaubte.

»O doch, die haben wir«, widersprach Steven. »Einige sehr gute Ehen sind aus Leidenschaft geschlossen worden.«

Emma kämpfte darum, Haltung zu bewahren. Steven durfte nicht merken, welche Zweifel sie im Hinblick auf Fulton hegte. »Genau das ist es, was Mr. Fulton mir zu bieten hat«, entgegnete sie ruhig. »Du erinnerst dich doch an ihn, oder? Er ist der Mann, den du immer als den ›Bankier‹ bezeichnest – ein solider, verantwortungsbewußter Mensch, mit guten Zukunftsaussichten und einem schönen Heim.« Sie hielt es für unnötig, hinzuzufügen, daß ein Revolverheld wie Steven ihr nichts von all dem bieten konnte. Steven hatte es auch so begriffen, denn an seiner Wange zuckte nervös ein Muskel.

»Der Bankier ist nicht gut genug für dich«, sagte er leise und ohne Emma dabei anzusehen.

Seine ruhige Gewißheit erzürnte sie, genau wie der starke Geruch nach Rum, der von ihm ausging. Er störte die Ruhe dieses Salons, in dem sie sich bisher immer so sicher gefühlt hatte.

»Aber du glaubst, du wärst es?« entgegnete sie höhnisch.

»Ja.«

»Du bist nichts als ein Vagabund, Steven. Ein Rebell!«

Er hielt ihrem Blick gelassen stand. »Bis heute hatte ich nie Grund, an einem Ort zu bleiben. Und ein Rebell bin ich nicht.«

»Es wird nach dir gefahndet – du hast selbst zugegeben, daß es so ist.«

Steven seufzte. »Also gut, das trifft zu – aber nur für Louisiana. Dort werde ich gesucht. Aber ich bin unschuldig.«

»Das behaupten alle Verbrecher«, erklärte Emma stur, obwohl sie tief in ihrem Innersten wußte, daß Steven nie absichtlich ein Gesetz gebrochen hätte. Gern hätte sie gewußt, wessen man ihn beschuldigte.

Doch er grinste nur wieder auf diese entnervende Art. »Du verschwendest deine Zeit, falls du beabsichtigst, mir den Mut zu nehmen, Emma. Wenn ich beschlossen habe, daß ich etwas haben will, gebe ich nicht eher auf, bis ich es bekomme. Und wenn es Jahre dauern sollte – irgendwann wirst du mein Bett teilen, und ich werde dir zeigen, daß du geboren wurdest, um mich zu lieben.«

Emma stützte empört die Hände in die Hüften. »Du bist der unmöglichste, eingebildetste Mann, dem ich je begegnet ...«

Bevor sie den Satz beenden konnte, kam Chloe herein.

»Hallo, Emma«, sagte sie warm und ging zur Bar, um sich einen Drink einzuschenken. »Mr. Fairfax«, fügte sie dann an Steven gewandt in einem merklich kühleren Ton hinzu.

Zu Emmas Freude schien Chloes Erscheinen Steven zu verwirren. »Schön, Sie wiederzusehen«, murmelte er, was Emma wieder daran erinnerte, daß er im Stardust gewesen war, und schon wurde sie von neuem ärgerlich auf ihn.

»Sie wollten sich bei mir bedanken«, sagte sie scharf. »Das haben Sie getan, Mr. Fairfax, und jetzt können Sie gehen. Auf Wiedersehen.«

Chloe beobachtete vom Barschrank aus interessiert die kleine Szene, enthielt sich jedoch jeglicher Bemerkung.

»*Bis bald*«, erwiderte Steven mit Betonung. Anzüglich richtete er seinen Blick dann auf Emmas Brüste, einen Blick, der verriet, daß er sie nackt gesehen und Emma seine Liebkosungen geduldet hatte, ohne sich zu wehren. »Wie gesagt, ich werde in der Nähe sein.« Er nickte Chloe zu, setzte seinen Hut auf und ging.

Emma folgte ihm auf die Veranda hinaus. »Du bist ein Vagebund! Du solltest weiterziehen!« flüsterte sie ihm wütend zu.

Er lachte und lehnte sich mit der Schulter an einen der weißen Holzpfosten. »Stimmt, Emma, ich sollte weiterziehen und dieses Hinterwäldlerdorf vergessen. Aber ich bleibe. Finde dich damit ab.« Plötzlich schien ihm ein anderer Gedanke zu kommen. »Jetzt, wo du es sagst, fällt mir ein, daß ich unbedingt eine Mitgliedskarte für deine Bibliothek brauche.«

»Ich habe nichts gesagt!« rief sie gereizt. Der Gedanke, daß er jederzeit ihre Bibliothek betreten und sie küssen konnte, war ihr unerträglich, weil sie wußte, daß sie nicht die Kraft haben würde, sich ihm zur Wehr zu setzen. »Du kannst dir keine Bücher ausleihen, wenn du keinen festen Wohnsitz hast.«

»Oh, das ist kein Problem«, erwiderte Steven vergnügt. »Ich wohne jetzt im Vorarbeiterhäuschen auf Big John Lenahans Ranch.«

Emma war zunächst sprachlos, dann platzte sie heraus: »Du kannst nicht für Big John arbeiten! Wie willst du mit deinen gebrochenen Rippen reiten?«

»Wie schön, daß du dich um mich sorgst«, erwiderte Steven, und das so laut, daß zwei Frauen, die auf der Straße vorbeikamen, sich neugierig nach ihnen umdrehten.

»Ich wünschte, du würdest verschwinden und mich in Ruhe lassen!« zischte Emma und wandte sich verärgert ab.

Steven grinste. »Wie gesagt, Emma – in Zukunft wirst du

mich sehr häufig sehen«, rief er ihr heiter nach. »Ich habe sogar vor, dich schon sehr bald wieder zu besuchen.«

Es war Vollmond in jener Nacht, und Emma stand steif neben Fulton am Seeufer, starrte auf das Wasser hinaus und haßte sich für ihren Entschluß, mit dem ungeliebten Mann spazierenzugehen. Sie wußte selbst nicht, warum sie es tat, aber wahrscheinlich hatte es etwas mit Steven Fairfax zu tun.

Fulton wirkte nervös, und er versuchte, Emmas Hand zu nehmen, aber sie achtete darauf, Distanz zu ihm zu wahren. »Du bist sicher froh, daß dieser Pistolero euer Haus verlassen hat«, sagte er mit einer Stimme, die eine Spur zu aufrichtig und zu laut klang.

Emma hoffte, daß er nicht die widersprüchlichen Gefühle erriet, die sie beherrschten. »Alles wird einfacher sein, nachdem er fort ist«, erwiderte sie leise. *Und noch viel schwieriger,* fügte sie im stillen hinzu.

»Hat er etwas über mich gesagt?« fragte Fulton unsicher.

Emma lächelte schwach. »Nur, daß du nicht zu mir paßt.«

Fulton versteifte sich. »Was sonst noch?«

»Nichts«, erwiderte Emma verblüfft. »Warum fragst du?«

Er wandte seufzend den Blick ab. »Nur so.«

Emma verschränkte die Arme und schaute auf den See hinaus. Fulton verbarg etwas vor ihr, aber im Grunde interessierte es sie nicht. Eigentlich hatte sie überhaupt keine Lust, mit ihm zu reden.

Fulton gab jedoch nicht auf. Er räusperte sich und sagte in bedeutungsvollem Ton: »Meine Eltern sind in einer Woche wieder zu Hause.«

»Ich verstehe.«

Er streckte ganz unvermittelt die Arme aus und zog Emma an sich. »Nein, du verstehst es nicht«, widersprach er eindringlich. »Wir müssen fliehen, Emma, durchbrennen – heute noch. Dann kann ich dich meinen Eltern als *fait accompli* präsentieren.«

Verblüfft entzog Emma ihm ihren Arm. »Fulton, ich habe dir gesagt . . .«

Er legte ihr einen Finger auf die Lippen. »Sag es nicht! Ich weiß, daß Mutter dich einschüchtert, Emma, aber wenn du erst meine Frau bist, wird sie dich akzeptieren, und das weißt du auch.«

Die Qual, die Emma erfaßte, mußte sich in ihren Augen gezeigt haben, aber Fulton schien nichts davon zu bemerken. Vielleicht würde er eher auf sie hören, wenn sie das Thema von einem anderen Gesichtspunkt aus anging. »Fulton, es wird viel über mich geredet, und ...«

Er umklammerte ihre Schultern. »Das ist mir egal, Emma«, flüsterte er, und zum ersten Mal fiel ihr auf, daß seine Lippe aufgeplatzt und geschwollen war.

Sie berührte die Wunde sanft. »Was ist passiert?«

Wieder mied er ihren Blick. »Nichts, Darling«, behauptete er. »Hör mir jetzt zu. Wir müssen heiraten, und zwar sofort!«

»Das kann ich nicht«, erwiderte Emma betrübt.

»Ich weiß, daß Frauen eine weiße Hochzeit wollen, aber ...«

»Das ist nicht der Grund, Fulton. Ich liebe dich nicht. Es wäre ein schrecklicher Fehler, wenn wir heirateten.«

Ärgerlich schüttelte er sie. »Du wirst schon lernen, mich zu lieben, Emma. Komm heute nacht mit mir nach Hause!«

Sie riß sich unwillig los. »Ich kann es nicht, Fulton!«

»Dann stimmt es also, was die Leute über dich und Fairfax reden?«

Die Frage war so direkt, daß es Emma für einen Moment die Sprache verschlug. »Es kommt darauf an, was sie sagen«, entgegnete sie schließlich traurig und begann die Uferböschung zu Chloes Haus hinaufzugehen.

Am Ende der Rasenfläche blieb er stehen und ergriff Emmas Arm, diesmal so fest, daß sie sich nicht losreißen konnte. »Mir ist es egal, was geredet wird«, sagte er beschwörend. »Hörst du, Emma? *Es ist mir egal,* selbst wenn es stimmt. Ich will dich trotzdem haben – mehr als alles andere auf dieser Welt!«

Emma seufzte. »Was reden die Leute denn?« fragte sie müde.

Fulton ließ die Hand sinken. »Daß du die Nächte in seinem Zimmer verbracht hast.«

Emma errötete, aber sie antwortete scharf: »Das ist eine Lüge!«

Ein erleichtertes Lächeln entspannte Fultons Züge. »Ich wußte ja, das es nicht stimmt.«

Ihr Schuldbewußtsein traf Emma wie ein Faustschlag in den Magen, »Du würdest mich also auch heiraten, wenn die Gerüchte stimmten?«

Fulton nickte. »Es ist kein Geheimnis, daß ich begierig bin nach . . . den ehelichen Freuden, Emma. Dafür wäre ich bereit, über eine Menge Dinge hinwegzusehen.«

Aus Chloes Haus drang warmes, einladendes Licht, und Emma sehnte sich nach der Einsamkeit ihres Zimmers, um Fulton und seiner allzu großzügigen Bereitschaft zu verzeihen, zu entkommen. Aber wohin sollte sie sich wenden, um ihren eigenen Vorwürfen zu entgehen?

»Wenn du mich jetzt nicht heiraten willst, dann versprich mir wenigstens, mich am nächsten Samstag auf den Ball zu begleiten!« beharrte Fulton.

Vielleicht gelingt es mir mit der Zeit, Steven zu vergessen, dachte Emma traurig, und wenn er mich mit Fulton sieht, verliert er vielleicht den Mut, mir weiter nachzustellen. »Gut, ich kaufe mir morgen Stoff und nähe mir ein neues Kleid«, stimmte sie lustlos zu. »Aber wir gehen als Freunde zum Tanzen, Fulton, mehr nicht. Am Samstag sind deine Eltern wieder da, nicht wahr?«

»Ja.«

Emma stieg die Stufen zur Küchenterrasse hinauf. »Warte!« sagte Fulton, folgte ihr und küßte sie auf den Mund.

Emma wartete auf die köstlichen Empfindungen, die sie bei Stevens Küssen erlebt hatte, aber sie stellten sich nicht ein. Obwohl sie auch keine Ablehnung verspürte – sie fühlte eigentlich *überhaupt* nichts –, war sie sehr erleichtert, als Fulton zurücktrat.

Er schien sehr zufrieden mit sich, seine Augen glitzerten triumphierend, als er ihre Hand nahm. »Wir könnten ins Sommerhaus gehen, Emma . . .«

Sie öffnete die Tür zur Küche. »Gute Nacht, Fulton.«

Steven hätte viel lieber mit den anderen Rancharbeitern in der Küche gegessen, aber Big John hatte ihn aufgefordert, ihm und seiner sechzehnjährigen Tochter Joellen Gesellschaft zu leisten.

»Es ist nicht leicht, einen Mann mit Ihren Referenzen zu finden«, sagte Big John, als er sich zum zweitenmal den Teller füllte. »Sie scheinen viel Erfahrung mit Rindern zu haben.«

Steven lächelte und ignorierte Joellen, die sich schon seit einiger Zeit bemühte, seine Aufmerksamkeit zu erregen. »Seit der Zeit nach dem Krieg, ja«, antwortete er höflich.

Joellens Glas kippte um, ein roter Fleck breitete sich auf dem blütenweißen Tischtuch aus. »Oh, wie ungeschickt von mir!« rief sie, und Steven mußte sich auf die Lippen beißen, um nicht laut zu lachen über den so offenkundigen Versuch des Mädchens, ihn auf sich aufmerksam zu machen.

Big John schüttelte unmutig den Kopf, und die rundliche mexikanische Köchin Manuela eilte herbei und überschüttete Joellen mit einem Schwall spanischer Worte, während sie versuchte, den häßlichen Fleck zu entfernen.

»Lassen Sie das, Manuela«, befahl Big John, und Manuela ging mit einem letzten vorwurfsvollen Blick auf Joellen hinaus.

Joellen schaute Steven aus großen Augen an und klimperte mit den langen Wimpern, als sie sich wieder setzte. Sie war ein hübsches Kind, aber eben genau das – ein Kind. »Haben Sie im Krieg gekämpft, Mr. Fairfax?« erkundigte sie sich neugierig.

Steven lehnte sich auf seinem Stuhl zurück. »Ja.«

Joellen zog eine perfekt gezupfte Augenbraue hoch. »Auf der Verliererseite?«

»Nach Ansicht der meisten Leute ja«, erwiderte Steven kühl. »Obwohl mein Großvater natürlich der festen Überzeugung ist, der Süden werde sich irgendwann wieder erheben. Für diesen Augenblick hat er einen ganzen Stapel alter Geldscheine aus der Zeit der Konföderation gehortet.«

Big John lachte und bot Steven eine Zigarre an, die dieser dankend annahm. »Unter wem haben Sie gedient, junger Mann?«

»Jeb Stuart«, antwortete Steven kurz, denn er sprach nicht gern über den Krieg. Für ihn war es das Beste, ihn zu vergessen.

»Mit Abstand der beste Reiter beider Armeen«, bemerkte Big John nachdenklich.

Steven nickte.

»Ich war vor ein paar Tagen bei Emma Chalmers in der Bibliothek«, sagte Joellen plötzlich, was ihr endlich die Aufmerksamkeit der beiden Männer zu sichern schien. »Ich wollte mir ein Buch ausleihen, doch sie war sehr unfreundlich zu mir«, fuhr das Mädchen fort. »Aber ich habe sie an ihren Platz verwiesen und sie daran erinnert, daß sie nichts als eine arme Waise ist.«

Big John wurde ungehalten. »Das war nicht nett von dir, mein Kind«, sagte er vorwurfsvoll.

Joellens Blick glitt zu Steven. Mit halbgeschlossenen Augen fragte sie ihn: »Was meinen Sie dazu?«

»Daß Emma Chalmers die schönste Frau ist, die ich je gesehen habe«, versetzte Steven lächelnd.

Joellens Puppengesicht verzerrte sich vor Ärger. »Sie haben doch wohl nicht vor, sie zu *heiraten* oder so – sie ist praktisch schon verlobt – mit Fulton Whitney!«

»Die Zeit wird kommen, wo sie sich nicht einmal an seinen Namen erinnern wird«, erwiderte Steven und stand auf. Auch Big John erhob sich und reichte ihm eine starke, von der Arbeit rauhe Hand. Steven schüttelte sie herzlich, verabschiedete sich und ging in die Nacht hinaus.

Er hatte noch nicht das Häuschen erreicht, das Big John ihm zugewiesen hatte, als Joellen ihn einholte. Sie trug einen Reitrock, hohe schwarze Stiefel und eine weiße Bluse, die im Mondlicht schimmerte wie ihr blondes Haar.

»Sind Sie böse auf mich?« fragte sie, bemüht, mit Steven Schritt zu halten. »Weil ich etwas über Emma Chalmers gesagt habe.«

»Nein.«

»Sie wird Sie nicht heiraten«, sagte Joellen rasch. »Sie möchte in einer prächtigen Villa leben, wie die Whitneys.«

»So?« entgegnete Steven und schaute gelangweilt zum sternenübersäten Himmel auf.

»Ja, und sie wünscht sich auch Geld und Ansehen. Den Vorarbeiter einer Ranch würde sie nie heiraten.«

Steven hatte seine Hütte erreicht, und obwohl Joellen es zu erwarten schien, forderte er sie nicht auf einzutreten. »Gute Nacht«, sagte er betont kühl zu ihr.

Joellen schob schmollend die Unterlippe vor, drehte sich um und stürmte ärgerlich davon. Steven schaute ihr kopfschüttelnd nach, ging ins Haus und zog sich aus, um schlafen zu gehen. Doch als er in dem breiten Doppelbett lag, mußte er an Emma danken, an ihre zarte Haut, ihre schönen vollen Brüste, und ein schmerzhaftes Ziehen erwachte in seinen Lenden. In diesem Augenblick hätte er alles dafür gegeben, Emma an seiner Seite zu haben – einschließlich seines geliebtes Colts und des Vermögens, das in Louisiana auf ihn wartete.

Doch trotz der quälenden Erregung, die ihn beherrschte, war Steven so müde, daß er dann doch einschlief.

Und wie so oft in seinen Träumen, fand er sich in Louisiana wieder. Es war früher Morgen, und er stand auf einer grasbewachsenen Lichtung, die in kühlen Morgennebel getaucht war, und hielt eine Duellpistole in der Hand. Sein Gegner war Macons unehelicher Sohn Dirk.

»Nein!« protestierte Steven laut, aber das Wort beendete den Alptraum nicht. Er spürte den Pistolenschaft in seiner Hand und die weiche, feuchte Erde unter seinen Stiefelsohlen. All seine Sinne waren in höchstem Maße angespannt.

Dirk war mit seinen knapp zwanzig Jahren nicht älter als Steven selbst. Klein, schwarzhaarig, dunkeläugig und jähzornig wie sein Vater, war er schon seit langem eifersüchtig auf Stevens enge Beziehung zu Cyrus. Die Pistole bebte in seiner Hand, als er sie abfeuerte, und wilder Haß verzerrte sein Gesicht.

Der Schuß ging weit an Steven vorbei und schlug in einen Baumstamm am Ende der Lichtung ein.

»Los!« kreischte Dirk wie ein Wahnsinniger. »Erschieß mich!«

Steven schüttelte den Kopf. »Geh, Dirk«, sagte er ruhig. »Wir werden es vergessen.«

»Nie!« schwor Dirk, als sein Sekundant ihm die zweite Pistole reichte. »Ich habe Mary geliebt, und das hast du – verdammt noch mal – gewußt, du heimtückischer Bastard! Und trotzdem hast du sie verführt!«

Keine Erklärung, kein noch so heftiges Abstreiten hätten Dirk davon überzeugen können, daß Mary zu Steven ins Bett geklettert war, als er schon schlief. Er hatte nicht einmal gemerkt, daß sie da war, bis Dirk am nächsten Morgen hereinstürzte und eine Erklärung forderte.

Als Steven jetzt die zweite Duellpistole in Dirks Hand sah, ahnte er, daß er nicht schon wieder damit rechnen konnte, unverletzt zu bleiben. Grimmig hob er seine eigene Waffe und schoß seinen Neffen in die Schulter.

Dirk stürzte auf den Boden, einen Schrei des Schmerzes und der Überraschung auf den Lippen, und ein roter Fleck breitete sich auf seinem weißen Hemd aus.

Steven übergab die Pistole seinem Sekundanten und näherte sich dem Sohn seines Bruder, der sich auf der Erde krümmte. Ein Arzt, ein Fremder in einem dunklen Mantel und einem Biberfellhut, schnitt bereits den blutdurchtränkten Stoff über der Wunde.

»Warum hast du nicht auf mich gehört?« fragte Steven rauh.

Dirk war schon halb bewußtlos, aber er spuckte Steven noch einmal an, bevor er die Augen schloß und sein Gesicht wachsbleich wurde.

Steven spürte starke Hände auf seinen Schultern und drehte sich zu Garrick Wright um, seinem besten Freund und Sekundanten. »Laß uns gehen«, sagte Garrick sanft. »Es ist vorbei.«

Widerstrebend richtete Steven sich auf. »Wird er wieder in Ordnung kommen?« fragte er besorgt den Arzt.

Der alte Mann schaute grimmig zu Steven auf. »Männer wie Dirk kommen nie ›in Ordnung‹«, entgegnete er. »Sie geben sich nicht zufrieden, bis sie die ganze Welt herausgefordert haben und ihren eigenen Tod bewirken.«

Steven schluckte betroffen. »Dann muß er also sterben?«

»Nein, diesmal nicht«, erwiderte der Arzt.

Und Steven wandte sich ab und ging, aber nur, um den Traum von neuem zu beginnen. Er wiederholte sich immer wieder, eine Nacht lang oder hundert Nächte lang, ganz, wie es seiner Erinnerung beliebte.

8

Emma summte vor sich hin, als sie den Saum ihres neuen Ballkleids nähte. Es war ein kühler Abend, deshalb brannte ein Feuer im Kamin, und eine Tasse heißen, süßen Tees stand neben ihr. Ein lautes Klopfen an der Tür riß sie aus ihrer Versunkenheit, und sie versteifte sich instinktiv, während Daisy zur Tür ging, um sie zu öffnen.

»Da ist jemand, der Sie sehen will«, Miss Emma, erklärte die Haushälterin ungewöhnlich heiter.

Emmas Herzschlag stockte für einen Moment, als sie aufstand und Steven eintreten sah, den Gurt mit dem Colt tief auf den Hüften.

»Hallo, Emma«, sagte er lächelnd, als sie vor Überraschung kein Wort über die Lippen brachte.

Sie sank auf ihren Sessel zurück, und Steven trat ans Feuer.

»Diese Farbe wird dir sehr gut stehen«, bemerkte er mit einem Blick auf die grüne Seide auf ihrem Schoß, an der sie schon wieder eifrig stichelte.

»Vielen Dank«, erwiderte sie kühl. Sie forderte Steven nicht auf, Platz zu nehmen, weil sie nicht wollte, daß er blieb. In den letzten Tagen war es ihr wenigstens halbwegs gelungen, ihn aus ihren Gedanken zu verdrängen.

»Willst du nicht wissen, warum ich gekommen bin?«

Emma zwang sich, ihn anzusehen. »Nein.«

Wie immer lachte er nur über ihre Unhöflichkeit. »Wir machen am Samstag ein Picknick«, verkündete er stolz.

Emma hatte genug von Stevens Dreistigkeit. »Das wird nicht möglich sein«, erwiderte sie ärgerlich. »Am Samstag abend gehe ich nämlich mit Fulton auf einen Ball.«

Steven seufzte. »Du triffst dich also immer noch mit dem Bankier?«

»Also wirklich, Steven, du bist unmöglich!« meinte Emma erbost. »Und ich denke gar nicht daran, mit dir Picknick zu machen, niemals, hörst du?« Die Seide raschelte zwischen ihren Fingern, und fast hätte sie sich in den Finger gestochen. »Habe ich mich endlich klar genug ausgedrückt?«

Steven nickte. »Was du sagst, verstehe ich. Ich bin nur nicht damit einverstanden.«

Emma ließ den Stoff fallen und sprang auf. »Glaubst du etwa, das ändert etwas für mich?«

Steven betrachtete sie. »Du bist wirklich eine Schönheit, Emma – eine Frau, von der die meisten Männer ihr Leben lang nur träumen können«, sagte er beinahe ehrfürchtig. »Aber ich werde dich für mich gewinnen, und wenn das geschehen ist, wirst du für immer mein sein, und ich werde dich sehr oft und sehr gründlich lieben.«

Eine Welle der Furcht und des Verlangens durchfuhr Emma. »Was muß ich tun, damit du gehst und mich in Ruhe läßt?« flüsterte sie und faltete wie zum Gebet die Hände. Steven lockte sie zu sich, ohne sich zu rühren, ja, er brauchte nicht einmal die

Hand nach ihr auszustrecken. Bevor Emma wußte, wie ihr geschah, stand sie schon vor ihm und schaute mit großen Augen zu ihm auf. Sein Zeigefinger berührte ganz, ganz sacht ihre Lippen und hinterließ eine feurige Spur auf ihrer zarten Haut. »Begleite mich zu diesem Picknick«, bat er leise. »Wenn du dann noch immer willst, daß ich gehe, werde ich es tun.«

Emmas Augen wurden groß. Hoffnung keimte in ihr, während sie gleichzeitig von einer überwältigenden Trauer erfaßt wurde. »Du meinst, du würdest dein Pferd nehmen und Whitneyville verlassen? Du würdest deinen Job auf Big Johns Ranch aufgeben?«

»Richtig«, antwortete Steven rauh, während er eine von Emmas roten Locken um den Finger wickelte, der eben noch ihre Lippen berührt hatte. »Wenn du mir nach dem Picknick aufrichtig sagen kannst, daß du mich nie wiedersehen willst, verlasse ich die Stadt.«

Emma biß sich auf die Lippen und legte eine Hand auf ihr Herz, das zum Zerspringen klopfte. »Aber der Ball ist schon am Samstag . . .«

»Du wirst rechtzeitig zurück sein.«

Vernunft und Verlangen kämpften in Emmas Brust, und wie es so oft der Fall war, wenn es sich um Steven handelte, siegte ihr Verlangen. »Na schön«, stimmte sie zu. »Aber ich erwarte, daß du dein Wort hältst.« Sie drohte ihm mit dem Zeigefinger. »Wenn ich dir sage, daß ich dich nicht mehr sehen will, gibt es kein Zurück mehr.«

Steven küßte sie ganz sanft auf die Lippen. »Du hast mein Ehrenwort«, versicherte er ihr zwischen zärtlichen Küssen, die eine heiße Woge des Verlangens durch ihren Körper sandten.

Emma hätte sich so gern von ihm umarmen und richtig küssen lassen, sie sehnte sich danach, Stevens harten Körper an ihrem eigenen zu spüren und sich seinen sinnlichen Zärtlichkeiten zu überlassen. Aber das konnte sie natürlich nicht zugeben, schon gar nicht unter diesen Umständen. »Gute Nacht, Mr. Fairfax«, sagte sie mit zitternder Stimme.

Steven zog sie lachend in die Arme, und ihr Herz setzte einen Schlag aus, als er sie so fest an sich preßte, daß sie seine männliche Erregung spüren konnte.

»Steven«, protestierte sie, »ich bestehe darauf . . .« Sein warmer Mund erstickte ihre Worte und glitt sanft über ihre Lippen, und als sie sie öffnete, erforschte er ihren Mund mit einer Leidenschaft, wie Emma sie noch nie erfahren hatte. Sie wimmerte, stöhnte und sank hingebungsvoll in seine Arme. Als der Kuß endete, drehte sich der Raum vor ihren Augen, sie schwankte, und Steven führte sie zu einem nahen Sessel.

»Bis Samstag, Emma«, sagte er mit einem leisen triumphierenden Lachen, das sie wieder wütend machte.

»Fahr zur Hölle, Steven«, zischte sie und wagte es nicht, ihn anzusehen. Aber sie wußte, daß sie ihn zum Picknick begleiten würde, und er wußte es auch.

Chloe traf fast im gleichen Moment ein, als sich die Tür hinter Steven schloß. »Ich packe euch einen Picknickkorb«, sagte sie, ohne sich auch nur den Anschein zu geben, sie hätte die Unterhaltung nicht belauscht.

Emma schnappte sich ihr Kleid und begann wütend daran zu nähen. »Wenn ich dir etwas bedeuten würde, Chloe, dann würdest du mir verbieten, mit diesem Mann auch nur eine Minute allein zu sein, geschweige denn den ganzen Tag!«

Chloe lachte. »Und du würdest mir gehorchen?«

Emma warf ihr einen beschämten Blick zu. »Nein«, gab sie ehrlich zu. »Wahrscheinlich nicht.«

Chloe setzte sich zu Emma. Ihre grünen Augen funkelten vor Belustigung. »Es hat mich an Big John erinnert, wie Steven dich geküßt hat. Da hast du einen richtigen Mann gefunden, Emma!«

Emma seufzte verlegen. Aber wenigstens hatte ihre Adoptivmutter ihr einen Anlaß gegeben, das Thema zu wechseln. »Warum heiratest du John nicht? Ich weiß doch, daß du ihn liebst.«

Chloes weiter Taftrock raschelte, als sie ihre wohlgeformten Beine übereinanderschlug. »Mr. Lenahan ist ein stolzer Mensch«, antwortete sie traurig. »Ich lasse nicht zu, daß die Leute ihn verspotten, weil er eine Hure zur Frau genommen hat.«

Emma schaute verwundert auf. »Aber du bist doch nicht . . . ich meine, du . . .«

»Für die Leute macht das keinen Unterschied, Emma. Sie denken in jedem Fall das gleiche über mich.«

Emma senkte betrübt den Kopf. »Hat Big John dir schon einen Antrag gemacht?« fragte sie.

Chloe lächelte. »O ja – ein- oder zweimal.«

»Dann solltest du ihn heiraten, finde ich!« erklärte Emma entschieden. »Laß die anderen doch denken, was sie wollen.«

»Und ich finde, du solltest dich von Fulton Whitney fernhalten, Emma! Es ist nicht fair, einen Mann dazu zu benutzen, einen anderen von dir fernzuhalten.«

Emma biß sich auf die Lippen. »Wer sagt, daß ich ihn benutze?«

Chloe lachte hell. »Ich.« Sie war eine lebhafte, temperamentvolle Frau und trotz ihres fortgeschrittenen Alters noch immer sehr schön. Und intelligent. Es war kein Wunder, daß ein so feiner Mensch wie Big John Lenahan sie zur Frau haben wollte. »Wahrscheinlich befürchtest du, eine alte Jungfer zu werden, wenn du diesen Whitney nicht heiratest – und für immer und ewig in deiner Bibliothek zu sitzen und mit einem Stapel Plakate unter dem Arm auf jeden Zug zu warten, bis du alt und grau bist.«

Emma ließ die Nadel sinken. »Das klingt ja, als würdest du nicht glauben, daß ich meine Schwestern je wiederfinde.«

Chloes Züge wurden sanfter. »So habe ich es nicht gemeint«, widersprach sie rasch. »Du wirst sie finden, wenn es so etwas wie Gerechtigkeit auf dieser Welt gibt.«

Emma war erleichtert, daß Chloe so dachte, und lächelte sie an. »Warum mißfällt dir Fulton so?« fragte sie dann. »Ich habe fast den Eindruck, als wärst du froh, daß dieser Rebell mich zum Picknick eingeladen hat – ein Mann, vor dem du mich selbst einmal gewarnt hast.«

»Meine Gründe, Fulton nicht zu mögen, sind meine Sache«, erwiderte Chloe knapp. »Du könntest selbst erkennen, was nicht mit ihm stimmt, wenn du die Augen öffnen würdest. Und was Mr. Fairfax betrifft, so habe ich meine Meinung geändert, weil Big John mir versicherte, daß er ein anständiger, solider Mensch ist. Im Grunde genommen bin ich sogar überzeugt, daß er eine Seite von dir ans Licht bringen wird, die keiner von uns bisher an dir kannte.«

Emma dachte an ihre heftige Reaktion auf Stevens Küsse und seine Zärtlichkeiten und murmelte beschämt: »Vielleicht wäre es besser, wenn diese Seite von mir verborgen bliebe.«

»Unsinn«, widersprach Chloe, »sie ist genauso ein Teil von dir wie dein schönes kupferfarbenes Haar und deine blauen Augen. Du bist jetzt eine Frau, Emma, und es wird Zeit, daß du deine Versuche aufgibst, dich in einen Blaustrumpf zu verwandeln.«

Ich habe Angst vor dieser anderen Emma, dachte sie. »Meine Mutter hatte auch eine leidenschaftliche Seite«, sagte sie bedrückt, »die sie ruinierte und schließlich sogar dazu brachte, ihre eigenen Kinder aufzugeben.«

»Deine Mutter war ein schwacher Mensch«, wandte Chloe ein.

Emma dachte daran, wie leicht Steven sie dazu bewegen konnte, sich ihm zu unterwerfen. »Vielleicht bin ich das auch.«

»Nur in bezug auf *einen* Mann, glaube ich«, war Chloes Antwort, dann stand sie auf und gähnte verstohlen. »Ich gehe ins Bett. Es war ein langer Tag.«

»Gute Nacht«, sagte Emma zärtlich.

Chloe küßte ihre Wange. »Gute Nacht, Emma, Liebes. Bleib nicht die halbe Nacht auf, um dir Vorwürfe zu machen, weil du beim Anblick eines gutaussehenden Cowboys weiche Knie bekommst. Es bedeutet nur, daß du eine ganz normale, gesunde junge Frau bist.«

Big John beobachtete Steven, wie er die Rinder zusammentrieb, und wunderte sich wie schon so oft über die Geschicklichkeit dieses jungen Rebellen. Als Steven sein Pferd wendete, um davonzureiten, rief Big John ihn zu sich.

»Die Armee hat zweihundert Rinder bestellt«, sagte der Rancher, als Steven seinen Wallach zügelte und absaß. »Hätten Sie Lust, den Treck zu führen?«

Fairfax schien interessiert, aber auch ein bißchen mißtrauisch. »Wohin?«

»Nach Spokane, im Staat Washington«, antwortete Big John. »Dort übernimmt die Armee die Rinder und bringt sie nach Fort Deveraux.«

»Das ist eine Reise von zehn Tagen«, sagte Steven nachdenklich.

»Vielleicht sogar zwei Wochen«, meinte Big John. »Von zweihundert Rindern und ein, zwei Wagen mit Vorräten kann man nicht erwarten, daß sie sich mit der gleichen Schnelligkeit bewegen, wie ein einzelner Reiter es könnte.«

Steven nickte zustimmend. »Gut. Wann geht die Reise los?«

»Am Sonntag morgen, glaube ich.«

»Wie viele Männer werden mich begleiten?«

»Mit zwölf guten müßten Sie eigentlich auskommen. Sie können sie sich selbst aussuchen.«

Steven nickte. »Fein«, sagte er, und die beiden Männer besiegelten das Abkommen durch einen Händedruck.

Steven fluchte verhalten, als er mit steifen Beinen in den Sattel stieg. Ein zweiwöchiger Ritt nach Spokane hatte ihm jetzt gerade noch gefehlt. Es war möglich, daß Emma bei seiner Rückkehr diesen widerlichen Bankier geheiratet hatte, den sie so sehr zu schätzen schien . . .

Vielleicht hätte er ihr doch erzählen sollen, daß er Fulton in Chloes Etablissement begegnet war. Aber nein, es war schon richtig gewesen, darüber zu schweigen. Es gab Dinge, die eine Frau selbst herausfinden mußte.

Stevens Gedanken schweiften zu seinem Stiefbruder ab. Macon war ein nicht zu ermüdender, unnachgiebiger Schuft und ihm bestimmt längst auf der Spur. Aber trotz allem hatte Steven vielleicht Glück, und Macon ritt an Whitneyville vorbei.

Steven trieb den Wallach an, und er galoppierte über das grasbewachsene Land. Schneebedeckte Berggipfel leuchteten in der Ferne, darunter erstreckten sich dichte Nadelwälder. Ich werde dieses Land vermissen, wenn ich es verlasse, dachte Steven traurig.

Aber auch das würde zu ertragen sein, wenn Emma dann an seiner Seite war.

Die Woche ging schneller vorüber, als Emma lieb war, aber ihr neues Kleid war fertig und hing vor ihrem Schrank, ein wunderhübsches Gebilde aus grüner Seite mit feinen schwarzen Spitzen. Daisy war in der Küche und packte einen Picknickkorb, als Emma in einem bestickten weißen Musselinkleid herunterkam.

»Kannst du mir die Knöpfe schließen?« fragte Emma die alte Köchin.

»Klar«, murmelte Daisy. »Paß nur auf, daß dieser junge Cowboy sie nicht wieder öffnet!«

Emma versteifte sich entrüstet. »Daisy, wie kannst du so etwas sagen?«

»Ich war auch einmal jung«, erwiderte Daisy nüchtern. »Aber ich rate dir trotzdem, dich wie eine Dame zu benehmen, sonst versohle ich dir nämlich deinen Hintern!«

»Blödsinn«, sagte Emma, aber sie lächelte, als sie sich zu Daisy umdrehte. »Wie sehe ich aus?«

»Wie eine Tigerlilie«, antwortete Daisy liebevoll. »Du bist eine Schönheit, Kind – kein Wunder, daß dein Cowboy unbedingt mit dir allein sein will.«

Emmas Lächeln verblaßte, als sie sich fragte, wie sie Steven widerstehen sollte, wenn sie allein waren und er sie küssen wollte.

Daisy tätschelte ihr lachend die Wange, als hätte sie ihre Gedanken erraten. »Keine Angst, Emma – der Mann, dem es gelingt, wird auch der Richtige sein.« Dann wurde sie ernst. »Was wird Mr. Whitney sagen, wenn er von dieser Teufelei erfährt?«

»Es ist keine Teufelei«, protestierte Emma, »nur ein Picknick, mehr nicht – etwas völlig Harmloses.«

Daisy kicherte entzückt. »Das hat Eva zu Adam auch gesagt.«

Bevor Emma etwas erwidern konnte, klopfte es an der Tür, und Emma stürzte in die Halle, um zu öffnen.

Steven lächelte sie strahlend an. Er war sehr gut angezogen, aber unter seinem Rock sah sie die Ausbuchtung des Colts. »Hallo, Emma«, sagte er und zog seinen neuen Biberfellhut vor ihr.

Im schwachen Licht der Eingangshalle nahm er ein sehr kleines Päckchen aus der Westentasche und reichte es Emma. »Hier. Das ist für dich.«

Emma wollte sich schon auf das Päckchen stürzen, als ihr zu Bewußtsein kam, wie unhöflich das gewesen wäre. »Das hättest du nicht tun sollen«, antwortete sie bescheiden.

Steven lachte. »Ich habe es aber getan.«

»Das stimmt«, erwiderte sie, nahm ihm das Päckchen ab und entfernte hastig das Papier.

Der kleine Karton enthielt ein winziges Fläschchen echtes französisches Parfum. Emmas Augen weiteten sich vor Freude, und rasch schraubte sie die Flasche auf und roch daran.

Nicht einmal im Paradies konnte es schönere Düfte geben! »Danke«, sagte sie strahlend, erstaunt, daß ein Cowboy ein solch kostspieliges Geschenk machen konnte. Nicht einmal Fulton mit all seinem Geld hatte ihr je etwas so Extravagantes geschenkt.

Steven lächelte. »Gern geschehen, Emma. Aber brechen wir jetzt zu unserem Picknick auf oder nicht?«

Emma führte ihn in die Küche. »Daisy hat einen Korb für uns gepackt.«

»Dann haben wir mehr als genug zu Essen, Liebling, denn ich habe uns ein Menü aus dem Hotel geholt.«

Emma drehte sich überrascht zu ihm um. »Es ist immer die Dame, die für das Essen sorgt«, entgegnete sie verwirrt.

»Das finde ich nicht fair – der Vorschlag kam schließlich von mir«, meinte Steven lachend.

In der Küche wollte Emma den Korb nehmen, aber Steven hielt sie zurück. »Wir brauchen ihn nicht«, wehrte er höflich ab und fügte Daisy zuliebe hinzu: »Ich habe im Hotel einen Korb vorbereiten lassen.«

Zu Emmas Erstaunen ging ein Strahlen über Daisys schwarzes Gesicht. »Dann bringe ich Reverend Hess das Essen. Der Junge ist immer hungrig.«

Emma erhob keine Einwände. Essen war das Letzte, was sie an diesem sonnigen Maitag beschäftigte, und dem Pfarrer gönnte sie es von ganzem Herzen. Sie nahm das cremefarbene Umschlagtuch, das sie zwei Winter zuvor gehäkelt hatte, und legte es nervös um ihre Schultern. »Dann laß uns gehen«, sagte sie zu Steven.

Er schmunzelte verstohlen, als er Emma auf die Veranda folgte. Ein Buggy und ein Pferd, das er zweifellos aus dem Mietstall oder von Big John geliehen hatte, erwarteten sie im Schatten von Chloes mächtigem alten Kastanienbaum.

Steven umfaßte Emmas Taille und hob sie auf den Wagen. »Wohin fahren wir eigentlich?« fragte sie, als er sich neben sie setzte und die Zügel nahm? »Zum Friedhof? Am Cold Creek gibt es auch ein hübsches Plätzchen für ein Picknick.«

»Warte ab«, befahl Steven lächelnd und lenkte Pferd und Wagen direkt auf das Stadtzentrum zu. Wenn er nicht innerhalb von zwei Minuten abbiegt, dachte Emma erschrocken, fahren wir direkt an der First Territorial Bank vorbei!

Besorgt ergriff sie seinen Arm, zog ihre Hand jedoch sofort zurück, als sie seine harten Muskeln unter ihren Fingern spürte. »Ich will nicht, daß Fulton uns sieht!« flüsterte sie ihm so leise zu, als hätte Fulton Spione in den Bäumen am Straßenrand. versteckt.

»Ich fürchte, das wird er«, erklärte Steven ohne spürbares Bedauern, während er an der letzten Abbiegung vorbeifuhr, die Emma hätte retten können. »Tut mir leid, Emma, aber unsere Abmachung schloß nicht ein, uns vor dem Bankier zu verstecken.«

Emma starrte auf den harten Lehm der Straße und überlegte, daß sie sich mindestens einen Knöchel verstauchen würde, falls sie vom Buggy sprang. »Du willst mich nur kompromittieren!« beschuldigte sie Steven.

»Keineswegs, Emma – das kommt erst noch«, versetzte er grinsend.

»Bisher habe ich nicht einmal damit angefangen.«

Sie verschränkte die Arme und starrte geradeaus. »Ich werde froh sein, wenn du endlich fort bist«, sagte sie verdrossen.

Als sie an der First Territorial Bank vorbeikamen, winkte Steven jemandem zu. Emma wagte nicht hinzusehen, wer es war, aber sie wurde bis unter die Haarwurzeln rot und stampfte zornig mit dem Fuß auf.

Um alles noch schlimmer zu machen, lenkte Steven den

Buggy quer durch die ganze Stadt zum See und hielt erst an, als sie die Anlegestelle des Postdampfers erreichten.

»Was ...?« Emma schaute verblüfft zu, wie Steven die Bremse anzog, vom Buggy kletterte und den Picknickkorb heraushob. Dann reichte er Emma lächelnd seine Hand.

Während sie unter den neugierigen Blicken von einem halben Dutzend Stadtbewohnern den Dampfer bestiegen, malte Emma sich voller Schrecken aus, wie Fulton reagieren würde, wenn er von ihrem Ausflug erfuhr.

»Guten Morgen, Miss Emma«, begrüßte der Kapitän sie freundlich, als das kleine Boot den Anker lichtete. Tom Fillmore gehörte zu den wenigen Menschen in Whitneyville, die Emma schon mit Respekt behandelt hatten, bevor Fulton um sie zu werben begann. »Schöner Tag für ein Picknick«, bemerkte er lächelnd.

Emma nickte ihm zu und schaute wehmütig zu der kleinen Insel hinüber, die mitten im See lag. Vor Jahren war Chloe oft mit Emma hingerudert, um dort ein Picknick zu machen und Forellen zu angeln ...

Emma konnte ihr Erstaunen nicht verbergen, als sie merkte, daß der Postdampfer Kurs auf die unbewohnte Insel nahm. Aber Steven, der den Kapitän ganz offensichtlich darum gebeten hatte, grinste so unbeschwert, als sei ihm gar nicht bewußt, daß er mit dieser Fahrt ihren Ruf für immer und ewig ruinierte.

»Du Schuft!« zischte sie böse. »Du hast absichtlich dafür gesorgt, daß uns alle zusammen sahen – einschließlich Fulton!« In gespieltem Erstaunen zog Steven eine Braue hoch. »Sag bloß, Mr. Whitney schuftet selbst an einem so herrlichen Tag in seiner Bank!« entgegnete er spöttisch. »Denn dann muß ich mich bei dir entschuldigen, Emma. Leider vergesse ich immer wieder, daß diese Yankees ihr Leben einfach nicht zu genießen wissen.«

Seine unbekümmerten Worte ärgerten Emma so sehr, daß sie die Hand hob, um ihn zu schlagen. Aber dann ließ sie sie wieder sinken, denn so tief wollte sie sich vor den Augen des Kapitäns nicht erniedrigen. Schweigend wandte sie den Kopf ab und schaute zu der Insel hinüber, die sie als Kind den *Garten Eden* genannt hatte.

9

»Wo ist er?« fragte Joellen Lenahan gereizt.

Big John schaute nicht einmal von den Akten auf, mit denen er sich beschäftigte. »Wer, Darling?« fragte er abwesend.

Joellen stampfte ungeduldig mit dem Fuß auf. »Wo ist Mr. Fairfax?« wiederholte sie ihre Frage. »Hast du ihn fortgeschickt? Stimmt es, daß er den Treck nach Spokane begleitet?«

Big John legte seufzend den Stift nieder. »Setz dich, Joellen«, sagte er ergeben.

Schmollend setzte Joellen sich in den großen Ledersessel vor Big Johns Schreibtisch und verschränkte die Arme über ihrem beachtlichen Busen. Mit tränenschimmernden Augen schaute sie ihren Vater an. Sie trug eine gestärkte weiße Bluse mit tiefem rundem Ausschnitt und einen grünen Samtrock, der wie eine weite Hose geschnitten war, so daß sie damit reiten konnte. Ihr schönstes Attribut – das goldblonde Haar, Erbe irgendeines skandinavischen Vorfahren – fiel ihr offen über die Schultern bis auf die Taille.

Und alles nur, um einem gewissen Vorarbeiter zu gefallen! dachte ihr Vater belustigt, doch er mahnte Joellen nur sanft: »Vergiß nicht, daß Steven Fairfax schon so gut wie vergeben ist. Ich glaube, er hat sich in Emma Chalmers verliebt.«

»In diese Schlampe, die die Bibliothek führt?« entgegnete Joellen hochmütig. »Das glaube ich nicht, Dad. Wenn überhaupt, dann spielt er höchstens mit ihr.«

Big John zuckte mit den Schultern. »Miss Emma ist keine Schlampe, Joellen«, sagte er dann streng. »Sie gibt sich die größte Mühe, eine Dame zu sein, und verhält sich auch entsprechend.«

Doch Miss Lenahan war nicht in der Stimmung, einen Vortrag über die Tugenden ihrer Rivalin zu hören. »Falls Steven sich für sie interessiert, dann nur, weil er weiß, daß sie leicht zu haben ist, und er sich nimmt, was er kriegen kann. Doch heiraten würde er die Schlampe nie.«

Big John errötete vor Zorn, und Joellen merkte nun, daß sie zu weit gegangen war. »Ich will kein schlechtes Wort mehr über Emma hören«, sagte er scharf. »Und jetzt geh und schlag dir Fairfax aus dem Kopf!«

Nicht einmal Joellen wagte es, Big John zu widersprechen, wenn er diesen Ausdruck in den Augen hatte. Widerstrebend nickte sie. »Wird er den Viehtreck leiten?«

»Ja.« Ihr Vater beugte sich wieder über seine Bücher. »Und jetzt kümmere dich bitte um deine Angelegenheiten, Joellen, und laß mir Ruhe für meine.« Joellen stand auf und schlenderte verdrossen aus dem Raum. Sie begriff nicht, warum ihr Vater ausgerechnet Steven die Leitung des Trecks übertragen hatte, nachdem er doch erst so kurz auf der Ranch war. Aber dann hellte sich ihre Miene auf, weil ihr ein ganz anderer Gedanke kam. Wenn Steven unbedingt diesen Treck mitmachen mußte ... nun, es gab immer Mittel und Wege ...

Mit sorgenvoller Miene schaute Emma dem Dampfboot nach, das sich langsam von der Insel entfernte und Kurs auf Onion Creek nahm, einer winzigen Ortschaft auf der anderen Seite des Sees. Nun war sie ganz allein mit Steven auf der Insel. Warum hatte sie sich nur auf so etwas Verrücktes eingelassen? Sehnsüchtig starrte sie zum fernen Hafen von Whitneyville hinüber.

Eine Menge Leute hatten sich dort versammelt – Emma konnte zwar nicht erkennen, wer sie waren, aber warum sie dort standen, war ihr klar. Innerhalb kürzester Zeit würde sich in der ganzen Stadt herumgesprochen haben, daß sie allein mit dem *Pistolero* auf der Insel war.

»Komm, Emma«, sagte Steven, und ihr wurde schlagartig bewußt, daß sie etwas unternehmen mußte, und zwar sofort. Sie hob den Arm und winkte dem Kapitän des kleinen Schiffes zu, um ihn zur Umkehr zu bewegen, aber er deutete ihre Geste falsch und winkte nur fröhlich zurück.

Steven nahm schmunzelnd ihren Arm und zog Emma mit sich. Feiner weißer Kies knirschte unter ihren Füßen, als sie Steven über den Strand ins Innere der Insel folgte.

Ihr Lächeln war gezwungen, und sie sprach viel lauter als gewöhnlich. »Könnten wir nicht einfach an der Anlegestelle bleiben und dort das Picknick machen?«

Steven schob sie die grasbewachsene Böschung hinauf, und die einzige Antwort, die sie von ihm erhielt, war ein abweisendes Kopfschütteln und ein etwas herablassender Blick.

Wenige Meter vor ihnen tauchte eine verfallene Hütte auf, die nur noch aus zwei Mauern und einem Kamin bestand. Irgendein Tier hatte im Kamin genistet, und zwischen den wenigen verbliebenen Dielen wucherte Gras.

»Wer mag hier gewohnt haben?« fragte Steven sinnend.

Emma strich sich nervös über das Haar. »Irgendwelche Siedler. Ich habe vergessen, wie sie hießen.«

Steven ließ ihre Hand los und schaute sich prüfend in der Ruine um. »Es muß wunderbar gewesen sein, so ganz allein hier draußen zu leben – nur ein Mann, eine Frau und vielleicht noch ein paar Kinder.«

»Es war bestimmt ein sehr einsames Leben«, entgegnete

Emma. »Du kannst dir gar nicht vorstellen, wie kalt es hier im Winter ist! Die Leute müssen wochenlang von der Außenwelt abgeschnitten gewesen sein.« Die Vorstellung ließ sie erschauern, obwohl die Mailuft schon so warm war, daß die Bienen ausgeflogen waren.

»Sie hatten sicher genug Beschäftigung«, sagte Steven leise und streckte die Hand nach Emma aus. Wie stets fühlte sie sich wie magnetisch von ihm angezogen und ging bereitwillig zu ihm.

Errötend senkte sie den Blick, als sie versuchte, sich Steven und sich selbst bei einer solchen ›Beschäftigung‹ vorzustellen. »Ja, wahrscheinlich«, entgegnete sie leise.

Hinter dem alten Haus befand sich ein windschiefes, von wilden Rosen überwuchertes Toilettenhäuschen, und das ganze Anwesen war von einem verwitterten Zaun umgeben.

Steven nahm die obersten beiden Latten ab, und Emma raffte ihre Röcke und kletterte vorsichtig, um ihr Kleid nicht zu beschädigen, über den verblieben Rest des Zauns. Steven folgte mit dem Picknickkorb.

»Wie weit willst du noch gehen?« erkundigte sie sich verwundert. »Die meisten Leute machen dicht am Wasser Picknick.«

»So? Nun, wir werden uns erst einmal gründlich umsehen, bevor wir uns für einen Platz entscheiden.«

Emma wagte nicht sich auszudenken, welche Spekulationen die Leute jetzt anstellen mochten, die sie vom Ufer aus beobachteten. »Fulton könnte jeden Augenblick hier auftauchen«, warnte sie Steven, damit er nicht auf dumme Gedanken kam, was bei ihm durchaus zu erwarten war.

Sein Lächeln bestätigte es ihr. »Mach dir seinetwegen keine Sorgen, Emma. Der Kerl hätte nicht einmal genügend Mut, sich mit seiner eigenen Großmutter anzulegen.«

Mißmutig folgte Emma ihm durch das hohe Gras in ein Fichtenwäldchen. »Du hast kein Recht, Fulton als Feigling zu bezeichnen«, entgegnete sie trotzig. »Er ist ein feiner Mensch.«

Steven blieb ganz unvermittelt stehen, und Emma, die ihm zornig nachgestürmt war, stieß hart mit ihm zusammen.

Einen endlos scheinenden Moment lang rührte sie sich nicht, obwohl Steven sie nicht einmal anfaßte. Es war sein Blick, der sie festhielt und unter dem ihr seltsam heiß wurde. »Wenn er solch ein feiner Mensch ist«, entgegnete Steven rauh, »warum bist du dann jetzt hier bei mir?«

Die Frage bestürzte Emma, und die einzige Antwort, die sie ihm darauf hätte geben können, bestürzte sie noch mehr, und so sah sie Steven nur schweigend an und kam sich vor wie eine Maus vor einem Kater.

»Nun?« sagte Steven, seine Lippen schon ganz dicht an ihrem Mund.

Da ließ endlich Emmas Starre nach, und sie wich zurück. »Ich bin hier, weil wir eine Abmachung getroffen haben«, erwiderte sie kühl. »Du hast versprochen, Whitneyville für immer zu verlassen. Oder hast du das schon vergessen?«

»Nein – falls es nach unserem Picknick immer noch dein Wunsch ist«, antwortete er mit einem anzüglichen Lächeln und setzte dann seinen Weg durch das dichte Unterholz wieder fort.

Auf einer kleinen Anhöhe auf der entgegengesetzten Seite von Whitneyville machte er endlich halt. Die Aussicht auf den See war von hier aus atemberaubend schön, und das satte grüne Gras der kleinen Lichtung war von Unmengen von weißen Mageriten überwuchert.

Als Emma die Blumen sah, vergaß sie ihre Sorgen. »Sieh nur, Steven, es müssen Tausende von Blüten sein – mindestens eine für jeden Engel über uns im Himmel.«

Steven, der die mitgebrachte Decke ausgebreitet hatte, trat jetzt hinter Emma, legte ihr sanft die Hände auf die Schultern und küßte ihren Nacken. »Heute sind sie nur für einen Engel da – für dich.«

Als sie sich zu ihm umdrehte, schlang er seine Arme um ihre Taille. »Warum mußtest du nach Whitneyville kommen und dich bei der Explosion verletzen lassen?« fragte sie leise, während sie ihm das glänzende Haar aus der Stirn strich. »Mein Leben war so unkompliziert, bevor ich dir begegnet bin – ich kannte keine Zweifel, Steven, und ich wußte immer, was ich wollte.«

Ein zärtliches Lächeln spielte um seinen Mund. »Und jetzt?«

»Jetzt bin ich verwirrt, Steven. Ich habe die ganzen letzten

Monate mit einem Mann verbracht, und nun stehe ich plötzlich hier, mit einem anderen, in einem Meer von Margeriten . . .«

Seine Lippen streiften ihren Mund. »Falls es dir weiterhilft, Emma – ich bin genauso verwirrt wie du. Vor ein paar Wochen noch wollte ich nichts als weiterziehen. Und jetzt ist es fast so, als ob ich Blei in den Stiefeln hätte.«

Emma wußte, was geschehen würde, wenn sie sich nicht aus Stevens Armen löste, aber es kostete sie eine gewaltige Überwindung, sich von ihm abzuwenden und durch das Margeritenfeld zu laufen. Sie war jedoch erst wenige Schritte weit gekommen, als sie über etwas stolperte und vornüber ins weiche Gras stürzte.

Lachend rollte sie sich auf den Rücken und versuchte, sich aufzurappeln. Dabei spannte ihr Mieder sich über ihren vollen Brüsten, und bevor sie sich aus dem Gewirr ihrer langen Röcke befreien konnte, kniete Steven neben ihr im Gras.

Beinahe ehrfürchtig streckte er die Hand aus und berührte ihren langen Zopf. »Mein Gott, wie schön du bist!« flüsterte er rauh. »Wer bist du, Emma? Wo kommst du her?«

Obwohl sie ein ganz merkwürdiges Gefühl im Magen hatte, lächelte sie Steven an und begann ihm zu erzählen, wie ihre Mutter – als ihre drei kleinen Töchter ihr lästig geworden waren – sie in den Waisenkinderzug gesetzt und nach Westen geschickt hatte. Doch als sie versuchte, die brutale Trennung von ihren Schwestern Lily und Caroline zu beschreiben, versagte ihr vor Schmerz die Stimme.

Steven zog Emma zwischen seine Beine. Er hatte jedem Wort, das Emma sagte, aufmerksam gelauscht, und sich Mühe gegeben, sein Mitleid zu verbergen. Und nun, als sie ihre Geschichte beendet hatte, erzählte er ihr von seiner eigenen Kindheit als unehelicher Sohn eines reichen Plantagenbesitzers und seiner französischen Geliebten.

Irgendwie kam es Emma ganz natürlich vor, daß er sie danach küßte, aber mit einem letzten Rest von Vernunft versuchte sie trotzdem, Steven auszuweichen, streckte die Hände hinter den Rücken und stützte sie auf den weichen Waldboden. Doch bei der Bewegung rutschte ihr Ausschnitt tiefer und verdeckte plötzlich nur noch ganz knapp ihre rosigen Brustspitzen.

Emma wollte erschrocken aufspringen, aber Steven preßte die Knie zusammen und hielt sie fest. Dann pflückte er eine Margerite und strich mit der zarten weißen Blüte sanft über ihren Brustansatz.

Steven zitterte, und diese ihr nun schon vertraute Hitze breitete sich in ihren Gliedern aus, als sie den verlangenden Blick bemerkte, mit dem Steven ihre Brüste betrachtete.

Er ließ die Blume von ihrem Kinn zu dem Einschnitt zwischen ihren Brüsten gleiten, und Emma spürte, wie ihre Brustspitzen sich unter dem Kleid aufrichteten und sich Stevens Berührung geradezu entgegendrängten.

Dann streifte die Blüte ihre Lippen, umkreiste sie sanft, und Emmas Leidenschaft, die sie bis zum Erscheinen dieses Mannes unter strengen Kleidern und noch strengerem Gehabe verborgen hatte, drängte mit Macht zum Ausbruch. Als zöge eine unsichtbare Hand an ihrem Haar, warf sie den Kopf zurück, und die rosigen Knospen ihrer Brüste befreiten sich endgültig von der Enge ihres Mieders.

Emma erschrak, aber bevor sie ihren Ausschnitt richten konnte, streichelte Steven mit der Margerite ihre Brustspitzen, erst die eine, dann die andere, und schließlich senkte er den Kopf und preßte seinen warmen Mund auf Emmas Lippen.

Mit einem leisen Seufzen öffnete sie sie, und ihre Zungen begannen ein aufreizendes Spiel, während Stevens Hände an ihrem Mieder nestelten, bis er ihre schönen Brüste vollständig entblößt hatte.

Jeder Gedanke an Widerstand war ausgelöscht, als Emma seine zärtlichen Hände auf ihrer nackten Haut spürte. Sie wußte, sie gehörte ihm; er war der Herrscher in diesem Königreich aus Wald und Margeriten, und sein Wunsch war ihr Gesetz.

Irgendwann hörte er auf, ihren Mund zu küssen, aber seine Hände glitten noch immer streichelnd über ihre vollen Brüste, seine Daumen umkreisten die zarten Knospen. »Wo ist das Parfüm?« erkundigte er sich heiser.

Emma blinzelte erstaunt. Sie hatte einen Klumpen in der Kehle, das Sprechen fiel ihr schwer. »Das Parfüm? Ach so – es ist in meiner Tasche.«

»Ich möchte, daß du es benutzt«, sagte er.

Ungeduldig und verwirrt griff sie in ihre Handtasche und zog den kleinen Flakon heraus.

Steven drängte Emma sanft auf den weichen Teppich aus Gras und duftenden Margeriten und nahm ihr das Fläschchen aus der Hand. Von einer merkwürdigen Faszination ergriffen, schaute sie zu, wie er den Stopfen entfernte und damit ganz sachte über den heftig pochenden Puls an ihrer Kehle strich.

Der schwere, süße Duft stieg ihr in die Nase, und sie schloß die Augen, um dieses ungewohnte Vergnügen zu genießen.

Steven streckte sich neben ihr aus und küßte die Stelle, die er parfümiert hatte, während er eine Hand auf ihrer nackten Brust ruhen ließ, als sei es das Natürlichste von der Welt. Aus einem letzten Anflug von Stolz heraus unterdrückte Emma das lustvolle Stöhnen, das in ihrer Kehle aufstieg.

Steven tupfte Parfüm auf die empfindsame Stelle hinter ihrem Ohr und küßte sie zärtlich.

Emmas Stolz lehnte sich dagegen auf, aber ihre Sinne – das Erbe ihrer leichtfertigen Mutter – waren mächtiger als ihr Verstand. Ihr Körper verweigerte ihr den Gehorsam und schien nur noch eins zu kennen: Steven so nahe wie möglich zu sein. Als er das Parfüm auf den schmalen Einschnitt zwischen ihren Brüsten tupfte, bebte Emma wie im Fieber, bog den Rücken und drängte sich Stevens Händen aufstöhnend entgegen. Verlangend griff sie in sein Haar und zog seinen Kopf an ihre Brust.

Doch Steven richtete sich lächelnd auf und breitete ihren Weißen Rock und die weiten Unterröcke fächerartig um ihren Körper aus.

»Hör zu, Emma«, sagte er ernst, umfaßte ihr Kinn und zwang sie, ihn anzusehen. »Ich werde dich nehmen, wenn du dazu bereit bist. Falls du das nicht willst, solltest du es mir sagen – jetzt, solange ich noch genug Kontrolle über mich besitze, um von dir ablassen zu können!«

Aus Furcht, ihr Stolz könne doch noch siegen und sie vor dem Schicksal bewahren, nach dem ihr Körper sich verzehrte, biß Emma sich auf die Lippen und schwieg.

»Also gut«, sagte Steven mit sanfter Unwiderruflichkeit und begann die Riemchen an Emmas Stiefeletten aufzubinden.

Die helle Frühlingssonne wärmte ihre Brüste und ihr Gesicht, als sie dort zwischen den blühenden Margeriten lag und sich widerspruchslos von Steven ausziehen ließ. Ein Kleidungsstück nach dem anderen landete im Gras, bis Emma nackt war bis auf die Sommersprossen, die wie Goldstaub ihren Körper zierten.

Auch Steven legte seine Kleider ab, streckte sich neben ihr auf dem Bett aus duftenden Blumen aus und legte seine Hand besitzergreifend auf ihren flachen Bauch. Sein anderer Arm ruhte unter ihren Schultern, seine Finger spielten mit ihrem Haar.

Als er mit dem seidigen Ende ihres Zopfes über ihre Brustspitzen strich, war Emma nicht mehr fähig, stillzuliegen. Sie streckte die Arme über den Kopf, ertastete die Margeriten und riß, ohne es zu merken, mit beiden Händen dicke Büschel Blumen aus.

Steven nahm eine ihrer Brustspitzen zwischen Daumen und Zeigefinger und massierte sie sanft, bis Emma ihn stöhnend anflehte, sie dort zu küssen. Er zögerte nicht, ihr diesen Wunsch zu erfüllen, und schob die Hand, die bisher unter ihren Schultern geruht hatte, nun unter ihren Po, um Emma noch fester an sich zu ziehen.

Liebkosend glitten seine warmen Lippen über ihre Brüste, reizten und erregten sie, bis Emma in hilflosem Entzücken den Kopf von einer Seite zur anderen warf, seine Schultern umklammerte und versuchte, ihn auf sich herabzuziehen. Doch er glitt noch tiefer an ihr hinunter, und seine Küsse zeichneten eine feurige Spur auf ihren Bauch, bevor seine Lippen noch tiefer wanderten.

Emma fühlte seine streichelnden Hände auf der empfindsamen Haut an der Innenseite ihrer Schenkel, und die Hitze, die seine erfahrenen Zärtlichkeiten in ihr auslösten, wurde immer unerträglicher. Sie glaubte, ihren Herzschlag bis im Hals zu spüren, ja, sogar auf ihren Lippen. »Steven«, flüsterte sie bittend, obwohl ihr selbst nicht ganz klar war, worum sie eigentlich bat. Seine Liebkosungen wurden intimer, und als er sie so aufreizend und sinnlich zwischen den Schenkeln berührte, schrie Emma heiser auf und schaute zum blauen Himmel aus, als erflehte sie dort Erlösung von ihrer süßen Qual. »Bitte, Steven ... bitte ...«

Lächelnd schüttelte er den Kopf. »Noch nicht, mein Liebling«, sagte er zärtlich. »Erst, wenn du dazu bereit bist.«

Emma glaubte, diese süße Qual nicht länger ertragen zu können, doch als sie seine warme Zunge an der Stelle spürte, die kein Mann jemals berührt hatte, wurde sie von einer so überwältigenden Trägheit erfaßt, daß sie für einen Moment sogar vergaß zu atmen.

Stevens Lippen versetzten sie in einen Zustand wilder Gier, der sie aufschreien, aufstöhnen und sich hin und her werfen ließ. Aber Steven hörte nicht auf, sie zu reizen, ihre Lust zu erhöhen, hielt sie fest umfangen und setzte seine erotischen Liebkosungen fort, bis eine Sturzflut von Empfindungen über Emma hereinbrach und sie in bisher unbekannte Gefilde trug. Und erst als Steven ihren heiseren Triumphschrei hörte, löste er sich von ihr und ließ sie sanft ins weiche Gras zurücksinken.

Noch ganz fassungslos vor Erstaunen über diese wunderbare Erfahrung, streckte sie die Arme nach Steven aus, berührte seine nackte Brust, ließ ihre Fingerspitzen spielerisch über seine Brustwarzen gleiten.

Steven stöhnte lustvoll auf, und Emma wurde von einer unbändigen Freude erfaßt. Als er sich vorsichtig auf sie legte, schlang sie die Arme um seinen Rücken und empfand keine Furcht mehr, nur noch Vorfreude und erwartungsvolle Spannung.

Nach einem leidenschaftlichen Kuß flüsterte Steven ihr zärtlich zu: »Es wird bloß einen kurzen Moment lang schmerzen, Emma. Danach wird es nur noch schön für dich sein.«

Emma hätte ihm bedenkenlos ihre Seele anvertraut, von ihrem Körper ganz zu schweigen. Nichts anderes existierte mehr für sie als Steven, ihr Verlangen nach ihm und das Lager aus duftenden Margeritenblüten, das sie mit ihm teilte. So nickte sie nur stumm und streichelte auffordernd seinen Rücken.

Beim ersten Kontakt mit ihm zuckte sie zusammen, und ihre Augen weiteten sich vor Überraschung. Steven verhielt in der Bewegung und beruhigte sie mit sanftem Streicheln und zärtlichen Küssen, bis sie sich entspannt zurücklegte und von sich aus nach mehr verlangte.

Da drang er leise stöhnend tiefer in sie ein, und Emma spürte, wie etwas in ihr zerriß. Wieder hielt Steven inne, bis sie dieses kurze Opfer überwunden hatte, dann drang er in seiner vollen Größe in sie ein.

Emma konnte es fast nicht glauben, wie groß er war, wie mächtig, aber sie verdrängte den Schmerz in die hinterste Ecke ihres Bewußtseins, um das Gefühl, mit ihm vereint zu sein, voll auskosten zu können. Wie im Fieber glitten ihre Hände von seinen Schulterblättern über seinen Rücken, zu seinen Hüften und dann zu seinem Po hinunter. Da ihr Instinkt ihr sagte, daß er ihr etwas Kostbares vorenthielt, umklammerte sie seinen festen Po und bog Steven ihre Hüften entgegen, um ihn noch tiefer in sich aufzunehmen.

Er stöhnte leise ihren Namen und zog sich ein wenig von ihr zurück. Je weiter er sich von ihr entfernte, desto heftiger wurde Emmas Verzweiflung, aber als sie schon glaubte, die Spannung nicht mehr auszuhalten, drang Steven mit einem kräftigen, ungestümen Stoß von neuem ganz tief in sie ein.

Es war ein so lustvolles Gefühl, daß sie einen heiseren Schrei ausstieß, den Rücken krümmte und ihre Nägel in Stevens Schultern krallte. Doch nach einigen kräftigen, schnellen Stößen hielt er wieder inne, um ihre Brüste zu liebkosen, ihren Mund zu küssen und ganz sanft an ihrem Ohrläppchen zu knabbern. Als Emma überzeugt war, keine weitere Zögerung mehr zu ertragen, schien er es zu spüren, denn er schob beide Hände unter ihren Po und hob ihn an, um die Vereinigung noch intensiver zu gestalten.

Emma erschauerte unter der Macht der Gefühle, die sie beherrschten. Während sie sich keuchend seinen Bewegungen anglich, lösten sich Haare aus ihrem Zopf und umschmeichelten in weichen Locken ihr Gesicht.

Steven umfaßte ihr Kinn und küßte sie hart auf den Mund, denn in diesem Augenblick waren beide wild und ungestüm, und Leidenschaft hatte ihre Zärtlichkeit ersetzt.

Emma nahm die rhythmischen Bewegungen von sich aus wieder auf, weil sie die innere Spannung nicht mehr ertrug, und Stevens hilfloses, entzücktes Stöhnen erfüllte sie mit einem überwältigenden Gefühl der Macht. Während sie an ihm auf und nieder glitt, spürte sie, daß er auf etwas zutrieb, was sie nur teilweise verstand.

Ihr eigener Gipfel der Ekstase kam völlig unerwartet, weil sie nur danach gestrebt hatte, Steven noch stärker zu erregen. Als ein lustvolles Erschauern durch ihren Körper ging, warf sie mit einem Aufschrei den Kopf zurück und stieß heisere kleine Schreie aus. Das Gefühl wurde noch intensiver, ja fast unerträglich schon, als Stevens Mund sich um eine ihrer Brustspitzen schloß und ganz behutsam daran saugte.

Aber dann ging auch in seinem Körper etwas vor, was ihn jegliche Beherrschung aufgeben ließ. Mit einem lustvollen Aufschrei warf er Kopf und Schultern zurück, umklammerte fast schmerzhaft Emmas Hüften und hielt sie an sich gepreßt, als wollte er sie nie wieder loslassen.

Sie spürte, wie ein Zucken durch seinen Körper ging und sich seine Leidenschaft in ihr ergoß.

Ermattet legte sie ihren Kopf an seine Schulter und blieb still in seinen Armen liegen, bis der Sturm nachließ und beide wieder zu Atem kamen. Irgendwann richtete Steven sich auf, pflückte eine Margerite und steckte sie in Emmas aufgelösten Zopf. Nachdem er ihr ganzes Haar mit Blumen geschmückt hatte, berührte er liebkosend ihre Brustspitzen, und Emma begann zu schnurren wie eine zufriedene Katze.

»Ich möchte dich ansehen, wenn du meine Liebkosungen genießt, kleine Tigerin«, sagte er und ließ seine Hand von ihrer Brust zu ihren Schenkeln gleiten. Und da Emma ihn als ihren Herrn empfand – zumindest in diesem zauberhaften Augenblick und an diesem magischen Ort – öffnete sie sich bereitwillig für ihn.

Als seine Finger die empfindsame Stelle ertasteten und auf ihr zu spielen begannen wie auf einem Instrument, grub sie ihre Zähne in die Unterlippe, legte sich mit geschlossenen Augen zurück und seufzte glücklich und erwartungsvoll.

Steven küßte sie flüchtig auf die Lippen, aber dann zog er sich wieder zurück und beobachtete gespannt die Reaktion, die seine sinnlichen Liebkosungen an ihrer intimsten Stelle in ihr auslösten.

Als er ganz sanft mit zwei Fingern in sie eindrang, seufzte

Emma entzückt und schlang ihre Arme um Stevens Nacken. Aber er zog ihre Hände an seine Brust, und ohne die Augen zu öffnen, suchte Emma seine Brustwarzen und freute sich, als sie sich unter ihrer Berührung verhärteten. »Steven«, flüsterte sie sehnsüchtig und von dem Wunsch beherrscht, sich von neuem mit ihm zu vereinigen.

Doch er setzte seine aufreizenden Liebkosungen fort, und es dauerte nicht lange, bis Emma erneut den Höhepunkt der Lust erreichte. Während sie sich mit geschlossenen Augen ihrer Ekstase überließ, beobachtete Steven fasziniert die Emotionen, die sich auf ihrem Gesicht abmalten. Als sie schließlich die Augen öffnete und es merkte, schämte sie sich, ihn anzusehen.

Steven küßte sie zärtlich. »Du brauchst dich nicht zu schämen, Tigerin«, sagte er weich. »Es gibt keinen schöneren Anblick als eine Frau, die sich willig einem Mann hingibt.«

Tränen glitzerten in Emmas Augen, als sie endlich zu ihm aufzuschauen wagte. »Auch wenn sie nichts als ein hübsches Spielzeug für den Mann ist?«

Steven suchte Emmas lange Unterhosen und streifte sie ihr über. »Wenn ich ein Spielzeug suchte, könnte ich es jederzeit im Stardust finden, Emma«, erwiderte er schroff.

Sie stand auf, drehte Steven den Rücken zu und zog sich an. »Daisy sagt, kein Mann kauft eine Kuh, wenn er die Milch auch umsonst bekommen kann«, meinte sie bedrückt, und ein leises Schluchzen folgte ihren Worten.

Steven drehte Emma zu sich herum. Er hatte seine Hosen angezogen, aber sonst trug er nichts, und Emma hätte gern noch einmal seine nackte Brust berührt. »Weißt du eigentlich, wie schön du bist mit deinem aufgelösten Haar und dem Blumenschmuck darin?«

»Du willst nur das Thema wechseln!« warf sie Steven vor, weil ihr erst jetzt so richtig zu Bewußtsein kam, was sie getan hatte – und was sie für Steven geopfert hatte.

»Schon gut«, erwiderte er verdrossen. »Wenn du willst, heiraten wir. Meinetwegen heute noch.«

»Das ist *verdammt* großzügig von dir, wenn man bedenkt, daß du mich für jeden anderen Mann ruiniert hast!« entgegnete

Emma ärgerlich, während sie durch das Blumenfeld tappte und ihre Schuhe suchte.

Steven hob die Schuhe auf und zeigte sie ihr lächelnd. »Jetzt kannst du mir sagen, daß ich fortgehen soll, Emma«, bemerkte er schmunzelnd, als sie auf ihn zustürzte, um ihm die Schuhe abzunehmen. »Denn so war es doch abgemacht, nicht wahr?«

Emma gab ihren Kampf auf und starrte Steven an. Obwohl sie schrecklich wütend auf ihn war und sich von ihm benutzt fühlte, brachte sie die Worte, die sie für immer von ihm erlöst hätten, einfach nicht über die Lippen.

Steven umfaßte ihr Kinn und zwang sie, ihm in die Augen zu sehen. »Sag es«, befahl er heiser.

10

»Bleib«, wisperte Emma. »Ich möchte, daß du bleibst.«

Zufrieden öffnete Steven den Picknickkorb, den er im Hotel hatte vorbereiten lassen, und packte zahlreiche köstliche Gerichte für seine freiwillige Gefangene aus.

Emma versuchte, etwas zu essen, aber nach allem, was geschehen war, hatte sie keinen Appetit mehr. Außerdem schämte sie sich ihres Aussehens. Ihr langes Haar fiel ihr zerzaust und aufgelöst bis auf die Taille, ihr schönes weißes Kleid war schmutzig von der Erde und mit Grasflecken übersät, und sie hatte sich nicht einmal die Stiefeletten zugeschnürt.

Und Steven schwieg beharrlich und sagte nichts, was sie über die Vorfälle hätte hinwegtrösten können. Er holte lediglich einen Kamm aus ihrer Handtasche, kniete sich hinter Emma und begann ihr zerzaustes Haar zu glätten.

»Wahrscheinlich haben die Leute in Whitneyville recht mit dem, was über mich geredet wird«, sagte Emma in aufrichtiger Verzweiflung, während rechts und links von ihr die Margeritenblüten, die Steven aus ihrem Haar entfernte, auf die Erde flatterten.

»Nur teilweise, Emma – was sie über dich sagen, entbehrt jeder Grundlage«, widersprach Steven sanft. »Was jedoch diesen Bankier betrifft – sag mal, hast du wirklich ernsthaft vor, den Kerl zu heiraten?«

Nach diesen Worten wurde Emma schlagartig bewußt, daß Steven nur mit ihr geschlafen hatte, damit sie Fulton Whitney nicht heiratete und daß er nie die Absicht hatte, eine feste Bindung zu ihr einzugehen. Die Erkenntnis schmerzte, und Emma versteifte sich unwillkürlich. »Ja«, antwortete sie, um Steven zu strafen, obwohl es eine Lüge war und ihr schon seit Tagen klar war, daß sie Fulton nie heiraten würde.

Steven begann ihr Haar zu flechten, aber seine Bewegungen waren längst nicht mehr so behutsam wie zuvor. »Big John hat mich gebeten, eine Herde Rinder nach Spokane zu treiben«, sagte er schroff. »Das wird etwa zwei Wochen in Anspruch nehmen, und ich möchte, daß du mir versprichst, keine Dummheiten in meiner Abwesenheit zu machen.«

Emma schüttelte den Kopf über soviel Dreistigkeit. »Ich verspreche dir gar nichts, Steven!« erwiderte sie empört.

Als ihr Zopf geflochten war, setzte Steven sich im Schneidersitz vor Emma auf die Decke. »Wenn du den falschen Mann heiratest«, sagte er in beschwörendem Ton, »wirst du es dein Leben lang bereuen. Kein Tag wird vergehen, an dem du nicht daran denken wirst, wie es war, als wir uns in diesem Margeritenfeld geliebt haben, und du wirst dir wünschen, daß es mit deinem Mann genauso wäre. Aber so wird es nicht sein, Emma, und wenn du es dir noch so sehnlichst wünschst!«

Er hatte völlig recht, das wußte Emma, aber das machte im Grunde alles nur noch schlimmer. »Wann holt der Dampfer uns wieder ab?« fragte sie, ohne Steven anzusehen.

Er zog seine Taschenuhr, und Emma sah für einen Moment

den Colt, den sein langer Rock verbarg. »In einer Stunde«, antwortete er brüsk, dann stand er auf und schlenderte davon.

Als er mit beiden Armen voller Margeriten zu ihr zurückkam und hinter Emma niederkniete, wollte sie aufstehen, aber er legte zärtlich seine Hände um ihre Brüste, und sie ließ mit einem leisen Wimmern ihren Kopf an seine Schulter sinken.

Steven lachte und streichelte sie eine Weile, dann begann er, Margeriten in ihren Zopf zu flechten. Als ihr Haar wie ein einziges Blütenmeer aussah, drapierte Steven ihren Zopf über ihre Schulter und trat vor Emma hin, um voller Stolz sein Werk zu begutachten.

Da Emma sich nicht vorstellen konnte, daß Fulton je auf eine so reizende Idee kommen würde – und weil ihr Leben vermutlich jetzt für immer ruiniert war –, kamen ihr die Tränen.

Steven lächelte und wischte sie ihr mit dem Daumen ab. Dann nahm er einen gebratenen Hühnchenschenkel aus dem Korb und hielt ihn an Emmas Lippen.

Zuerst machte sie eine abwehrende Bewegung, aber ihr Hunger war stärker, und so biß sie zaghaft in das Fleisch. Steven fütterte sie mit grenzenloser Geduld, und seiner Geste haftete etwas so Erotisches an, daß Emma sich von neuem danach sehnte, von ihm geliebt zu werden. Wer hätte gedacht, daß ein Mann sie verführen könnte, indem er ihr Haar mit Blumen schmückte und sie fütterte wie ein kleines Kind?

»Steven ...« flüsterte sie sehnsüchtig.

Er nickte lächelnd. »Ich weiß, Tigerin. Aber für das erste Mal war es genug.« Er streichelte zärtlich ihre Wange, und ein Erschauern fuhr durch ihren Körper. »Warte, bis ich von dem Ritt nach Spokane zurückkomme«, fügte er tröstend hinzu. »Dann werden wir alles nachholen.«

Die ruhige Arroganz, die in seinen Worten lag, empörte Emma. »Und wenn ich dann schon verheiratet bin?« entgegnete sie spitz.

»Das bist du sicher nicht«, erwiderte er mit Überzeugung und zog Emmas Kleid bis zur Taille herab. Als ihre Brüste entblößt waren, strich er mit dem Zeigefinger über ihre rosigen Knospen, die sich unter der Berührung verlangend aufrichteten, nahm sie flüchtig zwischen seine Lippen und zog das Mieder dann mit einem triumphierenden Lächeln wieder hinauf. »Du wirst auf mich warten.«

Emma sprang auf und begann die Reste des Essens in den Korb zurückzupacken. Um ihre Gedanken von dem drängenden Verlangen abzulenken, das sie quälte, fragte sie: »Von wem wirst du eigentlich verfolgt, Steven? Wer ist es, der dich töten will?«

»Niemand von Bedeutung«, erwiderte er und schaute sie mit einem Blick an, der deutlicher bewies, als Worte es gekonnt hätten, wie sehr er sie begehrte.

»Ich habe ein Recht, es zu erfahren«, sagte Emma leise, obwohl ihr bewußt war, daß sie keinerlei Rechte besaß, was diesen Mann betraf. Sie war nichts als eine Sklavin in seinem Reich, dazu bestimmt, ihm zu gefallen und sich ihm zu unterwerfen, während er selbst nichts anderes getan hatte, als sie auf der bloßen Erde zu nehmen und zum Heulen zu bringen.

Steven seufzte. »Eines Tages werde ich es dir erzählen.«

»Und bis dahin verkehre ich mit einem möglichen Verbrecher!«

Er lachte. »Ist es das, was du tust, Emma? Mit mir *verkehren*?«

Emma blieb stumm und wünschte, die gleiche Macht über Steven zu besitzen, wie er sie über sie ausübte.

Eine vorüberhuschende Fee mußte beschlossen haben, ihr diesen Wunsch zu erfüllen, denn plötzlich fiel Emma ein, was Callie ihr anvertraut hatte. Es gäbe gewisse Dinge, die Männer mehr liebten als alles andere, hatte Callie ihr versichert . . .

Und eine Stunde war eine Menge Zeit.

Im Picknickkorb befand sich ein kleiner Krug mit Wasser, den Emma nun herausnahm. Steven runzelte die Stirn, als sie zu ihm ging, ihr Mieder öffnete und eine ihrer Brustspitzen an Stevens Lippen drückte. Für einen Moment war er zu verblüfft, um zu reagieren, dann schloß er aufstöhnend seine Lippen um die zarte Knospe.

Während sie ihm ihre vollen Brüste darbot, ließ Steven sich auf die Decke zurücksinken, und Emma tastete mit einer Hand nach seinem Pistolengurt. Als sie die Schnalle geöffnet hatte und der Gurt sich löste, begann sie Stevens Hose aufzuknöpfen.

Im ersten Moment versuchte er, Emma davon abzuhalten, aber dann ließ er die Hand sinken und widmete sich noch intensiver ihrer Brust.

Seine Muskeln zogen sich zusammen, als Emmas Finger suchend unter den Stoff glitten und sich um sein Glied schlossen, es zärtlich umfaßten und streichelten, bis es sich stolz aufrichtete. Als Emma merkte, daß Steven den Punkt erreicht hatte, an dem er ihr keinen Widerstand mehr entgegensetzen konnte, zog sie ihm rasch die Hosen aus.

Mit dem lauwarmen Wasser aus dem Krug und einer karierten Serviette badete sie ihn liebevoll. Steven ließ es sich gefallen, doch bei der ersten Berührung mit ihren warmen Lippen krümmte er den Rücken und stieß einen heiseren Schrei aus.

Stevens Stöhnen und die unruhigen Bewegungen seiner Hände in ihrem Haar, während sie ihn erfreute, vermittelten ihr ein Gefühl von Triumph und wilder Freude. Doch als sie spürte, daß er sich dem Höhepunkt seiner Ekstase näherte, richtete sie sich auf und versetzte ihm einen leichten Klaps. »Keine Angst, Mr. Fairfax. Ich werde mich gründlich um dich kümmern, wenn du von deiner Reise zurückkehrst.«

Es dauerte einen Moment, bis ihre Worte in sein Bewußtsein drangen. Dann fluchte er, richtete sich auf und begann seine Hosen hinaufzuziehen.

Doch Emma hielt seine Hände fest und beugte sich lächelnd über ihn. Ihr Kopf glitt tiefer, und ehe er wußte, wie ihm geschah, schlossen ihre warmen Lippen sich um sein Glied. Er stöhnte ihren Namen und gab einen Laut von sich, der wie ein Schluchzen klang. »Emma ... mein Gott, Emma ...« flüsterte er rauh, »... ist dir bewußt, was du da tust?«

Doch Emma war viel zu beschäftigt, um darauf zu antworten. Nichts durfte diesen kostbaren Moment zerstören, in dem sie sich zum ersten Mal ihrer Macht über ihn bewußt geworden war, und die sie nun gründlich auszukosten gedachte.

Fulton schaute dem einlaufenden Dampfer zornig entgegen, aber er war nicht der einzige, der am Pier stand, um die Ankunft des Postboots zu erwarten; die halbe Stadt schien sich hier versammelt zu haben. Und das war für Fulton noch viel schlimmer als alles andere.

Er sah, daß Emmas Kleid zerknittert war und mit Grasflecken übersät, als sie an Fairfax' Hand das Schiff verließ. Ihren langen Zopf schmückten Dutzende von weißen Margeriten, was ihr ein bißchen das Aussehen einer Märchenfee verlieh. Und selbst aus der Entfernung war nicht zu übersehen, daß ein müder, verträumter Ausdruck in ihren Augen stand und ihre Wangen stark gerötet waren.

Eine mörderische Wut erfaßte Fulton. Emmas Anblick ließ keinen Zweifel darüber zu, was auf der Insel zwischen ihr und Fairfax vorgefallen war. Fairfax hatte Emma verführt und sie vor allen Augen kompromittiert, und trotz allem war ihr deutlich anzusehen, wie sehr sie das Erlebnis genossen hatte.

Doch Fulton Whitney war ein Mann, der die Gabe besaß, jede Situation zu seinem Vorteil auszunutzen. Wenn Emma sich Fairfax hingegeben hatte, hieß das für Fulton nur, daß die Leute sich nicht geirrt hatten und Emma eine lüsterne kleine Schlampe war. Und eine solche Frau im Bett zu haben war tausendmal besser, als seine Nächte mit einem Blaustrumpf zu verbringen. Und mit einem bißchen Glück war Emma vielleicht sogar zu jenen Spielchen bereit, die Fulton so großen Spaß bereiteten ...

Eine heftige Erregung erfaßte ihn bei der Vorstellung, Emma nackt in seinem Bett zu haben, ganz seiner Gnade – oder Ungnade – ausgeliefert, und über ihren Körper verfügen zu können, wie es ihm beliebte und so oft es ihn danach verlangte. Fulton war fester als je zuvor entschlossen, sie zu heiraten, sogar jetzt noch, nachdem sie sich diesem Revolverhelden hingegeben hatte.

Er verspürte bei diesen Gedanken eine fast schmerzhafte Erektion. Bis heute hatte er Emma wie eine Dame behandelt, doch nun begriff er, daß das nicht der richtige Weg gewesen war. Ein direkteres Vorgehen war angesagt, und plötzlich konnte er es kaum erwarten, mit ihr allein zu sein, um seinen Rechten Geltung zu verschaffen.

Die Vorfreude darauf vermittelte ihm die Kraft, die öffentliche Demütigung zu ertragen, der Emma ihn ausgesetzt hatte.

Aber er war froh, daß wenigstens seine Mutter nicht in der Stadt war und somit nichts von dem skandalösen Lebenswandel ihrer zukünftigen Schwiegertochter wußte.

Der Speisesaal des Crystal-Lake-Hotels war für diesen Abend in einen eleganten Ballsaal umgewandelt worden, aber es war sehr heiß darin und unangenehm stickig von dem starken Schweiß- und Parfumgeruch, der die Luft erfüllte.

Emma fächelte sich unablässig Luft zu, während sie in ihrem neuen grünen Kleid unglücklich an Fultons Seite stand und sich reumütig fragte, warum sie seine Einladung angenommen hatte. Doch für solche Überlegungen war es nun zu spät – ein öder, endlos langer Abend erstreckte sich vor ihr.

Immer wieder hielt sie nach Steven Ausschau, obwohl sie sicher war, daß nicht einmal er so dreist sein konnte, sich nach den Ereignissen des Nachmittags in aller Öffentlichkeit zu zeigen.

»Du siehst bezaubernd aus heute abend«, flüsterte Fulton Emma zu. Dabei streifte sein warmer Atem, der stark nach Alkohol roch, ihre Wange, und er schloß seine schwitzende Hand so fest um ihre, daß sie gequält zusammenzuckte.

»Danke«, murmelte sie und begann ihren Fehler bitterlich zu bereuen, weil es noch viel schwerer als vorher sein würde, Fulton zu entmutigen.

»Ich habe eine Überraschung für dich«, fuhr Fulton in geheimnisvollem Ton fort und umklammerte ihre Hand so fest, daß er ihr fast die Finger brach.

Sie zuckte zusammen und fragte mißtrauisch: »Was?« Aber noch bevor er antwortete, ahnte sie schon, daß etwas sehr Unangenehmes auf sie zukam.

»Das wirst du gleich sehen«, erwiderte er mit einem Lächeln, in dem Emma jedoch eine Spur von Feindseligkeit zu sehen glaubte. Dann wandte er sich von ihr ab und machte den Musikern ein Zeichen, ihre Darbietung zu unterbrechen.

Vielleicht lag es daran, daß fast alle Anwesenden Fultons Bank Geld schuldeten, aber zu Emma Erstaunen gelang es ihm tatsächlich, innerhalb weniger Minuten Ruhe im Saal zu schaffen und die Aufmerksamkeit sämtlicher Gäste auf sich zu lenken.

»Ich möchte Ihnen allen eine erfreuliche Mitteilung machen«, begann er stolz, was Emma vor Schreck erblassen ließ. »Miss Emma Chalmers und ich werden noch vor Ende des Sommers heiraten!«

Emma schnappte nach Luft und schloß gequält die Augen. Ein überraschtes Gemurmel entstand im Saal, gefolgt von einem eher widerwilligen Applaus. Die Männer umringten Fulton, um ihm die Hand zu schütteln, doch die Damen hielten sich zurück und setzten abweisende Mienen auf.

Emma wurde so übel, daß sie befürchtete, sich mitten im Saal zu übergeben. Es war ihr zwar bekannt, daß Fulton gewohnt war, seinen Willen durchzusetzen, aber diesmal war er zu weit gegangen. Mit dem strahlenden Lächeln eines siegreichen Helden kam er zu ihr und zog sie mit sich zur Tür. »Komm, Emma«, forderte er sie herrisch auf. »Ich möchte jetzt mit dir allein sein.«

Vor lauter Zorn stieg Emma Galle in die Kehle. »Geh sofort zurück und erkläre den Leuten, daß es nur ein Scherz war!« zischte sie empört. »Sag ihnen, daß es keine Hochzeit geben wird!«

Fultons Finger gruben sich fast brutal in ihren Arm, und wieder huschte ein seltsam feindseliger Ausdruck über sein Gesicht. »*Eine* Demütigung mußte ich heute schon ertragen«, knurrte er und zerrte Emma entschlossen weiter. »Aber ein zweites Mal lasse ich mir das nicht gefallen.«

Emma blickte sich besorgt um, doch sie sah niemanden, der ihr zu Hilfe kommen würde. Big John Lenahan war noch nicht erschienen, und Chloe mied derartige Versammlungen. Aber andere Freunde und mögliche Beschützer hatte Emma leider nicht.

Fulton schob sie unsanft durch die Tür, und sie erschrak über die mühsam unterdrückte Gewalttätigkeit, von der sein Verhalten zeugte. Doch dann sagte sie sich, daß sie es sich nur eingebildet haben konnte, denn bisher hatte Fulton sie stets mit dem ihr gebührenden Respekt behandelt.

Sie hatte gerade beschlossen, ihm von Steven zu erzählen, als

Big John in dem eleganten Zweispänner vorfuhr, der einst seiner verstorbenen Frau gehört hatte. Steven und Joellen begleiteten ihn.

Die Tochter des Ranchers trug ein Pariser Modellkleid aus himmelblauer Seide, das Emmas selbstgenähtes Kleid wie ein billiges Fähnchen erscheinen ließ – zumindest hatte Emma diesen Eindruck. Verärgert sah sie zu, wie Joellen sich beim Aussteigen an Stevens Arm klammerte.

Sie erblickte Emma im gleichen Moment wie Steven, und Emma versteifte sich ganz unbewußt.

»Wer hat den Kerl eingeladen?« flüsterte Fulton, aber so laut, daß ihn alle hören konnten.

»Es ist eine öffentliche Veranstaltung«, erklärte Big John kühl und blieb stehen, um Emma freundlich zuzunicken. Er war einer von vielleicht insgesamt drei Menschen in ganz Whitneyville, den Fultons Machtstellung nicht beeindruckte.

Emma war ziemlich sicher, daß Chloe Big John gebeten hatte, seinen neuen Vorarbeiter zu dem Ball mitzunehmen, um Emma auf diese Weise von Fulton abzulenken.

Obwohl der Bankier Big John höflich begrüßte, kochte er innerlich vor Zorn. Joellen grinste triumphierend, und Steven blickte Emma nachdenklich an. Seine Augen waren wie ein Spiegel – als sie ihn anschaute, glaubte sie sich darin zu sehen, aber nicht in ihrem Ballkleid, sondern nackt, wie Gott sie geschaffen hatte, und mitten in einem Feld blühender Margeriten ... »Würden Sie mir die Freude machen, mit mir zu tanzen, Emma?« unterbrach Big John ihre Überlegungen.

Emma atmete erleichtert auf und reichte ihm lächelnd die Hand, als die Kapelle ein neues Stück anstimmte.

»Ich muß Ihnen gestehen, daß ich etwas verwirrt bin, Miss Emma«, sagte Big John, als sie in seinen Armen über die Tanzfläche glitt. »Ich dachte, es wäre aus mit Ihnen und Fulton Junior.«

Da Big John immer sehr freundlich zu Emma gewesen war, betrachtete sie ihn fast wie einen Vater. »So ist es«, antwortete sie daher ehrlich, und sah voller Erstaunen, daß ihr Partner sie langsam auf die geöffneten Terrassentüren zuführte.

Als sie im hellen Mondschein standen, atmete Emma tief die

kühle Luft ein, die vom See hinüberwehte, froh, den neugierigen Blicken der anderen Gäste für eine Weile entronnen zu sein.

»Ach, Mr. Lenahan, ich weiß wirklich nicht mehr, was ich machen soll«, vertraute sie ihrem väterlichen Freund an und begann leise zu weinen.

Big John zog sie in seine starken Arme. »Machen Sie sich keine Vorwürfe, Miss Emma. Fulton Junior wird Ihren Verlust schon überwinden.«

Emma nahm ihr Taschentuch aus ihrem Retikül und putzte sich die Nase. »Ja ... aber ob ich *seinen* Verlust überwinden werde?« fragte sie bedrückt. »Es ist mir inzwischen klargeworden, daß ich ihn nicht liebe – aber kann ich mir leisten, so wählerisch zu sein?«

Der Rancher lachte. »Ich glaube nicht, daß Sie mit Whitney viel verloren haben, Emma.«

»Nur die Chance, eine ehrbare, geachtete Frau zu sein«, erwiderte Emma traurig. »Und ein eigenes Heim zu haben«, fügte sie leise hinzu. »Und Kinder ...«

Sanft hob Big John ihr Gesicht zu sich empor. »Ehrbarkeit und Achtung kann man sich nur selbst erwerben, Emma, durch eigenen persönlichen Einsatz.«

Emma nickte, wenn auch widerstrebend, denn Big John hatte recht. Achtung ließ sich nicht erkaufen, und ganz sicher nicht durch eine Heirat mit einem ungeliebten Mann.

Seufzend sagte sie. »Es wird nicht einfach sein. Fulton ist es gewöhnt seinen Willen durchzusetzen. Ich glaube nicht, daß er so schnell aufgeben wird.«

»Der richtige Weg ist oft nicht der einfachste, aber stets der beste, Emma«, erwiderte Big John ernst.

Nach kurzem Schweigen sagte sie leise: »Ich glaube, ich habe mich in Mr. Fairfax verliebt«, und das Eingeständnis verblüffte sie viel mehr als Big John, der gar nicht überrascht aussah. Er nickte nur zustimmend und sagte augenzwinkernd: »Wir sollten jetzt vielleicht wieder hineingehen, Miss Emma. Wegen Fulton mache ich mir zwar keine Sorgen ... aber mit Fairfax möchte ich keinen Ärger haben«, schloß er in vielsagendem Ton.

»Hat er Ihnen eigentlich erzählt, wovor – oder vor wem –

er auf der Flucht ist?« entgegnete Emma, weil sie die Gelegenheit nutzen wollte, etwas mehr über Steven zu erfahren.

»Nein, und ich glaube, wenn er es überhaupt jemandem sagen wird, dann Ihnen, Miss Emma. Aber erst, wenn er den richtigen Zeitpunkt für gekommen hält.«

Big John ließ Emma vorangehen. In der Tür stieß sie fast mit Fulton zusammen, der sehr aufgebracht erschien, was Emma einen schrecklichen Moment lang befürchten ließ, Steven könne ihm erzählt haben, was zwischen ihnen vorgefallen war. Aber dann sah sie ihn mit Joellen tanzen und wußte instinktiv, daß er nicht vorhatte, sich einzumischen, und Emma diese schwierige Aufgabe überließ.

»Ich habe dich überall gesucht!« beschwerte Fulton sich, obwohl er sich – Big John zuliebe wohl – zu einem Lächeln zwang. »Ich dachte schon, dir wäre übel geworden oder so etwas.«

Emma schüttelte den Kopf. »Nein, Fulton. Aber ich habe dir etwas zu sagen.«

»Selbstverständlich, Liebling«, erwiderte er in eisigem Ton und steuerte sie wieder auf die Tür zur Straße zu.

Panik erfaßte Emma, als sie Big John in der Gästemenge untertauchen sah. Aber dann spürte sie Stevens Blick, der sie über Joellens blonden Kopf beobachtete, und wußte, daß sie nicht länger mit einer Lüge leben konnte.

»Fulton, wegen heute nachmittag ...« begann sie zögernd, doch er ließ sie gar nicht ausreden, sondern schob sie grob durch die Tür und stieß sie in einen wartenden Buggy.

»Einen Moment, Fulton, warte ...« rief Emma erschrocken, aber er hielt schon die Zügel in der Hand. »Warte!« bat Emma noch einmal, denn obwohl sie unter vier Augen mit ihm reden wollte, flößten sein merkwürdiges Verhalten und sein Eifer, mit ihr allein zu sein, ihr starkes Unbehagen und sogar ein bißchen Angst ein.

Fulton löste die Bremse und wäre wohl auch losgefahren, wenn nicht plötzlich Steven erschienen wäre und das Pferd am Halfter festgehalten hätte.

»Ich glaube, die Dame würde lieber noch etwas bleiben«, sagte er kalt.

Ein Ausdruck mühsam beherrschter Gewalt verzerrte Fultons bleiche Züge, aber dann fiel sein Blick auf die Ausbuchtung an Stevens Hüfte – den immer gegenwärtigen 45er Colt – und er ließ die Zügel sinken.

»Sie haben genug angerichtet, Fairfax«, sagte Fulton ärgerlich. »Lassen Sie uns allein.«

Steven reichte Emma eine Hand, die sie erleichtert und gleichzeitig entsetzt ergriff. »Miss Chalmers schuldet mir noch einen Tanz«, erklärte Steven, drehte Fulton gelassen den Rücken zu und führte Emma in den Saal zurück.

Als er sie zu einem Walzer in die Arme zog, prallte sie gegen seine harte Brust, aber Emma gab sich keinen Illusionen hin, daß es ein zufälliger Kontakt war. Es sollte vielmehr eine Gedächtnisstütze für sie sein, damit sie nicht vergaß, was an diesem Nachmittag zwischen ihnen vorgefallen war.

Unfähig, sich von ihm abzuwenden, und hilflos sah sie Steven in die Augen.

»Was hatte das alles zu bedeuten, Miss Emma?« fragte er kühl. Seufzend versuchte sie, sich aus seinen Armen zu befreien, aber sie waren so unnachgiebig wie Stahlbänder. »Ich wollte Fulton die Wahrheit sagen und ihm erzählen, was heute nachmittag geschehen ist«, gab sie schließlich zu. »Danach wäre er mehr als froh gewesen, mich nach Hause bringen zu können.«

Steven zog zweifelnd eine Augenbraue hoch und sagte nichts.

Emma verlor allmählich die Geduld. »Laß mich los, Steven!«

»Mr. Fairfax«, erwiderte er zu ihrer unendlichen Verblüffung.

»*Was?*«

»Ich habe dir schon einmal gesagt, daß ich in der Öffentlichkeit mit ›Mr. Fairfax‹ angesprochen werden möchte. Wenn wir allein sind, darfst du mich Steven nennen.«

Es kostete Emma ihre ganze Überwindung, ihm nicht hart auf den Fuß zu treten. »Das ist arrogant und altmodisch!« fuhr sie ihn an.

Steven zuckte mit den Schultern. »Dann bin ich eben altmodisch. Was meine Arroganz betrifft, darüber können wir später reden.«

Emma schüttelte den Kopf. »Es ist dir wirklich ernst, nicht wahr?«

Er nickte. »Ja.«

»Na schön – aber ich denke nicht daran!«

Er schnalzte mißbilligend mit der Zunge. »Emma, Emma, du müßtest es inzwischen besser wissen, als mich so herauszufordern! Du weißt doch, daß du damit nichts erreichst.«

Emma atmete heftig, und keineswegs von der Anstrengung des Tanzes. »Ich habe schon genug Probleme, ohne daß du mir auch noch lächerliche Befehle erteilst, *Mr.* Fairfax.«

Steven schaute zu Fulton hinüber, der an der Tür stand und sie mit bösen Blicken maß. »Ach ja«, meinte Steven seufzend, »ich möchte dich bitten, nicht mitten in der Nacht mit Männern wie Fulton Whitney durch die Gegend zu fahren. Denn daß du ihn heiraten wirst, glaubst du inzwischen selbst nicht mehr.«

»Ich kann mich nicht entsinnen, von dir ein besseres Angebot erhalten zu haben!« entgegnete Emma spitz.

Steven lachte. »Wirst du auch nicht, Liebling. Aber dafür bekommst du alles andere, was du brauchst.«

Emma hätte ihn dafür geohrfeigt, wenn sie nicht den Skandal gefürchtet hätte. »Vielleicht will ich Fulton ja doch noch heiraten. Das hast du wohl nicht bedacht, was? Es könnte ja sein, daß er Verständnis zeigt und ... und mir verzeiht, was ich mit dir getan habe.«

Jetzt lachte Steven schallend. »Verzeihen? Kein Mann verzeiht so etwas, Miss Emma, außer er ist ein echter Narr. Nein, nein, finde dich ruhig damit ab, daß du keine Chance mehr hast, Mrs. Fulton Whitney zu werden.«

Zum Glück brach in diesem Augenblick die Musik ab, und Emma löste sich aus Stevens Armen, um zu Fulton hinüberzugehen, der mit verdrossener Miene bei der unverheirateten Schwester des Pfarrers stand.

»Fulton«, sagte Emma entschieden und nahm seinen Arm, »ich muß mit dir reden. *Jetzt sofort.*«

Fulton wirkte zunächst empört, dann erstaunt, dann froh. »Natürlich, mein Liebling.« Diesmal war er so klug, nicht mit ihr hinauszugehen, sondern sie zu einem schmalen Gang zu führen, der vor der Küche endete. Hier war es dunkel, nur der schwache Schein des Mondes fiel durch ein Fenster herein.

Kaum standen sie auf diesem Gang, packte Fulton Emmas

Arm und drehte sie grob zu sich herum. »Was wird hier gespielt?« fragte er barsch.

Emma schluckte. »Ich muß dir etwas sagen«, erwiderte sie leise und bemühte sich, ein bißchen Distanz zwischen sich und Fulton zu schaffen, der ihr so nahe stand, daß sie trotz des Krachs, der aus dem Ballsaal kam, seine Uhr ticken hören konnte.

»Was?« fragte er ungeduldig.

Emma versuchte, ihm auszuweichen, aber es war sinnlos. Fulton stand so dicht vor ihr, daß er ihr seinen warmen Atem ins Gesicht blies. »Wenn du nur einen Schritt zurücktreten würdest . . .« sagte sie bittend.

Fulton blieb, wo er war, beugte aufstöhnend den Kopf und begann ungeschickt an ihrem Ohrläppchen zu knabbern. »Du ahnst ja nicht, wie lange ich dich schon einmal so für mich alleine haben wollte.«

»Wir sind nicht allein«, ermahnte Emma ihn und begann einzusehen, daß sie sich in einer sehr unangenehmen Lage wiederfinden konnte. »Die ganze Stadt ist im angrenzenden Saal.«

»Bei der lauten Musik werden sie uns nicht hören.«

Emma duckte sich unter Fultons Arm und blieb keuchend auf der anderen Seite des Ganges stehen. »Zum Donnerwetter, Fulton – *wirst du mir jetzt endlich zuhören*?«

Er fuhr sich mit der Hand durch sein sonst so ordentlich frisiertes Haar. »Na schön, Emma«, sagte er seufzend. »Ich höre.«

»Du wirst bestimmt schon wissen, daß ich heute mit Steven Fairfax zu einem Picknick auf der Insel war . . .«

Fulton nickte. »Ja, das weiß ich.«

Emma kaute nervös an ihrer Unterlippe, während sie nach den richtigen Worten suchte, um Fulton die Wahrheit zu gestehen und ihn gleichzeitig zu veranlassen, sie in Zukunft in Ruhe zu lassen, ohne unfreundlich zu sein. »Also weißt du, Mr. Fairfax und ich, wir haben viel geredet, und . . . na ja, da war dieses Margeritenfeld . . .«

Fulton schaute ihr nicht ins Gesicht, sondern auf ihren Busen, und Emma hätte schwören können, daß er ihr auch nicht zuhörte. »Margeriten?« fragte er mit abwesendem Gesicht.

Emma hörte die Musik und das Stimmengewirr hinter der Korridortür und fragte sich, ob Steven wieder mit Joellen tanzen mochte oder irgendwo in der Nähe wartete.

»Du brauchst mir nicht zu sagen, was geschehen ist«, sagte Fulton plötzlich leise und strich mit dem Zeigefinger über den Puls an Emmas Kehle. »Ich habe es längst erraten.«

11

»Du hast es erraten?« Emma war nicht wirklich überrascht; wahrscheinlich wußte inzwischen längst die ganze Stadt Bescheid. Es war nur Fultons gelassene Miene, die sie so verblüffte.

Er schien weder empört noch verärgert, sondern schaute sie nur ganz ruhig und fragte: »Du und dieser Revolverheld?«

Emma wandte das Gesicht ab und nickte. »Ja.«

»Auf der Insel . . . heute?«

Allmählich begann Emma die unterdrückte Wut zu spüren, die sich hinter seinem gelassenen Verhalten verbarg. »Ja«, sagte sie noch einmal und schluckte nervös. Sie hatte wirklich kein

Verlangen, Fulton zu verletzen, aber andererseits war es ja auch nicht so, als besäße er irgendwelche Rechte über sie.

Ganz unvermittelt ergriff er ihre Hand, aber es war keine tröstende oder beruhigende Geste. Er preßte ihre Finger so hart zusammen, daß ihre Knöchel weiß hervortraten und ein stechender Schmerz ihren Arm durchfuhr.

»Warum?« stieß Fulton hervor. »Warum hast du ihn... warum durfte er dich haben, während du mir all diese Zeit kaum erlauben wolltest, deine Hand zu halten? Emma, wir sehen uns nun schon seit Monaten, und erst vor ein paar Tagen hast du dich zum ersten Mal von mir küssen lassen!«

Vergeblich versuchte sie, sich ihm zu entziehen. »Du tust mir weh«, flüsterte sie.

»Sag mir, warum!« herrschte er sie an und verstärkte den Druck um ihre Hand, bis Emma glaubte, vor Schmerzen ohnmächtig zu werden.

»Weil ich ihn liebe!« rief Emma aus lauter Verzweiflung und auch aus Angst. »Bitte, Fulton – laß mich los!«

Er gab ihre Hand frei, aber erst nachdem er noch einmal kräftig zugedrückt hatte. »Du liebst ihn«, sagte er fassungslos. »Einen Vagabunden, Rebellen – einen *Pistolero*! Und du sagst, du *liebst* ihn?«

Emma war zu verängstigt, um zu antworten oder sich zu bewegen.

»Du verdammtes...« keuchte Fulton und packte sie von neuem, aber diesmal um die Taille, und er riß sie so hart an sich, daß sie sein Verlangen nach ihr spüren konnte. Aber es war nicht das gleiche Gefühl wie bei Steven. Das hier war beängstigend.

»Fulton!« flüsterte sie. Ihre Gegenwehr nahm ihre ganze Kraft in Anspruch, so daß sie nicht einmal mehr laut reden konnte. Er stieß sie gegen die Wand und begann ihre Röcke hochzuziehen, und Emma hörte einen Moment lang auf, sich gegen ihn zu wehren, um Atem zu holen und Kraft zu sammeln. Bevor sie jedoch schreien konnte, bedeckte Fulton ihren Mund mit seinem und drängte seine Zunge zwischen ihre Lippen.

Wieder war nichts von der süßen Wärme zu spüren, die sie in Stevens Armen erfahren hatte. Aber da Emma in einem der rauhesten Stadtviertel Chicagos aufgewachsen und von einer Frau erzogen worden war, die sämtliche Gefahren kannte, die einem jungen Mädchen drohen konnte, hob Emma blitzschnell ihr Knie und stieß es hart in Fultons Unterleib.

Der Schmerz, der ihn durchfuhr, war so heftig, daß Fulton Emma freigab und sich stöhnend krümmte. Sie sah, wie er zur Seite taumelte, sich mit einer Schulter an die Wand lehnte und rasselnd Atem holte. Als er Emma anschaute, stand kalter Haß in seinen Augen, und sie erschrak, denn so hatte sie ihn noch nie erlebt. Nie hätte sie auch nur vermutet, daß sich hinter Fultons freundliche Fassade eine solche Brutalität verbergen könnte.

Um ihm nicht ihre Angst zu zeigen, straffte sie die Schultern und zwang sich, ganz langsame Schritte zu machen, als sie sich von ihm entfernte, obwohl ihr Instinkt sie dazu drängte, davonzurennen, so schnell sie konnte.

Im Ballsaal stellte sie zu ihrer großen Enttäuschung fest, daß Steven nicht auf sie gewartet hatte, sondern mit Joellen tanzte. Als Emma ihn mit ihr plaudern und lachen sah, wandte sie sich ab, verließ das Hotel und ging nach Hause.

Erst auf Chloes Veranda gestattete sie sich zu weinen.

Als sie eine Hand auf ihrem Ellbogen spürte, zuckte sie zusammen und öffnete schon den Mund, um zu schreien, aber dann erkannte sie Steven.

»Du hast es ihm erzählt«, sagte er ruhig und setzte sich neben sie.

Emma entzog ihm ihren Arm; sie war es leid, angefaßt, herumgeschubst und erschreckt zu werden. »Ja«, versetzte sie gereizt. »Und er hat es nicht gut aufgenommen.«

»Das kann ich ihm nicht verübeln. Eine Frau wie dich verliert ein Mann nicht gern«, erwiderte Steven und zog sie in die Arme.

»Steven, ich bin wirklich müde und . . .«

Er brachte sie mit einem Kuß zum Schweigen, und Emma schlang sehnsüchtig die Arme um seinen Hals. Als seine Zungenspitze zwischen ihre Lippen glitt, gewährte sie ihr Einlaß, und er strich zärtlich mit dem Daumen über ihre Brust, bis ihre Spitzen sich steil aufrichteten. Eine träge Hitze breitete sich in

Emmas Gliedern aus, und sie hätte nichts lieber getan, als sich auf der Verandaschaukel auszustrecken und sich Steven rückhaltlos hinzugeben. Aber so unvermittelt sein Kuß begonnen hatte, so plötzlich zog Steven sich von ihr zurück, hielt Emmas Schultern fest und musterte sie prüfend im schwachen Mondlicht. Dann berührte er mit dem Zeigefinger die gerötete Stelle an ihrem Hals, wo Fulton sie geküßt hatte. »Was ist passiert?«

Zuerst wandte Emma den Kopf ab, dann schaute sie Steven offen in die Augen. »Fulton war ein bißchen ... aufdringlich.«

»Tatsächlich?« entgegnete Steven ruhig, aber um seinen Mund erschien ein seltsam hartes Lächeln.

Unwillkürlich senkte Emma ihren Blick auf den Colt an seiner Hüfte. »Legst du das Ding eigentlich nie ab?«

»Doch, Madam«, erwiderte Steven schmunzelnd. »Wenn ich ins Bett gehe.« Er nahm Emmas Zopf in die Hand und zupfte spielerisch daran. »Ich breche morgen schon sehr früh auf. Ich bin gekommen, um mich zu verabschieden.«

Obwohl Emma wußte, daß er in zwei Wochen zurück sein würde, wurde sie so traurig, als ob er für immer gehen würde. Aber sie überspielte es, indem sie sagte: »Glaub bloß nicht, daß es mir etwas ausmacht. Ich freue mich, wenn du fort bist.«

Steven lachte. »Natürlich, Emma«, stimmte er spöttisch zu. »Aber ich wage zu behaupten, daß du auch sehr froh sein wirst, mich wiederzusehen. Vielleicht bringe ich dich dann wieder zur Insel hinüber und verführe dich mitten in einem Margeritenfeld.«

Die Erinnerungen, die seine Worte heraufbeschworen, trieben Emma das Blut in die Wagen. Sie biß sich auf die Lippen und schaute ihn mit hilfloser Verzweiflung an.

»Zwei Wochen sind keine lange Zeit«, sagte er beruhigend und zog sie in die Arme. »Außerdem wird es schon Sommer sein, wenn ich nach Hause komme.«

Emma erschauerte, als sie sich vorstellte, in einer lauen Sommernacht mit Steven auf einer mondbeschienenen Wiese zu liegen und von ihm geküßt und liebkost zu werden ...

»Nächstes Mal wird es noch schöner für dich sein«, fuhr er heiser fort. »Du wirst keine Schmerzen mehr haben und noch viel mehr Vergnügen dabei empfinden, als du dir vorstellen kannst.«

Emma schaute ihn an und fragte sich, ob er wohl ahnte, daß die Ekstase, die er in ihr ausgelöst hatte, viel intensiver als der kurze Schmerz gewesen war. »Könntest du nicht bleiben?« flüsterte sie. »Kann nicht ein anderer den Treck übernehmen?«

Er schüttelte den Kopf und küßte sie zärtlich auf den Mund. »Sei bereit«, sagte er. »Denn wenn ich heimkehre, wirst du mein sein — wo immer ich dich antreffe.« Dann versetzte er Emma einen leichten Klaps, stand auf und schlenderte pfeifend zum Gartentor.

Emma stand auf und stürmte ins Haus, verwirrt und von den widersprüchlichsten Gefühlen beherrscht. In ihrem Zimmer kam ihr der Gedanke, daß ein heißes Bad vielleicht das beste Mittel war, ihre Nerven zu beruhigen, die an diesem Abend wirklich sehr in Mitleidenschaft gezogen worden waren.

Und tatsächlich war das heiße Wasser so entspannend, daß es ihr gelang, Steven für eine Weile aus ihren Gedanken zu verbannen. Während sie mit geschlossenen Augen im duftenden Wasser lag, dachte sie an die Zeit in Chicago zurück, an ihre Schwestern Caroline und Lily — und Kathleen, ihre Mutter.

Sie erinnerte sich so deutlich an Kathleen, als ob sie vor ihr stünde, glaubte wieder ihr langes dunkles Haar zu sehen und ihre lachenden braunen Augen. Oh, Kathleen war eine schöne Frau gewesen, wenn sie nicht trank, und nie hatte es ihr an Männern gefehlt, die ihr Flitterkram kauften und Rum und alles, was ihr Herz begehrte.

Emma und ihre Schwestern hatten sich bemüht, nicht im Weg zu sein, wenn ein Mann bei Kathleen war, aber das war nicht leicht gewesen bei einer so kleinen Wohnung. Nur ein Vorhang hatte Kathleens Bett vom Lager der drei Mädchen getrennt, die praktisch jede Nacht die sich bewegenden Schatten hinter dem dünnen Stoff gesehen und das Stöhnen ihrer Mutter und ihrer Liebhaber vernommen hatten.

Im allgemeinen verließen die Männer Kathleen, bevor es hell wurde. Einige von ihnen waren so nett, das Kohlenfeuer zu schüren, und wenn sie fort waren, lag immer Geld auf dem Tisch. Dann kaufte Kathleen frisches Obst und manchmal sogar ein Stückchen Fleisch, aus dem Caroline mit Kohl eine köstliche Mahlzeit zubereitete. Bei einigen sehr seltenen Gelegenheiten gingen sie sogar alle zusammen ins Theater oder in den Zirkus.

Aber dann verfiel Kathleen wieder der düsteren Verzweiflung, die sie stets bedrohte und dazu trieb, ihr letztes Geld für Brandy auszugeben und sich zu betrinken, bis sie sich nicht mehr vom Bett erheben konnte. In solchen Zeiten mußte Caroline ihre Mutter pflegen wie ein kleines Kind.

Nach dem Erscheinen des Soldaten sah es eine Zeitlang ganz so aus, als ob sich alles ändern würde. Kathleen sagte, sie sei verliebt und würde Matthew Harrington heiraten. Ihr aller Leben würde sich nun verändern.

Nun, dachte Emma seufzend, da hat sie recht gehabt. Die Ankunft von Matthew Harrington in seiner schönen blauen Uniform hatte tatsächlich große Veränderungen mit sich gebracht.

Plötzlich wollte Kathleen nichts anderes mehr tun, als sich zu betrinken und mit Matthew hinter dem Vorhang im Bett zu liegen. Mit der Zeit gewöhnte Caroline sich an, ihm heimlich Geld aus der Tasche zu nehmen, damit sie wenigstens etwas zu essen hatten.

»Er will mich anfassen«, hatte Emma ihrer älteren Schwester Caroline eines Tages anvertraut.

»*Matthew?*« hatte Caroline mit einem sorgenvollen Blick erwidert. Sie war erst acht Jahre alt, aber seit Grandma nicht mehr lebte, lastete die ganze Sorge und Verantwortung einer erwachsenen Frau auf ihr. »Was sagt er denn zu dir?«

»Er will, daß ich mich auf seinen Schoß setze, wenn Mama nicht da ist.«

Caroline wurde ärgerlich. »Halt dich von ihm fern!« warnte sie.

Aber sie hätte sich keine Sorgen zu machen brauchen, denn am nächsten Tag, als in den Geschäften der erste Weihnachtsschmuck in den Auslagen erschien, teilte Kathleen den Mädchen ihre Entscheidung mit. Matthew wollte sie mit einem sogenannten ›Waisenkinderzug‹ nach Westen schicken, weil er der Ansicht war, Kinder seien auf dem Land besser aufgehoben als in der Stadt. Und Kathleen hatte die Idee begeistert aufgegriffen.

Emma schloß die Augen vor der Erinnerung an die kleine Lily – damals erst sechs –, die ihre Mutter weinend angefleht hatte, sie nicht fortzuschicken, und ihr unter Tränen versprochen hatte, immer brav zu sein und Matthews Stiefel zu putzen, wenn Kathleen sie nur bleiben ließ.

Tränen brannten unter Emmas Lidern. Wo mochte Lily heute sein? Ob sie glücklich war? Suchte auch sie ihre Schwestern, so wie Emma es seit Jahren tat? Ob sie auch heute noch solch wunderschönes, silberblondes Haar besaß? Und die wichtigste Frage: Lebte sie überhaupt noch?

Emma trocknete mit dem Handrücken ihre Tränen und lenkte ihre Gedanken auf ihre ältere Schwester Caroline. Sie war ganz sicher, daß Caroline noch lebte, denn sie war immer die stärkste, resoluteste von ihnen dreien gewesen. Auch sie suchte ihre Schwestern; Emma wußte es ganz instinktiv.

Eines Tages, dachte sie, werde ich meine Schwestern wiedersehen und eine Antwort auf all diese Fragen finden.

Marshal Woodridge wurde alt, das wußte er selbst, und er gab bereitwillig zu, daß es ihn immer mehr Anstrengung kostete, seinen Pflichten nachzugehen. Nur gut, dachte er, daß es an diesem Abend keinen Ärger bei dem Ball gegeben hat. Es kam nicht selten vor, daß Streitigkeiten zwischen den jungen Burschen entstanden, und Marshal Woodridge hatte kein Verlangen, sich mit ihnen anzulegen, schon gar nicht, wenn sie mit einem Revolver umzugehen wußten.

Um sich von diesen störenden Gedanken abzulenken, öffnete der Marshal seine Schreibtischschublade, die überquoll von Steckbriefen und Post, die er sich schon seit langer Zeit hätte ansehen sollen. Resolut nahm er die Fahndungsmeldungen heraus, trug sie zum Ofen und stopfte sie hinein. Den Briefen hatte er eigentlich das gleiche Schicksal zugedacht, aber dann hinderte sein schlechtes Gewissen ihn daran. Es war ein hübscher blauer Umschlag dabei, der noch gar nicht alt war, höchstens eine Woche oder zwei.

Neugierig öffnete Marshal Woodridge ihn und zog ein einzelnes Blatt heraus.

»An den Marshal von Whitneyville, Idaho«, stand in zierlicher Schrift darauf. *Ich wende mich an Sie in der Hoffnung, auf diese Weise vielleicht etwas über den Aufenthaltsort meiner Schwestern Emma und Caroline Chalmers zu erfahren, die vor dreizehn Jahren von mir getrennt wurden . . .«*

Der Marshal faltete den Brief zusammen und kratzte sich am Kinn. Emma Chalmers . . . war das nicht das rothaarige Mädchen, das bei Chloe Reese aufgewachsen war? Als er das Blatt in den Umschlag zurücksteckte, war ihm bewußt, daß er jetzt eigentlich zu Chloe gehen müßte, um ihr den Brief zu geben.

Aber sein trockener Hals ließ ihn an den Whiskey denken, den er in seinem Zimmer bei Miss Higgins aufbewahrte. Nach dem langen Arbeitstag hatte er sich einen kräftigen Schluck verdient . . .

Als überzeugter Anhänger der Theorie, daß man nie heute tun sollte, was sich auch auf morgen verschieben läßt, legte Woodridge den Umschlag in die Schublade zurück und stand auf, um nach Hause zu gehen.

Der alte Wagen holperte über die dunkle Landstraße, und Joellen Lenahan drängte sich so dicht, wie es möglich war, an Steven. »Bei Ihnen fühle ich mich sicher, weil Sie einen Revolver tragen«, schmeichelte sie und schob ihre Hand unter Stevens Arm.

Steven mußte sich ein Lächeln verkneifen. »Wie alt sind Sie, Joellen?« fragte er, obwohl er wußte, daß sie sechzehn war. Mit seiner Frage wollte er ihr den Altersunterschied zwischen ihnen zu Bewußtsein bringen.

»In sechseinhalb Monaten werde ich sechzehn.« Steven lachte, erwiderte jedoch nichts.

»Damit bin ich nur drei Jahre jünger als Emma Chalmers.«

Wieder blieb Steven stumm.

»Finden Sie sie hübscher als mich?«

Steven seufzte. »Für mich ist sie die schönste Frau der Welt.«

Joellen zog ihre Hand zurück und rutschte in die entfernte Ecke des Wagens. Steven nahm an, daß sie jetzt schmollte, konnte es aber in der Dunkelheit nicht sehen. »Lieben Sie sie?«

»Möglich.«

»Aber heiraten können Sie sie nicht! Sie ist schon verlobt.«

Steven verzichtete darauf, Joellen über den wahren Stand der Dinge aufzuklären, weil es sie ohnehin nichts anging.

»Ich bin zwar noch jung, aber ich weiß schon, wie es zwischen einem Mann und einer Frau ist«, behauptete Joellen stolz.

Die Unterhaltung wird langsam interessant, dachte Steven belustigt. »So?« entgegnete er.

»Ja, ich bin schon sehr erfahren«, bekräftigte Joellen.

»Das ist schade«, versetzte Steven. »Ein hübsches Mädchen wie Sie sollte lieber auf den richtigen Mann warten.«

Joellen schwieg, dann sagte sie: »Na ja, so *richtig* erfahren bin ich natürlich nicht. Aber ich habe schon einmal jemanden geküßt.«

Steven lächelte in der Dunkelheit. »Ach so«, meinte er trocken.

»Glauben Sie, daß ich eines Tages den Richtigen finden werde?«

»Darauf würde ich meinen Lohn verwetten.«

»Vielleicht habe ich ihn ja schon gefunden«, schnurrte Joellen.

Steven sah in der Ferne die Lichter der Ranch und konnte es kaum erwarten, Joellen vor der Haustür abzusetzen. Erleichtert trieb er die Pferde an. »Tatsächlich?« fragte er kühl.

Ihre kleine Hand schob sich wieder unter seinen Arm, und nun legte Joellen sogar den Kopf an seine Schulter. »Ich habe Angst, so ganz allein in diesem großen Haus. Mein Daddy bleibt bis morgen früh bei Miss Chloe. Jeder Rancharbeiter könnte sich ins Haus schleichen und mich vergewaltigen!«

Steven war nicht begeistert von der Wendung, die ihre Gedanken nahmen. »Big John scheint überzeugt zu sein, daß Ihnen nichts passieren kann«, sagte er. »Verriegeln Sie Ihre Tür.«

»Nein, mir wäre lieber, wenn Sie heute nacht im Haus schlafen«, beharrte Joellen. »Dann kann niemand . . .«

»Ich schlafe heute nacht in meinem eigenen Bett.«

»Ich möchte, daß Sie mich beschützen.«

Steven seufzte ungeduldig. »Nein.«

»Dann bleibe ich bei Ihnen – in Ihrer Hütte.«

»Damit Big John mich morgen früh mit der Reitpeitsche verfolgt – was ich ihm übrigens gar nicht übelnehmen könnte? Nein danke, Joellen.«

Das Mädchen seufzte, als der Wagen vor dem großen Haus hielt. »Ich hätte nie gedacht, daß Sie ein Feigling sind, Mr. Fairfax.«

Stevens Geduld näherte sich allmählich ihrem Ende. Ohne ein Wort zu sagen, hob er Joellen vom Wagen und setzte sie hart auf die Füße.

Licht strömte aus dem Haus, als die Tür aufging und die mexikanische Haushälterin auf die Veranda trat. In schnellem Spanisch sprach sie auf Joellen ein, und es war Steven klar, daß sie das Mädchen so rasch wie möglich aus der Gesellschaft des Revolverhelden, der sie nach Hause gebracht hatte, entfernen wollte.

Joellen küßte Steven auf die Wange. »Gute Nacht, Mr. Fairfax. Und vielen Dank für den wunderschönen Abend.«

Steven verdrehte die Augen, und die Haushälterin stürzte sich auf Joellen wie eine Henne, die ihre Küken vor einem drohenden Sturm in Sicherheit bringen wollte.

Kein Indianer oder betrunkener Rancharbeiter würde es wagen, sich in dieses Haus zu schleichen, wenn er auch nur einen Funken von Vernunft besitzt, dachte Steven schmunzelnd.

12

Nach einem frühen Aufbruch am Sonntagmorgen erreichte die Herde nachmittags um vier den Snake River. Nachdem Steven sich mit Frank Deva, ihrem Führer, beraten hatte, beschloß er, zuerst den Fluß zu überqueren und dann erst das Nachtlager aufzuschlagen.

Anfangs hatte Steven den Unmut der ihn begleitenden Männer nur gespürt; jetzt sah er ihn ganz deutlich in ihren Augen. Er konnte sie verstehen – schließlich war er neu auf der Ranch und trotzdem gleich als Vorarbeiter eingestellt worden, während viele dieser Männer schon ein Jahrzehnt oder noch länger für Big John arbeiteten. Aber Steven hatte nicht die Absicht, ihnen zu erklären, warum er für diesen Job geeignet war; er war der Leiter des Trecks, und das hatte ihnen zu genügen.

Als er den Befehl gab, die Rinder über den Fluß zu treiben, ritt einer der Cowboys – ein großer schlanker Mann mit blondem Haar und harten Augen – auf ihn zu und spuckte vor ihm aus.

»Wir setzen hier nicht über«, sagte er. »Zwei, drei Meilen weiter unten ist das Wasser sehr viel flacher.«

Steven glitt aus dem Sattel, und der Cowboy ebenfalls. Die anderen Männer schauten schweigend zu.

»Wir überqueren den Fluß hier«, sagte Steven ruhig.

Der blonde Mann schüttelte den Kopf. »Nein, Sir. Ich kann nicht schwimmen. Das Risiko gehe ich nicht ein.«

Steven blieb ganz ruhig. »Dann reiten Sie besser zur Ranch zurück und lassen sich auszahlen. Risiken sind bei diesem Job nicht zu vermeiden.«

Das sonnenverbrannte Gesicht des Cowboys verzerrte sich vor Haß. »Ich bin kein Feigling, falls Sie das damit sagen wollen. Nein, Sir, Lem Johnson ist alles andere als ein Feigling.«

Verärgert schaute Steven sich in der Runde der müden, staubbedeckten Gesichter um. Dunkle Wolken brauten sich am Himmel zusammen, die Luft war schwül wie vor einem Gewitter. »Hat sonst noch jemand etwas gegen meine Anordnungen einzuwenden?«

Niemand antwortete, aber aus dem Augenwinkel sah Steven Johnson auf sich zukommen.

Er wartete bis zum letzten Augenblick, dann hieb er dem Cowboy die geballte Faust in die Magengrube. Johnson schnappte nach Luft und stürzte sich auf Steven, der dem ersten Schlag ausweichen konnte. Aber der zweite traf ihn hart am Kinn.

Johnson mochte Angst vor tiefem Wasser haben, aber ein Schwächling war er sicher nicht. Sein Kinnhaken ähnelte dem Huftritt eines Maulesels, und Steven spürte, daß sich einige seiner Zähne gelockert hatten.

Das machte ihn so wütend, daß er sich auf Johnson warf und den Cowboy an beiden Ohren auf die Erde zerrte.

Ungeachtet der stechenden Schmerzen in seinen Rippen

schlug Steven zornig auf Johnson ein. Daß er dabei selbst ein paar harte Schläge einsteckte, störte ihn nicht im geringsten.

Als er schließlich aufstand, blieb Johnson liegen. »Verdammter Rebell«, murmelte er, während er sich stöhnend auf der Erde wälzte. »Hinterhältiger, heimtückischer . . .«

Steven fand irgendwo seinen Hut, setzte ihn auf und wandte sich herausfordernd an die Umstehenden. »Hat sonst noch jemand Angst vor Wasser?«

Niemand antwortete. Die Männer drehten sich um und kehrten an ihre Arbeit zurück, während Johnson sich mühsam aufrappelte, den Staub von seinen Kleidern klopfte und sein Pferd bestieg. »Mal sehen, was Big John dazu sagt, daß Sie Lem Johnson gefeuert haben«, drohte er. »Sie werden sich wundern . . .«

Das Überqueren des Flusses war harte Arbeit bei zweihundert Rindern, zwei Planwagen, elf Cowboys und ihren Pferden, aber schließlich war es geschafft, und sie schlugen am anderen Ufer das Lager auf.

Holz wurde gesammelt, ein Feuer entzündet, und der chinesische Koch machte sich unverzüglich an die Arbeit.

Die Stimmung unter den Männern war jetzt besser und sogar ein bißchen freundlicher. Dennoch hielt Steven die Augen offen. Die Erfahrung hatte ihn gelehrt, stets mit dem Unerwarteten zu rechnen.

Als er nach dem Essen hinter einen der Wagen trat, um sich zu erleichtern, hörte er ein Niesen aus dem Wageninneren. Stirnrunzelnd schlug er die Plane zurück und spähte hinein. »Wer ist da?« rief er ungeduldig. Wenn es irgend etwas gab, wofür er jetzt keine Zeit hatte, dann war es ein Greenhorn mit Grippe oder einer ähnlich ansteckenden Krankheit.

Instinktiv zog Steven seine Waffe. »Nennen Sie Ihren Namen und sagen Sie mir, was Sie dort zu suchen haben!« warnte er.

»Nicht schießen!« rief eine Frauenstimme ängstlich.

Steven steckte den Colt ins Halfter zurück. Diese Stimme kannte er. »Joellen? Was zum Teufel machen *Sie* denn hier?«

Sie krabbelte aus dem Wagen, und obwohl Steven ihr Gesicht nicht sehen konnte, merkte er, daß sie weinte und vor Angst und Kälte zitterte. »Ich wollte bei Ihnen sein«, flüsterte sie, als Steven sie von der Wagenfläche hob. »Ich dachte, wenn ich ein bißchen Zeit mit ihnen verbringe, werden Sie schon merken, daß ich die richtige Frau für Sie bin.«

Steven fluchte und hätte sie einfach stehengelassen, wenn sie nicht so geweint und so gefroren hätte. »Haben Sie sich nicht einmal einen Mantel mitgebracht?« fragte er mit einem Blick auf ihre weiße Bluse und ihren nassen schwarzen Reitrock.

Joellen schüttelte unglücklich den Kopf. »Ich dachte, ich brauche keinen, es ist doch fast schon Sommer. Aber als wir den Fluß überquerten, drang Wasser in den Wagen, und ich bin ganz naß geworden.«

Steven fluchte von neuem und fuhr sich ratlos mit der Hand durchs Haar. Es war zu spät, um Joellen über den Fluß zurückzubringen; sie würde sich eine Lungenentzündung holen, falls er es tat. Und er wußte auch nicht, ob er den Männern trauen konnte, wenn er sie allein bei ihnen zurückließ. »Haben Sie Hunger?« fragte er schroff.

»Ja«, flüsterte sie.

Steven packte ihre Hand und zog sie unsanft zum Feuer. Sämtliche Blicke richteten sich auf sie, und obwohl keiner etwas zu sagen wagte, spürte Steven, daß Joellens Anwesenheit eine gefährliche Ablenkung für die Männer war.

Wie um die Lage noch zu verschlimmern, kam ein heftiger Sturm auf, und Donnergrollen hallte durch die Nacht, was die Rinder in starke Unruhe versetzte. Das Gewitter, von dem Steven gehofft hatte, daß es vorüberziehen würde, stand kurz vor dem Ausbruch.

Steven suchte Joellen einen Platz am Feuer und holte ihr einen Teller mit Bohnen und Brot. Dann schaute er sich drohend in der Runde der Cowboys um, was alle so einschüchterte, daß niemand eine Bemerkung wagte.

»Iß!« fuhr er Joellen an. Als sie mit zitternder Hand ihre Gabel an den Mund hob, holte Steven seine Decke und legte sie ihr um die Schultern.

Es war Frank Deva, der als erster das Wort ergriff. »Ihr Vater wird sehr wütend sein, wenn er merkt, daß sie fort ist.«

Steven konnte sich Big Johns Reaktion gut vorstellen und

fragte sich besorgt, welcher der Cowboys so vertrauenswürdig war, daß er Joellen am Morgen mit ihm zurückschicken konnte.

Einer der Männer grinste, weil er ganz richtig vermutete, daß Big Johns Zorn sich zuerst auf Steven Fairfax richten würde.

Steven maß das Mädchen am Feuer mit einem bösen Blick. Obwohl er noch nie eine Frau geschlagen hatte, wünschte er sich in diesem Augenblick nichts sehnlicher, als Joellen übers Knie zu legen und ihr eine kräftige Abreibung zu verpassen. Aber er beschränkte sich darauf, zum Koch zu gehen und ihn um eine Garnitur Kleider zu bitten. Sing Cho war der einzige Mann im Lager, dessen Sachen Joellen passen konnten.

Nach dem Essen zog Joellen das schwarze Hemd und die schwarze Hose an und kam mit bedrückter Miene zu Steven zurück, der inzwischen beschlossen hatte, daß er sie unter all diesen Männern keinen Augenblick unbeaufsichtigt lassen durfte. Als leichter Regen zu fallen begann und Steven seinen Mantel holte, nahm er Joellen mit und legte ihr den Mantel um die Schultern. Dann hob er sie in den Sattel und schwang sich hinter ihr auf das Pferd.

»Bringen Sie mich zurück?« rief sie über den heulenden Wind.

»Nicht heute nacht«, entgegnete Steven kalt. Er hätte alles dafür gegeben, Emma vor sich auf dem Pferd zu haben, aber Joellen bedeutete nichts als Ärger für ihn.

»Wo wollen Sie denn hin?«

»Falls es Ihnen nicht aufgefallen ist, Miss Lenahan, wir haben eine Herde Rinder hier. Und die lieben Gewitter nicht.«

Der Regen wurde immer stärker, durchnäßte Stevens Hemd und Hose, und sehnsüchtig dachte er an seinen warmen Mantel. Aber um nichts in der Welt hätte er zugelassen, daß eine Frau – oder besser gesagt, ein halbes Kind – frieren mußte.

Danach hockte Joellen schweigend vor ihm, und Steven vermutete, daß sie weinte. Trotz allem tat sie ihm leid. Sie war ein Kind, aber eins, das eine Tracht Prügel verdiente, um danach ins Bett geschickt zu werden.

Als gleißende Blitze über den Himmel zuckten, bäumte Stevens Pferd sich auf, und einige der Rinder rannten blindlings in die Dunkelheit hinaus.

Steven folgte ihnen, froh, daß Joellen reiten konnte und sich im Sattel zu halten verstand. Mit Hilfe war nicht zu rechnen, da die anderen Männern genug mit ihren eigenen Rindern zu tun hatten, die in ihrer Panik in alle Richtungen stoben.

In der nächsten Stunde nahm der Sturm noch zu. Als knapp zehn Meter vor ihnen ein Blitz einschlug, ging Stevens Pferd durch. Mit Joellen vor ihm im Sattel war es schwer, die Kontrolle über das Tier wiederzugewinnen, und der Wallach rannte bis zur völligen Erschöpfung weiter.

Unter einer Ansammlung von hohen Kiefern blieb er endlich stehen. Steven saß fluchend ab und bückte sich, um Beine und Hufe des Pferds zu untersuchen. Da es stockfinster war, konnte er sich nur auf sein Tastgefühl verlassen.

Das Tier schien unverletzt zu sein, obwohl es schweißbedeckt war und seine Flanken vor Erschöpfung zitterten. Steven zerrte Joellen aus dem Sattel und brachte sie in den Schutz der Bäume.

»Bleiben Sie da«, zischte er, »oder ich schwöre Ihnen, daß Sie noch mit Neunzig den Abdruck meiner Hand auf Ihrem Hintern sehen werden!«

Joellen nickte eingeschüchtert.

Steven beruhigte das Pferd, so gut er konnte. Dann zündete er unter den Bäumen ein kleines Feuer an, an dem er und Joellen sich dicht zusammenkauerten, um sich aufzuwärmen.

»Wo sind wir?« fragte Joellen ängstlich.

Steven war so wütend, daß es eine volle Minute dauerte, bis er seiner Stimme wieder traute. »Mitten in der Wildnis.«

In der Ferne heulte ein Kojote. »Wölfe«, flüsterte Joellen bestürzt.

Er gab sich keine Mühe, sie zu beruhigen; dazu war er viel zu zornig. Er stand auf, band das Pferd an einen umgestürzten Baum und legte frisches Holz nach. Als er sich wieder aufrichtete, stand Joellen vor ihm und hielt ihm seinen Mantel hin.

»Hier«, sagte sie. »Es ist nicht fair, daß Sie frieren müssen. Es ist schließlich meine Schuld, daß wir hier draußen sind.«

Das war nicht abzustreiten, aber Steven schüttelte trotzdem den Kopf und weigerte sich, den Mantel anzunehmen.

Joellen legte ihn um seine und ihre Schultern und schmiegte sich an Steven. »Küssen Sie mich«, flüsterte sie lockend.

Steven maß sie mit einem empörten Blick, rührte sich jedoch nicht, weil beide die Körperwärme des anderen brauchten, um sich nicht den Tod zu holen. »Schlagen Sie sich das aus dem Kopf, Joellen«, antwortete er barsch.

Sie legte ihre Wange an seine Brust und gähnte, und da kam ihm wieder zu Bewußtsein, daß sie noch ein halbes Kind war. Ein wenig von seinem Zorn verrauchte, wurde verdrängt von dem väterlichen Wunsch, sie zu beschützen.

»Ich bin so müde«, murmelte sie.

Auch Steven war so erschöpft, daß er kaum noch einen klaren Gedanken lassen konnte. Wortlos legte er sich mit Joellen auf die Erde dicht am Feuer und zog den Mantel um sie zusammen.

Joellen seufzte zufrieden und rieb ihr Becken an Stevens Schenkel. »Miss Emma Chalmers wird sehr verärgert sein, wenn sie das erfährt«, sagte sie in triumphierendem Ton.

Natürlich würde Emma davon hören, das war Steven klar. Cowboys waren klatschsüchtig wie alte Weiber, und daß der Vorarbeiter und die Rancherstochter zusammen die Nacht verbracht hatten, war eine Geschichte, die allgemeines Interesse finden würde. Steven konnte nur hoffen, daß Emma ihn genug liebte, um ihm zu glauben, wie es wirklich gewesen war.

Während der Nacht lag er wach neben Joellen und stand nur ab und zu auf, um das Feuer in Gang zu halten. Einmal döste er kurz ein und träumte, daß er und Emma verheiratet wären und in Fairhaven in Louisiana lebten, ohne Furcht vor dem Gesetz und vor dem Galgen. Doch dann erwachte er und sah, daß er neben einer anderen Frau lag, was ihn mit einem bedrückenden Gefühl der Einsamkeit erfüllte.

Er entfernte sich von Joellen, so weit es möglich war, und starrte düster ins Feuer, bis der Morgen dämmerte.

13

Steven und Joellen kehrten ins Lager zurück, als der Koch gerade das Frühstück servierte. Einige der Männer starrten sie ganz unverhohlen an, während andere sich bemühten, diskret zu sein. Joellen benahm sich wie eine Braut, die gerade einem weichen Federbett entstiegen war, aber Steven spürte jeden einzelnen Knochen und Muskel in seinem Körper. Der Kampf mit Johnson und die Nacht auf der harten Erde hatte den Schmerz in seinen gebrochenen Rippen fast unerträglich gemacht.

»Möchtest du nichts essen, Steven?« fragte Joellen zärtlich wie eine frischgebackene Ehefrau, als sie sich vom Koch einen Teller mit Speck und Eiern geben ließ.

Statt einer Antwort maß Steven sie mit einem ärgerlichen Blick, knallte seine leere Kaffeetasse auf den Boden und tat, als sei Joellen gar nicht vorhanden. »Wir sind hier nicht beim Picknick«, sagte er schroff zu seinen Männern. »Los, laßt uns die Rinder weitertreiben.«

»Ich reite bei dir mit«, sagte Joellen rasch.

»Du fährst mit dem Koch«, versetzte Steven.

Zuerst schmollte Joellen, dann lächelte sie. »Na schön, Darling. Wie du willst«, sagte sie laut und vernehmlich.

Die Männer sammelten ihr Geschirr ein und bestiegen ihre Pferde, aber ihre Geschäftigkeit konnte Steven nicht darüber hinwegtäuschen, daß sie begierig auf jedes Wort lauschten, das zwischen ihm und Joellen fiel.

Deshalb ergriff er ihren Arm, bevor sie zu Sing Cho auf den Wagen steigen konnte. »Sag ihnen, daß nichts vorgefallen ist!«

Joellen lächelte ihn an. »Na schön, Steven«, sagte sie gedämpft und dennoch laut genug, daß jeder im Camp es hören konnte. »Wenn du es von mir verlangst, Darling, dann sage ich es.«

Steven schaute sich voller Unbehagen um und merkte, daß sie beobachtet wurden. »Es ist nichts passiert!« fuhr er auf.

Er las Zweifel und Belustigung in den Blicken der Männer, und bei einigen auch Neid. Joellen war ein hübsches Mädchen, selbst nach der Nacht auf einem harten Waldboden und in einen alten Staubmantel gehüllt . . .

Unter gemurmelten Verwünschungen bestieg Steven sein Pferd und trieb es auf die Herde zu. Sie mußten sich jetzt nach Norden wenden, nachdem der Fluß überquert war, und Spokane war noch immer fünf oder sechs Tagesreisen entfernt.

Frank Deva erschien plötzlich an seiner Seite. »Mr. Fairfax?«

Steven drehte sich fragend nach ihm um. »Wir kommen heute nachmittag dicht an einer Stadt vorbei. Groß ist sie nicht, aber sie verfügt über ein Telegrafenamt.«

Zum ersten Mal, seit er Joellen im Wagen entdeckt hatte, lächelte Steven. Er würde Big John eine Nachricht schicken und die junge Dame in einem Hotelzimmer unterbringen, wo sie auf ihren Daddy warten konnte. »Danke«, sagte er erleichtert und tippte sich lächelnd an den breiten Rand seines Hutes.

Deva grinste und ritt weiter.

Es wurde ein langer, anstrengender Tag. Durch den nächtlichen Regen war der Boden aufgeweicht und schlammig. Zweimal blieb der Wagen mit den Vorräten im Morast stecken, und gegen Mittag wurden ein halbes Dutzend Siouxkrieger auf einer Anhöhe gesichtet. Sie wahrten zwar Distanz, aber nervös machten sie die Männer trotzdem, weil sie befürchteten, daß sich noch Hunderte weitere Indianer hinter den Hügeln versteckt halten könnten.

»Was halten Sie von unseren Begleitern?« fragte Frank Deva, als er sein Pferd wieder neben Steven lenkte.

»Es könnte sein, daß sie ein paar Rinder wollen.«

»Oder das Mädchen«, entgegnete Frank besorgt.

Steven zog seinen Colt und überprüfte, ob er geladen war. »Vielleicht sollte ich mit ihnen reden ...«

Devas Augen weiteten sich erstaunt. »Allein?«

»Ich hatte gehofft, Sie würden mich begleiten, Frank«, erwiderte Steven schmunzelnd.

Der erfahrene Scout schnaubte entrüstet. »Ich bin noch kein alter Mann, Mr. Fairfax!« sagte er. »Ich habe noch ein halbes Leben vor mir. Und da verlangen Sie von mir, daß ich zu einer Gruppe Sioux reite – einfach so?«

»Es könnte Ärger geben, wenn wir warten, bis *sie* zu uns kommen«, erwiderte Steven, gab seinem Pferd die Sporen und ritt in einem flotten Trab auf die Hügel zu, es Frank überlassend, ob er ihm folgen wollte oder nicht.

Steven war nicht überrascht, als Hufgeklapper hinter ihm erklang und Frank ihn auf seinem Pinto einholte.

Drei der sechs Krieger ritten ihnen entgegen. Ihre wild bemalten Gesichter und ihre langen Speere jagten Steven ein bißchen Angst ein – aber nicht etwa, weil er befürchtete, getötet oder skalpiert zu werden.

Es war der Gedanke, Emma vielleicht nie wiederzusehen, der ihn erschreckte.

Der Anführer trennte sich von seinen Begleitern. Seine schwarzen Augen glitzerten in einer Mischung aus Haß und Hoffnung. Unter seiner dunklen Haut malten sich die Rippen ab, seine Wangen waren hager und eingefallen, und sein Magen wölbte sich nach innen. Zum Glück sprach er gebrochen Englisch. »Wollen Vieh haben«, erklärte er.

Steven seufzte und stützte einen Arm auf seinen Sattelknauf. Mit der freien Hand schob er den Hut in seinen Nacken. Doch obwohl er damit seinen guten Willen demonstrierte, war er darauf gefaßt, jeden Augenblick nach seinem Colt greifen zu müssen. »Ihr könnt fünf Tiere haben«, erwiderte er freundlich.

Der Sioux war verwirrt und schaute sich nach seinen Begleitern um, die alle fünf so aussahen, als warteten sie nur darauf, sich ein paar Skalps zu holen.

Stevens großzügiges Angebot hatte die Gier des Sioux geweckt. »Frau auch.«

Mit einem nachsichtigen Lächeln schüttelte Steven den Kopf. »Das ist nicht möglich. Sie gehört einem mächtigen Häuptling. Außerdem müßtet ihr sie ein Jahr lang zweimal täglich schlagen, wenn sie überhaupt zu etwas gut sein soll.«

»Welcher Häuptling?« wollte der Indianer wissen, während er neugierig zu dem Wagen hinüberschaute. Joellens goldblondes Haar war für den Sioux vermutlich die Hauptattraktion an ihr.

»Sein Name ist Big John Lenahan.«

Die schwarzen Augen wurden schmal, ein mißtrauisches Schweigen folgte. Anscheinend glaubte die Rothaut, daß Steven bluffte.

»Die Rinder tragen alle sein Brandzeichen«, erklärte Steven fest. »Deva, zeigen Sie ihm das Brandzeichen Ihres Pintos.«

Der Indianer prüfte es und schien überzeugt, und nun wandte er sich wieder mit hungrigen Augen den Rindern zu. Falls sein ganzer Stamm so mager war wie er, konnten sie nur mit knapper Not den Winter überstanden haben. »Zehn Rinder«, sagte er, aber es klang eher bittend als nach einem Befehl.

Steven wußte nun, daß sich keine anderen Krieger hinter der Anhöhe verborgen hielten, und atmete erleichtert auf. »Sechs«, hielt er dagegen.

Der Sioux hob die Finger beider Hände und drückte die Daumen gegen seine Handflächen.

»Sechs«, wiederholte Steven kopfschüttelnd. »Und wir bringen sie euch. Wenn ihr versucht, zu uns hinunterzureiten, wird es Blutvergießen geben« Sein Ton änderte sich leicht, als er sich an Deva wandte. »Ich nehme an, ich brauche Ihnen nicht erst zu sagen, daß Sie in Zukunft mit einer Glatze leben werden, wenn Sie jetzt ins Lager zurückgaloppieren. Reiten Sie im Schritt und lassen Sie die Jungs sechs der besten Kälber aussortieren.«

Er sah, wie Deva das Pferd wendete und gelassen zurückritt, und in diesem Augenblick erwachte neuer Respekt für den Scout in Steven. Man mußte schon sehr tapfer sein, um in einer solchen Lage nicht in Panik zu geraten und dem Pferd die Sporen in die Flanken zu treiben.

Der Indianer schaute sinnend zu Joellen hinüber. »Sie ist schlechte Frau?«

Steven unterdrückte den Impuls, sich selbst nach ihr umzuschauen. So wie er sie kannte, stand sie vermutlich splitternackt auf dem Wagenbock und winkte dem Indianer zu. »Sehr schlecht«, beteuerte er mit ernster Miene.

Die Rinder waren aussortiert; Steven hörte sie den Hügel hinauftrampeln, angetrieben von Deva, der ihnen pfeifend und schreiend folgte.

Als die fetten Kälber den Indianern übergeben worden waren, reichte Steven dem Anführer die erhobene Hand, wie er es bei Trappern und Scouts gesehen hatte. Ihre Handflächen berührten sich, ihre Daumen verschränkten sich kurz.

»Guter Handel«, sagte Steven dann, tippte sich an die Krempe seines Hutes, wendete sein Pferd und ritt mit Deva den Hügel hinunter.

Die Herde war inzwischen weitergezogen, aber vier Cowboys waren zurückgeblieben, um die Vorgänge zu beobachten. Als Steven sie erreichte, sah er widerstrebenden Respekt in ihren Augen.

»Habt ihr Jungs nichts zu tun?« fragte er.

Mit verlegenem Grinsen und kopfschüttelnd wendeten sie ihre Pferde und jagten der Herde nach. Auch der Wagen des Kochs setzte sich wieder in Bewegung.

Deva schaute den sich zurückziehenden Indianern nach. »Es ist lange her, seit ich mit Rothäuten zu tun hatte. Glauben Sie, daß wir sie wiedersehen werden?«

Steven zog ein Tuch aus seiner Tasche und wischte damit

über seinen Nacken. Erst jetzt fiel ihm auf, wie stark er schwitzte. »Wenn wir Glück haben, feiern sie nun ein, zwei Tage. Aber halten Sie trotzdem die Augen offen. Es könnte sein, daß sie eine Vorliebe für Rindfleisch entwickeln.«

Dann trieben beide Männer ihre Pferde an und bemühten sich, die Herde einzuholen.

Den Rest des Tages kamen sie gut voran, und am frühen Nachmittag machte Frank Steven darauf aufmerksam, daß die kleine Stadt Rileyton direkt hinter einer nahen Hügelkette lag.

Joellen strahlte vor Freude, als Steven sie vom Wagen hob und seitlich vor sich auf den Sattel setzte. »Du hast mich vermißt, nicht wahr?« flüsterte sie ihm zu.

Steven kaute an einem Zahnstocher. »Ungefähr so sehr wie diese Sioux, nachdem sie mit sechs der besten Kälber deines Vaters abzogen«, erwiderte er und trieb sein Pferd auf die baumbestandene Anhöhe zu. Joellen bedachte ihn mit einem gekränkten Blick. »Aber Miss Chalmers fehlt dir wohl, was?«

»Ja«, erwiderte Steven kurz.

»Sie turtelt in diesem Augenblick bestimmt mit Fulton Whitney!«

»Möglich«, gab Steven zu.

Joellen schien endlich zu merken, daß sie sich von der Herde entfernten. »Wo willst du mit mir hin?«

»In die Stadt – um deinem Daddy zu telegrafieren und dir ein Hotelzimmer zu suchen.«

Ihre blauen Augen blitzten erfreut. »Du willst telegrafisch um meine Hand anhalten? Wie romantisch von dir, Steven!«

»Ich hatte eher daran gedacht, dich zu ermorden.«

Joellen errötete. »Nun, du wirst mich trotzdem heiraten *müssen,* Steven – schließlich hast du meinen guten Ruf zerstört!«

»Ich werde deinen hübschen kleinen Po versohlen, wenn du nicht aufhörst, so zu tun, als hätte ich etwas mit dir gehabt! Ich habe dich nie angerührt, außer um meinen Mantel mit dir zu teilen, und das weißt du ganz genau!«

»Ja, aber Daddy weiß es nicht«, erwiderte Joellen mit verschlagenem Lächeln. »Und die Cowboys auch nicht, oder Mr. Deva und Sing Cho. Sie sind meine Zeugen, daß du mich für jeden anderen Mann verdorben hast.«

Steven seufzte nur, aber als die ersten Häuser und die Telegrafenmasten vor ihnen auftauchten, atmete er erleichtert auf.

Das Telegrafenamt befand sich in einem Warenhaus. »Gibt es ein Hotel in Rileyton?« fragte Steven die ältliche Frau mit dem strengen Knoten, die den Laden führte.

Sie errötete so heftig, als hätte Steven sie aufgefordert, nackt auf der Theke zu tanzen. »Hm . . . ja. Meine Mama nimmt zahlende Gäste auf.«

Steven bekam allmählich Kopfschmerzen, er hatte Hunger, und seine Rippen pochten schmerzhaft. »Und wo finde ich Ihre Mama?« fragte er geduldig. »Wie heißt sie?«

Als er genug Details für das Telegramm an Big John gesammelt hatte, zeigte Joellen ihm ein Kleid aus weißen Spitzen.

»Das könnte ich zur Hochzeit tragen«, sagte sie munter.

»Es wird keine Hochzeit geben – schlag dir das aus dem Kopf!« Joellens Augen füllten sich mit Tränen. »So ein Schuft«, sagte sie zu der alten Jungfer. »Stellen Sie sich vor, er schleppt mich in die Wildnis hinaus, liebt mich so leidenschaftlich, daß ich schreien muß vor Lust – und dann sagt er, daß er mich nicht heiraten will!«

Die Frau hinter der Theke schnappte nach Luft, drückte eine Hand an ihren flachen Busen und maß Steven mit einem empörten Blick.

Er drohte Joellen mit dem Finger. »Noch ein Wort, du Biest. Nur noch *ein einziges Wort*!«

Joellen wich vor ihm zurück, und Steven überlegte, was er Big John mitteilen sollte. Zum Schluß schrieb er nur, daß es Joellen gut ging und sie in der einzigen Pension in Rileyton auf ihren Vater wartete. Aber er vergaß nicht hinzuzufügen, daß er selbst mit der Herde weiterziehen würde.

»Berechnen Sie es meinem Daddy«, sagte Joellen und legte das weiße Kleid auf die Ladentheke. »Sein Name ist Big John Lenahan.«

Steven ignorierte sie und gab der alten Jungfer seine Nachricht und die Gebühr dafür. »Ich wäre Ihnen sehr verbunden, wenn Sie dafür sorgen könnten, daß Miss Lenahan sicher die Pension erreicht.«

Die Frau schluckte nur und nickte.

»Wage nicht, mich zu verlassen, nach allem, was du mir dort draußen angetan hast!« schrie Joellen, als Steven zur Tür ging.

Er erstarrte und drehte sich betroffen zu ihr um. Zwei korpulente Frauen stellten sich wie eine Leibwache hinter Joellen. Da lächelte er und sagte sanft: »Also gut, Liebling.« Er reichte ihr die Hand. »Dann komm und laß uns heiraten.«

Joellen ließ das Kleid fallen und rannte zu Steven, der ihre Hand ergriff und sie aus dem Laden zog.

»Eins wirst du lernen müssen, wenn du meine Frau werden willst«, sagte er. »Ich bin der Boss, und du hast zu gehorchen.«

Joellen blinzelte verwirrt. Dann seufzte sie. »Ja, Liebling.«

Steven zog sie zu einer nahen Bank. »Hast du gestern gesehen, was passierte, als Lem Johnson nicht den Fluß überqueren wollte?«

Joellen nickte. »Ja. Du warst einfach wunderbar.«

»Wenn du das gesehen hast, wirst du begreifen, daß niemand sich ungestraft meinen Anordnungen widersetzt. Und ich lasse auch nicht zu, daß jemand Lügen über mich verbreitet.«

Joellen schluckte, aber ihr verliebtes Lächeln verblaßte nicht, und Steven nahm sich vor, sie ein für allemal davon zu heilen.

Er setzte sich auf die Bank, zog Joellen quer über seinen Schoß und hob die Hand. Als sie mit einem harten Klaps auf ihrem festen kleinen Po landete, stieß Joellen einen Schrei aus, aber das hinderte Steven nicht daran, sie ein zweites Mal zu schlagen. Sie strampelte und kreischte – mehr aus Wut als aus Schmerz –, aber Steven hielt sie unbarmherzig fest und versohlte ihr den Po. Aus vorüberfahrenden Kutschen starrten Leute zu ihnen herüber, aber auch das interessierte Steven nicht. Er versetzte Joellen noch fünf weitere Schläge, bevor er sie endlich aufstehen ließ.

Als er die Tränen auf ihren schmutzigen Wangen sah, meldete sich sein schlechtes Gewissen, aber nur ganz flüchtig.

»Du Ungeheuer! Du Schuft! Ich würde dich nie heiraten – und wenn du fünfmal soviel Geld hättest wie mein Daddy!« kreischte Joellen und ballte hilflos ihre Fäuste.

In ein paar Jahren, wenn sie reif genug ist, wird sie irgendeinem Mann eine feine, temperamentvolle Frau sein, dachte Steven belustigt. Er stand von der Bank auf und zog seufzend seine Handschuhe an. »Auf Wiedersehen, Joellen«, sagte er und zog einen Zwanzigdollarschein aus seiner Westentasche. »Hier – damit wirst du auskommen, bis dein Daddy eintrifft.«

Für einen Moment sah sie aus, als wollte sie auf den Geldschein spucken, aber dann riß sie ihn Steven aus der Hand. »Ich hasse dich!« schrie sie ihn an.

Steven wandte sich grinsend ab. In einem halben Jahr würde Joellen Lenahan nicht nur aufgehört haben, ihn zu hassen – sie würde sich nicht einmal mehr an seinen Namen entsinnen können.

Müde ging Emma zwischen den Regalen herum und nahm ab und zu ein Buch heraus. Es war ein überraschend anstrengender Tag gewesen, und sie konnte es kaum erwarten, nach Hause zu kommen.

Als sie mit einem Armvoll Bücher zum Schreibtisch zurückging, bemerkte sie Marshal Woodridge draußen vor dem Schaufenster. Er schaute neugierig zu ihr herein und kratzte sich nachdenklich am Kopf.

Mit einem Lächeln öffnete Emma die Tür, obwohl die Bibliothek für heute schon geschlossen war. »Hallo, Marshal. Möchten Sie sich ein Buch ausleihen?«

»Nein ... da war etwas, was ich Ihnen sagen wollte«, erwiderte er kopfschüttelnd. »Aber ich bin so schrecklich vergeßlich in letzter Zeit ...«

Emma hoffte nur, daß vor der Pensionierung des Marshals kein größeres Verbrechen in Whitneyville geschah, und wollte die Tür schon wieder schließen, als ihr plötzlich der Gedanke kam, der alte Mann könne ein Fahndungsblatt mit Stevens Namen gesehen haben – oder vielleicht sogar mit einem Bild von ihm.

Sie schluckte erschrocken und schaute rasch auf die Straße hinaus, aber Marshal Woodridge war schon fort.

Resolut nahm sie einen Stapel Bücher und trug sie zum Regal.

Freudige Erregung erfaßte sie, als die Tür kurz darauf von neuem geöffnet wurde, denn sie hatte an Steven gedacht und für einen kurzen Moment gehofft, daß er es war. Aber dann drehte sie sich um und stellte zu ihrer Enttäuschung fest, daß Fulton eingetreten war.

»Ich wollte dir nur sagen, daß ich drei Tage im Bett gelegen habe«, erklärte er, »mit Eisbeuteln auf meinem . . . mit Eisbeuteln.«

Emma senkte den Kopf, um ihr Lächeln zu verbergen. »Es tut mir leid, daß ich dich verletzt habe, Fulton«, sagte sie. »Aber das wäre nicht geschehen, wenn du dich anständiger benommen hättest.«

Sie fuhr fort, ihre Bücher einzuräumen, und Fulton folgte ihr von Regal zu Regal.

»Es ist deine Schuld, wenn wir jetzt keine Kinder bekommen«, fuhr er verdrossen fort.

Emma drehte sich kurz nach ihm um. »Wir werden sowieso keine Kinder haben«, erinnerte sie ihn. »Weil ich nicht vorhabe, dich zu heiraten, Fulton.«

»Du solltest es dir in Ruhe überlegen, Emma.«

Sie stellte Bücher ins Regal zurück und vermied es, ihn anzuschauen. »Wieso willst du mich überhaupt noch haben, Fulton, nachdem du alles über Steven weißt?«

»Wie schon gesagt, Fairfax ist ein Vagabund. Er wird dir das Herz brechen, Emma, wenn du ihm Gelegenheit dazu gibst.«

Da keine Bücher mehr wegzuräumen waren, drehte Emma sich zu ihm um und musterte ihn kopfschüttelnd. »Ich glaube, du hast mir gar nicht richtig zugehört, Fulton. Ich habe mich Steven hingegeben.«

Fulton schloß für einen Moment gequält die Augen. »Sag das nicht.«

»Es ist wahr«, meinte sie sanft und konnte nicht umhin, Fultons Arm zu berühren, weil er so zerknirscht aussah. »Es tut mir aufrichtig leid«, sagte sie, »aber so ist es leider.«

»Das ist mir egal«, erwiderte Fulton. Ein unnatürlicher Glanz erschien in seinen Augen, und er sprach viel zu schnell. »Ich kann dir helfen, ihn zu vergessen. Wenn du mir nur gestatten würdest, dich zu umarmen, dich zu küssen und all das mit dir zu tun, was er mit dir getan hat . . .«

Emma wich instinktiv zurück, aber hinter ihr stand eine

Bücherwand, und sie zuckte ängstlich zusammen, als Fulton plötzlich hart ihre Schultern umklammerte.

Er schien ihre Angst zu spüren und sagte leise: »Ich würde dir nie weh tun, Emma.«

»Bitte«, flüsterte sie.

Widerstrebend ließ er sie los, aber er stand ihr immer noch viel zu nahe. »Bist du hier fertig? Ich begleite dich nach Hause. Es wird wie in alten Zeiten sein, bevor er kam – du wirst schon sehen.«

»Das halte ich für keine gute Idee«, antwortete Emma und wollte sich von ihm abwenden.

Doch Fulton ergriff ihren Arm und zwang sie, sich umzudrehen. »Vielleicht hast du es lieber auf die grobe Art?« erkundigte er sich lauernd. »Ist es das, Emma? Nimmt der Cowboy sich, was er will, anstatt wie ein Gentleman darum zu bitten?«

Emma spürte, wie ihr das Blut in die Wangen schoß. Sie schüttelte Fultons Hand ab und mußte ihre ganze Beherrschung aufbieten, um ihn nicht ins Gesicht zu schlagen. »Ich glaube, wir haben uns nichts mehr zu sagen«, erklärte sie. »Geh jetzt bitte, bevor ich den Marshal rufe.«

Fulton lachte nur. »Also wirklich, Emma – fällt dir keine wirksamere Drohung ein als der alte Woodridge?«

Emma trat noch einen Schritt zurück. »Du machst mir angst.«

Sogleich ging eine Veränderung mit Fulton vor, er gab sich nachsichtig und zärtlich. »Ich würde dir nie weh tun, Emma. Ich liebe dich«, sagte er weich. »Und jetzt nimm deine Sachen und schließ den Laden ab. Ich möchte dich nach Hause bringen.«

Draußen im Freien fühlte Emma sich sicherer als in der Bibliothek. »Also gut«, gab sie nach, und als sie sich diesmal abwandte, hielt er sie nicht fest.

Sie nahm ihre Handtasche, ihr Schultertuch und ein Buch, das morgens mit einer neuen Lieferung gekommen war. Wie üblich war Emma mit ihren Anschlagzetteln am Bahnhof gewesen, und wie üblich hatte sie nichts über Lily und Caroline erfahren.

Daher fühlte sie sich ein wenig entmutigt, als sie mit Fulton auf die Straße trat. »Wir könnten im Hotel zu Abend essen«, schlug er vor.

Emma schüttelte nur stumm den Kopf.

»Dann nimm wenigstens meinen Arm«, bat er.

Aber Emma tat, als hätte sie nichts gehört. »Hast du schon Nachricht von deiner Mutter?« fragte sie, um ihn abzulenken.

Fulton seufzte. »Es geht ihr nicht gut, fürchte ich«, antwortete er. »Sie und Vater haben beschlossen, ihren Aufenthalt in Europa zu verlängern.«

Schweigend gingen sie weiter, und vor Chloes Haus öffnete Fulton dann das Gatter für Emma.

Sie lächelte Daisy, die auf der Veranda stand und einen Teppich ausschüttelte, dankbar zu und huschte eilig an der Haushälterin vorbei ins Haus. Daisy warf Fulton noch einen unfreundlichen Blick zu, bevor er sich abwandte und ging.

In ihrem Zimmer zog Emma sich rasch um und lief dann in einem alten Sommerkleid in die Küche hinunter, um durch die Hintertür das Haus zu verlassen.

Die Sonne schien noch immer hell, obwohl es schon später Nachmittag war, und so schlenderte Emma zu dem Stück Seeufer hinunter, das zu Chloes Anwesen gehörte. Hohe Bäume und dichtes Gebüsch schützten das hübsche Fleckchen vor neugierigen Blicken.

Emma setzte sich ins Gras und zog Schuhe und Strümpfe aus, um wenigstens die Füße ins kühle Wasser zu halten. Aber dann wurde ihr bewußt, wie heiß ihr war, und aus einem Impuls heraus streifte sie auch ihr Kleid über den Kopf. Nur mit ihrem dünnen Hemdchen und den spitzenbesetzten langen *Pantalettes* bekleidet, watete sie vorsichtig ins Wasser.

Das laute Räuspern eines Mannes ließ sie herumfahren, und mit beiden Händen versuchte sie, ihre Brüste zu bedecken, die sich unter dem dünnen Musselin nur allzu deutlich abzeichneten. Der Mann war ein Fremder, gut angezogen, hager und mit gepflegtem dunklem Haar. Doch irgend etwas an seinen braunen Augen kam Emma seltsam vertraut vor.

»Miss Emma Chalmers, vermute ich«, sagte er gelassen und zupfte die Bügelfalte seiner Hose zurecht, bevor er sich auf einen umgestürzten Baumstamm niederließ.

Emma konnte nur nicken, so verlegen war sie, aber sie hatte auch ein bißchen Angst, und das nicht nur um sich selbst. Der Mann strahlte eine allumfassende Bedrohung aus, eine Art von Gefahr, wie sie sie bisher in ihrem ganzen Leben noch nicht kennengelernt hatte.

Der Fremde nahm einen Zigarrillo aus seiner Rocktasche und zündete ihn an, und dabei fiel ein Sonnenstrahl auf den großen Diamantring am kleinen Finger seiner linken Hand. »Man sagte mir, Sie könnten mir helfen, den Mann zu finden, den ich suche. Sein Name ist Steven Fairfax.«

14

Emma fröstelte in ihrer dünnen Unterwäsche. Entschieden – den Fremden ignorierte sie, so gut sie konnte – ging sie zu ihrem Kleid, das über einem Blaubeerbusch hing, und streifte es rasch über.

Nachdem sie angekleidet war, fühlte sie sich schon mutiger und betrachtete den Mann, der so unerwartet aufgetaucht war, aus schmalen Augen. Vielleicht war er ein U. S. Marshal oder ein Kopfgeldjäger, der Steven suchte, um ihn an den Galgen zu bringen ... oder ihn vielleicht höchstpersönlich umzubringen!

»Wer sind Sie?« fragte sie mißtrauisch.

Er lächelte amüsiert, und nun fiel ihr zum ersten Mal auf, daß er mit leichten Südstaatenakzent sprach. »Ich habe es

Ihnen schon gesagt. Ich bin nur ein armer Wanderer auf der Suche nach einem verlorenen Freund.«

Emma glaubte ihm kein Wort. Nichts an diesem Mann ließ auf Armut schließen, und Steven war mit Sicherheit nicht sein Freund. »Wie kommen Sie darauf, daß ich Mr. Fairfax kenne?«

Er lächelte nachsichtig, hob ihre Schuhe und Strümpfe auf und warf sie ihr zu. »In dieser Stadt wird viel über Sie und ihn geredet.«

Emma setzte sich errötend auf einen Felsen, um ihre Schuhe anzuziehen. »Er ist fort«, sagte sie. »Ich glaube, er wollte in Richtung Osten. Nach Chicago.« Doch Emma war eine schlechte Lügnerin, und sie sah, daß der Mann ihr nicht glaubte.

Dennoch blieb sein Lächeln freundlich. »Ich habe mir drüben im Hotel ein Zimmer genommen«, sagte er, bevor er seinen Zigarrillo auf den Boden warf und ihn mit dem Stiefelabsatz austrat. »Wenn Sie etwas von Steven hören, wäre es klug von Ihnen, es mir zu sagen.«

Seine Arroganz verärgerte Emma. »Wer sind Sie?« fragte sie noch einmal. »Und was wollen Sie?«

Er seufzte. »Mein Name ist Macon Fairfax«, antwortete er widerstrebend. »Und ich suche Steven, weil er meinen Sohn getötet hat. Auch der Staat von Louisiana hat eine Rechnung mit ihm zu begleichen – für den Mord an einer jungen Frau namens Mary McCall.«

Emma wurde blaß. »Wegen Mord? Das kann ich einfach nicht glauben!«

»Was Sie glauben, interessiert mich nicht, Miss Chalmers«, entgegnete Macon Fairfax unverändert höflich. »Ich will nur, daß Gerechtigkeit geübt wird, und wenn Sie klug sind, unterstützen Sie mich dabei.« Damit drehte er sich um und stieg genauso geräuschlos, wie er gekommen war, die Uferböschung hinauf. Die widersprüchlichsten Gefühle stritten sich in Emma. Sie dachte daran, wie geschickt Steven mit seiner Waffe umging und daß er sie stets bei sich trug. War es wirklich möglich, daß er zwei Menschen getötet hatte?

Nein. Steven war ein harter Mann, aber kein Mörder hätte diese zärtliche Flamme in ihr entzünden können, die zu einem alles verzehrenden Feuer aufgelodert war, als er sie liebte – und dessen Glut auch jetzt noch in ihr schwelte.

Emma sprang auf, raffte ihre Röcke und rannte zum Haus hinauf. Sobald sie sich umgezogen hatte, eilte sie zum Büro des Marshals. Er war nicht da, aber Emma trat trotzdem ein, um sich die Fahndungsmeldungen an der Wand anzusehen, die zum größten Teil schon sehr alt und vergilbt waren. Butch Cassidy, Black Jack Ketchum, Billy The Kid ... Aber nichts von Steven Fairfax, keine Zeichnung des Gesichts, das ihr so lieb geworden war.

Aber selbst das beruhigte Emma nicht, weil sie wußte, daß die Steckbriefe schon sehr alt waren. Sie schaute aus dem Fenster, um zu sehen, ob sich jemand näherte, und öffnete kühn die oberste Schublade von Marshal Woodridges Schreibtisch.

Dort fand sie einen blauen Umschlag, an den Marshal von Whitneyville adressiert, den sie wieder zurücklegte, und einen Stapel Fahndungsmeldungen. Obwohl sie alles gründlich durchsah, konnte sie keinen Hinweis auf Steven entdecken.

Emma legte alles zurück und schloß die Schublade. Steven war in ernsthafter Gefahr, und sie mußte etwas tun, um ihm zu helfen. Aber was?

Kaum war Macon Fairfax in seinem Hotelzimmer, verschloß er die Tür und ließ sich auf das Bett fallen. Haß und Bitterkeit verzehrten ihn. Steven hatte seinen Spaß gehabt mit dieser schönen rothaarigen Frau, das hatte er in ihren Augen gesehen, und beim Gedanken daran wurde Macon übel. Während Dirk und Mary in ihren Gräbern vermoderten, lebte Cyrus Fairfax' Bastardenkel weiter und genoß solch zarte Delikatessen wie Miss Emma Chalmers!

Macon tröstete sich auf die gleiche Art wie immer – indem er sich vorstellte, wie sein Halbbruder an einem Strick baumelte, das hübsche Gesicht blau und aufgedunsen. Gott, wie sehr er Stevens Tod herbeisehnte!

Nach einem tiefen Atemzug stand Macon auf. Er war jetzt in den Vierzigern und damit eigentlich zu alt, um einem Verbrecher durch das halbe Land nachzujagen. Nein, Sir, sein Platz war jetzt zu Hause, im Bett bei seiner Geliebten, oder notfalls sogar bei Lucy, seiner Frau.

Er sehnte sich nach einem Drink, und die kleine silberne Flasche in seiner Rocktasche war leer . . .

Kurz darauf betrat Macon schon zum zweiten Mal an diesem Tag den Stardust Saloon. Bei seinem ersten Besuch hatte er von einer gutmütigen Hure namens Callie Visco etwas über Stevens Verbindung zu Emma Chalmers erfahren und ihr für diesen zusätzlichen Service ein großzügiges Trinkgeld gegeben – nachdem sie ihn vorher auf jede nur erdenkliche Weise befriedigt hatte.

An der Tür schaute Macon sich suchend um und entdeckte einen großen blonden Mann, der vor einer halbvollen Flasche Whiskey an einem Tisch am Fenster saß. Er wirkte wie ein Dandy und es sah ganz so aus, als ob er sich in Selbstmitleid erginge. Aus Erfahrung wußte Macon, daß Selbstmitleid gesprächig machte, deshalb ging er entschlossen auf diesen Tisch zu und blieb lächelnd und mit ausgestreckter Hand vor dem Dandy stehen. »Macon Fairfax«, stellte er sich höflich vor.

»Fairfax?« Der Mann machte ein Gesicht, als hinterließe der Namen einen schlechten Geschmack in seinem Mund, und Macon gratulierte sich insgeheim zu seinem Glück.

»Darf ich?« fragte er und zog sich schon einen Stuhl heran.

»Klar«, erwiderte der Trinker düster und füllte sein Glas von neuem. Zu seinem eleganten Nadelstreifenanzug trug er eine Melone, das recht albern wirkte, vor allem, als er den Hut tief in den Nacken schob.

»Ihr Name?«

»Fulton Whitney.«

Macon bestellte eine neue Flasche und legte eine Goldmünze auf den Tisch, damit Whitney sah, daß er kein armer Mann war. »Sie machen einen unglücklichen Eindruck, Mr. Whitney.«

Der Dandy seufzte melodramatisch. Obwohl er schon ziemlich angetrunken wirkte, schenkte er sich einen weiteren Whiskey ein und stürzte ihn in einem Zug herunter. »Sie ist das hübscheste Ding im ganzen Ort, und ich habe sie verloren.«

Eine Dirne in einem kurzen roten Kleid brachte Macons

Whiskey und ein Glas und zog schmollend ab, als er ihr keinerlei Beachtung schenkte. »Wer ist sie?« fragte er.

Whitney rülpste. »Sie können sie nicht kennen, wenn Sie hier fremd sind. Sie ist die Bibliothekarin – Miss Emma Chalmers.« Dann hob er den Kopf und schaute Macon aus blutunterlaufenen Augen an. »Sagten Sie, Ihr Name sei Fairfax?«

Macon nickte. Also Emma, die freche kleine Rothaarige, von der Callie Visco ihm erzählt hatte und der er zum See gefolgt war! Er lächelte bei der Erinnerung daran, wie sie ihr Kleid ausgezogen hatte und ins Wasser gestiegen war. »Ja«, antwortete er etwas verspätet. »Macon Fairfax. Ich komme aus Louisiana und suche meinen Bruder Steven.« Er sah, daß Whitneys Gesichtsausdruck sich bei der Erwähnung des Namens *Fairfax* änderte. »Er wird wegen zweifachen Mordes gesucht. Deshalb würde ich gern mit ihm reden und versuchen, ihn zur Vernunft zu bringen, damit er nach Hause kommt.«

Whitney ließ die Faust so heftig auf den Tisch fallen, daß Gläser und Flaschen klirrten. »Ich wußte es ja! Ich habe Emma gleich gesagt, daß er ein Rebell ist und ein Verbrecher, aber sie wollte es mir nicht glauben!«

»Mein Halbbruder kann sehr charmant sein«, gab Macon zu. »In New Orleans hat er unzähligen Ehemännern Hörner aufgesetzt.«

Wieder rülpste Whitney ganz ungeniert. »Würden Sie ihn nach Louisiana zurückbringen, wenn Sie ihn finden?« fragte er lauernd.

»Tot oder lebendig!« beteuerte Macon. »Und Miss Emma würde bestimmt wieder zur Vernunft kommen, wenn er fort ist. Eine Frau wie sie braucht einen Mann im Bett.«

Whitneys blasse Wangen bekamen etwas Farbe, und für einen Moment klärte sich sogar sein Blick. »Ja«, sagte er, aber nicht zu Macon, sondern zu einer Idee, die sich in seinem Gehirn zu formen begann. »Ja . . .«

Macon hätte ganz Fairhaven darauf verwettet, daß Whitney jetzt eine Erektion bekam. Und tatsächlich – als er schwankend aufstand, malte sich seine starke körperliche Erregung deutlich unter der eleganten gestreiften Hose ab.

»Ich muß nach oben«, sagte er.

Macon lächelte. »Aber vorher sagen Sie mir doch noch etwas, mein Freund, damit wir beide bekommen, was wir wollen ... Wo kann ich meinen Bruder finden?«

»Er arbeitet bei Big John Lenahan, als Vorarbeiter. Aber im Moment begleitet er einen Viehtransport nach Spokane.«

»Danke«, meinte Macon zufrieden und schenkte sich einen zweiten Drink ein, als Whitney über die breite Treppe nach oben schwankte. Die Hure, die er sich aussuchte, wird nicht viel Arbeit mit ihm haben, dachte Macon belustigt. Wahrscheinlich schläft er schon ein, bevor sie ihn ausgezogen hat ...

Aber da drängte sich eine ganz andere Vorstellung in seine Gedanken, und zwar von Miss Emma Chalmers, wie sie im See gestanden hatte, mit nichts anderem als ihrem dünnen Hemdchen und ihren spitzenbesetzten Unterhosen bekleidet, die ihr bis knapp an die Knie reichten. Der fast durchsichtige Musselin hatte nichts von ihrem Körper verborgen, auch nicht die rosigen Knospen ihrer festen Brüste ...

Etwas anderes als der Wunsch nach Rache beherrschte Macon Fairfax jetzt – Lust. Unruhig bewegte er sich auf seinem Stuhl und stellte sich vor, wie es gewesen wäre, den temperamentvollen Rotschopf ins kühle Gras zu legen und sich an ihrem schönen Körper zu erfreuen. Er war sich ganz sicher, daß sie eine jener Frauen war, die das Liebesspiel zu genießen wußten und auf dem Höhepunkt ihrer Ekstase eine Menge Lärm veranstalteten, ob sie sich nun freiwillig hingegeben hatte oder nicht.

Ein fast schmerzhaftes Ziehen breitete sich in Macons Lenden aus. Gott, welch süßer Triumph wäre es für ihn, Emma zu besitzen und dafür zu sorgen, daß Steven keine Einzelheit entging!

Dann seufzte er. Er mußte sich in Geduld üben, mehr nicht. Sobald er Steven hatte – was bestimmt nicht einfach war, aber dafür hatte er ein halbes Dutzend Männer mitgebracht, die draußen vor der Stadt lagerten –, konnte er sich mit dieser frechen rothaarigen Göre beschäftigen, die sein Bruder ganz offensichtlich liebte.

Es gab nur eine Dirne mit rotem Haar im Saloon, und die saß auf dem Piano und ließ ihre nackten Beine baumeln. Macon machte ihr ein Zeichen. Lächelnd glitt sie vom Klavier und kam hüftschwenkend auf ihn zugeschlendert.

Emma hatte sich umgezogen und trug nun die Kleider, die sie zum Reiten benutzte. Dann nahm sie dreißig Dollar aus dem Geheimfach ihres Schmuckkastens und schlich die Hintertreppe hinunter.

Nachdem sie sich vergewissert hatte, daß Daisy nicht in der Küche war, holte sie sich dort ein Stück Brot und einen Apfel. Auf dem Weg nach draußen nahm sie einen alten Mantel, der dem Gärtner gehörte, von einem Haken an der Wand und verließ leise das Haus.

Es wurde schon dunkel, als sie zum Mietstall eilte, wo sie sich rasch von einem Stallburschen namens Henry eine gefleckte Stute und einen Sattel geben ließ.

Emma war keine erfahrene Reiterin und dankbar, als Henry ihr in den Sattel half.

»Sie werden doch hoffentlich nicht die Stadt verlassen, Miss Emma«, warnte der alte Mann besorgt. »Sie könnten draußen auf Indianer und Rebellen treffen.«

Emma unterdrückte einen Schauer. Sie wollte nicht an die Gefahren denken; Stevens Leben hing vielleicht davon ab, daß sie ihn rechtzeitig erreichte. »Sagen Sie nur keinem, daß ich hier war, Henry. Keinem Menschen, hören Sie?«

Henry nickte widerstrebend. »Ja, Madam, aber ich glaube . . .«

Da kam ihr ein Gedanke. »Ich brauche eine Waffe. Haben Sie eine?«

»Nur eine Pistole zum Kaninchenschießen«, antwortete Henry. »Aber wozu brauchen Sie eine Waffe?«

»Ich brauche halt eine«, meinte Emma nur und zog schnell einen Fünfdollarschein aus ihrer Manteltasche. »Hier. Das gebe ich Ihnen, wenn Sie mir Ihre Pistole und eine Handvoll Patronen leihen. Sie bekommen die Waffe bald zurück.«

Henry machte große Augen. »Und das Geld darf ich behalten?« Emma nickte. »Jeden Cent. Nun, was sagen Sie dazu, Henry?«

Er konnte seinen Blick nicht von dem Geld abwenden. Fünf Dollar waren vermutlich mehr, als er sonst in einer ganzen Woche verdiente. »Miss Chloe wäre es bestimmt nicht recht«, protestierte er dennoch schwach.

»Miss Chloe braucht nichts davon zu erfahren«, behauptete Emma, aber mit schlechtem Gewissen. Es tat ihr leid, ihre Adoptivmutter und beste Freundin zu hintergehen, aber sie wußte, daß Chloe ihr nie gestattet hätte, sich mitten in der Wildnis auf die Suche nach Steven zu machen.

Die Versuchung war zu groß für Henry, er drehte sich um, rannte in den Stall und kam wenige Minuten später mit einer Pistole zurück, die in einem Lederhalfter steckte. Sie war kleiner als Stevens Colt und hatte einen viel kürzeren Lauf.

Emma gab ihm die versprochenen fünf Dollar und legte sich den Pistolengurt so um, wie sie es bei Steven gesehen hatte. Dann ritt sie auf einem Umweg aus der Stadt.

Der Weg war leicht zu finden, denn zweihundert Rinder hinterließen Spuren, und bei Einbruch der Nacht war Emma schon ein gutes Stück vorangekommen.

Als sie nichts mehr sehen konnte, lagerte sie in einem Wäldchen, aber sie zündete kein Feuer an und aß nur den mitgebrachten Apfel, den sie schließlich sogar mit der Stute teilte. Aus Angst, sie könnte einschlafen, verbrachte sie die Nacht sitzend und wartete ungeduldig auf die Morgendämmerung.

Sobald es hell geworden war, bestieg Emma ihr Pferd und ritt weiter. Sie hielt nur einmal an einem kleinen Bach an, um sich zu waschen und das Pferd zu tränken, und als sie den Snake River erreichte, war sie völlig ausgehungert, aber daran war nichts zu ändern.

Sie hoffte, daß Chloe und Daisy sich keine allzu großen Sorgen um sie machten – in der Eile hatte sie vergessen, ihnen eine Nachricht zu hinterlassen –, und betete darum, keinen Indianern oder Banditen zu begegnen.

Den tiefen Fluß zu überqueren war nicht leicht für Emma und ihre kleine Pintostute, aber sie schafften es. Als am späten Nachmittag eine kleine Siedlung vor ihnen auftauchte, war

Emma so erleichtert, daß sie dem müden Pferd die Sporen gab, um es zu einer schnelleren Gangart anzuspornen.

Rileyton war eine geschäftige kleine Stadt mit einem Warenhaus und einem Restaurant. Nachdem Emma das Pferd zum Füttern in einen Mietstall gebracht hatte, strich sie ihr langes Haar zurück, das sich längst aus dem Zopf gelöst hatte, und betrat das Restaurant.

Ein köstlicher Duft nach Essen schlug ihr entgegen, und ihr Magen reagierte darauf mit einem lauten Knurren. Doch die korpulente Wirtin musterte Emma argwöhnisch. »Sie bekommen hier nichts zu essen, wenn Sie nicht im voraus zahlen«, sagte sie schroff zu Emma.

Emma war zu hungrig, um sich gekränkt zu fühlen. »Ich habe Geld«, sagte sie und zog einen Geldschein aus der Tasche.«

Da lächelte die Frau und entblößte ihre großen, schneeweißen Zähne. »Dann setzen Sie sich ruhig, Missy. Was hätten Sie gern?«

Emma bestellte Brathuhn mit Kartoffeln und Gemüse. Als sie alles restlos aufgegessen hatte, aß sie noch ein Stück Kirschtorte und trank dazu eine Tasse Kaffee mit viel Sahne und Zucker.

Beim Verlassen des Restaurants wäre sie fast mit einer jungen Frau zusammengestoßen – Joellen Lenahan!

»Was machen *Sie* denn hier?« fragte Emma verblüfft.

Joellen wirkte frisch wie eine Frühlingsblume in ihrem duftigen weißen Kleid. »Das könnte ich Sie auch fragen«, erwiderte sie steif.

Emma seufzte und schaute wehmütig an ihrer schmutzigen Bluse und ihrem Reitrock hinab, froh, daß Steven den Kontrast nicht sehen konnte. »Ich bin geschäftlich hier«, sagte sie.

»Sie sind Steven Fairfax gefolgt!« widersprach Joellen. »Aber das nützt Ihnen nichts. Wenn Daddy kommt, sage ich ihm, daß Steven und ich eine ganze Nacht zusammen waren, und dann wird er Mr. Fairfax vor Wut zu Tode peitschen.«

Emma schluckte und zwang sich, ruhig zu erscheinen. »Sie haben mit Steven eine Nacht verbracht?« fragte sie.

Joellen nickte triumphierend. »Es war sehr romantisch. Nur wir zwei unter seinem alten Mantel. Wie Sie sich vorstellen können, war es da nicht zu vermeiden, daß wir . . .« Sie brach ab und seufzte. »Aber leider ging dann doch noch alles schief. Steven Fairfax ist ein Schuft, und von mir aus können Sie ihn haben.«

Emma war sich nicht sicher, ob sie Joellens Geschichte glauben sollte, aber darüber konnte sie später nachdenken. Zuerst mußte sie Steven finden und ihn vor seinem Halbbruder warnen, der beabsichtigte, ihn nach New Orleans zurückzubringen, tot oder lebendig. Alles andere war zweitrangig im Moment. »Danke«, sagte sie und schlug die Richtung zum Mietstall ein.

»Warten Sie!« rief Joellen ihr nach. »Sie haben mir nicht gesagt, was Sie hier machen.«

Doch Emma würdigte sie keines Blickes mehr. »Auf Wiedersehen, Joellen.«

Die Rancherstochter lief ihr nach. »Bitte bleiben Sie, Emma«, flehte sie ihre Rivalin an. »Daddy kann erst in ein paar Tagen kommen, und in der Pension ist es so langweilig...« Emma schüttelte den Kopf. »Ich habe keine Zeit, Ihnen Gesellschaft zu leisten. Tut mir leid.«

»Ich habe Sie belogen«, gestand Joellen plötzlich. »Steven hat mich nicht angerührt – er hat mich gestern sogar verprügelt, mitten auf der Straße, vor allen Leuten!«

Emma unterdrückte ein Lächeln und blieb stehen. »Was wollen Sie von mir?« erkundigte sie sich kühl.

»Daß Sie bleiben, bis Daddy kommt und mich abholt!«

Zu ihrem Erstaunen fiel es Emma schwer, Joellen etwas abzuschlagen.

Zwar war sie eine ungezogene Göre, aber eben doch immer noch ein Kind, trotz ihrer schon sehr weiblichen Figur. »Das kann ich nicht«, sagte Emma leise. »Es ist sehr wichtig, daß ich weiterreite.«

Joellen straffte die Schultern, schob ärgerlich die Unterlippe vor und wandte sich beleidigt ab. In der Hoffnung, das Mädchen möge in der Pension in Sicherheit sein, bis ihr Vater kam, ging Emma zum Mietstall weiter.

Smiley, die kleine Pintostute, die Henry ihr gegeben hatte, war ausgeruht und bereit, die Reise fortzusetzen. Nachdem Emma eine Tüte Äpfel gekauft hatte, Streichhölzer und eine

Decke, die sie hinter ihrem Sattel befestigte, begab sie sich wieder auf die Spur der Rinderherde.

Im Laufe des Tages kam sie zügig voran, aber bei Sonnenuntergang war noch immer nichts von dem Treck zu sehen, und Emma wappnete sich schon für eine weitere einsame Nacht auf kaltem Boden, mit nichts als Äpfeln zum Abendessen, als sie in westlicher Richtung Rauch aus einem Schornstein aufsteigen sah.

Zwanzig Minuten später erreichte sie eine kleine Blockhütte mit einer geräumigen Scheune, vor der Hühner gackerten. Zwei kleine Mädchen mit Pferdeschwänzen und Kattunschürzen kamen aus dem Haus gerannt, um Emma zu begrüßen.

»Sind Sie ein Mann oder eine Frau?« fragte das kleinere der beiden Mädchen, dem die Nase lief und dessen Gesicht mit Sommersprossen und Schmutz bedeckt war.

»Sie ist eine Frau, du Dummchen«, sagte das ältere Kind. »Siehst du nicht, daß sie einen Zopf trägt?«

»Und wenn sie eine Indianerin . . .«

»Ich habe noch nie eine rothaarige Indianerin gesehen, und du auch nicht!« fiel ihre Schwester ihr streng ins Wort.

Emma lächelte. »Mein Name ist Emma Chalmers.«

»Ich bin Tessie«, stellte das größere Kind sich vor, »und das ist meine Schwester Sallie Lee.«

Müde glitt Emma aus dem Sattel. Bis jetzt hatte sie keinen Erwachsenen gesehen, und sie begann sich zu fragen, ob die beiden kleinen Mädchen ganz allein sein mochten. »Ist eure Mama zu Hause?«

»Wir haben keine Mama«, sagte Tessie. »Nur einen Pa – aber er ist auf Kaninchenjagd.«

Emma wurde unbehaglich zumute. »Wann kommt er zurück?«

»Wenn er ein Kaninchen hat«, erwiderte Sallie Lee.

»Meint ihr, ich könnte mein Pferd bei euch tränken?«

»Sicher«, erwiderte Tessie großzügig. Es war klar, daß sie sich über die Gesellschaft freute. »Hinter der Scheune ist ein Bach, und wir haben auch ein Klosett, falls Sie es brauchen.«

Emma lächelte. »Danke.« Sie nahm zwei Äpfel aus ihrer Satteltasche und reichte sie den Mädchen.

Obwohl sie nicht so wirkten, als ob sie Hunger litten, leuchteten ihre Augen beim Anblick der Früchte auf, und sie nahmen sie dankend an.

Während Smiley durstig das kühle Bachwasser trank, hörte Emma in der Ferne einen Schuß und lächelte. Anscheinend hatte Sallie Lees und Tessies Pa ein Kaninchen erlegt.

Sie ging zur Hütte zurück, um auf ihn zu warten.

Nicht lange danach erschien ein mittelgroßer Mann auf der kleinen Lichtung, ein Gewehr in einer Hand, ein Kaninchen in der anderen. Er trug eine Hose aus grobgewebtem Stoff, ein Hemd, das vermutlich irgendwann einmal weiß gewesen war, abgetragene Stiefel und einen schäbigen Lederhut.

Tessie lief ihm entgegen. »Pa, das ist Emma!«

»Sie hat uns Äpfel geschenkt«, rief Sallie Lee.

Die blauen Augen des Mannes musterten Emma freundlich. »Jeb Meyers«, sagte er lächelnd. »Ich würde Ihnen ja die Hand geben, aber . . .«

Emma schaute auf das Gewehr und das Kaninchen und erwiderte sein Lächeln, obwohl der Anblick eines toten Tieres ihr stets Übelkeit verursachte. »Emma Chalmers«, stellte sie sich vor. »Ich wollte Sie fragen, ob ich in Ihrer Scheune übernachten darf . . .«

»Sie verbringen die Nacht im Haus«, sagte er entschieden und schon auf dem Weg zur Hütte. »*Ich* schlafe in der Scheune.«

Jeb Meyers war Emma genauso sympathisch wie seine Töchter. Sie schaute zu, wie er sein Gewehr fortbrachte und zum Bach hinunterging, um das Kaninchen zu häuten.

Als er zurückkam, saß Emma mit Tessie und Sallie Lee im Gras und flocht aus Butterblumen einen Blütenkranz für die Mädchen.

»Ist Ihre Frau nicht da?« fragte Emma, als Jeb sich neben sie ins Gras hockte. Sie hatte die Mädchen nicht weiter nach Mrs. Meyers ausfragen wollen, weil sie das für unfair hielt.

»Bethie ist im letzten Januar gestorben«, antwortete Jeb leise und ohne Emma anzusehen.

Für einen Moment schwieg sie betroffen. »Das tut mir leid«, sagte sie dann.

Auch Jeb schwieg, und schließlich stand er auf und sagte:

»Vielleicht sollte ich jetzt lieber das Kaninchen braten, damit wir heute abend etwas zu essen haben.«

»Ich kann Ihnen helfen«, schlug Emma vor.

»Können Sie kochen?«

Emma schüttelte den Kopf. »Nein«, gab sie seufzend zu.

Jeb Meyers lachte. »Nun, dann machen Sie besser mit Ihren Blumen weiter«, meinte er und ging auf die Hütte zu.

Sallie Lee befestigte den Blütenkranz in ihrem Haar und straffte stolz die Schultern. »Ich bin die Königin von Montana«, verkündete sie strahlend.

»Du bist keine Königin, und das hier ist nicht Montana«, erklärte Tessie nüchtern.

Emma zog die beiden Mädchen an sich und lachte, aber das Herz tat ihr weh für diese reizenden Kinder, die die Mutter verloren hatten, und für diesen netten Mann, der ohne seine Frau weiterleben mußte. Unwillkürlich fragte sie sich, wie Bethie Meyers gewesen sein mochte. Später am Abend, als die Mädchen gegessen hatten und zu Bett gegangen waren, half Emma Jeb beim Spülen. »Es muß sehr einsam hier draußen sein«, bemerkte sie.

Er maß sie mit einem besorgten Blick. »Das ist es. Und auch gefährlich. Was machen Sie eigentlich hier draußen – so ganz allein in dieser Wildnis?«

Emma seufzte. »Ich versuche, einen Rindertreck einzuholen«, antwortete sie. Mehr wollte sie nicht sagen, und Jeb beharrte auch nicht darauf.

»Sie können dort schlafen«, sagte er und zeigte auf ein Doppelbett an der Wand.

»Sie brauchen keine Angst zu haben – ich bleibe in der Scheune –, aber trotzdem sollten Sie die Tür verriegeln. Dann werden Sie sicher ruhiger schlafen.

Ein eigenartig bittersüßes Gefühl, daß sie unter anderen Umständen vielleicht ihr Leben mit diesem Mann hätte verbringen können, erfaßte Emma. »Danke«, sagte sie leise.

Seine Augen schienen sie für einen Moment zu streicheln, als hegte er ganz ähnliche Gedanken. »Gute Nacht«, meinte er, dann war er fort, und Emma verriegelte die Tür, wie er ihr geraten hatte. Doch außer herumstreifenden Indianern und Banditen fürchtete sie nichts; sie wußte, daß Jeb Meyers keine Bedrohung für sie darstellte.

Emma stand am nächsten Morgen schon früh auf, noch vor den Kindern, und unterhielt sich eine Weile mit Jeb, während er in der Scheune ihre Stute für sie sattelte. Nachdem sie sich sehr herzlich bei ihm für das Essen und die Unterkunft bedankt hatte, verließ sie den freundlichen Mann und machte sich wieder auf die Reise.

Gegen Mittag erreichte sie müde, verschwitzt und hungrig eine baumbestandene Anhöhe und sah im Tal die Herde. Ihr Herz schlug schneller, als sie Steven unter den Cowboys erkannte, der pfeifend und schreiend mit den anderen Männern die Rinder zusammentrieb. Sie wollte gerade ins Tal hinunterreiten, als ein Pferd neben ihr auftauchte und ein starker Arm sich um ihren Nacken legte.

Ein kalter Pistolenlauf preßte sich an ihren Hals. »Seien Sie froh, daß ich es eilig habe, diesen Bastard von meinem Bruder zu sehen«, knurrte eine vertraute Stimme. »Denn sonst – meine schöne Miss Emma – würde ich Sie hier ins Gras legen und mir das nehmen, wonach es mich schon verlangt, seit ich Sie zum ersten Mal gesehen habe.«

15

Frank Deva stieß einen schrillen Pfiff aus, um Steven auf sich aufmerksam zu machen, und als es ihm gelungen war, deutete er auf die weite Ebene, die sich hinter ihnen erstreckte. Steven wendete sein Pferd und spürte, wie sein Herz einen Schlag aussetzte.

Mit einem alten Mantel und einem Hosenrock bekleidet, kam Emma langsam auf ihn zugeritten. Ihr langes Haar hatte sich aus ihrem Zopf gelöst und bauschte sich um ihr Gesicht wie eine kupferfarben Wolke. Hinter ihr, auf demselben Pferd, saß Macon.

Die Welt schien stillzustehen in diesem Augenblick. Steven hörte weder das Muhen der Rinder, das Geschrei und die Pfiffe der Cowboys noch das schrille Wiehern ihrer Pferde. All seine Sinne konzentrierten sich auf Emma; seine Augen nahmen nichts als ihr Gesicht wahr.

Automatisch tastete er nach seiner Waffe, zog sie aus dem Halfter und steckte sie locker wieder hinein, damit sie sich nicht darin verfing, falls er sie ziehen mußte.

Als sie nur noch wenige Meter voneinander entfernt waren, konnte Steven sehen, daß Emmas Hände gefesselt waren und Macon die Mündung seiner Pistole an ihre Kehle drückte.

Sein Halbbruder lächelte. »Hallo, Steven«, sagte er. »Es ist lange her.«

Stevens Blick wich nicht von Emmas Gesicht. Sie war blaß und wirkte sehr verängstigt, schien jedoch nicht verletzt zu sein. »Wenn du ihr etwas angetan hast«, sagte er zu seinem Bruder, »bringe ich dich um.«

Macon lächelte. »Ich habe ihr nichts getan. Das hebe ich mir für den Moment auf, wenn du am Galgen baumelst.«

Emma drehte sich halb im Sattel zu Macon um, dann richtete sie ihren Blick prüfend auf Steven, und es schmerzte ihn, daß sie sich jetzt vermutlich fragte, ob sie sich einem Mörder hingegeben hatte.

»Laß sie gehen, Macon«, sagte er ruhig.

Macon lachte und löste die Sicherung am Abzug seiner Pistole. »Du bist nicht in der Lage, Befehle zu erteilen, Steven. Ich habe einen Haftbefehl in der Tasche, ausgestellt von einem Bundesrichter. Ich brauche nur in die nächste Stadt zu reiten und den Marshal über dich zu informieren, dann trittst zu den Rückweg nach Louisiana in Ketten an. Aber die kleine Lady hier bleibt bei mir. Ich möchte schließlich keinen Unfall erleiden.«

Steven schaute sich über die Schulter um und sah Frank Deva und drei andere der Cowboys, mit gezogenen Pistolen und bereit, ihn zu verteidigen. »Steckt die Waffen weg«, sagte er resigniert. »Apropos Waffen«, warf Macon ein. »Laß deine fallen – und zwar schnell!«

Macons Pistolenmündung lag noch immer an Emmas Hals; jede abrupte Bewegung konnte einen Schuß auslösen. »Ruhig«, sagte Steven gepreßt, bevor er die Schnalle seines Waffengurts löste und ihn zu Boden fallen ließ. Dann hob er langsam beide Hände.

Nachdem er seinen Triumph gebührend ausgekostet hatte, nahm Steven die Pistole von Emmas Hals und steckte sie ins Halfter. Emma schloß vor Erleichterung die Augen.

Steven hätte ihr so gern versichert, daß sie sich keine Sorgen zu machen brauchte, daß er kein Verbrechen begangen hatte und auch nicht zulassen würde, daß jemand sie verletzte, obwohl er, Steven, unbewaffnet war. Aber er befürchtete, daß Macon sich dann veranlaßt fühlen könnte, ihr das Gegenteil zu beweisen.

Doch dann geschah etwas, was Steven fast nicht zu hoffen gewagt hatte – aus lauter Arroganz über seinen leichten Sieg wurde Macon übermütig und stieg vom Pferd!

Auch Emma ließ sich, obwohl sie immer noch gefesselt war, auf den Boden gleiten. Die ganze Zeit hatte sie Steven fragend angeschaut, und auch jetzt ruhte ihr forschender Blick auf ihm.

Steven hätte seine Seele dafür geopfert, sie in die Arme nehmen und trösten zu können, aber das war ein Luxus, den er sich jetzt nicht erlauben konnte. »Du hast mich also gefunden«, sagte er zu seinem Halbbruder. »Es hat lange genug gedauert.«

Macon grinste bitter. »Du hast meinen Sohn getötet. Ich hätte dich bis ins Grab verfolgt.«

Schweißtröpfchen rannen über Stevens Gesicht und hinterließen eine helle Spur auf seiner staubbedeckten Haut. Er hob den Arm, um seine Augenbraue abzuwischen, und die Bewegung lenkte Macons Aufmerksamkeit für einen Moment ab. So hart er konnte, schlug Steven ihm den Handrücken ins Gesicht. Sein Bruder taumelte zurück, seine Knie gaben nach, und er sackte zu Boden.

Bevor Macon seine Waffe ziehen konnte, hatte Steven seinen Colt aufgehoben und richtet ihn auf Macons Bauch. Emma rannte zu Steven, der sie für einen kurzen Moment beruhigend an sich zog und sie dann wieder losließ.

»Wirf die Pistole weg«, rief Steven seinem Bruder zu.

Jetzt war es Macon, dem vor Angst der Schweiß ausbrach. Vorsichtig zog er mit zwei Fingern seine Waffe und ließ sie fallen. Steven trat sie mit der Stiefelspitze außer Reichweite und übergab seinen Colt einem der Männer, die hinter ihm standen. Frank Deva löste bereits die Fesseln an Emmas Handgelenken.

Als Macon sah, daß Steven ihm unbewaffnet gegenübertrat, rappelte er sich auf. Es war ein Moment, den beide herbeisehnten, seit Steven Fairhaven das erste Mal betreten hatte. »Steven – nein!« schrie Emma.

Er achtete nicht auf sie und sagte, ohne Macon aus den Augen zu lassen, zu seinen Männern: »Keiner von euch mischt sich ein – was auch passieren mag.« Dann begann er Macon zu umkreisen wie ein hungriger Panther, der eine sichere Beute wittert.

Macon hob die Fäuste und schob angriffslustig das Kinn vor. Stevens Hände ruhten locker an seinen Seiten, obwohl es ihm in den Fingern zuckte, sie um Macons Hals zu legen.

Lange Zeit starrten die beiden Männer sich nur an, und jeder wartete darauf, daß der andere zum ersten Schlag ansetzte. Macon verlor als erster die Geduld und landete einen harten Treffer in Stevens Magen.

Ein stechender Schmerz durchfuhr Stevens Rippen, aber er lächelte, denn nun hatte er die Rechtfertigung, die er brauchte. Mit einem gewaltigen rechten Haken schickte er Macon zu Boden.

Macon sprang augenblicklich wieder auf, mit haßglitzernden Augen und einem kleinen, scharfen Messer in der Hand.

Steven lächelte verächtlich. »Ich habe immer gewußt, daß du ein heimtückischer Feigling bist«, sagte er, während er Macon wieder mit der Geschmeidigkeit eines Raubtiers zu umkreisen begann. Und obwohl sein Blick keine Sekunde Macons Gesicht verließ, wußte Steven in jedem Augenblick, wo sich das Messer befand.

Als Macon des Spiels müde wurde, stürzte er sich mit erhobenem Dolch auf seinen Bruder. Die scharfe Klinge erwischte Steven am Oberarm, bevor er sie mit einem Fußtritt in die Luft beförderte. Er merkte, daß Blut von seinem Ärmel tropfte, aber falls er Schmerzen hatte, spürte er sie nicht. An den Rockaufschlägen zerrte er Macon zu sich heran und versetzte ihm einen Tritt in den Unterleib.

Aufschreiend sank Macon auf die Knie und preßte beide

Hände auf seine verletzten Genitalien. Steven verlangte seinen Colt zurück und preßte seine Mündung an die Halsschlagader seines Bruders. »Wie fühlt man sich in dieser Lage?« sagte er rauh.

Wenn Emma nicht zugesehen hätte, wäre Steven weniger gnädig mit seinem Halbbruder verfahren. Aber so beschränkte er sich darauf, ihm eine Kostprobe der Angst zu geben, die Emma ausgestanden hatte; dann ließ er ihn auf der Erde knien, hob seinen Pistolengurt auf und legte ihn wieder um. Kommentarlos sammelte Deva Macons Pistole und sein blutiges Messer ein.

Emma eilte zu Steven, die Augen weit aufgerissen vor Furcht und vor Entsetzen. »Du bist verletzt . . .«

Und erst da spürte Steven den Schmerz, der ihn wieder aufrichtete wie ein steifer Drink. Beruhigend strich er Emma übers Haar. »Es ist nichts Schlimmes«, versicherte er ihr heiser.

»Du brauchst einen Arzt!« Er schüttelte den Kopf. »Der Koch kann die Wunde nähen, falls es nötig ist.«

Alle Farbe wich aus Emmas Wangen, haltsuchend lehnte sie sich an Stevens Schulter. »Was hat das alles zu bedeuten, Steven? Ist es wahr, was dein Bruder sagte? Hast du wirklich zwei Menschen auf dem Gewissen?«

Das waren Fragen, die Steven nicht mit einem schlichten Ja oder Nein beantworten konnte, und deshalb erwiderte er gar nichts. Ohne Macon aus den Augen zu lassen, zog er Emma an sich und herrschte seinen Bruder an: »Steh auf!«

Macon richtete sich mühsam auf. Trotz seiner Schmerzen loderte Haß in seinen Augen, und um seinen Mund spielte ein arrogantes Lächeln. »Du hast nichts zu gewinnen, Steven«, keuchte er, während er sich das Blut aus den Mundwinkeln wischte. »Du kannst mich nicht daran hindern, zum nächsten Marshal zu reiten – es sei denn, du bringst mich um. Und das würdest du nicht wagen vor so vielen Zeugen.

Steven spürte Emmas bittenden Blick. »Später«, sagte er zu ihr. »Später erkläre ich dir alles.«

Überzeugt, zusammenzubrechen ohne ihn, klammerte Emma sich an Stevens Schulter. Und da sah sie, wie ein Ausdruck grimmiger Resignation sein Gesicht verdüsterte.

»Ich muß diese Rinder nach Spokane bringen«, sagte er hart. »Danach werde ich nach New Orleans zurückkehren und mich einer gerichtlichen Untersuchung stellen.«

Emma hatte das Gefühl, daß sich ein bodenloser Abgrund vor ihren Füßen auftat. Sie umklammerte Stevens schmutzige Weste und flehte ihn mit ihren Blicken an, ihr zu sagen, er sei unschuldig. Aber er versuchte nicht einmal, sich gegen Macons Anschuldigungen zu verteidigen.

»Was ist mit der Frau, Boss?« wandte einer der Cowboys ein. »Wir können Sie nicht mit nach Spokane nehmen.«

Steven schaute Emma an, dann Macon. »Meinem Bruder werde ich sie ganz bestimmt nicht anvertrauen. Emma bleibt bei mir.«

Obwohl Emma sich ein wenig darüber ärgerte, daß er sie nicht um ihre Meinung bat, sah sie ein, daß seine Entscheidung richtig war. Sie konnte unmöglich nach Whitneyville zurückreiten, solange Macon Fairfax sich in der Gegend aufhielt.

Macon spuckte wütend aus. »Du erwartest doch wohl nicht, daß ich dir glaube? Sobald ich dir den Rücken zudrehe, bist du wieder auf der Flucht.«

Steven schüttelte den Kopf. »Ich bin es leid davonzulaufen«, sagte er und zog Emma noch fester an sich. »Endgültig.«

Macon musterte ihn argwöhnisch. »Ich habe ein halbes Dutzend Männer mitgebracht«, warnte er. »Ich werde dir folgen – auf Schritt und Tritt!«

»Viel Spaß«, erwiderte Steven müde, wandte sich mit Emma ab und half ihr auf das Pferd. Als er sich hinter ihr in den Sattel schwang, hörte sie ihn leise aufstöhnen und wußte, daß ihn seine Rippen schmerzten und wahrscheinlich auch der Messerstich.

Gern hätte sie ihn getröstet, aber das war nicht das einzige Gefühl, das sie beherrschte. Sie ertrug ihre Zweifel nicht mehr und wollte von Steven hören, daß er unschuldig war und keinen Mord begangen hatte. Doch Steven sagte nichts.

Die Herde zog weiter, und er spornte seinen Wallach an, um ihr zu folgen. Die Cowboys, die ihm zu Hilfe geeilt waren, flankierten ihn wie eine bewaffnete Leibwache.

Als sie den Küchenwagen einholten, sprach Steven mit Sing

Cho, und der Chinese hielt das Mauleselgespann unverzüglich an. Während die anderen weiterzogen, blieben Steven und Emma stehen.

Emma schaute sich um und sah Macon auf ihrer Pintostute davongaloppieren. Hoffentlich bringt er sie in den Mietstall zurück, dachte Emma traurig, aber es war ihr klar, daß das eine sinnlose Hoffnung war.

Der Chinese redete aufgeregt in seiner Sprache, als er Stevens Ärmel aufschnitt und die Wunde darunter sah. Es war ein langer, tiefer Schnitt, und Emma mußte sich, von plötzlicher Übelkeit erfaßt, einen Moment abwenden.

Sing Cho deutete auf eine Ansammlung von Bäumen in der Nähe.

»Dort! Wir brauchen Feuer.«

Steven nickte düster, hob Emma auf sein Pferd und zog sich dann mühsam in den Sattel. Sie schlang die Arme um seine Taille und legte ihre Wange an seinen breiten, warmen Rücken. Am liebsten hätte sie geweint, aber die Tränen wollten nicht kommen.

Als sie das Wäldchen erreichten, sicherte Sing Cho den Wagen und reichte Emma eine verbeulte Emailleschüssel. »Bringen Sie Wasser«, sagte er, auf einen kleinen Bach zeigend.

Eifrig bemüht, sich nützlich zu machen, lief sie zu dem kristallklaren Wasser, füllte die Schüssel und kehrte eilig zu Steven zurück.

Der Chinese hatte bereits ein Feuer angezündet, und Steven hockte auf einer umgedrehten Holzkiste und ließ sich von Sing Cho eine Aderpresse anlegen, die die Blutung stillen sollte.

Der kleine Mann mit dem langen schwarzen Zopf deutete auf das Feuer. »Füllen Sie den Kessel und holen Sie mehr.«

Als Emma das zweite Mal vom Bach zurückkam, trank Steven Whiskey, direkt aus der Flasche.

»Wo ist er?« flüsterte Emma.

Steven grinste. Er war schmutzbedeckt, von Kopf bis Fuß, was Emma an den Tag erinnerte, als sie ihn in Chloes Haus gebadet hatte. »Sing Cho? Er holt sein Nähzeug.«

»Wie kannst du so gelassen sein?« fragte Emma, die bei dem bloßen Gedanken an eine Nadel in Stevens Fleisch erschauerte.

Er zuckte die Schultern. »Was nützt es mir, mich aufzuregen? Aber du, Emma . . . wie fühlst du dich?«

»Einigermaßen«, erwiderte sie leise.

»Du hättest in Whitneyville bleiben sollen«, gab er nüchtern zu bedenken, als der Chinese mit einer langen Nadel und einem Stück Katzendarm zurückkehrte.

Sie trat zurück und stützte die Hände in die Hüften. »So, jetzt kommt die Predigt, was? Ich bin nur gekommen, weil ich dich warnen wollte, Steven!« antwortete sie empört.

Sing Cho begann Stevens Wunde zu reinigen.

»Und vermutlich habe ich dir sogar das Leben gerettet«, fuhr sie fort, als Steven nichts erwiderte.

»Mein Leben wäre ohne dich nichts wert«, entgegnete er, bevor er einen weiteren kräftigen Schluck aus der Flasche nahm. »Du hättest einer Gruppe Sioux begegnen können, wie es uns vor ein paar Tagen passiert ist. Oder Banditen. Im übrigen kannst du von Glück sagen, daß Macon dich nicht vergewaltigt hat. Er ist kein besonders feinfühliger Mensch, falls du das noch nicht bemerkt haben solltest.«

Sing Cho fädelte den Katzendarm in die Nadel und betrachtete prüfend die klaffende Wunde an Stevens Oberarm.

»Nicht zu fassen!« rief Emma verärgert. »Ich komme den ganzen weiten Weg, um dir zu helfen, und du schimpfst mich aus wie ein kleines Kind!«

»Eigentlich müßte ich dich übers Knie legen und dir deinen hübschen Po versohlen«, entgegnete Steven ungerührt und setzte wieder die Flasche Whiskey an die Lippen.

»Das würdest du nicht wagen!«

Steven zuckte zusammen, als sich die Nadel in seine Haut bohrte. »Frag Joellen Lenahan«, entgegnete er trocken.

Emma vermied es, auf die Wunde zu sehen, weil sie wußte, daß ihr übel werden würde. Sie konnte Steven nur helfen, indem sie ihn ablenkte, und wenn ein Streit dazu nötig war, dann sollte es so sein.

»Ich bin kein sechzehnjähriges Kind«, erklärte sie gereizt. »Übrigens war ich nicht gerade begeistert, als ich hörte, daß du eine Nacht mit Joellen verbracht hast.«

Wieder zuckte Steven zusammen und stieß einen Fluch aus,

als Sing Cho seine Arbeit fortsetzte. »Wie du ganz richtig gesagt hast, Emma – sie ist noch ein Kind. Ich habe sie nicht angerührt, und das weißt du verdammt gut.«

Emma wußte es, aber eifersüchtig war sie trotzdem. Joellen hatte mit Steven ein Lager geteilt, wahrscheinlich sogar in seinen schützenden Armen geschlafen, was ein Privileg war, das Emma für sich selbst beanspruchte. Ganz unvermittelt wurde sie von einer Hitzewelle erfaßt; sie riß sich den alten Mantel von den Schultern und schleuderte ihn zu Boden. »Hast du sie geküßt?«

Es gelang Steven, eine Grimasse zu schneiden und gleichzeitig zu grinsen.

»Und wenn ich es getan hätte . . .?«

»Dann würde ich dir die Augen auskratzen!« entgegnete sie. Die Hände in die Hüften gestützt, marschierte sie unruhig vor Steven auf und ab. Ihr Reitrock und ihre Bluse waren zerknittert und befleckt, ihr Gesicht schmutzig, und das Haar hing ihr aufgelöst bis auf die Taille. Aber all das störte sie nicht im geringsten.

Steven lachte, sogar als er vor Schmerzen stöhnte. Er war sehr blaß unter der Maske von Schweiß und Schmutz, und aus einer Platzwunde in einem Augenwinkel sickerte Blut. Auch seine Kleider hätten dringend gestopft werden müssen und eine Wäsche vertragen können. »Nach allem, was ich heute schon erlebt habe, würde es mich nicht wundern, wenn du es tätest«, antwortete er auf Emmas Drohung.

Nun tat er ihr doch leid; am liebsten hätte sie den Koch fortgeschickt, um Steven tröstend in die Arme zu nehmen und seine Wunden selbst zu versorgen. Aber sie wußte, daß sie ohnmächtig über ihm zusammenbrechen würde, wenn sie blutendes Fleisch zusammennähen müßte. Ihre Augen füllten sich mit Tränen, sie wandte sich ab, damit Steven es nicht sah.

»Sprich mit mir, Emma«, bat er leise. »Ich brauche Ablenkung, sonst ertrage ich diese Nadel nicht.«

Emma warf dem Chinesen einen beunruhigten Blick zu. »Ist es wahr, was Macon sagte? Hast du zwei Menschen getötet?«

Steven seufzte. »Hat er das gesagt?«

»Ja«, murmelte Emma. Sie war müde, traurig und brauchte

ein Bad; sie wollte nach Hause und Steven mitnehmen. »Er sagte, du hättest seinen Sohn ermordet. Und eine Frau.«

»Glaubst du ihm?«

Emma schluckte. »Du hast es nicht einmal abgestritten . . .«

Steven biß sich auf die Unterlippe und schloß die Augen, als Sing Cho den letzten Stich verknotete. Im nächsten Augenblick nahm er Steven die Flasche aus der Hand und goß Whiskey auf die Wunde.

Steven schnappte nach Luft und sprang fluchend auf. Sing Cho wich zurück, aber seine Miene blieb völlig ungerührt, als Steven ihn mit empörten Blicken maß.

»Jetzt mache ich den Verband«, sagte er.

»Den Teufel wirst du tun«, keuchte Steven. »Bleib mir vom Leib!«

Emma sah sich veranlaßt, für Sing Cho Partei zu ergreifen. Sie hielt Steven an seinem unverletzten Arm zurück und sagte rasch: »Er hat die Wunde mit dem Alkohol desinfiziert, um einer Entzündung vorzubeugen.«

Steven seufzte ergeben und setzte sich wieder auf die Kiste.

Während Sing Cho in seiner großen Leinentasche nach Verbänden suchte, wusch Emma ihre Hände und ihr Gesicht in dem restlichen Wasser aus dem Bach.

»Lassen Sie, ich mache das schon«, sagte sie, als Sing Cho Stevens Arm verbinden wollte.

Steven nickte ihm zu. »Ja, fahren Sie nur weiter. Wir holen Sie später ein.«

Sing Cho verbeugte sich, wandte sich ab und trottete zu seinem Wagen.

»Du hättest dich wenigstens bei ihm bedanken können«, sagte Emma vorwurfsvoll, als sie den Verband anlegte.

»Sieh mich an«, befahl er heiser.

Emma richtete ihren Blick auf sein Gesicht. Es tat so gut, wieder bei ihm zu sein. Am liebsten hätte sie geweint vor Freude.

»Was machst du hier?«

»Das habe ich dir doch schon gesagt«, erwiderte Emma, während sie die Enden der Mullbinde behutsam verknotete. »Ich wollte dich vor deinem Bruder warnen.«

Steven stand auf und zog sie hinter ein Gebüsch, wo er sich

auf einen Birkenstumpf hockte und Emma zu sich herabzog, bis sie rittlings auf seinen Schenkeln saß. »Du bist ein großes Risiko eingegangen, Emma. Ich möchte wissen, warum.«

Emma wagte nicht, ihn anzusehen. »Weil ich dich liebe, Steven«, sagte sie schüchtern.

Steven schwieg so lange, daß Emma schon befürchtete, er werde sie nun fortschicken. Als sie sich endlich dazu überwinden konnte, ihn anzuschauen, stellte sie verwundert fest, daß er lächelte. »Du liebst mich?« fragte er.

»Ja, Gott sei mir gnädig!« Emma seufzte und schlang ihm die Arme um den Nacken. »Ich liebe dich so sehr, daß es schmerzt.«

»Obwohl du nicht weißt, ob ich ein Mörder bin oder nicht?«

Emma nickte traurig.

Steven lachte, es war ein rauher, froher Ton. Seine Hände umfaßten Emmas festen kleinen Po, dann gab er ihr einen schallenden Kuß auf die Nase. »Wenn ich nicht wüßte, daß die Cowboys dort unten es noch jahrelang am Lagerfeuer zum Besten geben würden, würde ich dich jetzt lieben, Emma. Gleich hier.«

Es gab nichts, worüber sie in diesem Moment glücklicher gewesen wäre, aber sie bemühte sich, es vor Steven zu verbergen.

Er legte seine Hand unter ihr Kinn und zwang sie sanft, ihn anzusehen. »Ich liebe dich«, sagte er zärtlich.

Emma, die befürchtet hatte, diese Worte nie von ihm zu hören, legte seufzend vor Erleichterung ihre Stirn an seine. Aber als sie seine Hände an den Knöpfen ihres Hosenrocks spürte, versteifte sie sich.

»Steven«, sagte sie vorwurfsvoll. »Du hast gesagt ... die Cowboys ...«

Er schob seine Hand in ihren Rock und unter ihren Schlüpfer. »Durch die Bäume können sie uns nicht sehen«, flüsterte er an ihrem Mund.

Emma stöhnte wohlig, weil es so gut tat, seine warme Hand an der Stelle zu fühlen, die sich am meisten nach seiner Berührung sehnte.

»Öffne deine Bluse«, bat er, während er sie zärtlich streichelte und reizte und eine Welle der Lust nach der anderen in ihr auslöste.

Emma vermochte kaum noch zu atmen. »Lieber Gott ... Steven ...«

»Tu, was ich dir sage, Emma«, entgegnete er und begann mit der Zungenspitze die Konturen ihrer vollen Lippen nachzuzeichnen, bis Emmas Mund sich für ihn öffnete.

Mit zitternden Fingern knöpfte sie ihre Bluse auf.

»Zieh dein Hemd hoch«, befahl Steven dann.

»Steven ...«

»Tu es.«

Sie entblößte ihre vollen Brüste und lehnte sich stöhnend zurück. Steven schloß seine Lippen um eine der rosigen Spitzen und begann sie zu liebkosen.

Emma wimmerte in hilflosem Entzücken und bog den Kopf noch weiter zurück. Seine Finger erfüllten sie mit Entzücken, reizten sie, während seine Lippen ein erotisches Spiel mit ihren Brüsten trieben, bis Emma vor Lust ohnmächtig zu werden glaubte.

Sie bog ihm ihren Körper entgegen, warf aufstöhnend den Kopf zurück. »Steven«, flüsterte sie heiser, »oh ... *Steven* ...«, und umklammerte seine Schultern, als ein heftiges Erschauern durch ihren Körper lief und ihre Muskeln sich lustvoll zusammenkrampften. Sie schrie laut auf und überließ sich Stevens Hand und seinem Mund ohne die geringste Zurückhaltung.

Als es vorbei war, sank ihr Kopf auf seine Schulter, sie rang keuchend nach Atem. Aber Steven setzte seine erotischen Liebkosungen noch eine Weile fort, weil er wollte, daß sie ihn schon bald wieder von neuem begehrte; dann zog er seine Hand zurück. Gewissenhaft schloß er die Knöpfe an ihrem Rock, zog ihr Hemdchen wieder herunter und knöpfte ihre Bluse zu.

Emma bezweifelte, daß sie fähig war aufzustehen, als er seine Finger in ihrem langen Haar verschränkte und ihren Mund an seine Lippen zog. Sein Kuß verriet den gleichen zärtlichen Besitzanspruch wie die sinnlichen Liebkosungen, denen er sie eben noch ausgesetzt hatte.

»Warum hast du das getan?« fragte sie danach.

»Warum ich dich geküßt habe? Oder warum ich dich so berührt und dir Erfüllung geschenkt habe?«

Emma errötete heftig. »Beides.«

»Es kommen harte Zeiten auf uns zu«, erwiderte er sanft, seine Stimme ganz heiser vor Gefühl. »Ich möchte, daß du immer daran denkst, daß du mich geliebt hast und es sehr, sehr schön für uns gewesen ist.«

Emma musterte ihn mit prüfenden, besorgten Blicken. »Steven, sag mir bitte, daß Macon gelogen hat«, bat sie leise.

»Darüber reden wir später, wenn wir mehr Zeit haben. Jetzt müssen wir uns bemühen, die Herde einzuholen.«

Seine Worte versetzten ihr einen schmerzhaften Stich. Es bestand kein Zweifel, daß Steven etwas vor ihr verbarg, und sie wußte nur zu gut, was das war. »Steven, bitte«, flüsterte sie.

Er schob sie sanft von seinen Knien und stand auf, um zum Bach hinunterzugehen. Als er zurückkam, hatte er seine Hände und sein Gesicht gewaschen. »Laß uns gehen«, sagte er und reichte ihr die Hand, um ihr auf den Wallach zu helfen.

Als er hinter Emma aufsaß, legte er noch einmal in einer besitzergreifenden Geste die Hände um ihre Brüste, und sein warmer Atem streifte ihr Ohr. »Ich hatte dir gesagt, daß ich dich dort nehmen würde, wo ich dich anträfe«, erinnerte er sie. »Das war das Beste, was ich unter diesen Umständen für dich tun konnte.«

Innerlich bebte Emma noch von der Intensität ihrer Ekstase. »Einige Leute würden sagen, du bist kein Gentleman«, meinte sie.

»Das interessiert mich nicht«, antwortete er und trieb das Pferd an, um die inzwischen weit entfernte Herde einzuholen. Später erzählte er Emma von Fairhaven, seinem Heim in Louisiana, und prophezeite ihr, wie viele Kinder sie mit ihm haben würde und wo jedes einzelne von ihnen empfangen werden sollte. In Spokane, versprach er Emma, würde er ein Hotelzimmer mieten und einen ganzen Tag und eine ganze Nacht nichts anderes tun, als sie zu lieben.

Emma glühte vor sinnlicher Erregung, als sie abends an einem Fluß anhielten, um dort zu lagern.

In der beginnenden Abenddämmerung unterhielten die Cowboys sich gedämpft und bemühten sich, Emma nicht anzustarren, aber immer wieder glitt ein verstohlener Blick zu ihr hinüber. Der Koch zündete ein Lagerfeuer an, bereitete einen Eintopf vor und brühte Kaffee auf.

Emma bot ihm an zu helfen, aber Sing Cho lehnte es ab und verscheuchte sie mit einem ungeduldigen Kopfschütteln. Steven besprach mit dem Scout die Route für den nächsten Tag und hatte nicht einmal einen Blick für sie.

Eine schreckliche Einsamkeit überfiel sie, als sie zu den ersten Sternen aufschaute, die am fernen Himmel glitzerten. Sie hatte Steven ihr Herz geschenkt, und er versuchte nicht einmal, die furchtbaren Anklagen abzustreiten, die gegen ihn erhoben wurden.

Und dabei hätte sie Mrs. Fulton Whitney werden können, und praktisch ganz Idaho hätte ihr dann zu Füßen gelegen. Statt dessen war sie nun die Geliebte eines Verbrechers, dessen Wünschen sie sich schamlos unterordnete ...

Steven beabsichtigte, nach Louisiana zurückzukehren und sich den Prozeß machen zu lassen, und Emma war fest entschlossen, ihn zu begleiten. Was auch geschehen mochte, sie würde immer an seiner Seite sein.

Aber wieder quälten ihre Zweifel sie. Wenn Macon nun doch recht hatte ... Angenommen, sie mußte mitansehen, wie der Mann, den sie liebte, zum Galgen geführt wurde?

Tränen standen in ihren Augen, als sie Stevens Hand auf ihrer Schulter fühlte. »Es wird Zeit, daß wir reden«, sagte er weich, nahm ihre Hand und entfernte sich mit ihr vom Lager.

Etwas weiter flußaufwärts, wo die anderen sie nicht mehr sehen konnten, setzte Emma sich auf einen Felsen. Steven blieb stehen, an einen Baumstamm gelehnt, die Arme verschränkt, und schaute nachdenklich auf Emma herab.

»Ich liebe dich«, sagte er zärtlich.

»Ich weiß«, erwiderte sie leise und dachte, daß nun die Gelegenheit gekommen war, ihm die Frage zu stellen, für die sie schon seit Stunden ihren ganzen Mut sammelte.

»Hast du wirklich deinen Neffen und dieses Mädchen ermordet, Steven?«

Lange schwieg er. Dann antwortete er: »In gewisser Weise ja.«

16

Emma schaute ruhig zu Steven auf, aber in ihrem Innersten wühlte ein schrecklicher Sturm.

Steven erwiderte ihren Blick mit tröstlicher Gelassenheit, aber er sagte nichts, schien sich nur Emmas Züge einzuprägen, als befürchtete er, daß er sie nach diesem Abend nie wiedersehen würde.

Emma ertrug es nicht mehr. »Sag mir, warum, Steven«, bat sie. »Sag mir, wie du ... wie du deinen eigenen Neffen umbringen konntest.«

»Ich gab den Schuß ab, der Dirks Leben auslöschte«, unterbrach Steven sie rauh und legte den Kopf zurück, um den sternenübersäten Himmel zu betrachten. »Zumindest indirekt.«

Emmas Augen flehten ihn an, ihr mehr zu sagen.

Steven legte ihr seufzend eine Hand auf die Schulter. »Uneheliche Söhne sind nichts Ungewöhnliches in der Familie Fairfax«, begann er ruhig. »Macon war erst sechzehn, als er Dirk zeugte – mit einer feinen jungen Dame seiner Gesellschaftsschicht. Doch das Mädchen starb im Kindbett, und ihre Familie brachte das Baby nach Fairhaven und drohte, es in ein Waisenhaus zu stecken, falls Macons Eltern es ablehnen sollten.

Macon war selbst noch ein halbes Kind und hätte Dirk auch lieber in einem Waisenhaus gesehen. Mein Vater war damit einverstanden, aber mein Großvater – Cyrus – wollte nichts davon hören, daß einem Fairfax sein rechtmäßiges Heim verweigert wurde. Er bestand darauf, daß das Kind in Fairhaven aufwuchs, und sein Wort war bei uns Gesetz. Das ist es heute noch.

Jedenfalls wuchs Dirk als vollwertiges Familienmitglied auf. Als ich nach dem Tod meines Vaters nach Fairhaven kam, standen Dirk und Macon sich sehr nahe, und Dirk war in eine junge Frau namens Mary McCall verliebt.«

Steven machte eine Pause und schaute erneut zum Himmel auf – als wollte er aus den Sternen Mut beziehen. »Leider entwickelte Mary dann eine Vorliebe für mich, aber ich war mit einer anderen Frau zusammen und schenkte Mary nicht viel Beachtung. Ihr Interesse an mir hielt ich für bloße Koketterie, wie es bei jungen Mädchen ja so oft vorkommt.«

Emma dachte an die ›andere Frau‹ und hätte gern nach ihrem Namen gefragt und ob Steven sie geliebt hatte, aber sie schwieg. Dafür war später Zeit.

Er seufzte und rieb sich die Augen, und dabei bemerkte Emma, daß sein Verband gewechselt werden mußte. »Doch anscheinend war es Mary viel ernster, als wir alle glaubten. Sie tischte Dirk einige sehr einfallsreiche Lügen auf – daß wir uns heimlich getroffen hätten, miteinander intim gewesen wären und die Absicht hätten, zusammen durchzubrennen. Da ich ohnehin nicht gerade das war, was man als eine willkommene Bereicherung für Fairhaven empfand, machten Marys Geschichten meine Situation ganz unmöglich«, fügte Steven seufzend hinzu.

Während Emma zuhörte, erwachte Mitleid in ihr, für Steven und auch für Mary. Weil sie wußte, wie es war, ihn zu lieben, konnte sie sich vorstellen, wie schwer es sein mußte, von ihm abgewiesen zu werden. Sie legte ihre Hand auf seine und bat ihn fortzufahren.

»Dirk war sehr verbittert. Jedesmal, wenn wir uns begegneten, suchte er Streit mit mir. Ich ignorierte ihn, so gut es ging, aber seine Feindseligkeit machte mir das Leben in Fairhaven zur Hölle. Natürlich hätte ich New Orleans verlassen können, aber ich liebte mein Heim und meinen Großvater.« Steven brach ab und rieb über die Bartstoppeln an seinem Kinn. Selbst im Dunkeln sah Emma die Qual, die in seinen Augen stand.

»Eines Nachts forderte Dirk mich zum Duell heraus. Ich hätte mich weigern können, natürlich, aber das brachte ich nicht über mich. Also machten Dirk und ich einen Ort und eine Zeit aus und erschienen dort schon früh am nächsten Morgen mit unseren Sekundanten. Dirk hatte die Duellpistolen meines Großvaters mitgebracht.

Während ich im Krieg war, hatte Dirk in England die Schule besucht, daher war mir klar, daß er in einem echten Duell keine Chance gegen mich hatte, aber obwohl wir wirklich nichts füreinander übrig hatten, wollte ich ihn nicht töten.« Steven seufzte. »Dirk hingegen war anzusehen, daß er mich am liebsten umgebracht hätte. Ich ließ ihn sogar den ersten Schuß abfeuern, und er ging weit daneben, genau wie ich es vermutet hatte. Dirk benahm sich wie ein Wahnsinniger – verfluchte mich wild und forderte mich schreiend auf, ihn endlich zu erschießen.«

Steven machte eine kurze Pause. »Es ging mir nicht um meine Ehre, aber ich wußte, daß Dirk mich nur noch mehr hassen würde, wenn ich ihn als Versager fortgehen ließ, und so gab ich dann doch einen Schuß auf ihn ab.« Als Steven sah, wie sich Emmas Züge anspannten, legte er seine Hand unter ihr Kinn und schüttelte den Kopf. »Ich habe ihn nicht getötet, Emma, nicht an jenem Morgen. Ich schoß ihn nur in den rechten Arm, weil ich annahm, daß ich dort mit einer Kugel den geringsten Schaden anrichten würde.«

Nervös befeuchtete Emma ihre Lippen. »Und dann?«

»Dann kam ein Arzt und kümmerte sich um Dirks Verletzung. Ich ging, begleitet von meinem Sekundanten, und Dirk schrie mir wüste Verwünschungen nach, bis ich außer Hörweite war.«

»Starb er?«

Steven seufzte und schüttelte den Kopf. »Nicht in jenem Augenblick. Aber die Wunde infizierte sich, und sein Arm mußte schließlich dicht unter der Schulter amputiert werden. Und obwohl Dirk mich schon vorher gehaßt hatte wie die Pest, hätte er mir danach am liebsten bei lebendigem Leib die Gedärme herausgerissen. Er sagte mir einmal, es wäre gnädiger gewesen, wenn ich ihn auf dem ›Ehrenfeld‹, wie er es nannte, getötet hätte.«

Steven verzog angewidert das Gesicht. »Danach trank er noch viel mehr als sonst und entdeckte das Opium. Zu jener Zeit weigerte Mary sich schon, ihm auch nur die Tageszeit zu sagen. Eines Abends, nach einem heftigen Streit mit Cyrus, ging er in die Oper, stand mitten in einer Arie auf und jagte sich mit einer .38er eine Kugel in den Kopf.«

Emma sprang auf und schlang ihre Arme um Steven. »Mein Gott«, flüsterte sie.

Er ließ seine Stirn einen Moment an ihrer ruhen und schloß die Augen. »Als Sohn der Geliebten seines Vaters war ich für Macon schon immer ein Außenseiter gewesen, ein Eindringling. Dirks Tod gab ihm noch ein besseres Motiv, mich zu hassen.«

Emma küßte ihn auf die Lippen und hielt ihn fest in ihren Armen. »Und Mary?«

Steven seufzte und begann in der kalten Brise zu frösteln, die vom Fluß hinaufkam. »Als Dirk aus dem Weg war, beschloß sie, mir einen Antrag zu machen. Ein paar Monate später kam sie bei einem Ball zu mir und bat mich, sie zu heiraten.

Ich wollte sie nicht in Verlegenheit bringen und sagte ihr so freundlich, wie ich konnte, sie müsse sich woanders nach einem Ehemann umschauen.

Sie wurde wütend und veranstaltete eine Szene, schrie, daß ich sie heiraten müßte, weil ich sie kompromittiert hätte. Aber wie gesagt, ich hatte sie nie angerührt, höchstens einmal bei einem Ball mit ihr getanzt. Aber wahrscheinlich trug sie damals Dirks Kind unter dem Herzen, und sie tat mir leid.« Er fuhr sich unruhig durch das Haar. »Ich wußte, nichts von all dem wäre passiert, wenn ich nach dem Krieg nicht nach Fairhaven zurückgekommen wäre. Sie und Dirk hätten sicher geheiratet und wären bis an das Ende ihrer Tage glücklich miteinander gewesen.«

Wieder schwieg Steven eine Weile. Dann fuhr er leise fort: »Um sie vor weiteren Skandalen zu bewahren, entschuldigte ich mich bei der Gastgeberin und bot Mary an, sie nach Hause zu bringen. Sie strahlte und glaubte vermutlich, das Ziel ihrer Wünsche erreicht zu haben. Aber während der Heimfahrt, in der Kutsche, sagte ich ihr, daß ich sie nicht heiraten könnte, weil ich sie nicht liebte. Ich bot ihr an, dafür zu sorgen, daß es ihr und dem Kind an nichts fehlen würde, falls sie von meinem Neffen schwanger war, aber Mary begann zu weinen und warf mir vor, ihr Leben sei ruiniert und kein anständiger Mann werde jetzt noch etwas von ihr wissen wollen.

Da ich nicht wußte, wie ich sie trösten sollte, weil ich ihr das einzige, was sie wirklich wollte, nicht geben konnte, brachte ich sie zum Haus ihres Vaters und fuhr weiter in den Club, um Karten zu spielen und etwas zu trinken. Am nächsten Tag wurde Mary erdrosselt in ihrem Zimmer aufgefunden, und alle glaubten, damit es sich nicht herumsprach, daß sie von mir schwanger war. Fünf Minuten, bevor ich verhaftet werden sollte, verließ ich New Orleans.«

Emma schlang ihm die Arme um den Nacken. »Jemand muß dir doch geglaubt haben – dein Großvater zum Beispiel. Oder deine Freunde!«

»Ich stellte fest, daß ich viel weniger Freunde besaß, als ich dachte«, antwortete Steven bitter. »Und Cyrus ... nun, der konnte es trotz seiner Macht nicht mit einer ganzen Stadt aufnehmen.«

Emma glaubte Steven jedes Wort. »Ich werde dich nach New Orleans begleiten«, sagte sie entschlossen. »Was auch geschehen mag, Steven, ich werde immer an deiner Seite sein.«

Zu ihrem Erstaunen und zu ihrer Bestürzung schüttelte Steven den Kopf. »Nein. Du bleibst in Whitneyville. Bis meine

Unschuld bewiesen ist, kann ich dir nichts bieten. Stell dir vor, ich würde verurteilt – wer sollte dich dann vor Macon schützen?«

Ein Frösteln erfaßte Emma, denn ihr war klar, daß Steven ebensogut gehängt wie freigesprochen werden konnte angesichts der Tatsache, daß Macon, sein Gegner, ein unbeugsamer, harter Mann war, der nur auf Rache sann. »Wenn du mich nicht mitnimmst«, erwiderte sie dennoch entschieden, »folge ich dir nach New Orleans. Glaub bloß nicht, daß du mich einfach hier zurücklassen kannst!«

Ein Muskel an seiner Wange zuckte; es war Steven klar, daß Emmas Worte kein leeres Gerede waren. »Na schön, dann laß uns einen Kompromiß schließen. Wir heiraten, sobald wir in Spokane sind. Das wird dir einen gewissen Schutz gegen Macon verleihen, aber versprich mir eins, Emma – falls ich gehängt werde, darfst du nicht einmal mein Begräbnis abwarten. Es war kein Bluff, was Macon sagte – sobald ich meinen letzten Atem ausgehaucht habe, wird er dich zwingen, mit ihm ins Bett zu gehen.«

Emma war zutiefst unglücklich. Zum ersten Mal in ihrem Leben war sie verliebt, und nun bestand die Möglichkeit, daß ihre Ehe nicht länger dauern würde als der Mordprozeß. Sie umarmte Steven noch heftiger und schaute beschwörend zu ihm auf. »Es wird kein Begräbnis geben, Mr. Fairfax«, sagte sie leidenschaftlich. »Zumindest nicht für die nächsten vierzig oder fünfzig Jahre.«

Er küßte ihre Stirn. »Versprich mir, daß du New Orleans noch am gleichen Tag verlassen wirst, falls das Urteil ungünstig für uns ausfällt. Ich will sicher sein, daß du nicht einmal mehr nach Fairhaven zurückkehrst, um deine Sachen abzuholen. Gibst du mir dein Wort darauf, Emma?«

Sie nickte. »Wir werden den Prozeß gewinnen«, beharrte sie.

»Dafür setze ich alles aufs Spiel«, erwiderte Steven, und dann küßte er Emma so leidenschaftlich, daß sie den Wunsch verspürte, sich mit ihm zu vereinigen, gleich hier, wo sie standen. Ihm auf diese intime Weise nahe zu sein, schien ihr der einzige Weg, den Gedanken, daß sie getrennt werden könnten, wenigstens für eine kurze Zeit aus ihrem Bewußtsein zu verdrängen.

Sie begann sein schmutziges, zerrissenes Hemd aufzuknöpfen, und er schaute mit gespielter Entrüstung auf sie herab. »Aber Miss Emma!«

Sie schob den Stoff beiseite und ließ ihre Hände über seine feste Brust gleiten. »Ich will, daß du mich liebst, Steven. Ich möchte dein Baby in mir wachsen fühlen.«

Als er ihre Lippen auf einer seiner Brustwarzen spürte, schloß er aufstöhnend die Augen. »Emma, ich bin seit drei Tagen unterwegs und brauche dringend ein Bad...«

Das störte sie in diesem Moment nicht im geringsten. Steven nahe zu sein, war ihr jetzt das einzig Wichtige. »Liebe mich«, flüsterte sie lockend. »Jetzt. Hier.«

Stevens Augen schienen in der Dunkelheit zu glitzern, als er ihre Bluse aus dem Rockbund zog und sie aufknöpfte, ihr dünnes Hemdchen hochschob und ihre Brüste entblößte.

Seine Daumen strichen über ihre Brustspitzen, und Emma seufzte vor Entzücken; in fieberhafter Erwartung öffnete sie ihren Hosenrock und ließ ihn zu Boden sinken. Dann streifte sie auch ihre Reitstiefel ab.

»Auf dem Boden wirst du es bequemer haben«, flüsterte Steven.

»Ich will es nicht bequem haben«, stöhnte Emma, als seine Lippen sich um eine ihrer rosigen Knospen schlossen und zärtlich daran zu saugen begannen. »Ich will gar nicht verführt werden, Steven – ich will nur, daß du mich *nimmst*.«

»Na gut«, sagte er, zog ihr mit einer ungestümen Bewegung ihre langen Unterhosen aus, öffnete seine Gürtelschnalle und die Hosenknöpfe.

Emma spürte die rauhe Rinde des Baumstamms an ihrem Rücken, als er stürmisch in sie eindrang und ihren entzückten, schockierten Schrei mit seinem Mund erstickte. Während seine Hüften sich in einem harten, schnellen Rhythmus bewegten, küßte er sie unablässig, und Emma drängte sich ihm entgegen, um ihn noch tiefer in sich aufzunehmen.

Als Steven sich nicht länger beherrschen konnte, löste er seine Lippen von ihrem Mund und warf aufstöhnend den Kopf zurück. Auch Emma keuchte und rang nach Atem. Ihr ganzes Sein, all ihre Sinne konzentrierten sich auf den Akt. Es war nicht das erste Mal, daß sie sich liebten, aber in dieser Nacht war es eine Vereinigung fürs ganze Leben, für alle Ewigkeit.

Die Cowboys und die Rinder waren vergessen, als beide mit einem Schrei den Höhepunkt ihrer Ekstase erreichten und Emma spürte, wie sich Stevens Leidenschaft in ihr ergoß.

Dann, als der Sturm der Emotionen nachließ, trat Steven zurück, richtete seine Hose und hob Emma auf die Arme, um sie zum Fluß zu tragen. Dort legte er sie in das weiche Gras und wusch sie zärtlich mit dem klaren, kalten Wasser. Es war eine solch sinnliche Erfahrung, daß Emma benommen liegenblieb, als Steven ihren Rock und ihre Stiefel holte. Er kam zu ihr zurück und zog sie behutsam an. Als sie ihn küßte und eine Hand auf seinen Arm legte, spürte sie das frische Blut, das durch den Verband sickerte.

Ihre Augen weiteten sich vor Schreck, aber Steven lächelte nur und küßte sie ohne Eile.

Doch Emma konnte nur noch an seine Wunde denken. Hastig knöpfte sie ihre Bluse zu, steckte sie in den Rock und richtete sich auf. An der Hand zog sie Steven zum Lager zurück.

Ohne die Cowboys, die nach dem Feuer um das Feuer hockten, zu beachten, führte sie Steven zum Küchenwagen und hieß ihn sich auf die Ladefläche setzen. Dann machte sie sich auf die Suche nach Sing Cho, um ihn um heißes Wasser und frischen Verbandsmull zu bitten.

»Einige der Stiche haben sich gelöst«, sagte sie erregt zu dem Chinesen, als er mit ihr kam und sich über Stevens Wunde beugte.

»Er sollte nicht reiten«, entgegnete der Koch vorwurfsvoll. »Und keine Rinder zusammentreiben.« Dann trottete er davon, um seinen Arzneikoffer zu holen.

»Und keine Kinder machen«, flüsterte Steven Emma lächelnd zu und küßte sie auf die Nasenspitze.

Emma errötete, als sie an ihr schamloses Verhalten dachte. Vermutlich war es ihre Schuld, daß Stevens Nähte sich geöffnet hatten. »Sei still«, sagte sie, von Schuldbewußtsein und Ungeduld geplagt.

»Ich hoffe, daß du heute nacht ein Kind empfangen hast«, erwiderte er schmunzelnd.

Emma senkte ihren Blick. Auch sie hoffte es, aber sie wünschte sich noch viel, viel mehr. Steven sollte sein Kind aufwachsen sehen und immer bei ihr sein. Sie hatte schon so viel verloren in ihrem Leben: Grandma, ihre Mutter, Lily, Caroline... sie durfte nicht auch noch Steven verlieren. Der Gedanke war ihr unerträglich.

»Wir können nicht nach New Orleans gehen«, flüsterte sie. »Wir müssen fliehen... uns fern von hier ein neues Leben aufbauen...«

Steven legte einen Finger an ihre Lippen, als Sing Cho mit seiner gefürchteten Nadel und dem Katzendarm zurückkam. »Ich will mein Erbe haben, Emma«, sagte Steven ruhig. »Meinen Anteil an Fairhaven.«

»Das wünschst du dir so sehr, daß du dafür sterben würdest?« entgegnete Emma erstickt, als Sing Cho sie beiseite schob, um Stevens Wunde neu zu vernähen.

Diesmal war kein Whiskey da, um den Schmerz zu betäuben, und Stevens Gesicht verzerrte sich vor Qual, als die Nadel in das entzündete Fleisch stach. Trotzdem sagte er gepreßt: »Ich laufe nicht mehr davon. Es wird Zeit, daß ich mir endlich das erkämpfe, was von Rechts wegen mir gehört.«

Emma wandte sich ab, weil sie es nicht ertragen konnte, ihn so leiden zu sehen, und verdrängte die schrecklichen Bilder, die vor ihr erstanden.

Als der Chinese seine Arbeit beendet hatte und zum Lagerfeuer zurückkehrte, ging sie zu Steven. »Wo schlafe ich heute nacht?« fragte sie, weil das ein Problem war, das sie schon die ganze Zeit beschäftigte.

»Mit mir – unter dem Vorratswagen«, antwortete Steven. »Wir legen uns jetzt besser gleich hin, weil wir morgen schon früh aufbrechen.«

»Was werden die Cowboys denken?« fragte Steven leise.

Steven grinste, als er Decken aus dem Wagen holte und sie ihr zuwarf. »Tut mir leid, wenn ich dich enttäuschen muß, aber es ist ihnen bestimmt schon aufgegangen, daß wir keine Beeren gesucht haben, als wir vorhin am Fluß waren.«

»Oh.«

Steven betrachtete sie lächelnd. »Wenn du irgend etwas zu

erledigen hast, dann tu es lieber jetzt«, flüsterte er ihr zu. »Ich halte Wache.«

Emma ging wortlos in die Büsche. Als sie zurückkam, knöpfte auch Steven gerade seine Hose zu. Dann nahm er die Decken und breitete sie unter dem Wagen aus. Emma ließ sich auf die Knie nieder und kroch zu ihm unter das schützende Dach.

»Was macht dein Arm?« fragte sie, um die unerklärliche Scheu zu überspielen, die sie erfaßte.

»Er tut höllisch weh«, antwortete er, aber es klang eine leise Belustigung in seiner Stimme mit. Mit seinem gesunden Arm zog er Emma an sich und kniff sie zärtlich in den Po. »Ach, was gäbe ich für ein Bad und ein richtiges Bett!« seufzte er. »Wenn ich das haben könnte, würde ich mich jetzt unermüdlich von dir trösten lassen, bis die Sonne aufgeht.«

Emma legte ihren Kopf an seine Brust, lauschte auf sein Herz, das ruhig und gleichmäßig klopfte, und bemühte sich, nicht daran zu denken, daß ein Henker es eines Tages zum Stillstand bringen könnte. »Für heute hast du genug Trost gehabt«, erwiderte sie.

Steven lachte leise. Der Klang war so beruhigend, so tröstlich, daß Emma sich fast vorstellen konnte, mit ihm in einem Federbett in Fairhaven zu liegen, ihre Kinder in einem Zimmer weiter unten auf dem Korridor, und all ihre Sorgen hinter ihnen.

Lieber Gott, flehte sie im stillen, wenn du ein Leben nehmen mußt, dann nimm meins und nicht Stevens. Es ist egoistisch und schwach von mir, ich weiß, aber ohne ihn könnte ich nicht mehr weiterleben. »Ich liebe dich, Steven«, flüsterte sie.

Er zog ihre Hand an seine Lippen und küßte sie. »Und ich liebe dich, kleine Tigerin. Gute Nacht.«

Emma schloß die Augen, überzeugt, nicht schlafen zu können, aber es dauerte nicht lange, bis sie in einen traumlosen Schlaf versank, aus dem sie erst erwachte, als Steven sie Stunden später küßte. Als sie die Augen aufschlug, drückte er ihr die Pistole in die Hand, die sie sich von Henry in Whitneyville geliehen hatte.

»Ich muß die zweite Wache reiten«, sagte er. »Wenn dich jemand belästigt, dann schieß.«

Plötzlich war Emma hellwach. »Was?«

Steven legte ihr den Finger auf die Lippen. »Du hast gehört, was ich sagte«, antwortete er.

»Aber dein Arm . . .«

»Meinem Arm geht es wieder gut«, beschwichtigte er sie und rollte sich halb auf sie, um sie zu küssen. Dabei glitt seine Hand zwischen ihre Beine, und Emma stöhnte leise auf und spreizte ganz unbewußt die Schenkel.

Als sie schon im Begriff war, zu vergessen, daß überall in der Nähe Cowboys schliefen, als sie sich danach sehnte, Steven in sich aufzunehmen und sich mit ihm zu vereinigen, löste er sich von ihr und kroch unter dem Wagen hervor.

Emma kuschelte sich in die Decken und versuchte, die süße Qual zu ignorieren, die er in ihr ausgelöst hatte und nicht lindern wollte.

Als sie bei Sonnenaufgang erwachte, war sie noch immer allein und stand auf, um Steven zu suchen.

Sie entdeckte ihn am Lagerfeuer, wo er in einem sauberen Hemd zwischen den Cowboys saß und über irgend etwas lachte, was einer der Männer sagte. Es versetzte Emma einen Stich, und sie fragte sich unwillkürlich, ob sie über sie gelacht haben mochten.

Aber als Steven in ihre Richtung schaute, sah sie Freude in seinen Augen aufleuchten, und er nickte ihr beruhigend zu, als spürte er, was sie beschäftigte.

Emma füllte sich einen Teller und aß schnell alles auf, weil der Moment des Aufbruchs nahe war. Sie faltete gerade die Decken zusammen, in denen sie geschlafen hatte, als Steven neben ihr auftauchte, schon auf dem Pferd und den Hut so tief in die Stirn gezogen, daß sie seinen Gesichtsausdruck nicht sehen konnte.

Er reichte ihr wortlos die Hand, und sie schwang sich hinter ihm in den Sattel.

»Halt dich fest«, war das einzige, was er sagte, bevor er einen schrillen Pfiff ausstieß und sein Pferd anspornte. Emma umklammerte Stevens Taille und legte seufzend ihre Wange an seine Schulter. Ein langer, harter Tag erwartete sie.

Gegen Mittag meldete der Scout, daß er in östlicher Richtung

Indianer gesichtet hatte. Steven saß ab, aber nur, um sich hinter Emma in den Sattel zu schwingen.

Fragend drehte sie sich nach ihm um, und er küßte sie flüchtig auf den Mund. »Wenn jemand einen Pfeil in den Rücken bekommt«, sagte er, »dann sollst nicht du es sein.«

Emma fürchtete sich, aber sie fühlte sich auch von Steven beschützt und spürte, wie wertvoll sie für ihn war, was ihr eine gewisse Beruhigung verschaffte. Solange sie ihm nur nahe war, würde sie mit allem fertig werden.

17

Zusammengerollt und zu erschöpft nach dem langen Tagesritt, um mit den anderen am Feuer zu sitzen und zu essen, lag Emma auf den Decken unter dem Vorratswagen. Bilder von Steven am Galgen quälten sie, aber sie brachte nicht mehr die Kraft auf, sie zu verdrängen. So drehte sie sich auf den Bauch und begann bitterlich zu weinen.

Als sich eine Hand auf ihren Rücken legte, versteifte sie sich und drehte sich erschrocken um, aber es war Sing Cho, der ihr einen Teller mit Bratkartoffeln und Fleisch brachte.

»Essen, Missy«, sagte er freundlich.

Zwischen den hohen Wagenrädern war Platz genug, sich aufzurichten. Emma tat es und fuhr sich mit dem Ärmel über ihre

Augen. Ihre Hände zitterten, als sie den Teller nahm. »Danke«, schniefte sie.

Der Chinese lächelte und machte Anstalten, sich zu erheben, doch Emma ergriff seinen dünnen Arm. »Wo ist Mr. Fairfax?« fragte sie. Seit sie lagerten, hatte sie Steven nicht mehr gesehen.

Sing Cho schien zu zögern. »Zurückgeritten, um mit den Männern zu sprechen, die ihm folgen.«

Emma erstickte fast an einer Gabel voll Kartoffeln. Macon! »Dieser Idiot!« rief sie entsetzt, setzte den Teller ab und wollte aufstehen. »Ist er allein fortgeritten?«

»Missy bleibt sitzen und ißt«, sagte Sing Cho streng. »Mr. Fairfax ist nicht allein. Er hat Mr. Deva mitgenommen.«

Emma wußte, daß sie ihre ganze Kraft benötigte, deshalb setzte sie sich wieder hin und aß gehorsam. Aber sie machte sich große Sorgen, und das Essen lag ihr wie ein Stein im Magen.

Steven und Frank Deva kehrten eine halbe Stunde später zurück. Der Scout führte die kleine Pintostute am Zügel, die Emma in Whitneyville gemietet hatte. Als Emma die Männer erblickte, sprang sie auf und stürmte auf Steven zu. Ihre Besorgnis hatte sich inzwischen in Zorn verwandelt.

»Du bist ein Idiot, Steven!« schrie sie ihn an.

Er grinste nur, nahm ihren Arm und führte sie hinter den Vorratswagen, wo sie von den anderen nicht gesehen werden konnten.

»Wenn du noch weitere Beschwerden über meine Intelligenz vorzubringen hast, Emma«, sagte er scharf, »dann tu das bitte nicht vor meinen Männern. Es untergräbt meine Autorität.«

»Macon hätte dich töten können!« sagte Emma aufgebracht.

»Nein«, entgegnete Steven, schon etwas sanfter, und legte ihr die Hände auf die Arme. »Das wäre ihm zu schnell und zu leicht. Er will sehen, wie ich leide, Emma; er will mich vor der ganzen Stadt von New Orleans gedemütigt sehen.«

Emma wurde ganz übel vor Kummer, sie preßte die Hände an die Augen, aber die quälenden Bilder, die vor ihr erstanden, ließen sich nicht verdrängen.

Steven legte seinen Arm um sie. »Ich habe starke Bedenken, dich nach New Orleans mitzunehmen, Emma, und nicht nur des Prozesses wegen. Im Süden ist eine Gelbfieberepidemie ausgebrochen.« Er schwieg einen Moment und fuhr dann fort: »Wir können trotzdem heiraten, wenn du es willst, aber ich glaube, du solltest besser in Whitneyville bleiben, bei Chloe, bis der Prozeß vorüber ist.«

Emma hob entsetzt den Kopf. »Nein!«

Steven seufzte. »Ich hole dich, sobald ich kann.«

»Nein, ich komme mit!« beharrte Emma. »Ich werde schon nicht krank, aber es wäre mir unerträglich, in Whitneyville zu sitzen und mich Tag für Tag zu fragen, wie das Urteil ausfallen wird. Ich ...«

Er legte ihr einen Finger auf den Mund. »Ich glaube, du verstehst nicht, wie es in New Orleans sein wird«, wandte er ein. »Ich rechne damit, daß sie mich verhaften, sobald ich den Zug verlasse. Begreifst du nicht, daß wir dann ohnehin nicht zusammensein würden?«

»Ich begleite dich«, wiederholte Emma stur und klammerte sich an Steven, als wären schon jetzt Gefängniswärter hier, die versuchten, sie von ihm zu trennen. »Wenn du mich zurückläßt, werde ich dir folgen.«

Wieder seufzte Steven. »Es wäre besser für dich, wenn du mir nie begegnet wärst«, sagte er bedrückt, löste sich aus ihren Armen und entfernte sich von ihr.

Zu stolz, um ihm zu folgen, kehrte Emma an ihren Platz unter dem Wagen zurück und legte sich angezogen unter die Decken.

Eine Stunde später kam Steven zu ihr, zog sie in die Arme und küßte sie schweigend auf die Stirn. Dann streckte er sich neben ihr aus.

Sie sehnte sich nach seiner Berührung, nach dem Trost, den nur er ihr zu geben vermochte. »Liebe mich, Steven«, wisperte sie.

Er lachte leise. »Wir sind nicht allein.«

»Ich kann ganz leise sein, wirklich.«

»Nun, ich glaube nicht, daß *ich* es kann. Schlaf jetzt, Emma.«

»Ich kann nicht schlafen, Steven ... ich sehne mich so nach dir ... Ich möchte dich in mir spüren.« Sie ließ ihre Hand an seinem Körper hinuntergleiten und lächelte in der Dunkelheit, als er ein Stöhnen unterdrückte und groß und hart unter ihren Fingern wurde.

Er rollte sich auf die Seite und begann sie unter der Decke auszuziehen. »Weißt du«, sagte er dabei fast schroff, »ein paar Monate im Gefängnis würden mir bestimmt guttun. Dann könnte ich wenigstens in Ruhe schlafen.«

Emma seufzte entzückt, als seine kühlen Finger streichelnd über ihre vollen Brüste glitten und seine Lippen sich um eine ihrer rosigen Knospen schlossen. Bevor sie jedoch eine lustvollen Schrei ausstoßen konnte, preßte Steven seine flache Hand auf ihren Mund, zog mit der anderen ihre Röcke hinauf und drang mit einer ungestümen Bewegung in sie ein.

»Es wird diesmal nicht lange dauern«, flüsterte er ihr heiser zu. »Aber gewöhne dich bitte nicht daran. Wenn ich mit dir schlafe, will ich mir Zeit nehmen und dich ausgiebig genießen, Emma.«

Ein Erschauern ging durch ihren Körper, lustvoll krümmte sie den Rücken und wollte sich Stevens schnellen, rhythmischen Bewegungen anpassen, aber er hielt mit einer Hand ihre Hände fest, mit der anderen erstickte er ihr Seufzen, ihre Schreie und ihr Stöhnen.

Emma glaubte, den Verstand zu verlieren, wenn sie sich nicht bewegte, aber Steven hielt sie fest unter sich gepreßt, und so konnte sie nichts tun, als passiv zu bleiben und seine kräftigen Stöße in sich aufzunehmen. Das war ein solch neues, aufregendes Gefühl, daß Emma aufhörte zu denken und nichts mehr wahrnahm außer Stevens Nähe und dem herrlichen Bewußtsein ihrer Weiblichkeit. Er drang mit kräftigen Stößen immer tiefer in sie ein, sein unbändiges Verlangen trieb ihn zu einem wilden, unbeherrschten Rhythmus an, der Emma immer näher auf den Höhepunkt ihrer Ekstase zuführte und in einer glorreichen, stummen Explosion ihrer Gefühle endete.

Steven küßte Emma, bis sie sich entspannte und wieder ruhiger wurde. Dann sank er keuchend auf ihren Körper, und während er nach Atem rang, streichelte sie ihm beruhigend das Haar.

»Ich liebe dich«, sagte er rauh, als er endlich wieder Luft bekam.

Als Emma in den dunklen Stunden vor Morgengrauen erwachte, war Steven fort. Von dem schrecklichen Gedanken erfaßt, daß die Einsamkeit, die sie jetzt empfand, vielleicht schon bald ihr ganzes Leben ausmachen würde, kuschelte sie sich noch tiefer in die Decken und weinte sich in den Schlaf.

Die nächsten Tage waren nicht viel anders als der erste. Auf ihrer Pintostute, die Steven für sie zurückgeholt hatte, bemühte Emma sich nach Kräften, mit den Männern Schritt zu halten. Obwohl es Momente gab, wo sie am liebsten aus dem Sattel gesunken wäre, um nie wieder aufzustehen, zwang sie sich, eisern durchzuhalten.

Hygiene war ein Problem, da Emma weder saubere Kleider hatte noch die Möglichkeit zu baden. Zwar wusch sie sich in jedem Bach oder Fluß, an dem sie vorbeikam, aber das konnte höchstens als Katzenwäsche bezeichnet werden, weil sie es nicht wagte, sich in der Nähe der Cowboys auszuziehen.

Als daher am Nachmittag des sechsten Tages Spokane vor ihnen auftauchte und Emma an heißes Wasser dachte, ein warmes Bett und eine vernünftige Mahlzeit, fühlte sie neue Kraft in sich erwachen.

Auch die Cowboys wurden beim Anblick der Stadt wieder munter und schrien und pfiffen vor Begeisterung bei der Aussicht auf Geld, Whiskey und Frauen.

Die Herde füllte die ganze Hauptstraße aus, erschreckte Damen, die sich schutzsuchend in die Eingänge von Geschäften und Restaurants drängten. Verlangend starrte Emma auf einen schwarzen Satinrock und eine weiße Spitzenbluse in einem der Schaufenster.

Steven, der dicht neben ihr ritt, stieß sie mit dem Ellbogen an. »Hier«, sagte er und reichte ihr einen größeren Geldschein. »Kauf dir, was du brauchst, und nimm dann ein Zimmer in dem Hotel, an dem wir vorbeigekommen sind. Ich komme nach, sobald ich die Herde der Armee übergeben habe.«

Emma zögerte nur kurz, bevor sie das Geld zurückgab. Der Gedanke, von Steven etwas anzunehmen, bevor sie verheiratet waren, war ihr unangenehm. Außerdem besaß sie selbst noch zwanzig Dollar. Gelassen erwiderte sie seinen ärgerlichen Blick und wollte gerade ihr Pferd wenden, als sie einen großen, gutaussehenden Mann in einer blauen Uniform aus einem Gebäude kommen und auf sie zuschlendern sah. Goldene Epauletten zierten seine breiten Schultern, und die Außenseite seiner Hose war mit breiten gelben Streifen besetzt. Alles in allem bot er einen beeindruckenden Anblick.

Aus Neugier blieb Emma bei Steven. »Was ist sein Rang?«

Stevens Kinn verhärtete sich, seine Augen wurden schmal. »Major«, erwiderte er. Eine Spur von Verbitterung klang in seiner Stimme mit.

»Sind Sie der Leiter des Trecks?« fragte der Major und nahm, als Steven nickte, seinen Hut ab, um sich mit dem Uniformärmel über die Stirn zu streichen. Emma sah, daß er blond war und sehr schöne bernsteinfarbene Augen hatte, eine makellose Haut und daß seine Zähne so strahlend weiß waren wie Stevens. Aber er wirkte angespannt und nervös, als quälte und beunruhigte ihn etwas.

Steven glitt aus dem Sattel und ging auf den Major zu. »Hallo, Yankee«, sagte er mit unverhohlener Feindseligkeit, und Emma schloß die Augen. Typisch Steven, den Krieg wieder anzufangen, nachdem alle anderen begonnen hatten, ihn zu vergessen!

Der Major grinste gutmütig. »Hallo, Johnny Rebell.«

»Er heißt Steven«, rief Emma impulsiv und richtete sich in ihren Steigbügeln auf. »Steven Fairfax.«

Steven belohnte ihren Einsatz mit einem stirnrunzelnden Blick, aber der Major lachte amüsiert.

»Ich kenne jemanden wie Sie«, bemerkte der gutaussehende Offizier.

Stevens Haltung war jetzt ein wenig entspannter, aber dennoch drehte er sich zu Emma um und sagte betont: »Du hattest doch etwas zu erledigen . . .?«

Leicht verärgert, aber noch immer voller Sehnsucht nach einem heißen Bad, sauberen Kleidern und einer warmen Mahlzeit, stieg Emma von ihrem Pferd und gab Steven die Zügel. Dann, nachdem sie den Major mit einem strahlenden Lächeln bedacht hatte, das Steven ärgern sollte, betrat sie das Geschäft, in dessen Schaufenster sie den Rock und die Bluse gesehen hatte, die sie haben wollte.

»Caleb Halliday, Mr. Fairfax«, sagte der Yankee und streckte seine behandschuhte Hand aus.

Steven zögerte einen Moment, sie zu ergreifen, dann schüttelte er dem Major die Hand.

Die Soldaten übernahmen bereits die Herde von Stevens Cowboys, und es machte Steven sehr nervös, so viele ›Blauröcke‹ auf einmal zu sehen. Außerdem hatte er es eilig, den Papierkram zu erledigen und seine Männer auszuzahlen, damit er sich dann Emma widmen konnte. Niemand wußte besser als er, wie kostbar die kurze Zeit war, die ihnen noch verblieb.

Halliday unterzog einige der Rinder einer kurzen, flüchtigen Inspektion, die jedoch keine Zweifel über seine Sachkenntnis offenließ, und betrat dann mit Steven einen Saloon.

Steven, der sich immer noch unbehaglich fühlte in Gesellschaft dieses Yankees, stürzte den ersten Drink hinunter und schenkte sich prompt einen zweiten ein.

»Wie geht es Big John?« erkundigte sich der Major, und Steven sah echtes Interesse in seinen bernsteinfarbenen Augen aufleuchten, selbst wenn sie ein wenig müde blickten.

Steven hätte schwören können, daß der Major Liebeskummer hatte. »Bestens«, erwiderte er, während er die Papiere prüfte, die der Major ihm überreicht hatte. »Er hätte den Treck selbst mitgemacht, aber jetzt ist gerade die Zeit, wo die Kälber die Brandzeichen bekommen.« Der Major nickte und nippte an seinem Drink. Er war ein sympathischer Mann; es war nicht leicht, ihn nicht zu mögen.

Als die Formalitäten erledigt waren, fragte Steven: »Wo kann man hier ein heißes Bad bekommen?«

Halliday grinste, offensichtlich erinnerte er sich an Emma. »Weiter unten an der Straße ist ein Badehaus – direkt hinter Finnegans Saloon. Fünfundzwanzig Cent für frisches Wasser, fünf für das gebrauchte von jemand anderem.«

Steven nickte, stand auf und reichte dem Major die Hand. »Danke«, sagte er aufrichtig.

Halliday schüttelte seine Hand und steckte die Kopie des unterschriebenen Vertrags in die Rocktasche. Stevens Dank akzeptierte er mit einem Nicken und fügte noch hinzu: »Richten Sie Big John Grüße von mir aus.«

Steven ging zur Bank und kehrte dann in den Saloon zurück, um seine Männer, die sich dort an der Bar versammelt hatten, auszuzahlen. Dann holte er sich frische Kleider aus Sing Chos Wagen und gab auch ihm sein Geld. Der Chinese bedankte sich mit einer ganzen Serie von Verbeugungen.

Bevor Steven zu Emma ins Hotel ging, suchte er das Badehaus auf und nach kurzer Überlegung auch einen Barbier, um sich rasieren und das Haar schneiden zu lassen.

Emma hätte eine Ewigkeit in der Wanne verbringen können, die ein Zimmermädchen mit sauberem, heißem Wasser gefüllt hatte, aber sie wollte für Steven bereit sein, wenn er zurückkam. Also stand sie widerstrebend auf, trocknete sich ab und zog die neue Garnitur Unterwäsche an, die sie gekauft hatte, bürstete ihr Haar und flocht es zu einem Zopf. Dann setzte sie sich auf die Bettkante und wartete auf das Essen.

Überwältigende Müdigkeit erfaßte sie, nachdem sie die beiden Koteletts, das Kartoffelpüree und das Gemüse gegessen hatte, das man ihr brachte, und sie legte sich zwischen die frischen Laken, um im Bett auf Steven zu warten. Aber kaum hatte ihr Kopf das Kissen berührt, da war sie auch schon eingeschlafen.

Sie erwachte, weil ihr plötzlich kühl war, und sah, daß Steven vor ihr stand. Er hatte die Decken fortgezogen und betrachtete Emmas schlanken Körper.

»Ich hatte fast vergessen, daß sich unter all dem Schmutz eine Frau verborgen hat«, bemerkte er lächelnd.

Emma dehnte sich wohlig wie eine zufriedene Katze und musterte Steven anerkennend. Er war glattrasiert, sein braunes Haar war frisch geschnitten – und er war bis auf die Hosen nackt.

Ein köstliches Gefühl der Vorfreude erfaßte Emma, und sie streckte schon die Hand aus, um die Bänder an ihrer *Pantalettes* zu lösen. Doch Steven hielt mit einer Hand ihre Hände fest und benutzte die andere, um sie langsam und behutsam auszuziehen. Emma bebte vor Erwartung, als er den dünnen Stoff bei seite schob.

»Heute nehme ich mir Zeit«, sagte er heiser. »Stell dich auf einen langen Nachmittag ein, Emma.«

Sie ließ ihre Fingerspitzen streichelnd über die Muskelstränge an seinem Rücken gleiten. »Wann heiraten wir?«

»Nach unserer Hochzeitsnacht«, erwiderte er schmunzelnd und richtete sich auf, um seine Hosen auszuziehen. Sein Colt, das sah Emma, lag wie immer griffbereit in seiner Nähe.

Dann streckte er sich neben ihr aus und zog sie auf sich, bis sie rittlings auf seinen Schenkeln hockte und er bequem mit den Lippen ihre Brustspitzen erreichen konnte.

Emma stöhnte hemmungslos, als er sanft an ihnen saugte, und konnte es kaum erwarten, ihn in sich zu spüren. Aber wie Steven versprochen hatte, nahm er sich sehr viel Zeit.

Nachdem er sich ausgiebig mit ihren Brüsten beschäftigt hatte, ergriff er Emmas Handgelenke und rutschte tiefer, um sie dort zu liebkosen, wo ihre süße Qual am größten war. Er teilte das seidenweiche Haar und reizte sie mit seiner warmen Zunge, bis sie glaubte, vor Lust den Verstand zu verlieren, und sich mit beiden Händen an das Bettgestell klammerte und aufstöhnend den Kopf in den Nacken legte.

Stevens zärtliche Liebkosungen lösten einen derart erschütternden Höhepunkt in Emma aus, daß sie danach ermattet auf Steven niedersank, die Wange an seine Schulter preßte und keuchend nach Atem rang. Aber falls sie gedacht hatte, daß Steven ihr nun ein wenig Ruhe gönnen würde, hatte sie sich getäuscht.

Sie spürte, wie sich seine Hand unter ihr bewegte, wie er sie von neuem dort berührte und liebkoste, wo es sie am meisten erregte. Hilflos stöhnte Emma. »Steven ... o bitte ... warte einen Augenblick ...«

Er küßte ihre nackte Schulter und intensivierte seine Bemühungen, und schon bald spreizte sie einladend ihre Schenkel. Beide Hände um das Bettgestell geklammert, wandte sie den Kopf von Steven ab.

»Sieh mich an«, befahl er, als er mit den Fingern in sie eindrang.

Emma konnte nichts anderes tun, als zu gehorchen, und Steven beobachtete hingerissen ihr Gesicht, das all die wilden, unbändigen Gefühle widerspiegelte, die seine Zärtlichkeiten in ihr auslösten.

Schließlich gab sie mit einem leisen Schrei den Kampf auf. Ein heftiges Erschauern ging durch ihren Körper, und eine versengende Hitzewelle explodierte tief in ihrem Innersten.

Als es vorbei war, legte sie sich auf den Rücken und flehte Steven an, zu ihr zu kommen. Wie oft er sie auch auf den Höhepunkt der Empfindungen bringen mochte, sie würde keine absolute Erfüllung finden, bis er sie mit seinem ganzen Körper in Besitz nahm.

Doch Stevens Beherrschung war unglaublich, und er schien nicht die Absicht zu haben, Emmas Wunsch zu erfüllen. Die Erkenntnis gab Emma die Kraft, sich aufzurichten, vor ihn hinzuknien und mit einem Lächeln ihre Hände um sein Glied zu schließen.

Als ihr Daumen sanft über die Spitze glitt, verschränkte er aufstöhnend die Hände in ihrem Haar, und als sie sich über ihn beugte, um ihn zu erfreuen, entdeckte sie die Macht, die sie über ihn besaß, und revanchierte sich für die Gelegenheiten, bei denen er sie hilflos unter seinen Liebkosungen diese so überaus süße Qual hatte erleiden lassen.

Irgendwann bäumte er sich auf, stieß sie sanft auf die Matratze zurück und drang mit einer so ungestümen Bewegung in sie ein, daß sie einen gellenden Triumphschrei ausstieß.

Seine Hände umklammerten ihren Po und preßten sie bei jedem Stoß an seinen Körper, als hätte er die Absicht, bis in ihre Seele vorzudringen. Mit fieberhaften Küssen bedeckte er ihr Gesicht, ihren Nacken, ihre Brüste und ihren Hals. Im Augenblick höchster Erfüllung stieß er einen heiseren Schrei aus, in den Emma nur den Bruchteil einer Sekunde später einstimmte.

Dann schliefen beide in innigster Umarmung ein, gestreichelt von der leichten Brise, die durch das Fenster kam und ihren erhitzten Körpern Kühlung schenkte.

Der Friedensrichter war ein nervöser kleiner Mann mit schneeweißem Schnurrbart und schimmernder Glatze. Er trug einen gestreiften Anzug, der über seinem ausladenden Bauch fast zu platzen drohte.

»Sind Sie auch sicher, daß Sie es wollen?« fragte er, während er die Heiratslizenz prüfte, die Emma und Steven sich wenige Minuten zuvor beschafft hatten. »Eine Ehe ist eine ernste Angelegenheit. Ich möchte nicht, daß einer von Ihnen in einer Woche wiederkommt, um den Vertrag zu lösen.«

»Ja, ganz sicher«, sagte Steven, und Emma senkte errötend den Kopf. Sie hatten das Bett ganze vierundzwanzig Stunden nicht verlassen, und wenn sie nun nicht ganz schnell heirateten, war durchaus damit zu rechnen, daß Gott einen Blitzstrahl auf die Erde sandte, um sie zu strafen.

»Und Sie, junge Frau?« wandte der Richter sich an Emma.

»Ich bin auch ganz sicher«, erwiderte sie schüchtern.

Darauf klappte der alte Mann ein Buch auf und begann mit der Zeremonie.

Frank Deva und die unverheiratete Schwester des Richters mußten als Trauzeugen herhalten, und als der Moment kam, in dem die Ringe getauscht werden sollten, überraschte Steven Emma mit einem breiten Goldreif, den er aus der Tasche nahm und ihr über den Finger streifte.

Knapp fünf Minuten später war alles vorbei; sie waren Mann und Frau. Mit zitternden Händen unterschrieb Emma die Heiratsurkunde und betrachtete das Dokument einen Moment lang, um ihren neuen Namen zu bewundern.

Als Steven schwungvoll seinen Namen unter ihren setzte, wirkte er so glücklich, wie sie sich fühlte.

Gleich nach der Trauung machten sie sich auf den Weg zu Big Johns Ranch. Als sie im Wagen mit den Vorräten saßen, ihre Pferde hinten angebunden – Sing Cho hatte den Küchenwagen übernommen –, tauchte plötzlich Macon auf seinem Pferd neben ihnen auf.

»Ich wollte nicht versäumen, dir zur Hochzeit zu gratulieren, kleiner Bruder«, sagte er, und sein haßerfüllter Blick wanderte zu Emma und blieb ganz dreist auf ihren Brüsten haften.

»Es wird mir ein Vergnügen sein, deine Witwe zu trösten.«

Stevens Finger zuckten, und Emma wußte, daß er am liebsten nach seiner Waffe gegriffen hätte. »Ich kann dich immer noch töten, Macon«, sagte er mit erzwungener Ruhe. »Wir wären in Kanada, bevor deine Leiche kalt ist.«

Macons Gesicht verzerrte sich vor Haß, aber er verzichtete auf jeden Kommentar, wendete sein Pferd und gab ihm hart die Sporen.

Den ganzen Tag lang war Emma sich der kleinen Gruppe von Männern, die ihnen folgten, schmerzhaft bewußt.

In jener Nacht und in den fünf darauf folgenden, konnten sie abends Macons Lagerfeuer so klar sehen wie ihr eigenes. Stevens bevorstehender Prozeß hing wie ein Damoklesschwert über ihnen; selbst bei ihren leidenschaftlichen Umarmungen, wenn sie nachts allein im Wagen lagen, gelang es ihnen nicht, ihn zu vergessen.

Sechs Tage später hatten sie Whitneyville erreicht. Chloe und Daisy stürmten auf Emma zu, Chloe lächelnd und Daisy schimpfend, aber beide umarmten Emma stürmisch, als Steven sie vom Wagen hob.

»Ich komme zurück, sobald ich mit Big John gesprochen habe« versprach Steven und küßte sie zärtlich auf die Stirn, bevor er wieder auf den Kutschbock stieg.

»Es ist ein Brief für dich gekommen«, sagte Chloe, während sie Emma, den Arm um die Taille gelegt, ins Haus führte. »Du ahnst ja nicht, wie sehr du uns gefehlt hast, Emma, und wie böse wir waren, daß du ohne eine Nachricht fortgeritten bist!«

»Es tut mir leid«, sagte Emma, erklärte jedoch nichts, weil die Lage viel zu verworren war. Sie zeigte Chloe und Daisy nur den goldenen Ring an ihrem Finger und sagte ihnen, daß sie nun Mrs. Emma Fairfax war und innerhalb einer Woche nach New Orleans abreisen würde.

Chloe umarmte sie, die Augen feucht vor Freudentränen, und zeigte ihr den Brief, von dem sie gesprochen hatte.

Emma stockte der Atem, als sie ihn öffnete. Es war nur eine kurze Nachricht, in einer seltsam vertrauten Handschrift verfaßt, und unterschrieben mit ›Kathleen Harrington‹. Emma mußte die wenigen Zeilen zweimal lesen, bevor sie begriff, daß ihre Mutter sie gefunden hatte, nach all den Jahren, und sie, Emma, in ihrem Brief bat, zu ihr nach Chicago zu kommen. Ein Scheck über siebenhundertfünfzig Dollar begleitete den Brief, in dem ihre Mutter ausdrücklich vermerkt hatte, daß Emma das Geld verwenden konnte, wie es ihr beliebte.

Emma setzte sich in einen Sessel und schloß die Augen vor den Jahren der Qual, der Verwirrung und des Zorns, die wieder vor ihr auferstanden, während sie versuchte, Ordnung in den widerstreitenden Gefühlen zu schaffen, die sie beherrschten.

18

Emma sah zu, wie Steven Kathleens Brief las und ihn dann auf den Tisch legte. »Es ist dir doch sicher bewußt«, bemerkte er sanft, »daß sie – wenn es ihr gelungen ist, dich ausfindig zu machen –, bestimmt auch Caroline und Lily gefunden hat?«

»Ja«, erwiderte Emma leise. Sie hatte den gleichen Gedanken gehabt, doch angesichts der vielen Enttäuschungen, die sie erlebt hatte, fürchtete sie sich fast davor, neue Hoffnung zu schöpfen.

»Du mußt deiner Mutter eine Chance geben, dir alles zu erklären«, riet Steve ernst. »Es könnte sein, daß sie heute ganz anders ist, als du sie in Erinnerung hast.«

Emma schüttelte den Kopf. »Ein Mensch wie sie ändert sich nicht, und nenn sie bitte nicht meine Mutter. Diese Rolle hat Chloe übernommen. Ich will von Kathleen Harrington nichts wissen.«

»Nicht einmal, wo deine Schwestern sind? Nach all diesen Jahren und schon im Begriff, Lily und Caroline zu finden, willst du jetzt plötzlich aufgeben?«

»Natürlich nicht!« Emma sprang unruhig auf, trat vor den Kamin und drehte Steven den Rücken zu. »Ich werde ihr schreiben und sie nach ihnen fragen.«

»Du könntest nach Chicago fahren«, meinte Steven, der hinter sie getreten war und ihr die Hände auf die Schultern legte. »Dann hättest du etwas zu tun, wenn ich ... während ich in New Orleans meine Angelegenheiten regele.«

Emma drehte sich in seinem Armen um. »Ich liebe meine Schwestern, und ich möchte sie unbedingt wiederfinden«, sagte sie, ihre blauen Augen flehend zu Steven erhoben. »Ich hätte nie gedacht, daß mir einmal etwas wichtiger sein könnte als sie«, fuhr sie, heiser vor innerer Erregung, fort. »Aber das war, bevor ich dich kannte, Steven. Wir können nach dem Prozeß zusammen nach Chicago fahren.«

Er zog sie in die Arme und hielt sie stumm umfangen, weil er wußte, daß sie ihre Entscheidung getroffen hatte und es nichts gab, was sie davon abbringen konnte.

Luftschlangen und bunte Papierlaternen schmückten Chloes Garten, auf einer Plattform am Ende der Rasenfläche spielte eine kleine Kapelle. Damen in duftigen Organdykleidern und Männer in Sonntagsanzügen drängten sich um die Tische, die mit dem Besten gedeckt waren, was Whitneyville zu bieten hatte. Und überall rannten lachende, spielende Kinder zwischen den Beinen der Erwachsenen herum.

In einem tief ausgeschnittenen Kleid aus elfenbeinfarbener Seide mit weitem Rock und schmal geschnürter Taille beobachtete Emma das muntere Treiben der Stadtbewohner, die fast vollzählig zu Chloes Picknick erschienen waren. Aber das war nichts Neues für Emma.

»Keiner von ihnen würde auf der Straße mit ihr sprechen«, sagte sie zu Steven, der in einem neuen Anzug an ihrer Seite stand und ein Glas Punsch in der Hand hielt. »Aber wenn Chloe eine Party gibt, überschlagen sie sich geradezu, um daran teilnehmen zu dürfen.«

Steven legte ihr sanft einen Finger unter das Kinn und drehte ihr Gesicht zu sich herum. »Du wirst Chloe sehr vermissen, nicht?« fragte er.

Emma nickte traurig.

»Ja. Ich weiß nicht, ob ich ohne sie überlebt hätte. Sie war immer da, wenn ich sie brauchte.«

Steven nahm ihr das Glas aus der Hand, stellte auch sein eigenes fort und führte Emma zu der hölzernen Plattform, die eigens für diese Party zurechtgezimmert worden war. Dort zog er Emma in die Arme, und als sie zu den Klängen eines Walzers über die Tanzfläche glitten, waren die anderen Gäste um sie herum vergessen.

Eine Weile konnte Emma ihre Sorgen verdrängen. Aber das gelang ihr nur, wenn Steven sie liebte oder wenn er ihr tief in die Augen sah wie jetzt. Für einen kurzen Moment war Emma nichts als ein unbeschwertes junges Mädchen, das nur für den Augenblick zu leben schien, und Steven wirbelte sie über das Parkett, bis beiden der Atem ausging.

Als die Musik abbrach, lachte Emma, doch der Ton erstarb in ihrer Kehle, als Fulton vor ihnen auftauchte und dreist zu Emma sagte: »Darf ich um diesen Tanz bitten?«

Nach einem fragenden Blick auf Steven nickte sie, und Fulton zog sie auf die Tanzfläche.

»Du scheinst erstaunt, daß Chloe mich eingeladen hat«, bemerkte er.

Emma zuckte die Schultern. »Nein. Ich habe den Eindruck, als hätte sie halb Idaho eingeladen.«

Fulton lächelte schwach. »Ich war sehr überrascht, als ich von deiner Heirat erfuhr«, sagte er vorwurfsvoll. »Und wie ich hörte, hast du sogar vor, ihm bis nach New Orleans zu folgen!«

Emma war verärgert, aber nicht sehr. Es war verständlich, daß Fulton überrascht war, aber wahrscheinlich würde sie ihn sowieso nie wiedersehen, sobald sie am Montagmorgen mit dem Zug die Stadt verlassen hatte. »Mr. Fairfax ist mein Mann«, sagte sie kühl.

»Es wird viel geredet, Emma«, fuhr Fulton fort. »Die Leute sagen, daß Fairfax am Galgen enden wird. Hast du dir eigentlich überlegt, was dann aus dir werden soll?«

Emma versteifte sich, doch dann sagte sie sich, daß sie keinen Anlaß hatte, schockiert zu sein. Es war schließlich zu erwarten gewesen, daß Macon die halbe Stadt mit Geschichten über Stevens Sünden unterhielt. »Ich glaube daran, daß er unschuldig ist.«

Ihr Tanzpartner lächelte schwach. »Dann laß uns hoffen, daß die Geschworenen der gleichen Ansicht sind.«

Emma wollte sich die Party, die eigentlich ihre Hochzeitsfeier war, nicht mit brutalen Hinweisen auf die schwere Zeit, die vor ihr lag, zerstören lassen. So wechselte sie rasch das Thema. »Da ist Joellen Lenahan«, sagte sie, als das Mädchen, das jetzt sehr eingeschüchtert wirkte, mit ihrem Vater eintraf. Chloe hatte Emma erzählt, daß Big John Joellen in einer Woche nach Boston in ein Internat schicken würde und seine unverheiratete Schwester Martha sie auf der langen Zugfahrt begleiten sollte.

Fulton schenkte den Lenahans keine Beachtung. Er räusperte sich und sagte errötend: »Ich wollte mich bei dir entschuldigen, Emma. An jenem Abend . . . Ich gebe zu, daß ich mich da nicht wie ein Gentleman verhalten habe. Es tut mir aufrichtig leid.«

Emma war kein nachtragender Mensch – außer vielleicht in bezug auf ihre Mutter. »Es ist vergessen und vergeben«, erwiderte sie großzügig.

Als der Tanz beendet und Fulton gegangen war, spürte Emma, daß jemand dicht hinter ihr stand und drehte sich um, in der Annahme, es sei Steven. Aber es war Macon Fairfax, und bevor sie etwas sagen oder sich abwenden konnte, zog er sie auf die Tanzfläche.

»Was machen Sie denn hier?« fragte sie ärgerlich und versuchte, sich von ihm loszureißen. Aber er war stark und hielt sie eisern fest.

Er hob spöttisch eine Augenbraue und ähnelte Steven plötzlich in einer Art, wie es bei einer Karikatur möglich gewesen wäre. Obwohl er recht gut aussah, strahlte er eine fast brutale

Kälte aus, was ihn überaus unattraktiv machte. »Ihr Erschrecken erstaunt mich, Miss Emma«, sagte er. »Meine Männer und ich waren nie mehr als einen Steinwurf von Ihnen und Steven entfernt, seit ich ihn an jenem Tag auf dem Treck einholte.«

Emma errötete vor Scham, als sie an die intimen Szenen dachte, bei denen er sie vielleicht beobachtet hatte. Doch dann erinnerte sie sich daran, wie er sie entführt und mit seiner Waffe bedroht hatte, und wurde von heftigem Zorn erfaßt. »Steven hat Ihren Sohn nicht ermordet«, sagte sie kalt. »Und auch nicht dieses arme Mädchen – Mary McCall!«

»Mein Halbbruder kann sehr überzeugend sein«, erwiderte Macon freundlich, aber seine braunen Augen funkelten vor unterdrücktem Haß. »Und wie ich sehe, hat er seinen Charme dazu benutzt, Sie davon zu überzeugen, daß sein Herz so rein ist wie frischgefallener Schnee.«

Wieder versuchte Emma, sich ihm zu entziehen, aber er umklammerte ihre Hand, und seine andere grub sich so hart in ihren Rücken, daß es schmerzte. Hilflos schaute sie sich unter den anderen Tänzern und Gästen nach Steven um. Sie sah, daß er sich mit Frank Deva unterhielt, doch er schien Emmas Blick zu spüren, denn er drehte sich ganz unvermittelt um und schaute in ihre Richtung.

Anscheinend hatte er gedacht, Emma tanzte noch mit Fulton. Als er Macon erblickte, kam er rasch auf sie zu.

Macon zog Emma so fest an sich, daß ihre Stirn seine berührte und ihre Brüste seine Brust. »Wenn Sie nach New Orleans kommen und mein lieber Bruder aus dem Weg ist«, zischte er ihr haßerfüllt zu, »werde ich Sie lehren, daß man für einen Mörder nicht die Beine breitmacht!« Dann ließ er sie stehen und machte sich rasch davon.

Als Steven an ihr vorbeieilte, ergriff Emma seinen Arm. »Laß ihn gehen«, flüsterte sie. »Laß ihn einfach gehen.«

Steven schien zu zögern, dann kehrte er Macon den Rücken zu und nahm Emma zärtlich bei der Hand. »Komm, laß uns den Hochzeitskuchen anschneiden, den Daisy für uns gebacken hat.«

Angewidert schaute Joellen Lenahan sich in dem schmutzigen, unaufgeräumten Büro von Marshal Woodridge um. Sie hatte Angst, ihr neues Kleid aus weißem Organdy zu beschmutzen, und war begierig, auf die Party zurückzukehren. Angesichts ihrer bevorstehenden Abreise nach Boston stand zu befürchten, daß dies ihre letzte Gelegenheit sein würde, sich zu vergnügen . . .

»Mußte dieser alte Narr ausgerechnet heute in Pension gehen?« murmelte sie ärgerlich, als ihr Vater die alten Fahndungsmeldungen an den Wänden überprüfte und die meisten von ihnen fortwarf.

»Sei still, Joellen«, mahnte Big John ungeduldig. »Räum den Schreibtisch auf – oder tu sonst etwas!«

Joellen seufzte. »Die Party ist noch nicht vorbei«, beschwerte sie sich, während sie die Schreibtischschublade aufzog und das Durcheinander von Papieren darin betrachtete. »Du hättest mich bei Chloe bleiben lassen können, während du das hier erledigst.«

»Noch ein Wort, Joellen . . .« warnte ihr Vater, ohne sich nach ihr umzusehen. »Noch ein einziges Wort!«

Schmollend kippte sie den Inhalt der Schublade auf den Tisch und begann die Papiere durchzusehen. Einige waren Fahndungsmeldungen, andere Briefe und Telegramme.

Als Joellen schon im Begriff war, sämtliche Papiere in den Abfall zu werfen, fiel ihr ein kleiner blauer Umschlag mit einer auffallend weiblichen Handschrift auf. Mit einem verschmitzten Lächeln bereitete Joellen sich auf die Entdeckung vor, daß der zahnlose alte Marshal eine Affäre mit irgendeiner Dame in – Joellen überprüfte schnell den Absender – im Staate Washington unterhalten hatte.

Rasch zog sie das einzelne Blatt aus dem Kuvert und war anfangs enttäuscht, als sie merkte, daß es sich nicht um einen Liebesbrief handelte. Doch dann, als ihr zu Bewußtsein kam, daß niemand anders als Lily Chalmers, eine der verlorenen Schwestern dieser hochnäsigen Ziege Emma Chalmers, den Brief geschrieben hatte, wurde Joellen von einer prickelnden Erregung gepackt.

Plötzlich sah sie ihre Chance gekommen, sich bei Emma

dafür zu rächen, daß sie ihr Steven weggenommen hatte – und sie nahm sie wahr. Rasch steckte sie den Brief in ihre Tasche und begann heiter mit ihrem Vater zu plaudern, der sich zu ihr umgedreht hatte.

»Ist etwas Interessantes dabei?« fragte er.

Joellen schüttelte den Kopf. »Nur Fandungsmeldungen von Leuten, die entweder schon tot waren, als ich geboren wurde, oder längst im Gefängnis sitzen.«

Big John seufzte und schob die Daumen in seinen breiten Ledergürtel. »Ich muß verrückt gewesen sein, als ich mich zum Bürgermeister wählen ließ.« Nachdenklich runzelte er die Stirn. »Vielleicht könnte ich Frank Deva dazu bewegen, Woodridges Posten zu übernehmen. Er würde einen guten Marshal abgeben ... Obwohl ich ihn andererseits nicht gern verlieren würde.«

Joellen brachte kein Interesse für die Frage auf, wer Whitneyvilles nächster Marshal werden sollte. Sie wollte nur auf die Party zurückkehren, tanzen und flirten und sich in dem herrlichen Bewußtsein sonnen, diesen für Emma so wichtigen Brief in ihrer Tasche zu haben. »Meinst du nicht, ich wäre alt genug, um mein Haar aufgesteckt zu tragen?« fragte sie, um das Gespräch auf ein interessanteres Thema – wie ihre eigene Person – zu lenken.

Big John runzelte ärgerlich die Stirn. »Nach deinem Ausflug ins Indianerland kannst du froh sein, daß du überhaupt noch Haare hast.«

Auch das war ein Thema, das Joellen lieber vermied. »Können wir jetzt zur Party zurückgehen? Bitte, Daddy?«

Der Rancher strich sich mit der Hand über sein schütteres weißes Haar und nickte. »Ich wollte sowieso mit Deva sprechen.«

Obwohl sie nie gewagt hätte, es laut auszusprechen, vermutete Joellen, daß es Chloe Reese war, die ihr Vater sehen wollte, und daß er dabei auch nicht unbedingt ›reden‹ im Sinn hatte.

Steven fand keine Ruhe, als er an diesem Abend im Stardust saß. Viel lieber wäre er zu Chloes Haus zurückgegangen, um sich mit Emma ins Schlafzimmer zurückzuziehen. Aber sie und Chloe waren schon seit einiger Zeit in eine Unterhaltung ›von Frau zu Frau‹ vertieft, und er wollte sie dabei nicht stören.

Daher war er sehr erleichtert, als er Big John hereinkommen sah. Der Rancher blickte sich suchend um und kam dann lächelnd auf Stevens Tisch zu.

»Darf ich mich zu Ihnen setzen?«

»Gern«, sagte Steven und machte dem Kellner ein Zeichen, ein zweites Glas zu bringen. Als er kam und Big John ihm gegenübersaß, schenkte er ihm aus seiner Flasche Bourbon ein.

»Sind Sie auch aus dem Haus vertrieben worden?« erkundigte Big John sich gutmütig, nachdem er den ersten Drink hinuntergestürzt und sich einen zweiten eingeschenkt hatte. »Na, wenn das nicht eine Verbesserung ist nach der Erdbeerbowle!« sagte er und leckte sich die Lippen.

Steven grinste. »In beiden Fragen muß ich Ihnen zustimmen«, antwortete er.

»Sie werden uns hier fehlen, Fairfax«, fuhr Big John fort, ernster werdend »Sie waren ein guter Vorarbeiter, und Sie wären auch ein feiner Marshal gewesen.«

Die Vorstellung rang Steven ein Lächeln ab. In Louisiana wurde er wegen Mordes gesucht, und hier wollten sie ihn zum Marshal ernennen. Wenn das keine Ironie des Schicksals war! Doch dann sagte er nur: »Ich habe zu Hause einiges zu erledigen.«

Big John nickte, nippte an seinem zweiten Drink, und erwiderte freundlich: »Auf meiner Ranch werden Sie immer Arbeit finden, falls es Sie je wieder hierher zurückziehen sollte.«

Steven nickte. »Danke. Ich bin froh, daß Sie mir die Sache mit Joellen nicht übelnehmen.«

Lenahan lachte. »Sie ist ein Wildfang, die Kleine«, meinte er liebevoll, »aber ich hoffe, daß es mit den Jahren besser wird. Ich bin Ihnen sehr dankbar, daß Sie sich um sie gekümmert und die Situation nicht ausgenutzt haben. Viele Männer hätten das nämlich getan.«

»Joellen wollte Ihnen sagen, ich hätte sie kompromittiert.

Offen gestanden war ich sehr überrascht, als Sie mich nicht einmal danach fragten.«

Wieder lachte John. »Oh, erzählt hat sie es mir schon, aber natürlich habe ich ihr nicht geglaubt. Es war übrigens gut, daß Sie sie übers Knie gelegt haben, denn auf diese Weise blieb es mir erspart, ihr selbst den Hintern zu versohlen. Auch dafür vielen Dank, Fairfax.« Die beiden Männer tranken in kameradschaftlichem Schweigen, während sie den Tanzmädchen zuschauten und dem kehligen Song einer Frau lauschten, die den Pianospieler begleitete.

Als Chloe hereinkam, wie üblich sehr elegant, und sich dem Tisch näherte, standen Big John und Steven auf.

Chloe lächelte erfreut über diesen kleinen Höflichkeitsbeweis. »Sie können jetzt zu Ihrer Frau nach Hause gehen, Mr. Fairfax«, sagte sie zu Steven. »Emma und ich haben unser Gespräch beendet. Was dich betrifft, Big John«, fuhr sie fort, wobei sie ihre Stimme änderte, leiser und heiserer wurde, »so hätte ich gern ein Wort mit dir geredet. Unter vier Augen.«

Zu Stevens Belustigung errötete Big John, aber er nickte, und als Chloe auf die Treppe zuging, folgte er ihr eifrig.

Steven grinste, als er Geld auf den Tisch legte und den verrauchten Saloon verließ.

Im gleichen Augenblick, als er die Schwelle überschritt, löste sich Macon aus der Dunkelheit, als sei er ein Teil von ihr gewesen.

»Ich wollte mich nur überzeugen, daß du nicht wieder die Flucht ergreifst«, bemerkte Stevens Halbbruder, während sie nebeneinander über die Straße gingen.

»Das habe ich nicht vor, und das weißt du«, erwiderte Steven kalt, ohne Macon eines Blickes zu würdigen. »Du willst mich nur so unglücklich machen, wie es geht.«

»Du weißt noch gar nicht, was es heißt, unglücklich zu sein«, erwiderte Macon heiter. »Aber du wirst es lernen, sobald du hinter Gittern sitzt und ich deine süße kleine Frau in meinem Bett habe. Zuerst wird sie es natürlich nicht wollen, aber ich kenne diesen Typ Frau. Sie behaupten, sie wären nicht interessiert, aber wenn man sie auf der Matratze hat, fangen sie an zu stöhnen und zu keuchen und machen bereitwillig die Beine breit. Und das Theater, das sie erst veranstalten, wenn sie kommen...«

Am Ende seiner Geduld angelangt, packte Steven Macon an den Rockaufschlägen, stieß ihn hart gegen die Mauer der Zeitungsredaktion und versetzte ihm einen Hieb in die Magengrube.

Macon gab ein Geräusch von sich, das halb wie ein Lachen, halb wie ein Stöhnen klang, preßte beide Hände auf den Bauch und rang nach Atem. »Deine Mutter war genau wie sie«, keuchte er erstickt. »Eine heißblütige kleine Hure, die ihre Spielchen mit reichen Männern trieb.«

Stevens Hand ballte sich erneut zur Faust, aber diesmal gelang es ihm, sich zu beherrschen, weil er spürte, daß Macon geschlagen werden *wollte*. Irgendwie schien er ein perverses Vergnügen daraus zu beziehen. Von Abscheu erfaßt, wandte Steven sich zum Gehen.

»Nächsten Monat um diese Zeit wirst du vom Galgen baumeln«, schrie Macon ihm nach. »Und neun Monate danach wird diese Emma im Kindbett schwitzen und den ersten meiner Bastarde zur Welt bringen!«

Stevens Hand glitt zu seinem Colt, aber er zog ihn nicht. Er ging einfach weiter, als hätte er nichts gehört.

Doch Macon hatte schreckliche Vorstellungen in ihm ausgelöst. Steven drehte sich fast der Magen um, und die Galle stieg ihm in die Kehle.

Wie immer war der Gedanke an Emma seine Rettung und seine Verdammung. Er sah sie vor sich, wie sie lachend ein Stück Hochzeitskuchen in den Mund schob, und ging unwillkürlich schneller.

Als er Chloes Haus in der Dunkelheit auftauchen sah, rannte er fast schon, denn zum ersten Mal war ihm bewußt, wie rücksichtslos er bisher mit seinem Leben umgegangen war, wie gleichgültig es ihm gewesen war, ob er es behielt oder ob er es verlor. Und jetzt, durch Emma, war ihm jeder Herzschlag, jeder Atemzug unendlich kostbar.

Emma stand vor dem bodenlangen Spiegel in ihrem Zimmer. Während sie sich in dem duftigen weißen Spitzennachthemd, das Chloe ihr für ihre Hochzeitsnacht geschenkt hatte, betrachtete, dachte sie an das lange Gespräch mit ihrer Adoptivmutter.

Chloe hatte seufzend Emmas Hand gedrückt und zu ihr gesagt: »Es hat mir immer furchtbar leid getan, daß ich diesem verdammten Zug damals nicht gefolgt bin und sie gezwungen habe, mir Lily zu geben. Dann wärt wenigstens ihr beide zusammen aufgewachsen. Aber ich muß ganz ehrlich zugeben, daß schon die Vorstellung, *eine* Tochter zu haben, mich damals ziemlich überwältigt hat.«

Emma hatte ihr versichert, daß sie es verstand, und das stimmte auch.

Es klopfte leise an der Schlafzimmertür, dann ging sie auf, und Steven kam herein.

»Ich dachte schon, du gehörtest zu den Ehemännern, die mehr Zeit in den Saloons verbringen als zu zu Hause«, bemerkte Emma.

Stevens Blickte glitten bewundernd über ihren Körper, und sie empfand es wie ein Streicheln. »Glaub mir«, sagte er leise, »in den nächsten vierzig oder fünfzig Jahren wirst du merken, daß ich ein völlig anderer Ehemann bin als die meisten.«

Emma fühlte sich auf köstliche Weise verwundbar in dem fast durchsichtigen Nachthemd, und als Steven seinen Rock und Hut ablegte und sie in die Arme zog, stockte ihr der Atem vor Erregung. Sie lockerte seine Krawatte und legte ihre Hände auf seine Schultern. »Ich bin so froh, daß du am Tag der Explosion im Yellow Belly warst«, sagte sie. »Sonst wäre ich dir nie begegnet.«

Steven lächelte, und seine Augen funkelten verlangend, während er ihr das duftige Nachthemd von den Schultern streifte. »Ich hätte dich lieber bei einem Ball kennengelernt, Emma. Oder in deiner Bibliothek.«

Emma schaute ihm fest in die Augen, als das Nachthemd auf ihre Taille rutschte und Steven ihre Brüste betrachtete. Er strich mit dem Zeigefinger über jede ihrer rosigen Knospen, dann beugte er den Kopf, um ihren Mund zu küssen.

Zuerst war es nur ein ganz zarter, sehr sanfter Kuß, aber

dann öffnete Emma die Lippen. Ein leises Stöhnen drang tief aus ihrer Kehle, als sie das Nachthemd an ihren nackten Beinen hinuntergleiten spürte.

Sie zog Stevens Hemd unter seinem Gürtel hervor und beobachtete gespannt, wie er mit schnellen, geschickten Bewegungen seinen Waffengurt ablegte und sein Hemd, die Hose und die Stiefel folgen ließ.

Noch während sie standen, ließ Steven seine Hände über ihren Körper gleiten, und wieder berührte er sie dort an der verborgenen Stelle, wo sie es so liebte.

»Steven«, flüsterte sie, als sie seine Finger in sich eindringen fühlte, und er senkte den Kopf und küßte ihren Mund.

Irgendwann zog Steven seine Hand zurück und setzte Emma auf die Kante des breiten Betts. Streichelnd und mit sanften, beruhigenden Worten brachte er sie in die Postion, die er sich wünschte, dann drang er von hinten in sie ein und füllte die quälende Leere in ihr aus.

Seine Hände streichelten unablässig ihre Schenkel, ihren Bauch und ihre Brüste, als er sich in ihr zu bewegen begann.

Emma fühlte die vertraute Erregung in sich aufsteigen, die diese ungewohnte Stellung höchstens noch verstärkte.

Als ein Erschauern durch ihren Körper ging, das ihr den nahen Höhepunkt ankündigte, hielt Steven inne und küßte ihre Schultern und ihre Wirbelsäule. Sein Atem ging genauso schwer wie ihrer.

Ärgerlich rief sie aus: »Warum hörst du auf?«

»Ich möchte, daß es länger dauert«, antwortete er, und zu ihrer großen Erleichterung, begann er sich wieder zu bewegen.

Emma klammerte sich an die Bettdecke, als ihr Körper von einer überwältigenden Ekstase erfaßt wurde und Wellen heißer Lust sie überrollten. Ein leises, anhaltendes Stöhnen kam tief aus ihrer Kehle, und Steven umfaßte ihre Brüste und erhöhte ihre ohnehin fast unerträgliche Erregung noch, indem er die zarten Spitzen ihrer Brüste zwischen seinen Fingern rollte.

Irgendwann verstummte Emma, so ermattet und zutiefst befriedigt, daß sie auf das Bett gesunken wäre, wenn Steven nicht ihre Hüften festgehalten hätte. Mit schnellen, harten Stößen suchte er nun seinen eigenen Höhepunkt, und sie war fassungslos, als sie, während sich seine Leidenschaft in ihr ergoß, zum zweiten Mal den Gipfel der Ekstase erreichte.

Sie drehte sich auf den Rücken, als er sie freigab und starrte blind zur Decke auf, während ihre Brüste sich hoben und senkten und sie nach Atem rang. Unerwartete Tränen erschienen in ihren Augen, als Steven sich neben ihr ausstreckte.

Er wischte sie sanft mit dem Daumen ab. »Pst, nicht weinen«, sagte er.

»Wir haben zuviel, Steven«, wisperte Emma erschüttert. »Sie werden uns nie erlauben, soviel zu haben . . .«

»Pst«, wiederholte Steven noch einmal, küßte ihre Augenlider und dann ihren Mund. Aber insgeheim befürchtete er, daß sie recht haben könnte, und Emma wußte es.

19

Emma zerknüllte ein Taschentuch in ihrer Hand, als der Zug mit einem langgezogenen schrillen Pfiff abfuhr. Steven, der neben ihr saß, bedeckte ihre Hand mit seiner, und sie schaute ihn an.

»Ist es das erste Mal, daß du wieder mit dem Zug fährst, seit du aus Chicago kamst?« erkundigte er sich leise.

Emma nickte. Die Reise in dem ›stählernen Pferd‹ brachte schmerzliche Erinnerungen mit sich.

»Erzähl mir davon«, sagte Steven, hob ihre Hand an seine Lippen und küßte ihre Fingerspitzen.

Im allgemeinen wollten die Leute nichts von Emmas so lange zurückliegender Fahrt in dem Waisenkinderzug hören. Nicht einmal Fulton, der fast ihr Mann geworden wäre, hatte sie ermutigt, ihm von der Trennung von ihren Schwestern zu erzählen. Deshalb blickte sie Steven jetzt in stummer Überraschung an.

Ich höre, sagte sein Gesichtsausdruck.

Emma räusperte sich. »Wir lebten in Chicago«, begann sie zögernd. »Mama war eine sehr schöne Frau, und ich bin sicher, daß sie es gut mit uns gemeint hat, aber sie war schwach. Und sie liebte Männer.« Sie machte eine Pause. »Lily und Caroline und ich, wir hießen alle Chalmers, aber ich kann mich an keinen Vater entsinnen, und irgendwie bin ich sicher, daß wir nicht den gleichen Vater hatten . . .«

Steven hörte ihr geduldig zu.

Als sie ihre Geschichte beendet hatte, waren sie schon sehr weit von Whitneyville entfernt.

»Erzähl mir jetzt etwas von dir«, forderte sie ihn auf, weil sie es unnatürlich fand, daß sie so wenig von dem Mann wußte, den sie geheiratet hatte.

Seufzend lehnte er sich gegen die gepolsterte Lehne. »Viel gibt es nicht zu sagen. Meine Mutter war die Geliebte eines reichen Mannes, und ich war der Sohn aus dieser Verbindung. Ich lebte bei ihr, bis ich sechs oder sieben war, dann wurde ich nach St. Matthew's geschickt, auf ein Internat für Jungen. Maman starb, als ich vierzehn war, und ich fühlte mich sehr allein auf der Welt. Als ihr Liebhaber – mein Vater – starb, ging ich zum Friedhof und stand draußen vor dem Tor, um mir das Begräbnis anzusehen.

Mein Großvater entdeckte mich dort und kam zu mir, um mit mir zu sprechen. Cyrus sagte, ich gehörte zu Fairhaven und zur Familie. Ich hatte meine Zweifel, die habe ich heute noch, aber da mir die Idee gefiel, irgendwohin zu gehören, zog ich zu ihnen.

Es war anfangs nicht leicht für mich, aber dann entwickelte ich eine starke Zuneigung zu Cyrus, und mit Macons Frau, Lucy, verstand ich mich auch sehr gut.

Damals war Krieg, und die Yankees kamen und besetzten New Orleans – und Fairhaven. Ich stahl eine Uniform von der Wäscheleine und zog sie an, um an den Straßenposten vorbeizukommen. Als ich in Sicherheit war, warf ich die Sachen fort und meldete mich bei den Konföderierten.

Nach General Lees Niederlage kehrte ich nach New Orleans zurück, und eine Zeitlang sah es so aus, als hätte ich endlich ein Heim gefunden. Dann geschah der unglückliche Zwischenfall mit Dirk, und Mary wurde tot aufgefunden. Ich flüchtete in jener Nacht, und seitdem war ich nicht mehr in Louisiana.«

Emma lehnte ihre Stirn an Stevens Schulter und drückte seine Hand. Beide hatten Einsamkeit erlebt, als Kinder und als Erwachsene, was ihrer Liebe eine bittersüße Dimension verlieh. »Vielleicht sollten wir nach Chicago fahren, Steven, und New Orleans vergessen . . .«

»Dazu würde ich nicht raten«, wandte eine dritte Stimme ein.

Steven schloß für einen Moment die Augen, aber Emma drehte sich um und sah, daß Macon mit einem dreisten Grinsen hinter ihren Sitzen stand.

Für den Rest der Fahrt, die volle fünf Tage dauerte, war Macon immer in der Nähe, setzte sich ihnen gegenüber oder hinter sie. Wenn sie den Speisewagen aufsuchten, folgte er ihnen und setzte sich so, daß sie ihn sehen mußten, und wenn sie sich in den Schlafwagen zurückzogen, klopfte er regelmäßig an die Tür und rief ihnen ein kameradschaftliches »Gute Nacht« zu.

Steven und Emma schliefen sehr wenig im Verlauf ihrer Reise; da sie wußten, daß sie bald vielleicht für immer getrennt sein würden, liebten sie sich bis in die frühen Morgenstunden.

Die Luft war heiß und schwül, als sie New Orleans erreichten, obwohl es noch früh am Tage war. Emma hatte keinen Blick für die schöne, fremde Umgebung; sie konnte nur daran denken, daß sie Steven hier vielleicht verlieren würde.

Pfeifend und dampfend lief der Zug in den Bahnhof ein. Steven zog Emma an sich und gab ihr einen langen, verzehrenden Kuß, bevor er aufstand und ihr die Hand reichte.

»Willkommen zu Hause.« Macon war im Gang hinter ihnen erschienen. »Ich habe dir zu Ehren ein kleines Begrüßungskomitee erscheinen lassen.«

Ein Muskel an Stevens Wange zuckte, aber er erwiderte nichts, legte nur seinen Arm um Emma und zog sie an sich, während er für einen Moment Mut sammelte.

Wie Emma schon halb erwartet hatte, standen zwei U. S. Marshals auf dem Bahnsteig. Kaum hatte Steven den Zug verlassen, traten sie ihm in den Weg. »Steven Fairfax?«

Emmas Herz setzte einen Schlag aus, und als Steven nickte, klammerte sie sich verzweifelt an seinen Arm.

»Sie stehen unter Arrest wegen des Mordes an Mary Davis McCall«, sagte der ältere der beiden Männer ernst und zog Handschellen aus seiner Rocktasche.

Emma schaute sich hilfesuchend um, obwohl sie wußte, daß es sinnlos war. Ihr Mann würde ins Gefängnis gebracht werden, und sie war allein in einer fremden Stadt.

Stevens Hände wurden hinter seinem Rücken gefesselt. Er sagte kein Wort zu den Marshals und wehrte sich auch nicht, schaute nur Emma an und flehte schweigend um Verständnis. Dann richtete er den Blick auf Macon.

»Rühr sie an«, schwor er mit leiser Stimme, »und ich verfüttere dich an die Krokodile, Stück für Stück.«

Macon grinste noch, als ein weißhaariger Mann mit buschigen Augenbrauen auf sie zukam. Wie die meisten Männer hier trug er einen hellen Anzug und eine schwarze Samtschleife an seinem Kragen. Seine blauen Augen blickten gütig, als er zuerst Steven ansah, dann Emma, und ihr die Hand reichte.

»Hallo, Emma«, sagte er schlicht.

Ihr Blick glitt zu Steven, der unsanft fortgezogen wurde. Tränen sammelten sich hinter ihren Lidern und blendeten sie; sie wollte herausschreien, daß er unschuldig war, doch sie wußte, daß das alles nur verschlimmert hätte.

Während ein sehr zufriedener Macon Steven nachsah, lächelte der alte Mann Emma an und reichte ihr ein Taschentuch. »Da mein Enkel sich keine Mühe gibt, uns vorzustellen«, sagte er mit einem ärgerlichen Blick auf Macon, »werde ich es selbst übernehmen. Ich bin Cyrus Fairfax und betrachte mich – jetzt, wo Sie zu unserer Familie gehören – als Ihren Großvater.«

Emma trocknete ihre Tränen und straffte die Schultern. Sie

würde Steven keine große Hilfe sein, wenn sie sich in Tränen und Selbstmitleid erging. »Ich bin Emma«, sagte sie, obwohl er das schon wußte. »Und mein Mann hat niemanden umgebracht.«

»Ich neige dazu, Ihnen recht zu geben«, erwiderte Cyrus, legte Emma die Hand auf den Rücken und führte sie auf die Bahnsteigtreppe zu. »Und während wir darauf warten, daß sich auch der Rest der Welt zu unserer Ansicht bekennt, werden wir uns besser kennenlernen.«

Emmas Dankbarkeit war fast so groß wie ihre Verzweiflung. Wenn Cyrus nicht am Bahnsteig erschienen wäre, hätte sie jetzt ganz allein mit Macon dagestanden. Und diese Aussicht erschien ihr alles andere als erfreulich. Sie nahm den Arm, den Cyrus ihr bot, und lächelte unter Tränen zu dem alten Mann auf. Er führte sie zu einer wartenden Kutsche, half ihr hinein und stieg dann selbst ein. Da sich das Gefährt sofort in Bewegung setzte, als sie saßen, war es klar, daß sie nicht auf Macon warten würden.

Emma sank erleichtert zurück.

Fairhaven befand sich im nördlichen Teil der Stadt, wie Emma merkte, und sein erster Anblick riß Emma aus ihren trüben Überlegungen. Es war ein imposantes Haus mit mächtigen weißen Säulen und gepflegten Rasenflächen. Wunderschöne alte Magnolienbäume mit rosa, lila und weißen Blüten säumten die lange, gewundene Einfahrt, und eine sanfte Brise trug den süßlichen Duft der Blüten zu Emma hinüber.

Obwohl sie wußte, daß Steven nicht arm war, hätte sie doch nie geglaubt, daß seine Familie so reich war, und nun wandte sie sich mit fragendem Blick an Cyrus.

»Hat er es Ihnen nicht gesagt?« fragte der alte Mann, und seine gütigen Augen zwinkerten ein bißchen.

Emma schüttelte den Kopf. Es kam ihr jetzt wie eine Ironie des Schicksals vor, daß sie Steven anfangs nicht hatte heiraten wollen, weil sie angenommen hatte, daß er ihr nicht die gleiche gesellschaftliche Position wie Fulton bieten konnte.

Die Kutsche hielt vor dem Haus, und eine zierliche blonde Frau kam herausgelaufen. Sie war ganz in Schwarz gekleidet, und Emma fragte sich, wer wohl gestorben sein mochte. Vielleicht hatte das Fieber auch schon dieses prächtige Haus erreicht . . .

»Das ist Lucy«, erzählte Cyrus ihr, während er wartete, daß der Kutscher die Tür öffnete. »Sie ist Macons Frau.«

Als Emma sah, wie sich die Frau eilig näherte, einen eifrigen Ausdruck in ihrem puppenhaft schönen Gesicht, empfand sie Mitleid mit ihr. »Ist jemand gestorben?«

»Nein, Lucy trauert um ihre Träume«, sagte Cyrus leise, und dann schwang die Tür auf.

»Hast du sie mitgebracht?« fragte Lucy. »Ist sie da?«

Cyrus lachte und half Emma aus der Kutsche. Dabei zuckte ein beunruhigender Krampf durch ihren Unterleib, und sie mußte die Zähne zusammenbeißen, um nicht aufzuschreien.

Lucy hatte große, dunkle Augen, und ihre Haut war makellos glatt wie feinstes englisches Porzellan. Freudig ergriff sie Emmas Hand. »Es wird schön sein, noch eine Frau im Haus zu haben«, sagte sie mit ihrem weichen Südstaatenakzent. »Seit ich herkam, bin ich zahlenmäßig immer die Unterlegene gewesen.«

Sie mußte Emmas Verblüffung gespürt haben, denn nun lachte sie und fügte verschmitzt hinzu: »Sie fragen sich, woher wir wußten, daß Sie kommen würden? Nun, ganz einfach – Steven hat uns ein Telegramm geschickt. Er wollte Sie nicht Macons Gnade überlassen.«

Emma war zuerst erstaunt, daß Lucy so gelassen über die Schuftigkeit ihres Mannes sprechen konnte, dann dachte sie traurig, daß Lucy wahrscheinlich so an Macons Brutalität gewöhnt war, daß sie ihr inzwischen nicht mehr Beachtung schenkte als seiner Schuhgröße oder dem Datum seiner Taufe.

»Ich freue mich sehr, Sie kennenzulernen«, sagte Emma aufrichtig.

»Mein Gott, Sie Arme!« rief Lucy kopfschüttelnd, legte Emma einen Arm um die Schultern und führte sie auf das große Portal zu. »Da haben Sie jetzt tagelang in diesem schrecklichen Zug gesessen und bestimmt kaum geschlafen und gegessen, und ich lasse Sie wie eine Hausiererin auf der Schwelle stehen!«

Die Krämpfe in Emmas Unterleib wurden stärker, und auf einmal wußte sie, daß sie kein Baby haben würde, wie sie es sich so sehnlichst erhofft hatte. Allem Anschein nach hatten sich ihre Monatsblutungen eingestellt.

»Sie möchten bestimmt ein Bad und etwas Tee«, sagte Lucy.

Emma nickte düster.

»Dort finden Sie eine Wanne.« Lucy zeigte auf eine Tür. »Jesse – das ist unser Butler – bringt Ihr Gepäck herauf, sobald es vom Bahnhof eintrifft. In der Zwischenzeit kann ich Ihnen einen Morgenrock von mir borgen.«

»Sie sind sehr freundlich«, sagte Emma dankbar.

Als Lucy fort war, öffnete Emma die Tür, die ihre Schwägerin ihr gezeigt hatte, und entdeckte die versprochene Badewanne. Sie war lang und tief und hatte vergoldete Klauenfüße.

Emma drehte die Hähne auf und befestigte den Stöpsel in der Wanne. Aber erst als sie glaubte, daß das Geräusch des laufenden Wassers alles andere übertönen würde, ließ sie ihren Tränen freien Lauf.

Nach dem Bad und in Lucys Morgenmantel gehüllt, begann Emma sich ein wenig besser zu fühlen, und sie tröstete sich mit dem Gedanken, daß sie und Steven nicht nur weitere Gelegenheiten haben würden, Kinder zu zeugen, sondern sie auch gemeinsam aufzuziehen. Aber jetzt im Moment brauchte Steven ihre ganze Kraft, und sie war entschlossen, ihn nicht zu enttäuschen.

Als Lucy mit dem Tee erschien, brachte Emma ihr zuliebe sogar ein Lächeln zustande. Gemeinsam setzten sie sich an einen kleinen Tisch beim Fenster. Lucys schwarzes Kleid wirkte warm und unbequem, und Emma glaubte, wieder Cyrus' Worte zu vernehmen: ›Lucy trauert um ihre Träume‹.

»Es ist sehr lieb von Ihnen, mich so herzlich zu empfangen«, sagte Emma. »Ich vermute, daß Steven Ihnen nicht viel über uns erzählt haben wird«, meinte Lucy, ohne auf Emmas Bemerkung einzugehen. »Macon haßt ihn, wie Sie sicher wissen, aber Cyrus und Nathaniel und ich betrachten ihn als Mitglied der Familie.«

»Nathaniel?«

»Ach, diese Familie ist so kompliziert«, erwiderte Lucy seufzend, während sie den Tee einschenkte. »Nathaniel ist eigentlich ein Cousin von Steven und Macon. Wir haben ihn bei uns aufgenommen, als sein Daddy im Krieg ums Leben kam.« Ihre Augen leuchteten auf, als erinnerte sie sich an etwas sehr Angenehmes. »Er war damals kaum mehr als ein Baby. Ich habe ihn aufgezogen wie einen Sohn.«

An ihre eigene Enttäuschung denkend, fragte Emma: »Haben Sie und Macon Kinder?«

Die Worte schienen Lucy zu durchdringen wir eine Lanze; sie versteifte sich auf ihrem Stuhl, und für einen Moment huschte ein Ausdruck der Qual über ihr Gesicht. »Unser Herrgott hat uns nie ein Kind geschenkt«, antwortete sie mit weicher Stimme, die Verwirrung und ein Gefühl des Betrogenseins verriet. »Das war sehr nachlässig von Ihm, finden Sie nicht?«

Emma nickte und bereute, das Thema zur Sprache gebracht zu haben. Es war ganz bestimmt nicht ihre Absicht gewesen, ihre einzige Freundin in ganz Louisiana zu verletzen. »Verzeihen Sie mir«, bat sie leise.

Lucy drückte ihre Hand und strahlte schon wieder, und zum ersten Mal fiel Emma auf, daß etwas Unnatürliches, Aufgesetztes an ihrem Lächeln war. »Machen Sie sich nichts daraus, Emma. Wir werden uns blendend verstehen, Sie und ich. Es wird sich herausstellen, daß Steven unschuldig ist, und dann werdet *ihr* beide Fairhaven mit Kindern füllen.«

»Ich hoffe, daß Sie recht behalten«, erwiderte Emma zerstreut und schaute in den blühenden Garten hinaus. Aber sie nahm nichts von der ganzen Pracht wahr; sie sah nur Steven, wie er mit gefesselten Händen zum Galgen geführt wurde.

Nach dem Tee schlief Emma eine Weile unruhig, bis Lucy kam, um sie zum Dinner abzuholen.

»Ist mein Gepäck eingetroffen?« fragte Emma.

Lucy nickte. »Jubal hat schon alles für Sie eingeräumt«, erwiderte sie. »Aber Sie brauchen unbedingt neue Sachen. Die Kleider, die Sie mitgebracht haben, sind nicht passend für New Orleans.«

»Jubal?« Das letzte, worüber Emma sich jetzt Gedanken machten wollte, war der Zustand ihrer Garderobe. Sie stand auf und fand ein schlichtes blaues Baumwollkleid im Schrank und frische Unterwäsche in der Kommode.

»Jubal ist Ihre Zofe, Emma«, erwiderte Lucy mit gutmütigem Vorwurf. »Ihre Mama war noch eine Sklavin. Aber Jubal ist natürlich frei.«

Emma dachte, daß Freiheit etwas Verwirrendes sein mußte für einen Menschen, der sein Leben lang versklavt gewesen war. Aber sie behielt diese Ansicht für sich, trat hinter eine Spanische Wand und zog sich an.

Das Abendessen wurde in einem geräumigen Speisesaal mit drei prächtigen Kristallüstern serviert, an einem langen Tisch, der mit feinstem Porzellan und Silber gedeckt war.

Emma fragte sich, wie all diese Kostbarkeiten die Invasion des Feindes unbeschadet überstanden hatten, und Cyrus, der ihre Gedanken zu erraten schien, bemerkte lächelnd: »Wir hatten das Glück, daß unsere Eroberer Gentlemen waren.«

Macon, der sich im Gegensatz zu seinem Großvater bei Emmas und Lucys Erscheinen nicht erhoben hatte, entfaltete seine Serviette und gab einen verächtlichen Laut von sich. »Gentlemen!« schnaubte er angewidert.

Emma tat, als existierte Macon nicht, und richtete ihren Blick auf den dünnen, langaufgeschossenen Jungen, der ihr gegenübersaß. Er hatte welliges braunes Haar und große graue Augen und schien ungefähr so erfreut über Emmas Anblick wie Macon über das Erscheinen einer Truppe Yankees.

»Sie müssen Nathaniel sein«, sagte Emma freundlich.

Einen Moment lang starrte er sie nur an. Dann, nach einem trotzigen Blick auf Cyrus, verkündete er: »Sie werden Steven hängen, und er hat es verdient.«

»Verlaß sofort den Tisch«, sagte Cyrus flach, ohne den Jungen dabei auch nur anzusehen.

Nathaniel stieß seinen Stuhl zurück und rannte aus dem Raum.

»Wirst du mich auch vom Tisch fortschicken?« fragte Macon seinen Großvater kühl.

»Wenn es sein muß«, erwiderte Cyrus gelassen.

Macon versank in brütendes Schweigen, und Lucy versuchte, die Anwesenden mit fröhlichem Geplauder abzulenken. Aber selbst für Emma, die die Frau mochte, war es fast zu anstrengend, ihr zuzuhören.

Sie war daher dankbar, als Cyrus die Unterhaltung auf die Familiengeschäfte lenkte. »Unser Kapital begründet sich hauptsächlich auf Baumwolle«, erklärte er Emma, »obwohl wir auch in der Holzindustrie Interessen haben. Und auf dem Goldmarkt.«

»Bundesgold«, warf Macon bitter ein.

Cyrus ignorierte ihn. »Zum Glück hatten wir bei den ersten Anzeichen, daß es Krieg geben könnte, den größten Teil unseres Kapitals nach Europa transferiert. Im Grunde haben wir nicht mehr als ein bißchen Unbequemlichkeit erlitten.«

»Emma braucht neue Kleider«, mischte sich Lucy in die Unterhaltung. »Was sie mitgebracht hat, paßt nicht hierher.«

»Aber deine Kleider schon, vermute ich?« bemerkte Macon mit einem herablassenden Blick auf das strenge schwarze Kleid seiner Frau.

Lucy erblaßte und betastete nervös den blonden Knoten in ihrem Nacken. Emma war aufgefallen, daß sie Macon nie direkt ansah. »Ihre Bedürfnisse sind völlig andere als meine«, erwiderte sie gepreßt.

»Emma wird alles bekommen, was sie braucht«, warf Cyrus ein, was den Wortwechsel zwischen Macon und Lucy sofort beendete.

Das Dinner war eine anstrengende Affäre, aber endlich, zu Emmas enormer Erleichterung, war auch das vorbei. Sie wollte allein sein, um in Ruhe nachzudenken und vielleicht einen Brief an Kathleen zu schreiben.

Später, als sie am Schreibtisch in ihrem Zimmer saß, das sie bald mit Steven zu teilen hoffte, drehte sich leise der Türknauf. Emma, die wußte, daß Lucy, Cyrus oder Jubal angeklopft hätten, richtete sich erschrocken auf und hielt den Atem an.

Sie hegte nicht den geringsten Zweifel, daß Macon der Besucher war, und fragte sich nur, ob er einen Schlüssel zu diesem Raum besitzen mochte.

Wieder drehte sich der Knauf, und diesmal klopfte es leise. »Emma«, rief eine Stimme, aber sie klang zu jung und zu unsicher für Macon.

Leise ging sie zur Tür. »Nathaniel?«

»Ja.«

Nach kurzem Zögern schloß Emma auf und öffnete einen Spalt. Der Junge stand im Korridor und sah auf eine entwaffnende Weise wie eine jüngere Version von Steven aus. »Ich habe es nicht so gemeint, das, was ich über Steven sagte«, erklärte er bedrückt.

Emma trat zurück, um ihn einzulassen, obwohl sie schon im Morgenrock war und ihr Haar offen trug. »Trotzdem scheinst du aus irgendeinem Grund sehr böse auf ihn zu sein«, entgegnete sie. »Willst du mir nicht sagen, warum?«

Nathaniel schluckte. »Er hätte nicht fliehen sollen, als Mary tot war. Jetzt denken alle, er sei schuldig.«

»Nicht alle«, sagte Emma. »Ich denke es nicht, und Cyrus und Lucy auch nicht.«

»Lucy!« entgegnete Nathaniel respektlos. »Sie ist bloß eine Verrückte. Was macht es schon, was sie denkt?«

»Und *du*«, sagte Emma betont, »bist ein sehr unhöflicher junger Mann. Ich glaube nicht, daß ich dich mag.«

Zu ihrer Überraschung wirkte Nathaniel gekränkt. »Niemand würde Lucy etwas glauben«, meinte er fast trotzig. »Sie hat ein Kinderzimmer mit einer Wiege und allem anderen, aber es ist kein Baby da. Alle wissen, daß sie nicht ganz richtig im Kopf ist.«

»Welches Zimmer?« fragte Emma verwundert.

»Dort unten auf dem Korridor«, antwortete Nathaniel. »Ich würde es Ihnen ja zeigen, aber sie hält es die meiste Zeit unter Verschluß. Sehr oft sitzt sie vor der Wiege, schaukelt sie und singt dabei.« Er machte eine Pause und erschauerte. »Es ist richtig unheimlich.«

Ein fast schmerzhaftes Mitleid erwachte in Emma, und sie nahm sich vor, Lucy immer eine treue Freundin zu sein. »Das Leben kann nicht einfach für sie sein, wenn sie mit Macon Fairfax verheiratet ist.«

Nathaniel befeuchtete nervös die Lippen. »Wenn Sie Steven sehen«, meinte er hastig und mit einem Blick auf die Tür, »sagen Sie ihm, ich hätte seine Sachen für ihn aufgehoben. Ich habe gut auf sie aufgepaßt.«

Emma nickte, und als Nathaniel fort war, schloß sie die Tür von neuem ab und kehrte zu ihrem angefangenen Brief zurück. Sie würde ihn so bald wie möglich abschicken und den Scheck über die siebenhundertfünfzig Dollar auf irgendein Konto einzahlen, das sie für Notfälle einzurichten gedachte.

Falls Steven verurteilt wurde, brauchte sie das Geld, um aus New Orleans zu fliehen.

Das Gefängnis war ein düsterer Ort, erfüllt vom Geruch nach Schweiß und verrottenden Seelen, und Emma klammerte sich an Cyrus' Arm, während sie darauf warteten, in den Besucherraum gelassen zu werden. Wenn sie nicht so entschlossen gewesen wäre, Steven keine Tränen zu zeigen, hätte sie sicherlich bitterlich geweint. Aber so preßte sie nur das Taschentuch an Mund und Nase, wie Lucy es ihr geraten hatte.

Steven trug die gleichen Kleider wie am Tag zuvor; er hatte nur Rock und Krawatte abgelegt. Sein Haar war zerzaust, weil er ständig nervös mit der Hand hindurchfuhr, und seine Augen hatten bereits einen gehetzten Ausdruck angenommen.

Aber als er Emma erblickte, hellte sich seine Miene auf, und er beugte sich lächelnd über den Tisch, um sie zu küssen. Sie sagte ihm nicht, daß sie kein Baby unter dem Herzen trug, weil sie spürte, daß er irgendeine Hoffnung brauchte, an die er sich in diesen dunklen Tagen klammern konnte.

»Alles in Ordnung bei dir?« fragte er.

»Ich bin jetzt nicht wichtig«, wehrte Emma ab. »Was ist mit dir? Haben sie dir etwas angetan?«

Steven schüttelte den Kopf, aber sie war trotzdem nicht beruhigt. Er ließ sich auf der langen Bank hinter dem Tisch nieder, der die Besucher von den Häftlingen trennte, und Cyrus und Emma setzten sich ihm gegenüber.

»Ich tue alles, um dich hier herauszuholen, mein Junge«, versicherte Cyrus seinem Enkel. »Aber die Tatsache, daß du schon einmal geflohen bist, macht es mir nicht gerade leichter.«

Steven umklammerte Emmas Hände, und es schien ihm schwerzufallen, den Blick nur so lange von ihr zu lösen, um seinem Großvater zu antworten. »Ich weiß, Granddaddy«, sagte er, »und ich möchte, daß du mir eins versprichst: Wenn ich verurteilt werde, will ich, daß Emma sofort den nächsten Zug nach Norden nimmt. Ist das klar?«

Emma richtete sich gerade auf. »Du wirst nicht verurteilt, Steven«, erklärte sie fest. »Du bist unschuldig.«

»Das ist nicht immer entscheidend«, wandte Steven ein und umklammerte ihre Hände noch fester. Seine Blicke glitten prüfend über ihr Gesicht. »Emma, geht es dir nicht gut? Du bist so blaß.«

»Natürlich ist sie blaß«, meinte Cyrus schroff. »Schließlich sitzt der Mann, den sie liebt, im Kittchen.«

Emma lächelte schwach, dann sagte sie: »Ich habe eine Nachricht für dich – von Nathaniel. Er sagt, er paßt gut auf deine Sachen auf.«

»Dann hat er mir also verziehen?«

Cyrus schnaubte. »Verziehen? Er ist ein Fairfax. Ich nehme an, daß er dir nicht eher verzeiht, bis er dich mit einer Ochsenpeitsche erwischt und du ihm den Hintern versohlt hast.«

Emma zuckte zusammen, und Steven drückte beruhigend ihre Hand. »Mit Nathaniel kann ich umgehen«, tröstete er sie. Ein Gefängniswärter kam zu Steven, und obwohl er Cyrus einen respektvollen Blick zuwarf, sagte er grob zu dem Gefangenen: »Schluß jetzt, Fairfax. Die Zeit ist abgelaufen.«

Langsam erhob sich Steven. Er hielt Emmas Hand und ließ seine Daumen streichelnd über ihre Fingerknochen gleiten. Dann wandte er sich ab und ging mit hängenden Schultern davon.

In Emmas Herz, das zum ersten Mal damals, vor vielen Jahren in dem Waisenkinderzug gebrochen war, platzten alle alten Wunden auf. Cyrus nahm sanft ihren Arm und führte sie hinaus.

»Ich kann es nicht ertragen«, schluchzte sie, als sie in der Kutsche saßen.

Cyrus legte ihr die Hand auf die Schulter und streichelte ihren Rücken. »Pst, Emma, Liebes. Du *wirst* es ertragen, weil du es mußt. Dein Mann braucht dich jetzt.«

Sie nickte, aber sie konnte nicht aufhören zu weinen.

»Ich war sehr stolz auf dich dort drinnen«, fuhr Cyrus fort. »Du hast dich gut gehalten für einen Yankee.«

Emma hob entrüstet den Kopf, aber dann lachte sie, trotz allem, als sie das Lächeln in seinen weisen alten Augen sah.

»Stört es dich nicht, daß dein Enkel eine Frau aus dem Norden geheiratet hat?« fragte sie.

Cyrus lächelte. »Wenn du dich an eine Horde von Rebellen gewöhnen kannst, können wir uns auch an dich gewöhnen. Aber mir scheint, daß Lucy recht hat. Du bist schön wie eine Magnolienblüte, aber du brauchst dringend neue Kleider.«

Nach dieser Ankündigung klopfte Cyrus an die Wand der Kutsche, und das elegante Gefährt blieb stehen.

»Ja, Sir?« fragte der Kutscher, der vom Bock gestiegen war, um durchs Fenster hereinzuschauen.

»Wir möchten zu dem Geschäft, bei dem Miss Lucy früher ihre Kleider bestellte«, erklärte Cyrus.

Der Fahrer nickte, und dann setzte sich die Kutsche wieder in Bewegung.

Bald darauf wurden Emmas Maße genommen für Kleider und Röcke, Ballkleider und Blusen, alles von der besten Qualität und nach der neuesten Mode. Es ist verrückt, dachte sie, aber es würde mir nichts ausmachen, Sackleinen zu tragen, wenn ich dafür bei Steven sein könnte . . .

20

Garrick Wright war schon in der Internatszeit Stevens bester Freund gewesen, und das hatte sich auch nicht während des Krieges geändert oder als Steven auf der Flucht war. Jetzt war Garrick sein Anwalt. Doch trotz seiner Redegewandtheit und seines einwandfreien Rufs konnte er erst nach einer vollen Woche erreichen, daß sein Klient auf Kaution freigelassen wurde.

»Ich mußte Richter Willoughby erst begreiflich machen, daß du wohl kaum flüchten würdest, nachdem du freiwillig zurückgekommen bist und dein Leben riskiert hast, um deinen guten Namen wiederherzustellen«, berichtete Garrick, als er Steven im Gefängnis abholte. »Dann hat er es endlich eingesehen, und Cyrus hat die Kaution gestellt.«

Steven versuchte, seine verkrampften Schultern zu entspannen und atmete tief die frische Luft ein. Er hatte das Gefühl, die letzten sieben Tage in einem engen Schrank verbracht zu haben. Als er seinen Großvater mit ausgestreckter Hand aus einer wartenden Kutsche steigen sah, lächelte er froh.

»Wo ist Emma?« war seine erste Frage.

»Zu Hause«, antwortete Cyrus sofort. »Ich wollte nicht, daß sie sich vielleicht vergeblich Hoffnungen machte.«

Steven sehnte sich so sehr nach ihr, daß er es kaum erwarten konnte, nach Fairhaven zurückzukehren. Während Cyrus noch mit Garrick sprach, kletterte er schon in die Kutsche.

Garrick, ein großer blonder Mann mit grauen Augen, stieg nach ihm ein und setzte sich mit Cyrus Steven gegenüber. »Wer könnte Mary sonst getötet haben?« fragte der junge Anwalt, aber die Frage hatte er mehr an sich selbst gerichtet als an seine Begleiter.

Steven warf seinem Großvater einen kurzen Blick zu, räusperte sich und sagte: »Macon könnte es gewesen sein. Gott weiß, daß er zu jedem Mittel greifen würde, um mich hängen zu sehen.«

Cyrus bewegte sich unruhig in seinem Sitz, ohne jedoch etwas zu sagen. Obwohl ihn keine Liebe mit seinem ältesten Enkel verband, hatte der alte Mann großen Respekt vor Familienbanden. Anscheinend weigerte er sich nicht nur, Macon eines Mordes zu verdächtigen, sondern war nicht einmal zu der *Annahme* bereit, sein Enkel könnte fähig sein, ein falsches Zeugnis abzulegen.

»Könnte er noch ein anderes Motiv haben? Mord ist ein großes Risiko, wenn es nur darum geht, einen anderen hereinzulegen.« Garricks Argumente waren wie immer stichhaltig und vernünftig.

»Das müssen wir herausfinden«, antwortete Steven grimmig. Es fiel ihm schwer, sich auf die Unterhaltung zu konzentrieren, so wichtig sie auch für ihn war. Keine Minute war in der letzten Woche vergangen, in der er nicht an Emma gedacht und sich nach dem süßen Trost ihrer Anwesenheit gesehnt hatte. »Ich bin nicht zurückgekommen, um mich hängen zu lassen«, fügte er nach einer Weile hinzu. »Ich möchte mir ein neues Leben aufbauen – für mich und für Emma.«

»So muß es wohl sein«, stimmte Garrick seufzend zu, »wenn du zu einem derartigen Risiko bereit warst. Offen gestanden hätte ich dir nicht geraten zurückzukehren. Vielleicht wäre es leichter für uns gewesen, die Angelegenheit zu regeln, solange du in sicherer Entfernung warst.«

Als sie Fairhaven erreichten, zögerte Steven, die Kutsche zu verlassen, und hielt Garrick mit einem Blick zurück. Sobald Cyrus ausgestiegen und im Haus war, sagte er rasch: »Versuch bitte herauszufinden, ob Macon irgendeine Verbindung zu Mary unterhielt, die über ihre Beziehung zu Dirk hinausging.«

Garrick nickte. Ein vorsichtiges Lächeln spielte um seine Lippen, als er zu dem imposanten Haus hinüberschaute. »Ist das Emma?« fragte er.

Steven schaute sich um und sah Emma in einem golddurchwirkten Seidenkleid in der Tür stehen. »Ja«, flüsterte er, weil er nicht die Kraft aufbrachte, das Wort laut auszusprechen. Er stieg aus der Kutsche, blieb daneben stehen und schaute Emma nur an.

Eine Vielzahl von Emotionen zeichnete sich auf ihrem schönen Gesicht ab, bevor sie die Marmortreppe hinunterlief und sich in seine Arme warf.

Steven hielt sie fest an sich gepreßt und schloß für einen Moment die Augen, um ihre Nähe auszukosten. »Ich liebe dich«, sagte er, seine Lippen an ihrer Schläfe, und sie erbebte in seinen Armen und schaute fast ängstlich zu ihm auf, als glaubte sie noch gar nicht richtig, daß er wirklich bei ihr war.

»Wir werden kein Kind haben«, flüsterte sie dann ganz unvermittelt, als sei das Wissen eine unerträgliche Bürde für sie gewesen.

Es drängte Steven danach, Emma zu trösten, sie zu streicheln und in den Armen zu halten. »Es ist alles gut, Liebling«, sagte er weich, und das war es auch. Einen Moment später gingen sie ins Haus.

Keiner von beiden sagte etwas, bis sie ungestört in ihrem

Zimmer waren. Dann, nachdem Steven die Tür verschlossen hatte, kam er langsam auf Emma zu und zog sie in die Arme.

Emma streichelte seine Schultern, seine Brust und legte den Kopf zurück, um sich von Steven küssen zu lassen.

Sein Kuß war von hungriger Zurückhaltung beherrscht. Er bedeckte ihren Mund mit seinen Lippen, suchte mit seiner Zunge Einlaß, und Emma öffnete bereitwillig die Lippen, während ein kleiner Seufzer aus ihrer Kehle stieg. Seine Hand legte sich um ihre volle Brust, sein Daumen berührte sanft die Knospe, die sich unter dem Seidenstoff ihres neuen Kleides steil aufrichtete. »Ich habe nur an dich gedacht, Emma«, flüsterte er dicht an ihrem Mund. »O Gott, Emma – ich brauche dich so sehr!«

Sie streifte das Jackett von seinen Schultern und löste mit unsicheren Händen seine Gürtelschnalle. Steven umfaßte ihren Po und preßte sie an sich, während sie sein Hemd aufknöpfte. Sie fühlte seine starke männliche Erregung, und ihr wurde ganz schwach bei dem Gedanken, daß sie ihn schon bald tief in sich spüren würde.

In einer beinahe schmerzhaften Aufwallung von Verlangen flüsterte sie seinen Namen und ließ ihre Finger über seine Brustwarzen gleiten.

Steven löste seine Hände von ihrem Po und begann die winzigen Knöpfe hinten an ihrem Kleid zu öffnen. Dann zog er sanft das tiefausgeschnittene Mieder herab, unter dem Emma kein Unterhemdchen trug, und er atmete scharf ein, als er ihre Brüste mit den steil aufgerichteten rosa Spitzen sah.

Emma spürte den inneren Kampf, den er mit sich ausfocht, und ahnte, daß er sie am liebsten gleich genommen hätte, ohne die zärtliche Vorbereitung, die er ihr sonst zukommen ließ. Und sie wollte auch von ihm genommen werden, primitiv und kraftvoll.

Er schob ihr das Kleid über die schlanken Hüften, dann den gestärkten Unterrock. Lächelnd zog er ihr alles aus bis auf die bis ans Knie reichenden Taftunterhosen und die Schuhe aus schwarzem Samt.

Dann sagte er heiser: »Zieh es aus.«

Rasch löste Emma die schmalen Samtbändchen an ihren *Pantalettes*, ließ sie an den Beinen hinuntergleiten und schob sie mit den Füßen beiseite. Die sanfte Brise, die durch das Fenster hereinkam, streichelte ihre wie Seide schimmernde Haut, als Emma nackt, wie Gott sie geschaffen hatte, vor Steven stand. Ihre Brustspitzen richteten sich unter Stevens bewundernden Blicken fast schmerzhaft auf, und instinktiv bedeckte sie sie mit den Händen.

Steven zog sie jedoch sanft herab, um sie zu betrachten, und sie empfand seinen Blick wie warmen Sonnenschein auf ihrer Haut.

»Wie schön du bist«, sagte er ehrfürchtig.

Er führte sie zu einer Chaiselonge unter dem offenen Fenster, legte sie sanft darauf, und ohne den Blick auch nur für eine Sekunde von Emma abzuwenden, entledigte er sich rasch seiner Kleider.

In dem hellen Sonnenlicht war er schön wie eine griechische Statue. Sein Glied war stolz aufgerichtet und zog Emmas Blick wie magisch an, obwohl sie bei diesem Anblick errötete. »Schenk mir ein Kind«, flüsterte sie.

Er kam zu ihr. Schweigend, aber mit Blicken, die vor Verlangen glühten, legte er seine Hände um ihre Brüste und streichelte sie, bis Emma heisere, sinnlose Worte stöhnte.

Steven lachte leise, während seine Hände von ihren Brüsten zu ihrem Bauch und tiefer glitten, und Emma schrie auf, als seine Finger sie in so zärtlicher und intimer Weise berührten und in sie eindrangen. Ihr Atem ging in heftiges Keuchen über, als er rasch den empfindsamsten Punkt ihres Körpers fand und ihn mit gezielten Bewegungen reizte. Sie fühlte ein heißes, drängendes Verlangen, das sich in ihr ausbreitete und durch ihren Körper pulsierte.

»Steven ...« sagte sie flehend.

Er lächelte nur und spielte mit ihren Sinnen, bis sie das Gefühl hatte, vor Lust zu vergehen. Ihr Begehren wuchs ins Unerträgliche, und sie stöhnte heiser: »Nimm mich ... bitte ... Steven ... *bitte*!«

Emmas ganzer Körper bebte, als Stevens Lippen von neuem

ihr erotisches Spiel aufnahmen, ihre Brüste liebkosten und eine feurige Spur auf ihrem Bauch hinterließen, während er ihre Knie anhob und ihre Schenkel spreizte und von der Chaiselongue glitt.

Als er mit der gewagtesten seiner Liebkosungen begann, umklammerte Emma seine Schultern, drängte ihm lustvoll ihren Schoß und ihre Hüften entgegen. Ein leises Stöhnen, das fast wie ein Schluchzen klang, entrang sich ihren Lippen ... und dann geschah es. Emma bäumte sich in Stevens Armen auf und stieß einen lustvollen Schrei aus.

Doch als Steven spürte, wie der Sturm nachließ, der in ihr tobte, wandte er sich ab, drehte ihr den Rücken zu und blieb eine schier endlos lange Zeit so stehen. Dann streifte er sich ganz unvermittelt die Kleider über und ging wortlos hinaus.

Trotz der süßen Trägheit, die ihren Körper beherrschte, fühlte Emma sich zutiefst verletzt. Vielleicht begann Steven ihrer bereits müde zu werden; vielleicht wünschte er nun, nicht so überstürzt geheiratet zu haben. Vielleicht liebte er sie gar nicht mehr.

Zu erschüttert und verwirrt, um weinen zu können, verkroch Emma sich in ein ruhiges Ecken ihrer Seele, legte sich ins Bett und schlief ein.

Einen Ball in Fairhaven zu veranstalten, war Cyrus' Idee gewesen. Er wollte der versammelten Gemeinde zeigen – das vertraute er Steven wenige Tage nach dessen Freilassung an –, daß die Fairfax' eine geschlossene Front bildeten und ausnahmslos von Stevens Unschuld überzeugt waren. Emma war überrascht, daß sogar Macon seine Anwesenheit zugesagt hatte.

Am Abend des Balls vermied sie, mit ihm zusammenzutreffen und ging, den bestickten Rock ihres blauen Organdykleids raffend, die Treppe hinauf, um Steven zu suchen.

Auf dem Korridor vor ihrem Zimmer begegnete sie Lucy, die zu Emmas Enttäuschung wie immer in Schwarz gekleidet war.

Emma lächelte sie an und unterdrückte den Vorschlag, Lucy eines ihrer neuen Kleider für den Ball zu leihen. Dann sah sie, daß ihre Schwägerin stark gerötete Augen hatte und ein Gesicht machte, als käme sie gerade von einer Beerdigung.

»Alles in Ordnung, Lucy?« fragte sie besorgt und berührte den Arm der anderen Frau.

Lucy nickte ein wenig zu heftig, und obwohl Emma spürte, daß irgend etwas ganz und gar nicht stimmte, konnte sie nichts dagegen tun.

Widerstrebend ließ sie ihre Schwägerin in der Halle zurück und betrat das Zimmer, das sie mit ihrem Mann teilte. Obwohl die Anspannung vor dem Prozeß sich in seinen Zügen und seiner ganzen Haltung zeigte und er begonnen hatte, in einem anderen Zimmer zu schlafen, hielt Steven sich erstaunlich gut. Er und Garrick trafen sich jeden Tag, um Stevens Verteidigung zu besprechen, und oft blieb Steven viele Stunden fort.

»Nervös?« fragte Emma und trat hinter ihren Mann, als er vor dem Spiegel seine Krawatte band.

»Nein«, log er, und Emma ging um ihn herum und übernahm es, ihm die Krawatte zu binden.

»Es ist wichtig, daß du zuversichtlich wirkst«, ermahnte Emma ihn sanft. Weil sie Steven liebte, gab sie sich Mühe, ihre eignen Sorgen und Fragen zu verdrängen. »Einige Leute dort unten werden in der Jury sein, die das Urteil über dich fällt.«

»Wie oft soll ich noch vor Gericht stehen?« gab Steven ungeduldig zurück. »Es kann *Monate* dauern, bis mein Fall verhandelt wird . . .«

Emma stellte sich auf die Zehenspitzen und küßte ihn auf den Mund. »Versuch nicht, alles auf einmal zu schaffen«, mahnte sie zärtlich. »Du muß einen Tag nach dem anderen überleben, jede Stunde und jeden Augenblick für sich. Das tun wir alle, Steven.«

»Du hast recht«, gab er seufzend zu, schlang seine Arme um ihre Taille und lehnte seine Stirn an ihre. Dann wechselte er das Thema. »Hast du deiner Mutter schon geschrieben?«

»Ja. Natürlich habe ich noch keine Antwort erhalten, dafür ist es noch zu früh. Ich habe auch Chloe geschrieben, damit sie weiß, daß wir gut angekommen sind.«

Steven küßte sie auf die Stirn und trat zurück. Ein verschmitztes Lächeln verdrängte für einen Moment die Müdigkeit auf seinen Zügen, als er zum Schrank ging und einen Kasten von beachtlicher Größe herausnahm.

Emma saß auf dem Bett, als er ihr den Kasten brachte und auf ihren Schoß stellte. Verwirrt schaute sie auf. »Was . . .?«

»Der Schmuck meiner Mutter«, erklärte er mit heiserer Stimme. »Er war alles, was ihr von den Jahren mit meinem Vater geblieben war, außer mir natürlich. Während der Jahre der Besatzung war der Schmuck im Weinkeller versteckt.«

»Ich verstehe nicht . . .« sagte Emma verdutzt.

»Er gehört jetzt dir«, erwiderte Steven mit einer Geste, die besagte, daß er es verstehen würde, wenn sie den Schmuck nicht tragen wollte.

Emma klappte langsam den Deckel des Kastens auf. Als erstes fiel ihr Blick auf eine goldene Kette mit einem glitzernden, von Dutzenden kleinerer Steine eingefaßten Diamanten. Daneben lagen schimmernde Perlen und ein herrlicher Amethystring; im zweiten Fach des Kastens befanden sich Smaragd- und Rubinarmbänder und diamantbesetzte Topasohrringe.

Emma war so überwältigt, daß sie den Deckel zufallen ließ und Steven fassungslos anstarrte.

Er nahm ihr den Kasten aus der Hand und öffnete ihn wieder. Schweigend legte er Emma die Kette mit den Diamanten um den Hals und befestigte den Verschluß.

Emma blinzelte verwirrt, als er sie auf die Beine zog.

Steven schaute ihr forschend in die Augen. »Gefallen sie dir nicht?« fragte er fast schroff.

»Natürlich gefallen sie mir«, erwiderte sie, während sie fast ehrfürchtig die kühlen Steine berührte. »Es ist nur . . . Weißt du, ich hätte mir nie träumen lassen, daß ich einmal so etwas besitzen würde.«

Steven lächelte und neckte sie: »Nicht einmal als Mrs. Fulton Whitney?«

Emma lachte. »Nein. Nicht einmal als Mrs. Whitney.«

Steven legte seine Hand unter ihr Kinn und schaute ihr zärtlich in die Augen. »Eines Tages wird unsere Tochter diesen Schmuck tragen.« Seine Worte erinnerten sie wieder an alles, was auf dem Spiel stand. Es war durchaus möglich, daß sie nie Kinder miteinander haben würden . . .

Emmas Kehle wurde eng, und der Kasten mit all dem herrlichen Schmuck bedeutete nichts im Vergleich zu all dem, was sie verlieren würde, wenn Steven für schuldig befunden und gehängt würde.

»Na, na«, schalt Steven, der ihre Gedanken erraten hatte, zärtlich. »Wer hat mir denn gerade geraten, für den Moment zu leben und die Zukunft an sich herankommen zu lassen?«

Emma holte tief Luft, atmete wieder aus und nickte. Sie war nun bereit, den Gästen, die in der letzten Stunde eingetroffen waren, gegenüberzutreten.

Lächelnd schritt sie an Stevens Arm die Treppe hinunter, und nichts verriet die Angst, die beide beherrschte, als Steven Emma in die Arme zog, um den Tanz zu eröffnen. Als die Musik endete, führte Cyrus Emma von Gruppe zu Gruppe und stellte sie stolz als seine neue Enkeltochter vor, während Steven alte Bekanntschaften erneuerte.

Obwohl Emma es gehofft hatte, gelang es ihr nicht, Macon aus dem Weg zu gehen, und sie sah sich sogar gezwungen, einen Walzer mit ihm zu tanzen. Um Cyrus' Wunsch zu beherzigen, daß es wenigstens so *erscheinen* sollte, als herrschte Einigkeit in der Familie, lächelte sie hölzern und zwang sich, Macons Nähe zu ertragen.

Macon, der ihr Unbehagen sehr genoß, nutzte die Gelegenheit, Emma an seinen Plan zu erinnern, sie zu seiner Geliebten zu machen. »Ich glaube, wir fangen am Abend seines Begräbnisses an«, sagte er und grinste, als Emma vor Wut errötete. »Du wirst dann sicher Trost nötig haben.«

Emma behielt ihr Lächeln bei, doch sie bebte vor Zorn und erwiderte nur scharf: »Ich würde mich eher mit einer Sumpfratte zusammentun als mit dir!«, was Macon zu einem schallenden Lachen veranlaßte.

»Dein Temperament macht dich noch viel verführerischer«, meinte er vergnügt. »Aber ich werde es dir schon austreiben – falls Stevens Hinrichtung nicht ausreicht, dich gefügiger zu machen.«

Emma hätte Macon am liebsten ins Gesicht gespuckt. »Wer weiß, ob nicht ein ganz anderer als Steven am Galgen enden wird«, sagte sie aus einem plötzlichen und sehr unbesonnenen

Impuls heraus. »Vielleicht wird ja der wahre Mörder für sein Verbrechen zahlen!«

Macon, der begriff, was sie damit ausdrücken wollte, wurde blaß vor Zorn und verfiel in eisiges Schweigen.

Als der Tanz endete, schickte Emma ein stummes Dankgebet zum Himmel und ließ Macon stehen. Als sie die Tanzfläche verließ, immer noch aufgebracht und mit vor Zorn geröteten Wangen, stieß sie mit einem ebenfalls sehr wütenden Steven zusammen, der sie am Arm ergriff und sie aus dem Ballsaal in den Garten zog. Er blieb nicht eher stehen, bis sie einen Springbrunnen erreichten, der mit Moos überwuchert war. Das fließende Wasser verursachte ein unheimliches Geräusch.

»Verdammt, Emma, was willst du eigentlich beweisen?« fuhr Steven sie an.

Emma entzog ihm ihren Arm. »Ich weiß nicht, was du meinst«, erwiderte sie gekränkt.

»Du hast mit Macon getanzt!«

Emma stützte beide Hände in die Hüften und erwiderte entrüstet: »Na und? Dafür habe ich auch gleich die Gelegenheit genutzt, ihm ein, zwei Dinge beizubringen.«

Steven wurde ganz ruhig. Verdächtig ruhig. »Und die wären?«

»Ich habe ihm gesagt, daß auch er nicht über den Verdacht erhaben ist, Mary McCall ermordet zu haben«, informierte Emma Steven stolz.

Mit einem unterdrückten Fluch wandte er sich ab und fuhr sich sorgenvoll mit der Hand durchs Haar.

»Was hast du?« fragte Emma verblüfft.

»Garrick hat Nachforschungen über Macon angestellt und dabei herausgefunden, daß Macon anscheinend eine Beziehung zu Mary unterhalten hat. Aber nachdem er nun weiß, daß er unter Verdacht steht, wird er sich bemühen, sämtliche Spuren zu vernichten.«

Nun war Emma sehr bestürzt über ihre Unbesonnenheit. »Ich wollte dir nur helfen . . .« flüsterte sie bedrückt.

»Von jetzt an«, sagte Steven barsch, »behältst du deine *Hilfe* gefälligst für dich!«

Verletzt wandte sie sich ab und floh, aber nicht ins Haus,

wo jeder sie sehen konnte, sondern in die Dunkelheit des Gartens.

»Emma!« rief Steven ihr nach, aber sie ignorierte ihn und suchte Zuflucht im Pavillon, wo sie sich auf eine Bank setzte und ihren aufgestauten Emotionen freien Lauf ließ.

Als sie eine Hand auf ihrem Rücken spürte, drehte sie sich um, weil sie erwartete, Steven oder Macon zu sehen, die sie in diesem Augenblick wohl beide geohrfeigt hätte.

Aber es war Cyrus, der sich neben sie setzte, sie schweigend in die Arme zog und tröstend festhielt. Und weil sie ihm blind vertraute, legte sie schluchzend den Kopf an seine Brust. Cyrus fragte nicht, was sie bewegte; er wußte es.

»Was wirst du tun, falls Steven verurteilt wird?« erkundigte er sich, als ihr Schluchzen etwas nachließ.

Zuerst war Emma nicht fähig, sich mit dem Gedanken auseinanderzusetzen, dann ließ sie den Alptraum in ihr Bewußtsein dringen und antwortete leise: »Ich würde fortgehen – nach Chicago oder New York – und versuchen, mir ein neues Leben aufzubauen.«

»Du würdest nicht bei uns in Fairhaven bleiben?« entgegnete Cyrus. Es klang gekränkt.

Emma erzählte ihm von Macons wiederholten Drohungen und spürte, wie Cyrus' Arm um ihre Schultern sich versteifte.

»Ich würde dich beschützen«, sagte er nach langem Schweigen, um dann seufzend hinzuzufügen: »Aber natürlich bin ich ein alter Mann.«

Emma schloß beide Hände um seine Hand und drückte sie. »Ich kann dir gar nicht sagen, wieviel deine Güte mir bedeutet, Cyrus. Du warst so gut zu Steven – andere Männer hätten ihn gar nicht als Enkel anerkannt, geschweige denn, ihm in einem Mordfall beigestanden.«

Cyrus lächelte traurig. »Mein Blut fließt in seinen Adern.«

Emma runzelte die Stirn. »Warum haßt Macon Steven so sehr?«

Der alte Mann seufzte. »Weil er weiß, daß Steven besser ist als er. Und das macht Macon verdammt gefährlich.«

Emma schaute zum Mond hoch, der über den Magnolienbäumen stand. »Manchmal habe ich solche Angst«, gestand sie leise, »daß mir morgens die Kraft fehlt aufzustehen, um mich mit einem neuen Tag auseinanderzusetzen.«

Cyrus zog sie tröstend an sich. »Das wird bald vorbei sein. Dann wirst du dir über etwas anderes Sorgen machen. Und jetzt geh und such Steven. Sag ihm, daß er sich zusammenreißen soll, weil er sonst die Reitpeitsche seines Großvaters zu spüren bekommt. Hast du gehört, Emma?«

Sie nickte und fühlte sich etwas besser, nachdem sie jemandem ihre Sorgen anvertraut hatte. »Danke«, sagte sie und küßte Cyrus auf die Wange, bevor sie tapfer zu den breiten Terrassentüren zurückging, die in den Ballsaal führten.

Kaum hatte sie die Schwelle übertreten, als der siebzehnjährige Nathaniel auf sie zukam. Zum ersten Mal fiel Emma der leichte Flaum auf seiner Oberlippe auf, und sie sah auch, daß der Junge sehr nervös war. »Ich hoffe . . . ich meine, ich hatte gedacht . . .« Er brach ab und errötete bis unter den Haaransatz. »Würden Sie mit mir tanzen, Miss Emma?« fragte er dann. Lächelnd reichte sie ihm ihre Hand. »Sehr gern, Nathaniel«, antwortete sie, während sie überlegte, ob ihr noch anzusehen war, daß sie geweint hatte.

Nathaniel räusperte sich und führte Emma mit unbeholfenen Schritten zu den Klängen eines Walzers über das Parkett. »Wenn Steven oder Macon gemein zu Ihnen sind«, sagte er freimütig, »brauchen Sie es mir nur zu sagen. Ich bringe sie schon zur Räson.«

Weil Emma wußte, daß es ihn nur in Verlegenheit gebracht hätte, widerstand sie dem Impuls, ihm einen Kuß zu geben. »Das tue ich«, versprach sie, gerührt über Nathaniels Bereitschaft, sich ihr zuliebe mit solch beeindruckenden Gegnern anzulegen.

Nathaniels hübsches junges Gesicht war düster vor Entschlossenheit, und seine Hand, die Emmas hielt, war feucht vor Nervosität. »Ich weiß, daß ich für Sie noch ein Kind bin, Miss Emma, aber ich bin stark, und ich lasse nicht zu, daß Ihnen jemand weh tut.«

»Danke, Nathaniel«, erwiderte Emma und meinte es auch so.

Danach wurde die Unterhaltung etwas unbeschwerter, und Emma begann sich suchend nach Steven umzusehen. Sie wollte sich unbedingt mit ihm versöhnen; die kurze Zeit, die ihnen blieb, war zu kostbar, um sie mit Streitigkeiten zu vergeuden.

»Hast du Steven gesehen?« fragte sie Nathaniel, als der letzte Walzerton verklang.

Er schüttelte den Kopf. »Wenn Sie wollen, suche ich ihn für Sie«, bot er voller Eifer an.

»Nein«, entgegnete Emma sanft. »Das tue ich schon selbst.«

Da sie Steven nirgendwo im Ballsaal entdecken konnte, beschloß sie, im ersten Stock nachzusehen, doch auf der Treppe kam ihr ein merkwürdiges Geräusch zu Ohren, und sie blieb lauschend stehen. Die leisen, durch die Musik aus dem Ballsaal erstickten Laute schienen aus Macons und Lucys Zimmern zu kommen, und daher zögerte Emma nachzusehen. Wenn jedesmal jemand zu Hilfe eilen würde, wenn Geräusche aus ihrem und Stevens Zimmer kamen, könnte das peinliche Folgen haben ...

Aber Emma wußte instinktiv, daß es nicht Ekstase war, was diese Geräusche verursachte, und als sie sich der Tür von Lucys Zimmer näherte, hörte sie Lucy vor Zorn und Qual laut weinen.

Mit klopfendem Herzen ergriff Emma den Türknauf, aber dann sah sie, daß die Tür nur angelehnt war.

Halb lag Lucy, halb saß sie an einen schweren, kunstvoll geschnitzten Sekretär gelehnt. Aber trotz dieser eher unterwürfigen Position glühten ihre Augen vor Haß, als sie zu Macon aufschaute, der über ihr stand, die Hand noch zur Faust geballt. Aus Lucys Mundwinkel sickerte Blut.

»Du hast mich zum letzten Mal gedemütigt!« herrschte Macon sie an. Dann zeigte er ärgerlich auf die Tür, doch weder er noch Lucy schienen Emma zu bemerken. »Weißt du, was sie unten sagen? Daß du verrückt bist und in ein Irrenhaus gehörst – und allmählich habe ich den Eindruck, daß es stimmt!«

Lucy stand schwankend auf, und Emma mußte ihre ganze Beherrschung aufwenden, um ihrer Schwägerin nicht zu Hilfe zu eilen. »Ich pfeife darauf, was sie sagen«, zischte Lucy. »Und du, Macon Fairfax, kannst von mir aus zum Teufel gehen!«

Sie stieß ein schrilles, bitteres Lachen aus und deutete mit dem Zeigefinger auf ihren Mann. »*Du* mußtest Steven ja unbedingt zurückbringen«, höhnte sie. »Du warst ja *so* sicher, daß *er* es sein würde, der am Galgen endete. Nun, es wird ganz anders kommen – Mammy Judkins hat es mir gesagt. Du hast deine Seele dem Teufel überschrieben, Macon, und ich werde lachend zusehen, wie du in der Hölle schmorst!«

Macon ging von neuem mit erhobener Faust auf Lucy los, und Emma sah sich gezwungen einzuschreiten. »Nein!« schrie sie und wollte sich auf Macon stürzen, aber da stürmte Steven an ihr vorbei, packte Macon an den Rockaufschlägen und schleuderte ihn mit aller Kraft gegen einen Schrank.

»Na komm schon, du mutiger Bastard!« forderte Steven ihn heraus. »Laß sehen, ob du es wagst, jemanden zu schlagen, der sich wehren kann!«

Macon, der sich von dem Aufprall noch nicht erholt hatte, rang nach Atem und maß seinen Halbbruder aus schmalen, haßerfüllten Augen. »Sie ist wahnsinnig«, murmelte er mit einem verächtlichen Blick auf seine Frau, die sich an Emma klammerte und die Szene mit weit aufgerissenen Augen verfolgt. Von dem Mut, den Lucy eben noch bewiesen hatte, war nichts mehr zu spüren.

»Ewig redet sie von dieser alten Sumpfhexe und ihrem Hokuspokus«, fuhr Macon mürrisch fort. »Und diese verdammten schwarzen Kleider, die sie immer trägt . . .«

»Das ist mir alles egal, von mir aus kann Lucy sogar Nadeln in Puppen stecken und den Mond anbeten«, unterbrach Steven ihn in gefährlich leisem Ton. »Aber das nächste Mal, wenn du bei ihr oder irgendeiner anderen Frau handgreiflich wirst, werde *ich* dir zeigen, was Schmerzen sind. Ist das klar?«

Macon erwiderte nichts, sah Lucy nur noch einmal verächtlich an und schlenderte dann hinaus.

Steven ging zu seiner Schwägerin und ergriff ihre Hände. »Alles in Ordnung, Lucy?« fragte er besorgt.

Sie schüttelte den Kopf; Qual und abgrundtiefe Verwirrung verrieten sich in ihrem Blick. »Wir sind verdammt«, flüsterte sie. »Wir alle.«

21

In jenen schwülen, heißen Tagen, die Stevens Prozeß vorangingen, wurde Emma von zwei widersprüchlichen Bedürfnissen zerrissen: jede Minute des Tages mit Steven zu verbringen, und von ihm getrennt zu sein, obwohl körperlich als auch geistig, um die Qual ein wenig zu verringern.

Ihre Liebe zu Steven erlaubte ihr nicht, der zweiten Möglichkeit zu folgen, und die andere Alternative war unmöglich, weil Steven täglich vor Sonnenaufgang aufstand und das Haus schon verlassen hatte, wenn Emma erwachte. Er kam nie vor zehn oder halb elf Uhr abends zurück und war dann ganz benommen vor Erschöpfung und Frustration. Er schlief nicht mehr mit ihr, und die Distanz, die er damit zwischen ihnen schuf, wurde Emma von Tag zu Tag schmerzlicher bewußt.

Eines Morgens Ende Juni, als Emma zum Frühstück hinunterkam, saß Lucy noch am Tisch.

Wie üblich trug sie Schwarz, aber an diesem Tag zeichneten sich häßliche dunkle Flecken unter ihren Augen ab, und Emma wurde zornig, weil sie diese Flecken für Prellungen hielt. Doch als sie Lucy näherkam, sah sie, daß es Zeichen von Erschöpfung waren.

Nachdem Emma sich einen Teller gefüllt hatte, setzte sie sich zu ihrer Schwägerin, die Emmas Anwesenheit gar nicht wahrzunehmen schien.

»Lucy?«

Die puppenzarte kleine Frau schaute überrascht auf und lächelte zerstreut. »Oh. Hallo, Emma. Wie fühlst du dich heute morgen?« Ironischerweise – wenn man ihre eigene Situation bedachte – war Lucy stets rührend um Emmas Wohlergehen besorgt.

Emma nickte. »Gut. Aber du siehst sehr müde aus«, sagte sie behutsam. »Hast du nicht gut geschlafen?«

Lucy hob erstaunt die Brauen. »Wie kommst du denn darauf?«

Emma räusperte sich. »Nun, ich dachte an den Zwischenfall am Abend des Balls, als Macon dich geschlagen hatte. Es hätte ja sein können, daß er . . .«

Lucy unterbrach Emma mit einer Handbewegung und schüttelte den Kopf. »Er ist nicht immer so«, sagte sie. »Er hatte an jenem Abend nur etwas zuviel getrunken.«

»Du solltest sein Verhalten nicht auch noch rechtfertigen«, wagte Emma einzuwenden, obwohl sie wußte, daß ihre freimütige Art, die sie von Chloe übernommen hatte, ihr nicht immer Freunde schuf. »Er hätte dich nicht schlagen dürfen.«

Lucy seufzte bedrückt. »Ich weiß«, gab sie zu, und ihre Stimme klang hoffnungslos.

Emma stocherte in ihrem Essen, der Appetit war ihr vergangen. »Wie lange bist du schon mit Macon verheiratet?« fragte sie mit erzwungener Ruhe.

Lucy runzelte nachdenklich die Stirn. »Wir heirateten in dem

Jahr, als Macons Vater starb und Steven zu uns kam. Das war ... vor siebzehn Jahren, glaube ich. Nathaniels Eltern starben, als wir erst ein paar Monate verheiratet waren – ich war wie eine Mutter zu ihm.«

Obwohl Lucys etwas unzusammenhängende Rede Emma verwirrte, zwang sie sich zu einem Lächeln. »Ich wußte, daß Macon älter als Steven ist«, sagte sie, »aber ich hatte keine Ahnung, daß der Altersunterschied so groß ist.«

»O ja – es war gut, daß Steven schon fast erwachsen war, als er nach Fairhaven kam. Wenn er klein und hilflos gewesen wäre wie Nathaniel, hätte Macon ihn sicher umgebracht.« Nach dieser in heiterem Ton vorgebrachten Ansicht lächelte Lucy und gab noch ein Stück Zucker in ihren Tee.

Emma erstickte fast an dem Stückchen Brot, das sie gerade schluckte, und konnte plötzlich die Vorstellung, einen weiteren Tag untätig im Haus zu verbringen, nicht mehr ertragen. Als sie sich von ihrem Schock erholt hatte, fragte sie Lucy: »Wie gut kanntest du Mary McCall?«

Lucy schürzte nachdenklich die Lippen, dann kehrte ihr heiteres Lächeln zurück, das jedoch eine Spur hysterisch wirkte. »Nicht gut, natürlich«, erwiderte sie. »Mary war viel jünger; sie war mit Dirk und Steven befreundet.«

»Hat sie Angehörige hinterlassen? Oder Freunde?«

»Ihren Vater, Jessup. Aber er starb vor zwei Jahren an einem Herzleiden.« Wieder runzelte sie die Stirn. »Ach ja, da ist noch ihre Tante Astoria ...« Lucy verzog das Gesicht. »Eine vertrocknete alte Krähe. Ich glaube, sie hat seit zwanzig Jahren nicht mehr das Haus verlassen.«

»Aber sie lebte in demselben Haus wie Mary?« forschte Emma, die eine seltsame Spannung in sich erwachen fühlte.

Lucy nickte und warf ihrer Schwägerin einen erstaunten Blick zu. »Wieso interessierst du dich für Astoria McCall? Ich sagte dir doch schon, daß sie langweilig ist wie kaltes Spülwasser.«

»Ich möchte mir ihr über den Mord an Mary reden«, erwiderte Emma, bevor sie aufstand und verkündete: »Ich fahre in die Stadt – und ich würde mich freuen, wenn du mitkämst.«

Lucy wirkte noch immer erstaunt, aber sie legte ihre Serviette auf den Tisch und erhob sich. »Tja, warum eigentlich nicht?«

erwiderte sie und strich über den schwarzen Satinrock ihres Kleides und über ihren blonden Knoten. »Meinst du, ich sähe präsentabel aus? Astoria geht zwar nicht viel aus, aber sie ist eine schreckliche Klatschbase.«

Emma schenkte ihrer Schwägerin ein ermutigendes Lächeln. »Du bist die schönste Frau in dieser Stadt«, sagte sie und dachte, daß es sogar stimmen könnte, wenn Lucy sich anders kleiden und öfter ausgehen würde. »Alles, was Astoria über dich sagen könnte, entspränge höchstens ihrem Neid.«

Zwanzig Minuten später saßen Emma und Lucy in einer der zahlreichen Kutschen der Familie, und wieder eine halbe Stunde später stiegen sie vor einem soliden Haus aus hellen Ziegeln aus, das einst einmal sehr gepflegt gewesen zu sein schien, aber nun vernachlässigt und schon etwas verfallen wirkte.

Bei diesem Anblick schauderte es Emma. »Ist hier der Mord geschehen?« fragte sie leise.

Lucy nickte und warf einen mißbilligenden Blick auf den verwilderten Park, der das Haus umgab. »Ja, aber damals war es noch eine prächtige Villa, in der viele Bälle stattfanden.«

»Dann muß die Familie einmal reich gewesen sein«, bemerkte Emma. »Was ist geschehen?«

Lucy seufzte. »Der alte Jessup veränderte sich nach Marys Tod. Er hatte seine Tochter sehr geliebt. Macon zufolge ging er sehr sorglos mit seinem Geld um, und eines Tages war es ... fort.« Sie hob die Hände, wie um das letzte Wort zu unterstreichen.

»War Astoria nie verheiratet?« fragte Emma, die Mitleid für die Familie empfand und Hemmungen hatte, sich als Mrs. Steven Fairfax vorzustellen.

Sie hatten inzwischen das Haus erreicht, und Lucy betätigte den schweren Türklopfer, ohne Emmas Frage zu beantworten.

Emma zog den Fächer aus der Tasche, den Cyrus ihr geschenkt hatte, und fächelte sich nervös Luft zu. Ich werde mich wohl nie an die schwüle Hitze hier gewöhnen, dachte sie, während sie warteten.

Eine kleine schwarze Frau mit sehr großen Zähnen und

einem Tuch über den vielen Zöpfchen, zu dem ihr Haar geflochten war, öffnete ihnen die Tür. Aus kurzsichtigen Augen blinzelte sie zuerst Lucy an, dann Emma. »Ja?«

»Sagen Sie Mrs. McCall bitte, daß Mrs. Macon Fairfax und Mrs. Steven Fairfax zu Besuch gekommen sind«, erklärte Lucy in einem selbstbewußten Ton, der ihr sonstiges seltsames Verhalten Lügen strafte. »Und lassen Sie uns nicht lange hier in der heißen Sonne herumstehen. Beeilen Sie sich.«

Die Frau eilte davon, und Lucy wandte sich in verschwörerischem Ton an Emma: »Mit Farbigen muß man streng sein. Nachdem ihnen ihr Leben lang befohlen worden ist, was sie zu tun haben, fällt es ihnen jetzt schwer, selbständig zu denken.«

Emma verbiß sich eine scharfe Erwiderung. Dies war nicht der richtige Augenblick, sich mit ihrer unberechenbaren Schwägerin anzulegen. Einen Moment später kam das Dienstmädchen zurück und ließ sie ein. Ihre großen Augen wanderten ängstlich von Lucys Gesicht zu dem von Emma, und fast schien sie vor ihnen zurückzuschrecken.

Sie wurden in eine düstere, aber gepflegte Halle geführt und dann in einen Salon. Hier waren die schweren Samtvorhänge zugezogen, und ein leicht modriger Geruch hing im Raum. Emma mußte ihre Augen anstrengen, um die Frau zu erkennen, die in einem Schaukelstuhl am Kamin saß.

»Hallo, Astoria«, sagte Lucy heiter, als sei dies ein ganz alltäglicher Besuch in einem ganz normalen Haus.

Miss McCall war ziemlich korpulent und ganz in Schwarz gekleidet wie Lucy, mit dem Unterschied, daß eine weiße Spitzenhaube ihr Haar fast ganz verdeckte. An ihren großen Händen funkelten Juwelen, und sogar im schwachen Licht des Raumes konnte Emma die blauen Adern sehen, die sich unter ihrer fast durchsichtigen Haut abzeichneten.

»Lucille«, grüßte Astoria ihre Besucherin kühl, dann glitt ihr Blick zu Emma. »Wer ist das?«

»Das ist unsere Emma«, erwiderte Lucy, verscheuchte eine große graue Katze von einem Sessel und setzte sich auf den schon etwas schäbigen Samt. »Stevens Frau.«

Emma folgte Lucys Beispiel und nahm auf einem anderen Sessel Platz.

Astoria musterte Emma prüfend. »Stevens Frau?« sagte sie dann. »Sie hätten den Schuft aufhängen sollen, nachdem er unsere arme Mary erdrosselt hatte. Das habe ich seinem Anwalt vor ein paar Tagen auch schon gesagt.«

Ein plötzlicher Anfall von Schwindel ließ Emma die Sessellehne umklammern. Bevor sie jedoch etwas zu Stevens Verteidigung äußern konnte, berührte Lucy beschwichtigend ihre Hand.

»Bisher hat noch kein Prozeß stattgefunden, Astoria«, sagte Lucy zu der Frau, die, Lucys vertraulichem Ton nach zu urteilen, einmal ihre Freundin gewesen sein mußte. »Und du weißt, daß Steven als unschuldig gilt, bis ihm seine Schuld nachgewiesen werden konnte.«

»Unschuldig?« rief Astoria empört. »Wenn du gesehen hättest, wie Mary weinte in jener Nacht, nachdem er sie hatte fallen lassen wie . . .«

»Haben Sie ihn gesehen?« unterbrach Emma ihren Redeschwall.

»War er an jenem Abend hier im Haus?«

Wieder maß Astoria Emma mit einem prüfenden Blick. »*Gesehen* habe ich ihn nicht, aber ich weiß, daß er hier war. Er und Mary hatten eine Auseinandersetzung. Er muß ihr gefolgt sein, als sie ins . . .« Emma fühlte sich erneut veranlaßt, Astoria zu unterbrechen. »Haben Sie sonst noch jemanden gesehen, Miss McCall?«

Astoria lehnte sich in ihrem Sessel zurück, und die graue Katze sprang auf ihren Schoß. »Nein.«

»Sind Sie ganz sicher? Es ist immerhin ein großes Haus«, beharrte Emma. »Da müßte es doch möglich sein, daß eine oder mehrere Personen unbemerkt hereinkommen?«

Astoria nickte. »Das ist richtig. Es war Steven Fairfax, der hereinkam und zu Marys Zimmer ging.«

»Wie können Sie so sicher sein?«

»Weil ich Mary seinen Namen schreien hörte«, entgegnete Astoria hart. »Zuerst glaubte ich, es sei ein Alptraum, und als ich merkte, daß es wirklich geschah, war es zu spät. Er war schon fort, und die arme Mary lag tot in ihrem Zimmer.«

»Aber Sie könnten doch wirklich *geträumt* haben, daß sie

seinen Namen schrie!« wandte Emma ein, und selbst ihr war bewußt, wie verzweifelt die Frage klang.

»Nein, er *war* es«, beharrte Astoria.

»Diese Fairfaxjungen waren schon immer Rüpel. Ich hatte Mary so oft geraten, sich nicht mit ihnen einzulassen. Aber sie wollte nicht auf mich hören, weil sie ihr draufgängerisches Lächeln liebte und die kostspieligen Geschenke, die sie ihr machten.«

Emma begriff, daß sie mit Astoria nicht weiterkam, und versuchte nun, etwas über das Dienstmädchen zu erfahren. »Diese Frau, die uns hereingelassen hat – wie heißt sie?«

»Du stellst aber wirklich viele Fragen, Liebes«, meinte Lucy mit leisem Vorwurf und drückte von neuem Emmas Hand, aber diesmal so fest, daß es schmerzte. »Das war Maisie Lee, und sie ist schon seit Jahren hier, nicht wahr, Astoria?«

Astorias Blick ruhte auf Emma und strahlte jetzt ganz unverhohlene Feindseligkeit aus, als sie erwiderte: »Sie kam vor dem Krieg zu uns.«

Emma hatte das Gefühl, daß Astoria sie jetzt auch noch für den Krieg zwischen dem Norden und Süden verantwortlich machte, und hielt sich für eine Weile aus dem Gespräch heraus. Erst als sie Lucys Geplauder über Bälle und Gesellschaften, an denen sie einst mit Astoria teilgenommen hatte, nicht länger ertrug, platzte sie dazwischen: »Lebt Maisie Lee hier bei Ihnen im Haus?«

Astoria beugte sich vor und unterzog Emma von neuem einer strengen Musterung. »Sie lebt unten am Hafen, ihr Mann arbeitet auf den Docks«, antwortete sie schließlich, um dann in warnendem Ton hinzuzufügen: »Er ist ein streitsüchtiger Mensch. *Ihn* würde ich an Ihrer Stelle nicht mit dummen Fragen belästigen, Mrs. Fairfax.«

»Vielleicht könnte ich dann hier mit Maisie Lee sprechen«, meinte Emma, und bevor jemand sie daran hindern konnte, stand sie auf und eilte hinaus.

»Maisie Lee!« rief Emma, als sie zur Küche ging, die wie in Fairhaven auch hier getrennt vom Wohnhaus lag.

Aber Lucy war ihr gefolgt und fuhr sie zornig an: »Was suchst du hier?«, und Emma kam plötzlich der Gedanke, daß

Lucy versuchte, ihren Mann zu schützen, obwohl er sie so schlecht behandelte.

»Ich will mit dem Hausmädchen reden«, antwortete Emma und ging unbeirrt weiter.

Doch Lucy ergriff ihren Arm, und Emma war erstaunt, wieviel Kraft in dem kleinen zarten Körper steckte. »Sie wird Angst haben, mit dir zu sprechen«, sagte Lucy so wütend, daß Emma sich zu ihr umdrehte und sie verblüfft ansah.

»Warum sollte sie?«

»Weil du reich bist und weiß. Begreifst du nicht, Emma, daß du etwas sehr Unangenehmes erfahren könntest, wenn du dich in Maisie Lees Angelegenheiten einmischt?«

Emma wurde blaß, und ihr Herzschlag setzte vorübergehend aus. »Du glaubst, daß Steven schuldig ist!« sagte sie entgeistert.

Lucy atmete tief ein. »Er *war* in jener Nacht bei Mary. Es hatte eine schreckliche Szene auf dem Ball gegeben und . . .«

»Er hat niemanden getötet«, fiel Emma ihr scharf ins Wort, riß sich von Lucy los und marschierte auf die Küche zu.

Doch das schwarze Dienstmädchen war, obwohl zwei Schüsseln mit Teig zum Aufgehen auf dem Tisch standen, nirgendwo zu sehen.

Entschlossen rief Emma ihren Namen.

»Sie wird nicht kommen«, sagte Lucy leise von der Tür. »Sie hat zuviel Angst.«

»Ich gebe Ihnen Geld, Maisie Lee«, fuhr Emma fort, ihre Schwägerin ignorierend, öffnete ihr Retikül und nahm die großzügige Summe heraus, die Steven ihr am Abend zuvor als Taschengeld gegeben hat. »Schauen Sie«, rief sie, schwenkte den Geldschein und fügte, aus einer Eingebung heraus, hinzu: »Damit könnten Sie Ihren Kindern viele schöne Dinge kaufen – Kleider, Schuhe, Obst, Süßigkeiten . . .«

Die Tür, die vermutlich in die Vorratskammer führte, öffnete sich krächzend, und Maisie Lee kam heraus. Mit großen Augen betrachtete sie den Hundertdollarschein in Emmas Hand.

»Sagen Sie mir, ob Steven Fairfax in der Nacht von Marys Tod hier war«, forderte Emma sie auf.

Maisie Lee schluckte. Die Gier nach dem Geld war ihr deutlich anzusehen; sie zitterte fast vor Anstrengung, nicht die

Hand danach auszustrecken. Nur einmal glitt ihr Blick ängstlich zu Lucy; dann schaute sie wieder Emma an. »Ich habe es dem Anwalt schon gesagt – Mister Steven brachte Miss Mary nach dem Ball nach Hause. Sie schrie und weinte bitterlich.«

»Und Mr. Fairfax? Was hat er getan?«

»Er versuchte, sie zu trösten und sagte andauernd: ›Weinen Sie nicht, Miss Mary. Bitte weinen Sie nicht.‹«

Emma schloß die Augen und glaubte die Szene so klar vor sich zu sehen, als hätte sie selbst an jenem Abend am hohen Eisenzaun des McCallschen Hauses gestanden.

»Ist er Mary hineingefolgt?« fragte Lucy plötzlich und verwirrte damit sowohl Emma als auch Maisie Lee.

Wieder schluckte das Dienstmädchen auffällig. »Nein, Madam. Ich habe ihn nicht hineingehen sehen.«

»Haben Sie jemand anderen gesehen?«

Maisie Lee schüttelte den Kopf. Schweiß zeichnete sich unter ihrem engen Kleid ab, und sie zupfte nervös an ihrem Kopftuch. »Niemanden sonst, Madam.« Emma gab Maisie Lee das Geld, obwohl sie spürte, daß die Frau ihr etwas verschwieg – ganz offensichtlich aus Angst.

»Danke, Madam«, flüsterte Maisie Lee mit gesenktem Kopf.

Emma rührte sich nicht, obwohl es heiß und stickig in der Küche war und sie dringend frische Luft benötigte. »Lieben Sie Ihren Mann?« fragte sie.

Die schwarze Frau schaute überrascht auf und drückte eine Hand an ihren Busen, wo der Hundertdollarschein verschwunden war – als müßte sie das Geld vor ihrem Mann verbergen. »Natürlich. Er ist mein Mann. Wir haben Kinder zusammen.«

»Ich liebe meinen Steven auch«, sagte Emma sehr betont, »und wir hatten bisher noch keine Kinder. Vielleicht wird er sogar für etwas gehängt, was er nicht getan hat, bevor wir Gelegenheit bekommen, eine Familie zu gründen.«

»Ich weiß nichts mehr!« heulte Maisie Lee, ganz offensichtlich am Ende ihres Durchhaltevermögens angelangt.

Nach einem langen forschenden Blick auf sie wandte sich Emma ab und folgte Lucy durch den verwilderten Garten auf die Straße.

»Du hättest ihr nicht all das Geld geben sollen«, sagte Lucy vorwurfsvoll. »Jethro wird sie halb totschlagen, wenn er merkt, daß sie es vor ihm versteckt hat, und es dann bis auf den letzten Cent vertrinken.«

»Sie weiß etwas«, murmelte Emma, ohne auf Lucys Vorwürfe einzugehen. »Etwas Wichtiges ... Aber sie hat Angst, es zu sagen.«

Die Kutsche wartete vor dem Tor, und Lucy überraschte Emma, indem sie hart ihren Arm ergriff und sie entschieden auf das Gefährt zusteuerte. Die andere Hand drückte sie stöhnend an ihre Schläfe. »Ich habe schreckliche Kopfschmerzen«, klagte sie. »Ich wünschte, wir wären nie hierhergekommen. Wir wären zu Hause besser aufgehoben gewesen – bei einem Pfefferminzlikör und unseren Handarbeiten!«

Emma verdrehte die Augen. Aber sie mochte Lucy und empfand Mitleid mit ihr. Als sie Fairhaven erreichten, begleitete sie die Schwägerin in deren Zimmer und holte ihr ein Glas Wasser und ein Pulver gegen Kopfschmerzen.

Als sie damit zu Lucy zurückkam, lag die zierliche Frau mit nichts als einem dünnen Hemd bekleidet auf dem Bett. Sie trank dankbar das Wasser mit dem Kopfschmerzmittel und rollte sich wieder stöhnend auf die Seite. ›O Gott, ich habe *solche* Kopfschmerzen!«

»Ruh dich aus«, riet Emma sanft, schlüpfte aus dem Zimmer und zog die Tür hinter sich zu.

Als Emma ihren eigenen kleinen Salon betrat, fiel ihr Blick auf einen Brief, der auf dem Sekretär lag. Das Kuvert war aus feinstem weißem Bütten und in Chicago abgestempelt. Kathleen. Der Brief war von Kathleen.

Mit zitternden Fingern und einem stummen Gebet auf den Lippen riß Emma den Umschlag auf und zog den Brief heraus.

Datum und Anrede waren in einer sauberen, aber unbekannten Handschrift verfaßt. *Als Mrs. Harringtons Anwalt und ihrem engsten Vertrauten halte ich es für meine Pflicht, Sie von ihrem Dahinscheiden zu unterrichten ...*

Kathleen war tot.

Emma sank auf einen Stuhl, weil sie befürchtete, ihre Beine trügen ihr Gewicht nicht mehr. Der Raum schien sich für einen

Moment um sie zu drehen, und sie schloß die Augen und atmete ein paarmal tief durch.

Sie saß noch immer auf diesem Stuhl, den Brief in der Hand, als es schon längst dunkel war und die Tür sich öffnete und sie Stevens Stimme vernahm.

»Emma?« Er legte ihr die Hände auf die Schultern, und sie drückte ihre Wange an seinen Arm. »Was ist los?«

»Sie ist tot«, flüsterte sie, als Steven sich einen Stuhl heranzog und sich zu ihr setzte.

Sanft nahm er ihr den Brief aus der Hand und las ihn. »Es tut mir leid«, sagte er, so sanft, daß Emma fast die Tränen kamen.

»Der Anwalt hat nichts von Lily und Caroline erwähnt, was bedeutet, daß Mama wohl nicht wußte, wo sie sind.«

»Es bedeutet, daß er sie nicht erwähnte«, berichtigte Steven sie ruhig und drehte ihr Gesicht sanft zu sich herum.

»Ich habe mich in meinem Brief ausdrücklich nach meinen Schwestern erkundigt«, sagte Emma mit zitternden Lippen.

»Schreib dem Anwalt noch einmal. Oder besser noch, schick ihm ein Telegramm.«

Emma starrte in die Dunkelheit vor den Fenstern und dachte an die Kathleen, die sie gekannt hatte. Obwohl ihre Mutter Alkoholprobleme gehabt hatte, war sie in nüchternem Zustand ein fröhlicher, lebhafter Mensch gewesen. »Ich frage mich, ob sie wohl ganz allein gestorben ist . . .«

Steven zog Emma auf seinen Schoß und hielt sie ganz fest in seinen Armen, und das war ein so schönes, so tröstliches Gefühl, daß sie zu weinen begann; sie hatte diesen Mann gefunden, nur um ihn wieder zu verlieren.

Im Glauben, daß Emma um Kathleen weinte – und tief in ihrem Innersten tat sie es vielleicht sogar –, wiegte Steven sie in seinen Armen und wartete, bis der Sturm nachlief. Dann trug er sie ins Schlafzimmer, zog sie bis auf die Unterwäsche aus und deckte sie zu wie ein kleines Kind. Sie streckte bittend die Hand nach ihm aus. »Du gehst . . .« Es war keine Frage, sondern eine Feststellung.

Er schüttelte den Kopf. »Ich werde unten sein, Emma. Mit Garrick.«

Sie verdrängte den Schock über Kathleens Tod lange genug, um zu fragen: »Hast du etwas Neues herausgefunden?«

Er beugte sich über sie und küßte ihre Stirn. »Wir werden bald etwas erfahren«, versicherte er ihr tröstend.

Emma hätte ihm gern von ihrem Gespräch mit Maisie Lee erzählt und ihrem Verdacht, daß das Dienstmädchen etwas zu wissen schien, was sie aus Angst nicht sagte, aber dazu fehlte ihr jetzt die Kraft. So drückte sie nur Stevens Hand und sank schon kurz darauf in einen tiefen, traumlosen Schlaf.

Als sie am nächsten Tag erwachte, war Steven schon wieder fort. Von einem Gefühl unbeschreiblicher Einsamkeit erfaßt, stand Emma auf und zog sich an. Als sie im Eßzimmer feststellte, daß sie keinen Bissen herunterbringen konnte, rief sie kurzentschlossen ein Mädchen und trug ihm auf, eine Kutsche vorfahren zu lassen.

Emmas erster Besuch galt dem Telegraphenamt, wo sie ein Kabel an Kathleens Anwalt schickte und ihn um Informationen über ihre Schwestern bat. Eine Antwort könne Stunden oder sogar Tage dauern, erfuhr sie von dem Beamten, der jedoch versprach, ein Antworttelegramm sofort nach Fairhaven bringen zu lassen.

Da es Emma widerstrebte, nach Hause zurückzukehren, ließ sie sich zu Garricks Kanzlei fahren. Sie wollte wissen, *mußte* wissen, welche Fortschritte der Anwalt in Stevens Fall machte.

Aber Garrick war nicht da, und sein Büroleiter wußte nicht, wann er zurückkam.

Enttäuscht fuhr Emma nun doch nach Hause und erfuhr dort von einem Dienstmädchen, daß ›Mr. Steven‹ im Arbeitszimmer auf sie wartete.

Als sie ihn sah, wirkte er erregter, als sie ihn je erlebt hatte, und sie wußte, daß sich eine neue Entwicklung in seinem Fall ergeben hatte und daß es keine gute war.

»Was ist passiert?« flüsterte Emma furchtsam.

»Miss Astoria McCall hat sich gemeldet, um zu bezeugen, daß ich in der Mordnacht in ihrem Hause war. Sie behauptet, sie hätte Mary meinen Namen schreien hören.«

Emma befürchtete, ohnmächtig zu werden, aber da sie ahnte, daß das noch längst nicht alles war, umklammerte sie die Lehne eines Stuhls und zwang sich, tief durchzuatmen.

Steven schenkte sich einen Drink ein, trank einen Schluck und maß seine Frau dann mit einem erbosten Blick. »Miss McCall sagte, sie hätte sich erst wieder an Marys Schrei erinnert, als du gestern mit Lucy bei ihr zu Besuch warst.«

Emma ging auf unsicheren Beinen um den Stuhl herum und ließ sich darauf niedersinken. »Und jetzt gibst du mir die Schuld?«

»Natürlich nicht«, entgegnete er brüsk. »Aber es hat mich zur Besinnung gebracht, Emma. Wir haben einen Fehler gemacht. Ich möchte, daß du zu Chloe zurückkehrst und vergißt, daß du mich je gekannt hast.«

Emma legte sich eine Hand auf den Mund, um nicht laut aufzuschreien. »Das kann doch nicht dein Ernst sein«, sagte sie nach einem kurzen inneren Kampf. »Du versuchst nur, mich zu schützen.«

Steven starrte sie lange an, und es war ein Fremder, der sie ansah. »Ich will dich nicht schützen«, sagte er. »Ich will dich loswerden. Verdammt, muß ich wirklich noch deutlicher werden und sagen, daß ich dich nie hätte heiraten sollen?«

Mit soviel Würde, wie sie aufzubringen vermochte, stand Emma auf. »Du bist ein Lügner, Steven Fairfax. Ich werde dich nicht verlassen. Nichts anderes als der Tod könnte mich zu einer Trennung zwingen.«

Er drehte ihr den Rücken zu und trat ans Fenster. »Ich liebe dich nicht«, sagte er erstickt.

»Du bist ein Lügner!« wiederholte sie, und jetzt schlich sich eine Spur von Hysterie in ihre Stimme. »Du hast aufgegeben und glaubst, mich schonen zu können, indem du mich fortschickst. Nun, da hast du dich geirrt, Steven. Ich bleibe, hörst du? *Ich gehe nicht fort!*«

Er wirbelte abrupt herum und starrte sie mit einem Blick an, der sie zutiefst erschreckte. »Wenn du nicht gehst, dann eben ich!« fuhr er sie an und stürmte aus dem Raum.

Emma folgte ihm bis in die Halle und beobachtete in stummer Fassungslosigkeit, wie der einzige Mann, den sie je lieben würde, so lange sie auch leben mochte, wie ein Wahnsinniger die Treppe hinaufrannte.

Etwas später, als sie endlich den Mut aufbrachte, ihm zu folgen, ging sie in das Schlafzimmer, das sie für so kurze Zeit geteilt hatten. Steven war im angrenzenden Raum und packte.

Emma setzte sich auf die Bettkante, nahm das gerahmte Foto ihrer Schwestern in die Hand und strich langsam mit dem Zeigefinger über den Rahmen, wieder und wieder, als könnte sie Lily und Caroline heraufbeschwören wie eine Zauberin aus einem Märchenbuch.

22

Cyrus Fairfax war zornig, daß sein Gesicht rot angelaufen war und sein weißer Schnurrbart zitterte. Er stürzte den Brandy in einem Zug herunter und knallte das Glas auf die Schreibtischplatte. »Bei Gott«, donnerte er, »wenn ich zwanzig Jahre jünger wäre, würde ich dich meine Reitpeitsche spüren lassen!«

Wenn die Lage nicht so ernst gewesen wäre, hätte Steven gelacht. Aber so, wie es aussah, würde er sein Leben und Emma verlieren, und das eine war ihm so kostbar wie das andere.

»Ich hätte sie nie hierherbringen dürfen«, sagte er leise und starrte in sein Glas. Der Whisky hatte einen sauren Geschmack auf seiner Zunge hinterlassen, und er stellte ihn angewidert fort. »Ich habe Emma von den Menschen entfernt, die sie kannte und liebte, damit sie unter Fremden leben muß – von denen einer sich das Vergnügen macht, ihr ständig damit zu drohen, sie zur Geliebten zu nehmen, sobald ich nicht mehr da bin.«

Cyrus betrachtete seinen Enkel kopfschüttelnd. »Du hast also aufgegeben«, sagte er bitter. »Für so schwach hätte ich dich nie gehalten.«

Steven wandte sich ab, um in den Garten hinauszuschauen, in dem er – so hatte er gehofft – einmal seine Kinder spielen sehen würde. Und vielleicht sogar seine Enkelkinder. »Garrick und ich haben alle befragt, die etwas wissen könnten, und nicht das geringste dabei erfahren«, sagte er müde, ohne auf die Bemerkung seines Großvaters einzugehen. »Mein Prozeß beginnt am Montagmorgen, und alles was wir haben, ist meine Behauptung, unschuldig zu sein, und die Tatsache, daß ich freiwillig zurückgekommen bin, um mich der Anklage zu stellen.«

Für einen Moment drehte er sich zu Cyrus um. »Wenn ich am Galgen ende, wird mein letzter Gedanke sein, daß Macon jeden Tag ihres Lebens Emma zur Hölle machen wird!«

Cyrus setzte sich in den Ledersessel hinter seinem Schreibtisch. »Du kannst dich darauf verlassen, daß ich Emma schützen werden, wenn alles schiefgeht. Das weißt du.«

Steven trat vor seinen Großvater, stützte beide Hände auf die Schreibtischplatte und schaute Cyrus in die Augen. »Schwör mir bei allem, was dir heilig ist, daß du Emma im gleichen Augenblick, wo ich verurteilt werde, von hier fortbringst!«

Der alte Mann nahm eine Zigarre aus einem Kästchen und bot sie Steven an. Auf dessen ablehnendes Kopfschütteln hin biß Cyrus das eine Ende der Zigarre ab, spuckte es in den Papierkorb und strich ein Streichholz an. »Ich glaube nicht, daß du sterben wirst, mein Junge«, sagte er nach langem Schweigen. »Dein Prozeß hat noch gar nicht begonnen, und doch kletterst du schon die Stufen zum Galgen hinauf.« Blauer Rauch hüllte ihn ein, als er an der Zigarre zog.

»Habe ich dein Wort darauf?« beharrte Steven.

»Das weißt du«, erwiderte Cyrus schlicht. »Macon wird sie nicht anrühren. Was hat sie gesagt, als du behauptest hast, du wolltest nicht mehr ihr Mann sein?«

Steven fuhr sich, beschämt bei der Erinnerung, durchs Haar. »Sie sagte, sie glaube mir nicht – ich sei ein Lügner.«

Cyrus lachte wehmütig. »Und dann hast du angefangen, deine Sachen zu packen! Du bist ein Narr, Steven. Aber jetzt geh zu deiner tapferen kleinen Frau und versöhne dich mit ihr, oder du wirst mich von einer ganz anderen Seite kennenlernen!«

Steven wandte sich seufzend ab und ging hinaus.

Seine Seele hungerte mit der gleichen Intensität nach Emma, wie sein Körper es tat, und er wußte, daß er sich nicht länger daran hindern konnte, zu ihr zu gehen. Nicht einmal die Angst, ein Kind zu zeugen, das ohne Vater aufwachsen würde, hielt ihn jetzt noch zurück.

Er rannte die Treppe hinauf, immer zwei Stufen auf einmal nehmend, und schwor sich, Emma um Verzeihung zu bitten und seine harten Worte zurückzunehmen, obwohl er immer noch der Ansicht war, daß es besser für sie gewesen wäre, wenn sie ihn verlassen hätte.

Er klopfte an der Tür des Zimmers, das sie anfangs gemeinsam bewohnt hatten, und öffnete sie, als keine Antwort kam. Aber das Zimmer war leer.

Rasch ging er zum Schrank und riß ihn auf. Ihre neuen Kleider und der Schmuckkasten waren noch da. Doch das mußte nicht bedeuten, daß sie nicht doch fort war, denn ihr Stolz hätte ihr sicher nicht erlaubt, diese Dinge, die Geschenke von ihm und Cyrus waren, mitzunehmen. Aber als er in ihrer Nachttischschublade das gerahmte Foto ihrer Schwestern fand, war er beruhigt und wußte, daß Emma ihn nicht verlassen hatte, denn um nichts in der Welt hätte sie dieses Foto zurückgelassen.

Er stellte es deutlich sichtbar auf die Nachttischplatte und verließ das Zimmer. Seine anfängliche Erleichterung schlug wieder in Sorge um. Er mußte Emma finden, sich überzeugen, daß es ihr gutging, und sich bei ihr entschuldigen.

Aber er war so oft mit Garrick außer Haus gewesen, um an seiner Verteidigung zu arbeiten, daß er keine Ahnung hatte, wie Emma ihre Tage verbrachte. Deshalb ging er zu Lucy.

Ein munteres »Herein!« war die Antwort auf sein Klopfen.

»Hast du Emma gesehen?« fragte er seine Schwägerin, die am Fenster saß und eine Babypuppe in ihren Armen wiegte.

Lucy schaute ihn nicht an. Sie lächelte auf die Puppe herab und streichelte deren goldblondes Haar. Ihre Stimme, als sie endlich sprach, klang seltsam schrill und kindlich. »Sie ist in der Kutsche in die Stadt gefahren«, antwortete sie.

Da Steven wußte, daß er von Lucy nicht mehr erfahren würde, und er eine überwältigende Übelkeit im Grunde seiner Seele aufsteigen spürte, ging er hinaus und schloß leise die Tür.

Nachdenklich stieg er die Treppe hinunter und verließ das Haus durch einen Hinterausgang. Im Stall suchte er sich ein Pferd aus und begann es zu satteln.

Die Kutsche holperte in flottem Tempo über die Straße, und Emma fächelte sich immer wieder Luft zu. Ihr war ein bißchen übel, aber das schob sie auf die verzweifelte Situation mit Steven und auf die Hitze. Sie war gefühlsmäßig zu ausgelaugt, um noch zu weinen, obwohl ihre Augen von ungeweinten Tränen brannten und ihre Kehle so eng war, daß sie schmerzte.

Der Kutscher hielt das erste Mal, wie Emma es befohlen hatte, vor Astoria McCalls heruntergekommener Villa. Diesmal öffnete Miss Astoria höchstpersönlich.

Als Emmas Blick auf ihre juwelengeschmückten Hände fiel, ging ihr plötzlich auf, daß sie möglicherweise gar nicht so arm war, wie es den Anschein hatte. Vielleicht war sie nur zu verbittert und zu nachlässig, um sich um ihr Haus zu kümmern und den Kontakt zu Nachbarn und Freunden aufrechtzuerhalten.

»Sie!« sagte Miss Astoria kalt.

Emma straffte die Schultern. »Ich möchte Maisie Lee sehen.«

»Sie ist nicht hier«, brummte die alternde Jungfer. »Sie ist zu Hause bei dem Säufer, mit dem sie verheiratet ist.« Miss McCall versuchte, die Tür zu schließen, aber Emma verhinderte es, indem sie ihre Schulter gegen das Holz lehnte.

»Wo wohnt Maisie Lee?« fragte sie höflich.

»Du lieber Himmel! Das weiß ich nicht«, erwiderte Miss Astoria verärgert. »Irgendwo unten am Hafen, in einer dieser stinkenden Gassen.«

»Ich bin überzeugt, daß Sie ihre Adresse kennen«, beharrte Emma, entschlossen, sich nicht entmutigen zu lassen.

Astoria maß sie mit einem erbosten Blick, aber Emma war nicht einzuschüchtern. Niemand konnte sie so verletzen, wie Steven es getan hatte, als er ihr sagte, daß er sie nicht mehr liebte; sie kannte keine Furcht mehr und war bereit, es mit der ganzen Welt aufzunehmen.

»Na *schön*«, meinte Astoria McCall unfreundlich, dann drehte sie sich auf dem Absatz um und verschwand in der düsteren Eingangshalle.

Emma trat ein, um dort zu warten, und entdeckte Spinnweben an den Decken, als sie sich umschaute. Das ganze Haus könnte eine gründliche Reinigung vertragen, dachte sie.

Schließlich kehrte Miss Astoria mit einem Zettel in der Hand zurück. »Hier«, sagte sie schroff. »Aber Sie haben die arme Maisie auf dem Gewissen, wenn dieser brutale Kerl sie prügelt, weil sie sich in Dinge einmischt, die sie nichts angehen.«

Emma hatte nicht die Absicht, Maisie Lee in Schwierigkeiten zu bringen. Sie wollte nur herausfinden, was die verängstigte Frau wußte und warum sie es für sich behielt. »Danke«, sagte sie freundlich, als wäre sie nur zu einem unverbindlichen Besuch bei Astoria gewesen. »Und einen schönen Tag noch.«

Der Kutscher runzelte die Stirn, als Emma ihm die Adresse gab, aber er mußte ihre Entschlossenheit gesehen haben, denn er erhob keinen Einspruch.

In dem Stadtteil, in dem Maisie Lee wohnte, standen die Häuser dicht beisammen und schienen bis unters Dach mit Menschen vollgepfropft. Braune und schwarzhäutige Kinder rannten barfuß über die gesprungenen Pflastersteine, und die schwüle Luft mit ihren Gerüchen nach Fisch, Pferdedung, Abfall und Urin raubte Emma fast den Atem.

Als die Kutsche anhielt, stieg sie aus, bevor der Kutscher ihr zu Hilfe eilen konnte.

»Miss Emma«, sagte er beunruhigt, »es wäre Mr. Steven sicher nicht recht, daß ich Sie hierherbringe – vor allem nach der Epidemie, die hier ausgebrochen ist.«

»Es wird nicht lange dauern«, antwortete Emma, die sich bereits nach den Hausnummern umschaute. Aber es waren keine zu sehen, und so näherte Emma sich drei kleinen Jungen, die Murmeln spielten, und zog drei Münzen aus ihrer Tasche.

Als sie die ungeteilte Aufmerksamkeit der Kinder besaß, fragte sie: »Wo wohnt Maisie Lee Simpson?«

Einer der Jungen zeigte auf das Ende der Straße. »Dort unten, wo der Blumentopf steht.«

Emma dankte dem Jungen und ging auf das von ihm bezeichnete Haus zu. Der Fahrer folgte ihr in der Kutsche, und sie konnte seinen verwirrten Blick in ihrem Rücken spüren.

Der Blumentopf enthielt eine halb vertrocknete Geranie, die dringend Wasser brauchte. Emma betrachtete sie mitleidig, während sie an die schief in den Angeln hängende Haustür klopfte.

Maisie Lee öffnete sie einen winzigen Spalt, und als sie Emma sah, riß sie erschrocken die Augen auf.

»Sind Sie allein?« fragte Emma.

Maisie Lee nickte, machte jedoch keine Anstalten, ihre Besucherin einzulassen.

»Darf ich bitte hereinkommen?« drängte Emma. Widerstrebend trat Maisie Lee zurück, und Emma betrat einen engen, aber blitzsauberen Raum. Mehrere Kinder spielten auf dem Fußboden, und zwischen zwei Wänden war eine Leine gespannt, auf der Wäsche trocknete.

Maisie Lees große dunkle Augen richteten sich immer wieder ängstlich auf die Tür. »Was wollen Sie, Missis?« erkundigte sie sich schüchtern.

»Sie wissen etwas über die Nacht, in der Mary McCall ermordet wurde – etwas, das Sie bisher niemandem verraten haben. Ich möchte wissen, was es ist.«

Die schwarze Frau wich einen Schritt vor Emma zurück. Als eines der Kinder zu weinen begann, zog sie es auf ihren Schoß. »Ich weiß gar nichts«, erwiderte sie abweisend.

»Doch, Sie wissen etwas, und mein Mann wird hängen, wenn Sie es mir nicht erzählen. Wer war in jener Nacht im Haus, Maisie Lee? War es Macon Fairfax?«

Maisie Lees Augen wurden fast noch größer, als sie ohnehin schon waren. »Nein, Madam, ich habe Mr. Macon nicht gesehen. Ich schwöre zu Gott, daß ich ihn nicht gesehen habe!«

»Aber *jemanden* haben Sie gesehen, und es war nicht Steven. Wer war es also?«

Wieder warf Maisie Lee einen furchtsamen Blick zur Tür. »Mein Mann kommt bald nach Hause«, sagte sie besorgt. »Er hat es nicht gern, wenn ich Besuch bekomme.«

Emma seufzte. »Sie müssen mir helfen!« meinte sie beschwörend.

Dicke Tränen quollen aus Maisie Lees dunklen Augen. »Ich kann es nicht, Madam«, antwortete sie bekümmert und schüttelte den Kopf. »Ich weiß nichts. Ich schwöre Ihnen, daß ich nichts weiß.«

Emma war zutiefst enttäuscht. »Also gut«, seufzte sie. »Falls Sie sich doch noch entscheiden sollten, die Wahrheit zu sagen, finden Sie mich in Fairhaven.«

Maisie schluckte auffallend, aber sie machte nicht mehr den Mund auf und drückte nur schützend das weinende Kind an ihre Brust, als Emma die Tür öffnete, um zu gehen.

Auf der Schwelle begegnete sie einem der größten Männer, die sie je gesehen hatte. Er mußte Maisie Lees Mann sein und schien alles andere als erfreut über den Besuch. Emma sah ihm an, daß er vor Wut kochte, als sie rasch an ihm vorbeiging auf die Straße, wo der besorgte Fahrer ihr schon die Kutschentür aufhielt.

Im gleichen Augenblick, als Emma sich auf dem lederbezogenen Sitz niederließ, hörte sie aus dem Haus einen gellenden Schrei und schloß gequält die Augen vor den Bildern, die sich ihr aufdrängten. Maisie Lees Mann trat einen Moment aus dem Haus, versetzte dem Geranientopf einen Tritt, der ihn zerbrechen ließ, stürmte wieder hinein und knallte die Tür hinter sich zu.

»Hüh!« feuerte der Kutscher die Pferde an, als Emma schon wieder aussteigen wollte, um zu Maisie Lee zurückzueilen und sie zu verteidigen.

Dann schaute sie betrübt auf ihre kleinen Hände; eine große Hilfe wäre sie der armen Frau sicher nicht gewesen. Aber sie sah ein, daß es nur ihre Schuld war, wenn Jethro jetzt wütend auf Maisie Lee war. Wenn er sie schlug und mißhandelte, hatte die arme Frau es ausschließlich Emma zu verdanken.

Von diesem Gedanken gequält, war sie zutiefst betrübt, als sie Fairhaven erreichten.

Der Kutscher wollte Emma beim Aussteigen behilflich sein, aber da erschien Steven und schob ihn gereizt beiseite.

»Wo zum Teufel hast du gesteckt?« fuhr er Emma an, während er grob ihre Schultern umklammerte.

Sie hielt seinem ärgerlichen Blick trotzig stand. »Warum sollte dich das interessieren?« entgegnete sie.

Nun schloß er beide Hände um ihr Gesicht. »Es interessiert mich – sogar sehr«, erwiderte er, schon sehr viel sanfter.

Emma entzog sich ihm unwillig und wollte auf das Haus zugehen, aber Steven hielt sie zurück.

»Ich muß erst mit dir reden«, erklärte er und zog sie in den weitläufigen Garten, wo er nicht eher stehenblieb, bis sie ein Sommerhäuschen erreichten, das fast ganz mit Glyzinien überwuchert war.

Steven öffnete die Tür und zog Emma hinein, und sie stellte verwundert fest, daß es drinnen relativ aufgeräumt und sauber war. Zwei schmale Betten standen in dem Raum und mehrere Sessel aus Bambusrohr, auf denen verschlissene Kissen lagen.

»Als ich anfangs in Fairhaven war, habe ich sehr oft hier geschlafen«, meinte Steven.

Emma biß sich auf die Unterlippe und hoffte, daß er sie nicht noch mehr verletzen würde, weil sie das nicht zu ertragen glaubte. »Willst du mich noch immer fortschicken?« erkundigte sie sich zaghaft.

»Ja«, gab Steven offen zu. »Es wäre mir lieber, wenn du sicher in Whitneyville bei Chloe wärst.«

Emma war gekränkt, bemühte sich jedoch, es nicht zu zeigen. »Ich verstehe«, sagte sie leise.

Er legte zärtlich eine Hand unter ihr Kinn. »Nein, ich glaube, das tust du nicht, Emma«, entgegnete er rauh. »Ich habe dich belogen – ich habe dich nie mehr geliebt als jetzt, in diesem Augenblick. Du hattest recht, von Anfang an – ich wollte nur, daß du Fairhaven verläßt, damit Macon dir nichts antun kann und du nicht mitanzusehen brauchst . . .«

Emmas Herz klopfte schneller vor Erleichterung, sie schlang die Arme um Stevens Taille und schmiegte ihr Gesicht an seine Brust. »Gott sei Dank«, flüsterte sie.

Er zog sie ganz fest an sich. »Wo warst du heute, Emma? Was hast du gemacht?«

Sie wagte nicht, ihm zu erzählen, daß sie bei Maisie Lee gewesen war; das letzte Mal, als sie sich in seine Angelegenheiten eingemischt hatte, war er sehr aufgebracht gewesen. »Ist das wichtig?« entgegnete sie ausweichend.

Er lachte wehmütig und küßte ihr Stirn. »Nein, wahrscheinlich nicht.« Dann hob er wieder ihr Gesicht zu sich empor und schaute ihr ernst in die Augen. »Es tut mir leid, Emma. Alles.«

Die Tränen, die bisher nicht hatten kommen wollen, drängten nun mit Macht in ihre Augen. »Halt mich fest«, flüsterte sie und schlang ihm beide Arme um den Nacken. »Sag mir, daß alles gut wird.«

Steven hielt sie fest an sich gepreßt, aber er sagte nichts, und Emma wußte, daß er schwieg, weil er sie nicht belügen wollte.

Ein Verlangen, wie sie es noch nie zuvor erfahren hatte, erfaßte Emmas müden Körper, und sie zog Stevens Kopf zu einem Kuß zu sich herab, der mehr sagte, als Worte es gekonnt hätten.

Mit einem Aufstöhnen löste er sich von ihr. Als er Emma auf die Arme nehmen wollte, wußte sie, daß er beabsichtigte, sie ins Haus und in ihr Schlafzimmer zu tragen.

»Nein«, widersprach sie rasch. »Hier, Steven – wo ich die Blumen riechen und die Vögel hören kann. Bitte, Steven.«

Für einen langen Moment starrte er sie wie verzaubert an, dann küßte er sie so leidenschaftlich, daß eine süße Schwäche sich in Emmas Gliedern ausbreitete. Während sie sich haltsuchend an ihn lehnte, begann er schon ihr Mieder aufzuknöpfen.

Als er damit fertig war, zog er das Kleid sanft hinunter und entblößte Emmas Brüste. Sie zog ihre Arme aus den Ärmeln und legte das Kleid ganz ab, so daß sie nur noch in ihren Unterröcken und den weißen Spitzenhosen vor ihm stand.

Auch die Unterröcke sanken zu Boden, und dann hob Steven sie auf die Arme, und sie war gezwungen, ihm ihre Beine um die Taille zu schlingen. Mit einem leisen Aufstöhnen nahm sie das ganze Ausmaß seiner Erregung wahr und drängte sich ihm verlangend entgegen, als er eine der zarten Knospen ihrer Brüste zwischen seine Lippen nahm und sanft daran zu saugen begann.

Emma klammerte sich an ihn und warf in hilflosem Entzücken den Kopf zurück, als er seine Hüften bewegte und sie spüren ließ, was sie erwartete. Gleichzeitig küßte Steven ihre Brustwarzen und nahm gierig alles, was Emma ihm bot. Sie bebte vor Erregung und drängte ihm in einer stummen Einladung ihren Körper entgegen. »Sag mir, was du willst«, murmelte er und unterstrich jedes Wort mit einem Kuß.

»Dich«, sagte Emma flehend. »Ich will dich. O Steven ... bitte ... laß mich nicht warten ... nicht dieses Mal ... es ist so lange her ... und ich brauche dich so sehr!«

Eine seiner Hände glitt zwischen ihre Schenkel, und Emma öffnete den Mund zu einem stummen Schrei. Als er seine Hand unter ihre *Pantalettes* schob und seine Finger ihre empfindsamste Stelle fanden, schrie sie leise auf und hatte das Gefühl, ohnmächtig zu werden vor Verlangen. »Bitte ...« flehte sie von neuem.

»O nein«, murmelte Steven. »So leicht mache ich es dir nicht. Ich will alles, was du mir zu geben hast, Emma – alles.«

Sie wimmerte, weil sie wußte, was das zu bedeuten hatte – ein ausgedehntes, entnervend langes Liebesspiel, in dessen Verlauf Steven sie von Ekstase zu Ekstase führen würde, bevor er ihren Körper in Besitz nahm und ihr die endgültige Erfüllung schenkte. »Bitte, Steven ... jetzt!« flüsterte sie beschwörend.

Aber er fuhr fort, ihre Brüste zu liebkosen, während seine Finger in sie eindrangen und sie reizten, bis sie vor Lust den Verstand zu verlieren glaubte. Sie wimmerte, stöhnte und schrie wie ein wildes Tier, klammerte sich an seine Schultern und versuchte, ihre Beine um ihn zu schließen.

Endlich ließ er sich dazu bewegen, ihr die langen Spitzenhosen auszuziehen, und legte Emma dann sanft auf eine der Matratzen. Mit zärtlichen Fingern spreizte er ihre Schenkel und drückte seine Lippen auf das seidenweiche Haar, das ihre empfindsamste Stelle verbarg. Sie bog sich ihm stöhnend entgegen, als er begann, sie mit dem Mund zu liebkosen.

Er hörte nicht auf, sie zu erregen, bis Emma sich mit geschlossenen Augen ihrer Ekstase überließ. In diesem Augenblick höchster Luft schrie sie Stevens Namen, und allmählich kehrte sie wieder in die Wirklichkeit zurück – aber nur, damit Steven gleich darauf ihre Lust mit zärtlichen Küssen von neuem anfachen konnte.

Diesmal jedoch zog er sie über sich, und als Emma aufstöhnend ein zweites Mal den Höhepunkt erreichte, ließ sie sich ermattet auf ihn sinken – und seufzte dankbar, als sie spürte, wie sein heißes Glied machtvoll in sie eindrang.

Während sie sich langsam auf und ab bewegte und ihn in die gleiche unerträglich Erregung versetzte, die sie beherrschte, küßte sie seinen Nacken, seine Ohrläppchen und schließlich seine Brustwarzen. Das entzückende Stöhnen, das seine Hilflosigkeit verriet, erfüllte sie mit einem Gefühl von Triumph und wilder Freude.

Nach einer Weile bewegten ihre Körper sich in völligem Gleichklang. Emma schlang die Arme um Steven und schloß die Augen vor Entzücken, als die Welt um sie herum in einem gewaltigen Crescendo unterging.

Doch dann, als der Sturm nachließ und Emma zu Bewußtsein kam, daß sie sich splitternackt in diesem Sommerhaus befand, noch immer auf innigste Weise mit ihrem Mann verbunden, errötete sie und wandte beschämt die Augen ab.

Steven umfaßte ihr Kinn und zwang sie, ihn anzuschauen. »Ich liebe dich«, sagte er heiser.

Emma ließ ihre Stirn an seiner ruhen. »Steven«, flüsterte sie mit tränenerstickter Stimme. »Laß uns fliehen, sobald es dunkel wird! Wir können uns woanders ein neues Leben aufbauen . . .«

Steven schüttelte den Kopf. »Nein, Emma. Keine Flucht mehr.«

Zorn erwachte nun in ihr, und sie hätte sich von ihm gelöst, wenn er sie nicht so eisern festgehalten hätte. »Willst du sterben?« warf sie ihm verzweifelt vor. »Ist es das, was du willst?«

»Natürlich nicht«, erwiderte er, und sie spürte, wie er wieder in ihr wuchs. »Aber ich laufe nicht mehr davon, Emma. Das ist vorbei seit dem Tag, an dem ich dir begegnet bin.«

Emma wollte kein Liebesspiel; sie wollte kämpfen, doch sie war unfähig, ihm Widerstand entgegenzubringen, als er sie mit harten, rhythmischen Bewegungen von neuem in einen Zustand der Ekstase versetzte, der sie alles andere vergessen ließ.

»Ich bin sicher, daß du heute ein Kind von mir empfangen hast, Emma«, flüsterte Steven ihr zu, während er zärtlich ihre Brüste streichelte. »Und sobald du dieses Baby auf die Welt gebracht hast, mache ich dir noch eins, Emma. Und dann noch eins. Ich werde dich morgens lieben und mittags und nachts . . .«

»Ooooh . . .« stöhnte Emma hilflos, als sie spürte, wie sie sich dem Gipfel ihrer Lust näherte. Im gleichen Augenblick bäumte sich auch Steven stöhnend auf, versteifte sich und erreichte mit einem Aufschrei selbst den Höhepunkt.

Als beide wieder zu Atem gekommen waren, stand Emma auf und zog sich an. Steven, der schneller fertig war als sie, kam ihr zu Hilfe und schloß die Knöpfe hinten an ihrem Kleid.

»Glaubst du, daß ich wirklich ein Kind empfangen habe?« flüsterte sie hoffnungsvoll.

»Ja«, erwiderte er entschieden und glättete zärtlich ihr zerwühltes Haar.

Emma legte den Kopf an seine Schulter und umklammerte ihn, als wollte sie ihn nie wieder loslassen. *Verlaß mich nicht,* flehte sie stumm. *O Steven – verlaß mich nicht! Heute nicht und nie . . .*

Als sie kurz darauf zum Haus zurückkehrten, stellte Emma verwundert fest, daß es Abend geworden war, ohne daß sie es gemerkt hatten.

Sie betraten das Haus durch die Hintertür, und Emma war froh, daß sie unbemerkt ihr Zimmer erreichten. »Hast du Hunger?« fragte Steven.

Emma überlegte kurz, dann nickte sie. »Ja, aber ich möchte nicht mit den anderen essen.«

Steven nickte verständnisvoll und ging hinaus. Als sie etwas später zufrieden in der heißen Badewanne saß, steckte er den Kopf zur Tür herein. »Ich habe dir das Abendessen mitgebracht«, sagte er zerstreut, weil der Anblick ihres nackten Körpers ihn wie immer stark ablenkte.

Emma lächelte schläfrig zu ihm auf, streckte die Arme über den Kopf und gähnte.

Steven fluchte unterdrückt. »Laß das«, sagte er schroff.

Emma ließ sich ins Wasser zurücksinken, zu müde, um sich zu bewegen, obwohl sie Hunger hatte. Sie schloß entspannt die Augen, öffnete sie jedoch wieder, als sie Stevens warme Hand auf einer ihrer Brüste fühlte.

Schmunzelnd nahm er eine Erdbeere aus einer Schale und strich damit sanft über Emmas Lippen, bevor er sie in ihren Mund schob.

»Hm«, murmelte sie und kam sich auf wundervolle Weise dekadent vor.

Steven gab ihr auf die gleiche Art noch eine zweite Erdbeere zu essen, dann stellte er die Schale fort. Emma wollte aus der Wanne steigen, aber er legte eine Hand auf ihren bloßen Schenkel und hielt sie fest. Dann senkte er den Kopf, um ihre Brust von neuem zu liebkosen. Ein wütendes Verlangen schoß durch Emmas Körper, als sie seine Lippen fühlte. Schließlich hob Steven wieder den Kopf und Emma mußte lachen über den verschmitzten Ausdruck, der auf seinem Gesicht erschien. »Sag bloß nicht, du willst mich schon wieder lieben«, protestierte sie, als er sie aus dem Wasser hob und sie abtrocknete.

»Na gut«, antwortete er grinsend. »Dann sage ich es eben nicht.«

Er hob sie auf und trug sie zum Bett, wo er sie sanft auf die seidene Decke legte. Seine Augen streichelten ihre schimmernde glatte Haut, während er sich rasch auszog und sich dann neben ihr ausstreckte.

Emma räkelte sich wohlig, was vielleicht ein Fehler war, denn jetzt ergriff Steven ihre Hände und zog sie hoch über ihren Kopf, während er sie ganz sachte zwischen ihren vollen Brüsten küßte. Aufstöhnend bot sie sich ihm dar, um ihn aufzunehmen, obwohl sie sicher war, daß sie nichts mehr zu geben hatte.

»Diesmal brauchst du nicht zu warten«, versprach er, und sie empfing ihn mit einem leisen, entzückten Schrei, erstaunt, daß sie schon wieder für ihn bereit war.

Als es vorüber war und sie beide wieder etwas zu Kräften gekommen waren, setzten sie sich mit gekreuzten Beinen auf das Bett und aßen vom selben Teller. Danach kuschelten sie sich unter die Decken, und Emma legte ihren Kopf an Stevens Schulter, während er ihr aus einem Buch ein Sonett vorlas.

Irgendwann schlief Emma ein und träumte, daß sie und Steven alt waren und das fröhliche Lachen ihrer Kinder durch die offenen Fenster zu ihnen hereindrang.

23

Der Gerichtssaal war überfüllt, trotz der Epidemie, die in der Stadt wütete, und eine beklemmende Stimmung beherrschte den Raum. Steif saß Emma neben Cyrus und ließ ihren Blick über die Reihe der Geschworenen gleiten. Alle zwölf Mitglieder der Jury waren männlichen Geschlechts, und alle zwölf trugen eine gleichmütige Miene zur Schau, die nichts von ihren Gefühlen verriet.

Dann schaute Emma zu Steven hin, der dicht vor ihr an einem Tisch neben Garrick Wright saß. Als spürte er ihren Blick, drehte Steven sich halb um, und sie sah verblüfft, daß er ihr verstohlen zuzwinkerte.

Entrüstet schürzte sie die Lippen, weil sie nicht begreifen konnte, daß er seinen Prozeß so leicht nahm. Er imitierte für einen Moment ihre säuerliche Miene und drehte sich dann wieder um.

Ein Gerichtsdiener betrat den Raum und blieb vor dem Richter stehen, der an einem erhöhten Tisch saß. »Der Ehrenwerte Richter J. B. Beeman wird dieser Verhandlung vorsitzen«, donnerte er durch den Gerichtssaal. »Erheben Sie sich.«

Ein leichtes Schwindelgefühl erfaßte Emma, als sie mit den anderen aufstand, und sie schwankte, doch Cyrus ergriff rasch ihren Arm und stützte sie.

Richter Beeman, ein großer, kahlköpfiger Mann mit einem spärlichen Kranz von roten Haaren um seine Glatze und mit scharfen blauen Augen, nahm seinen Platz ein und klopfte mit dem Hammer auf die Tischplatte. Alle setzten sich wieder.

»Fühlst du dich nicht wohl?« flüsterte Cyrus Emma zu.

»Doch«, erwiderte sie rasch, obwohl es eine Lüge war, und konzentrierte ihre Aufmerksamkeit auf die Vorgänge, die sowohl Stevens als auch ihre Zukunft entscheiden würden. Die heiße, schwüle Luft im Raum war erfüllt vom Geruch schwitzender Körper, die zu eng beisammen saßen, und eine Fliege summte laut über dem Kopf des Staatsanwalts, der die Hand hob und erfolglos versuchte, sie zu verscheuchen.

Der erste Zeuge, der aufgerufen wurde, war ein Mann, der an dem Ball in der Nacht von Mary McCalls Tod teilgenommen hatte. Er war der erste aus einer ganzen Gruppe von Leuten, die bezeugten, daß Miss McCall und Mr. Steven Fairfax sich vor der halben versammelten Stadt von New Orleans eine heftige Auseinandersetzung geliefert hätten.

Garrick nahm keinen einzigen dieser Zeugen ins Kreuzverhör, was Emma für einen groben Fehler hielt, aber natürlich fragte niemand sie nach ihrer Meinung.

Im Laufe des Vormittags wurde es noch heißer im Raum, die Gerüche noch unerträglicher, und Emmas Fächer brachte ihr keine Erleichterung mehr. Als ihr urplötzlich schwarz vor Augen wurde, sprang sie, von Panik ergriffen, auf und versuchte, hinauszulaufen, um frische Luft zu schnappen.

Das Merkwürdigste an der ganzen Sache war, daß sie alles

klar und deutlich hören konnte, obwohl sie überhaupt nichts sah. Ein lautes Murmeln entstand unter den Zuschauern, dann wurden scharrend Stühle verschoben.

»Emma.« Sie hörte Steven ihren Namen sagen und bemühte sich, die Dunkelheit zu durchdringen, um ihn zu erreichen. Ein scharfer, widerlicher Geruch nach Amoniak veranlaßte sie schließlich, erschrocken die Augen aufzureißen.

Steven lächelte auf sie herab, und nachdem er einer Frau in ihrer Nähe das Fläschchen Riechsalz zurückgegeben hatte, strich er Emma sanft die feuchten roten Locken aus der Stirn.

Entsetzt stellte sie fest, daß sie mitten im Gang lag und nun vermutlich alle glaubten, sie hätte eine Ohnmacht vorgetäuscht, um das Mitleid der Jury zu erregen. Bestürzt versuchte sie, eine Entschuldigung zu stammeln, aber Steven legte ihr einen Finger an die Lippen, schüttelte den Kopf und half ihr, aufzustehen.

Cyrus war sofort an ihrer Seite, legte den Arm um ihre schmale Taille und stützte sie. »Ich sorge dafür, daß sie sicher nach Hause gelangt«, versicherte er Steven in gedämpftem Ton.

Emma setzte zum Protest an, aber Steven schüttelte den Kopf, und Cyrus führte sie sanft, aber entschieden auf den Ausgang zu. Als Emma die neugierigen, aber auch mitleidigen Blicke der Zuschauer spürte, hob sie trotzig das Kinn. Doch trotz ihrer vorgetäuschten Würde hätte sie es nie bis auf die Straße geschafft, wenn Cyrus nicht an ihrer Seite gewesen wäre.

Auf ein Zeichen von ihm fuhr eine der Fairhavenkutschen vor. »Sobald du zu Hause bist, legst du dich hin«, mahnte Cyrus Emma, nachdem sie eingestiegen war. »Und leg vor allem die Füße hoch!«

Emma drückte ihm dankbar die Hand, froh, daß Cyrus bleiben und den Prozeß verfolgen würde. »Morgen komme ich wieder mit«, meinte sie und bemühte sich verzweifelt, selbst daran zu glauben.

Cyrus nickte mitleidig, sagte etwas zu dem Fahrer, und dann setzte die Kutsche sich auch schon in Bewegung.

Emma umklammerte den Rand des Ledersitzes und betete stumm darum, nicht ernstlich krank zu sein. Ihr Magen rumorte, in ihrem Kopf dröhnte es, und die schwarze Finsternis, die sie schon im Gerichtssaal erfahren hatte, drohte sie von neuem zu überwältigen.

Als sie Fairhaven erreichten, kam Jubal herausgelaufen, um Emma zu empfangen. »Sie hätten nicht mitfahren sollen, Miss Emma«, jammerte sie. »Ich habe versucht, es Mr. Steven zu sagen. Wenn Sie ein Kind erwarten, können Sie nicht in der halben Stadt herumlaufen . . .« Emma hätte vielleicht gelächelt, aber dafür war die Situation zu ernst. Sie ließ sich von Jubal zu ihrem Zimmer begleiten, zog sich dort bis auf die Unterwäsche aus und legte sich aufs Bett. Obwohl sie nicht damit gerechnet hatte, schlief sie fast augenblicklich ein.

Doch irgendwann erwachte sie und stellte erschrocken fest, daß Macon am Fußende ihres Bettes stand. Sein Daumen und sein Zeigefinger ruhten noch auf ihrem großen Zeh.

Entsetzt setzte sie sich auf und starrte ihn mit großen Augen an. Stevens Colt lag neben ihr im Nachttisch. Unauffällig rückte sie etwas näher in diese Richtung. »Was willst du hier?« fragte sie erstickt.

Macons Blick glitt über ihren wohlgeformten Körper und ihre spitzenbesetzte, fast durchsichtige Unterwäsche aus feinstem Musselin.

»Man könnte sagen, daß ich gekommen bin, um mir die Beute anzusehen«, erwiderte er mit einem anzüglichen Lächeln. »Es wird jetzt nicht mehr lange dauern, liebste Emma; es sieht nämlich sehr schlecht für Steven aus. Bald wirst du mir schöne rothaarige Söhne schenken. Natürlich kann ich dich nicht hier in Fairhaven behalten – das wäre nicht schicklich, Emma. Ich werde dich irgendwo in der Stadt unterbringen.«

Sie bedeckte ihre Brüste mit den Händen, als Macon immer näher kam. »Du bist schlecht wie die Sünde, Macon, und ich würde lieber sterben, als mich von dir berühren zu lassen. Und jetzt mach, daß du hinauskommst, bevor ich schreie!«

»Du kannst schreien, soviel du willst«, entgegnete er grinsend. »Außer den Dienstboten ist niemand hier, und die würden es nicht wagen, sich einzumischen, das kannst du mir glauben.«

Emma schluckte. Sie wußte nicht, ob er nur bluffte; immerhin war dies ebenso Macons Haus wie Cyrus'. Wenn er hier Befehle gab, wurden sie befolgt. »Verschwinde«, sagte sie noch einmal, die Hand schon auf dem Schubladenknopf des Nachttischs, aber ihr war klar, daß Macon sie erreichen würde, bevor sie die Waffe herausnehmen und auf ihn richten konnte. Er stand jetzt dicht vor ihr, und sein Blick bewies, daß er ihre Absicht durchschaute.

»Es wird nicht so schlimm sein, wie du denkst, Emma«, sagte er beschwichtigend. »Ich weiß, wie ich dich glücklich machen kann, und du befindest dich schon jetzt genau am richtigen Ort dafür.«

»Rühr mich nicht an!« zischte Emma und wich noch weiter vor ihm zurück. »Steven bringt dich um, wenn du mich anfaßt!«

»Du würdest es ihm nicht sagen.« Macon beugte sich über sie, und sie sah eine Ader an seiner rechten Schläfe pulsieren, als er für einen Moment die Zähne zusammenbiß. »Du würdest es für dich behalten, weil er keine Aussicht hätte, diesen Prozeß zu gewinnen, wenn er mich in einem Wutanfall angriffe – oder?« Emmas Herz pochte schmerzhaft gegen ihre Rippen, und sie war überzeugt, sich übergeben zu müssen. Als sie erneut versuchte, Macon auszuweichen, packte er sie an ihrem langen Haar.

»Bitte«, flüsterte sie.

Er lächelte nur höhnisch. »Demütige dich nicht, Darling. Es wird dir auch nichts nützen. Heb dir dein Flehen für den letzten köstlichen Augenblick kurz vor der Erfüllung auf.«

Emma spürte, wie ihr die Galle in die Kehle stieg. »Laß mich los!«

Doch er preßte sie flach auf die Matratze, ohne die Hand aus ihrem Haar zu nehmen. Emma war jetzt so entsetzt und so verängstigt, daß sie kein Wort mehr über die Lippen brachte.

Das laute Krachen einer Tür, die an die Wand prallte, ließ beide zusammenfahren.

Nathaniel stand auf der Schwelle, noch in dem Anzug, den er zu Stevens Prozeß getragen hatte, und starrte seinen Cousin aus kalten Augen an. In seiner zitternden Hand lag ein Derringer, dessen Mündung auf Macons Magen zielte.

»Laß sie los!« sagte er zornig.

Macon gehorchte, aber nur, um seinen Rock abzulegen und ihn über den Bettpfosten zu hängen. »Verschwinde, Nathaniel!« erwiderte er so gelassen, als wäre er im Begriff, ein Buch zu öffnen oder sich einen Drink einzuschenken.

»Das hier ist etwas für einen Mann, nicht für einen kleinen Jungen.«

Emma atmete schwer und warf Nathaniel beschwörende Blicke zu. Ihr Instinkt riet ihr, aufzuspringen und die Flucht zu ergreifen. Aber sie wußte, daß sie Macon ohne Nathaniels Hilfe nicht entkommen würde.

»Ich lasse nicht zu, daß du ihr etwas tust«, erklärte der Junge mit ruhiger Entschiedenheit. Der Derringer, der eben noch gezittert hatte, lag jetzt ganz ruhig in seiner Hand.

Macon seufzte ärgerlich und fuhr sich mit einer Hand durch sein dichtes Haar. »Dafür bekommst du meine Reitpeitsche zu spüren«, warnte er Nathaniel.

Nervös befeuchtete der Junge seine Lippen.

»Hör nicht auf ihn!« rief Emma. »Cyrus würde nicht zulassen, daß er dir weh tut – und Steven auch nicht.«

Macons Hand zerrte von neuem an ihrem Haar. »Halt den Mund!« fuhr er sie an.

»Ich sagte, du sollst sie loslassen!« schrie Nathaniel.

Wieder seufzte Macon. »Dann muß ich mich wohl zuerst mit dir beschäftigen«, meinte er in sachlichem Ton und ging auf Nathaniel zu, und in diesem schrecklichen Moment erkannte Emma die Absicht des Jungen in seinem Blick.

»Nein!« schrie sie gellend und sprang vom Bett. »Tu es nicht, Nathaniel!«

Doch bei Macons nächstem Schritt löste sich ein Schuß aus der Pistole, und beide – Emma und der Junge, der ihn abgegeben hatte – schauten in stummem Entsetzen zu, wie Stevens Halbbruder taumelte, dann auf die Knie sank und schließlich mit ausgebreiteten Armen auf den Boden stürzte, wo er in einer sich schnell vergrößernden Blutlache liegenblieb.

»Mein Gott!« flüsterte Emma, zog ihren Morgenmantel über und eilte an Macons Seite, um neben ihm niederzuknien. Jetzt, wo er sie brauchte, waren seine Angriffe vergessen; Emma hatte keinen anderen Gedanken mehr, als ihn am Leben zu erhalten. »Nathaniel, lauf und hol den Arzt – schnell!«

Der Junge stand wachsbleich in der Tür, die Pistole noch in der Hand und rührte sich nicht.

»Nathaniel!« schrie Emma, doch da stürzten schon drei Dienstboten an ihm vorbei ins Zimmer, was seine Lähmung zu brechen schien. Er ließ die Waffe fallen und trat näher.

»Ist er tot?«

Emma und Jubal drehten Macon vorsichtig auf den Rücken. Er atmete, war aber bewußtlos, und sein Hemd war so mit Blut durchtränkt, daß nicht festzustellen war, wo sich die Wunde befand.

»Nein«, sagte Emma erleichtert. »Geh jetzt und hol den Arzt, Nathaniel! Sofort.«

Er nickte, drehte sich um und lief aus dem Raum.

Emmas Finger waren klebrig von Macons Blut, während sie sein Hemd aufknöpfte und nach der Wunde suchte. Die Kugel war hoch an seiner rechten Brustseite eingedrungen; einen Zentimeter oder zwei unter dem Schlüsselbein.

Macon stöhnte.

»Laßt uns ihn auf das Bett heben«, sagte Emma und zog ihn mit Jubal und einer anderen Frau auf die Beine, um ihn dann auf das Bett zu legen, wohin sie ihn halb trugen, halb schleiften.

»Er blutet wie ein abgestochenes Schwein«, jammerte Jubal.

Emma preßte drei Finger auf den Puls, der seiner Wunde am nächsten war, und zu ihrer Erleichterung verringerte sich der stetige Strom des Blutes, bis es nur noch aus der Wunde sickerte. »Holt heißes Wasser«, rief sie den Dienstboten zu.

Im Verlauf der nächsten Stunde gelang es Emma und Jubal, die Blutung ganz zu stoppen, Macon ein wenig zu säubern und seine Wunde zu verbinden. Aber trotz allem erlangte er das Bewußtsein nicht zurück.

Eine weitere Stunde verstrich, bevor der Arzt eintraf. Als Emma ihm in der Halle entgegenkam, mit offenem Haar und nur mit einem blutbefleckten Morgenrock bekleidet, starrte er sie verwundert an.

»Ich bin nicht verletzt«, beruhigte sie ihn rasch und fragte sich, was Nathaniel ihm erzählt haben mochte – falls der Junge überhaupt etwas gesagt hatte.

Der korpulente alte Herr mit dem schneeweißen Haar folgte Emma in das Zimmer, wo Macon leichenblaß auf dem Bett lag. »Was ist passiert?« fragte der Arzt, während er schon seine Tasche öffnete und ein Stethoskop herausnahm.

Er beugte sich über Macon und lauschte gleichzeitig auf dessen Herzschlag und Emmas Erklärung. Bei der Beschreibung von Macons Angriff verhedderte sie sich; alles kam ihr nun äußerst unwirklich vor.

»Ich wußte nicht, was ich hier vorfinden würde, als ich kam«, bemerkte der Arzt, als Emma ihre Erzählung beendet hatte. »Der Junge war außer sich. Er sagte, es hätte ein Mord stattgefunden.«

Emma sagte nichts, während er den Verband abnahm, die Schußwunde desinfizierte und sie von neuem verband.

»Wer diese Wunde behandelt hat, kann verdammt gut mit Verletzungen umgehen«, meinte der Arzt anerkennend zu Emma. »Haben Sie sich darum gekümmert?«

Emmas Kehle war wie zugeschnürt, und plötzlich wurde sie von dem perversen Wunsch erfaßt, über die Ironie der Situation zu lachen. Um Steven zu retten, den Mann, den sie über alles liebte, konnte sie nicht das geringste tun, doch Macon, ihrem schlimmsten Feind, hatte sie das Leben bewahrt... »Jubal hat mir geholfen«, erwiderte sie bescheiden.

Der Arzt schaute sie über den Rand seiner Brille an. »Sie sind Stevens junge Frau, nicht wahr? Man sollte meinen, Sie wären bei ihm, bei seinem Prozeß. Aber na ja, Macon war schon immer sehr erfolgreich bei den Damen.«

Emma griff sich an die Kehle, als ihr die Bedeutung seiner Worte zu Bewußtsein kam, und errötete vor Zorn, aber trotz ihrer Empörung gelang es ihr, ruhig und mit kühler Würde zu entgegnen: »Es mag sein, daß Macon ›erfolgreich bei den Damen ist‹, Doktor, aber *diese* Dame hier *liebt* ihren Mann. Ich habe nichts getan, um die Avancen meines Schwagers herauszufordern.«

Der alte Mann musterte sie prüfend, dann lächelte er schwach. »Verzeihen Sie mir, Mrs. Fairfax«, antwortete er. »Ich fand es nur merkwürdig, daß Sie hier in Fairhaven sind statt im Gerichtssaal, wo sich halb New Orleans eingefunden hat. Nicht einmal die Gelbfieberepidemie hat die Leute davon abgeschreckt, an diesem Prozeß teilzunehmen.«

Emma hatte nicht die Absicht, ihm irgend etwas zu erklären, das war sie diesem dreisten alten Mann auch gar nicht schuldig. Aber dann fiel ihr ein, daß sie mit seiner Hilfe vielleicht ihr Kind zur Welt bringen würde, falls sie tatsächlich schwanger war. »Ich konnte die Hitze und die schlechte Luft dort nicht ertragen«, gab sie deshalb zu. »Ich bin ohnmächtig geworden.«

Der Arzt musterte sie nachdenklich. »Vielleicht sind Sie schwanger.«

Er würde nie erfahren, wie sehr Emma hoffte, daß er recht behielt; sie wandte den Blick ab, weil es sie beschämte, ein so intimes Thema mit einem anderen Mann als Steven zu besprechen. »Möglich«, meinte sie nur.

Er ging zur Tür. »Ich komme heute abend wieder, um nach Macon zu sehen. Dann wird er sicher wieder bei Bewußtsein sein und sich über die Schmerzen beklagen.«

Emma nickte unbehaglich und fragte sich besorgt, wie sie Steven alles erklären sollte. Vermutlich würde er versuchen, Macon mit bloßen Händen umzubringen. Sie glaubte nicht, daß Macons Verletzung ihn davon abhalten konnte.

Jubal erschien mit einem sauberen Morgenrock aus blaßrosa Samt, der wahrscheinlich Lucy gehörte. »Hier, Miss Emma. Sie brauchen ein Bad. Lassen Sie mich Ihnen helfen.«

Jetzt, wo die Krise überstanden war, wurde Emma auf einmal ganz schwach. Dankbar stützte sie sich auf Jubals Arm und ließ sich von ihr zu Macons und Lucys Zimmer führen, froh, ihr eigenes – und Macon – endlich verlassen zu können.

Hier roch es überall nach Lucys Jasminparfum, obwohl sämtliche Räume verlassen waren. Wie Cyrus war auch Lucy beim Prozeß.

»Sie können hier baden. Miss Lucy wird nichts dagegen haben«, meinte Jubal, was Emma wieder daran erinnerte, daß sie auch ihrer Schwägerin die Ereignisse erklären mußte. Es würde nicht leicht sein, sie zu schonen, und Emma fragte sich, wie Lucy reagieren mochte, wenn sie die Wahrheit über ihren Mann erfuhr.

Nach einem ausgedehnten Bad fühlte Emma sich schon etwas besser, aber das merkwürdige Schwächegefühl in ihren Knien und Schultern blieb. Sie kämmte sich gerade mit Lucys Kamm, als es kurz an der Tür klopfte und Steven hereinkam. Er sah blaß und grimmig aus. »Jubal sagte, du wärst hier«, bemerkte er, als Emma bei seinem Anblick zu erstarren schien. »Sie sagte, Nathaniel hätte Macon angeschossen.«

Weil sie ihrer Stimme in diesem Augenblick nicht traute, nickte Emma nur. Mehr als alles andere auf der Welt wollte sie jetzt, daß Steven sie in die Arme nahm und sie ganz fest an sich drückte. Sie brauchte ihn, um Kraft aus seiner Stärke zu beziehen und Trost aus seiner Zärtlichkeit.

»Warum?« fragte er rauh, obwohl der harte Ausdruck seiner Augen verriet, daß er es bereits wußte.

»Er ... Nathaniel wollte mich beschützen. Macon wollte ... er hatte vor, mich ... mich zu vergewaltigen.« Ein Fluch entrang sich Stevens Lippen, aber sonst blieb er verdächtig still. Für einen langen Moment schaute er Emma an, als sei alles nur ihre Schuld, aber dann zog er sie in die Arme. »Hat er dir weh getan?« fragte er heiser und küßte ihre Schläfen.

»Nein«, flüsterte Emma und klammerte sich an ihn. »Aber er hat mir schreckliche Angst eingejagt. O Gott, Steven – ich hatte noch nie in meinem Leben solche Angst.«

»Pst«, flüsterte er und hob sie mühelos auf die Arme. »Du brauchst jetzt Ruhe. Du mußt dich hinlegen.«

»Wie ist der Prozeß verlaufen?« fragte Emma besorgt, als er sie aus Macons und Lucys Zimmerflucht hinaustrug und in einen Raum brachte, der vermutlich ein Gästezimmer war.

Dort legte er sie sanft auf das breite Bett und deckte sie zu. Dann nahm er ihr den Kamm ab, den sie noch immer umklammert hielt, und begann ihr Haar zu kämmen. Es war eine sehr tröstliche Geste, aber sie beantwortete nicht ihre Frage.

»Sag es mir, Steven«, bat sie leise. »Wie war der Prozeß?«

»Nicht gut«, gab er widerstrebend zu. »Überhaupt nicht gut. Ich mußte mir anhören, wie halb New Orleans vor den Richter trat und bezeugte, ich hätte Mary McCall getötet.«

Emma schloß für einen Moment die Augen, von Panik erfaßt, aber dann bezwang sie sie. Sie durfte jetzt nicht zusammenbrechen, obwohl sie es in letzter Zeit manchmal als Erleichterung empfunden hätte, hätte sie sich in eine eigene seltsame kleine Welt zurückziehen können wie Lucy.

Steven streichelte ihre nackte Schulter. »Es ist alles gut, Emma«, versicherte er ihr.

»Ist . . . ist Lucy zu Hause? Jemand wird es ihr sagen müssen . . .«

»Jubal kümmert sich um sie, und Cyrus hat jemanden geschickt, um den Sheriff zu benachrichtigen.«

Erschrocken richtete Emma sich auf. »Den Sheriff? Sie werden Nathaniel doch nicht verhaften? Um Gottes willen, Steven, er ist doch noch ein halbes Kind!«

Steven legte ihr einen Finger auf die Lippen. »Bisher ist noch keine Rede davon, daß jemand verhaftet wird. Aber der Sheriff muß solche Vorfälle prüfen, Emma. Wir können nicht einfach sagen: ›Jemand ist in Fairhaven angeschossen worden – aber keine Sorge, wir kümmern uns schon selbst darum.‹«

Emma nickte, wenn auch widerstrebend.

Steven lächelte bitter. »Wenn ich nicht im Gerichtssaal gewesen wäre, des Mordes angeklagt, hätten sie bestimmt versucht, mir auch dafür die Schuld in die Schuhe zu schieben.«

Emma legte ihm die Hände auf die Schultern, lehnte ihre Stirn an seine und seufzte schwer. Sie wollte ihm gerade sagen, daß sie ihn liebte, als sie auf einmal spürte, daß noch jemand im Raum war.

Es war Lucy, die mit leichenblassem Gesicht und großen Augen in der Tür stand. »Was ist geschehen?« fragte sie und starrte Emma an, als sei Steven gar nicht vorhanden. »Jubal sagte, er sei bei dir gewesen – und jetzt liegt er halbtot in deinem Bett. *Was ist passiert?*«

Steven stand auf, ging zu Lucy und führte sie behutsam zu einem Stuhl am Bett.

Emma schaute zu ihrem Mann auf und verlor jeglichen Mut. Steven stand hinter Emmas Stuhl, beobachtete sie, wie ihre Schwägerin es tat, und Emma fühlte sich auf schreckliche Weise allein. »Macon wollte . . . er wollte sich mir aufzwingen«, brachte sie schließlich mühsam heraus. »Nathaniel kam mir zu Hilfe. Er hatte eine Waffe. Macon nahm ihn nicht ernst – er sagte, er würde ihm die Reitpeitsche zu spüren geben ... Er ging auf Nathaniel zu, und ... ein Schuß löste sich aus der Waffe.«

Lange Zeit saß Lucy nur da, starrte auf ihre Hände, die zuckend in ihrem Schoß lagen, dann wieder auf Emmas Gesicht. Schließlich gab sie ein heiseres Schluchzen von sich und schlang beide Arme um sich, als müßte sie ihre Glieder gewaltsam zusammenhalten.

»Es tut mir so leid, Lucy«, sagte Emma, die selbst den Tränen nahe war.

Lucy weinte, schluchzte und heulte schrill, und Steven lief hinaus, um kurz darauf mit einer braunen Flasche und einem Glas zurückzukehren. Er schenkte etwas von der bernsteinfarbenen Flüssigkeit für Lucy ein, und sie trank sie gierig.

»Was ist das?« fragte Emma, als Lucys Schluchzen ein wenig nachgelassen hatte.

»Laudanum«, antwortete Steven. Er half Lucy aufzustehen und begleitete sie bis zur Tür, wo ein Dienstmädchen auf seine Herrin wartete.

»Nimmt sie das oft?« fragte Emma mit einem angewiderten Blick auf die braune Flasche.

Steven schraubte sie seufzend zu. »Seit ich sie kenne«, erwiderte er. »Die Arme ist in ihrer Ehe mit meinem Bruder nicht gerade auf Rosen gebettet.«

Seine Worte weckten in Emma die Erinnerung an jenen Tag, an dem Steven sie mitten auf einem Margeritenfeld geliebt hatte, und plötzlich sehnte sie sich in diese Zeit zurück, als sie noch keine Probleme hatten. »Halt mich fest«, bat sie ihn leise.

Er schloß die Tür, zog seinen Rock und seine Stiefel aus und legte sich neben sie aufs Bett. Er trug Hosenträger, und Emma zog daran und ließ sie spielerisch zurückschnappen, obwohl sie das Gefühl hatte, daß sie jeden Augenblick in Tränen ausbrechen würde.

Er lächelte und küßte sie auf die Nasenspitze, während er eine Hand auf ihre nackte Hüfte legte. »Es wird Zeit, daß dieses alte Haus wieder ein bißchen Freude kennenlernt, nicht wahr?«

Emma nickte. »Dein Vater und Macons Mutter – waren sie glücklich?«

Steven zuckte mit den Schultern. »Alles, woran ich mich erinnere in bezug auf meinen Vater, ist, daß er mir immer Süßigkeiten mitbrachte, wenn er kam, und daß er meine Mutter anbetete. Ich halte es für sehr unwahrscheinlich, daß er sich eine Mätresse gehalten hätte, wenn er seine Frau geliebt hätte.«

»Und Cyrus und seine Frau?«

Steven grinste. »Ja, ich glaube, daß die beiden glücklich waren. Granddaddys Augen leuchten heute noch auf, wenn er von Louelle spricht, und er hat mir einmal anvertraut, daß er ihr niemals untreu gewesen ist.«

Emma befeuchtete mit der Zungenspitze ihre Lippen und schaute ihren Mann aus großen, müden Augen an. »Würdest du dir eine Mätresse nehmen?«

Steven küßte sie zärtlich und löste damit – trotz allem, was an diesem Tag geschehen war – ein drängendes Verlangen in ihr aus. »Nie«, antwortete er mit einer solchen Überzeugung, daß Emma sofort beruhigt war. »Du gibst mir alles, was ich brauche.«

Sie schmiegte sich an ihn und schob ihre Fingerspitzen unter seinen Hosenträger. Als sie den Kopf in den Nacken legte und ihn zärtlich auf den Hals küßte, ging ein wohliges Erschauern durch seinen Körper; er umfaßte ihren Po und zog sie noch fester an sich.

Emmas Hand glitt tiefer. Als sie sich seinem Hosenbund näherte, kam ein leises Stöhnen von Stevens Lippen.

»Apropos *brauchen*«, murmelte er und zog sie zu einem leidenschaftlichen Kuß an sich, der ihr den Atem raubte und einen verzückten Ausdruck in ihren blauen Augen erscheinen ließ.

Er beugte sich über Emma, ohne seinen Kuß zu unterbrechen, und sie streifte ihm die Hosenträger von den Schultern und knöpfte sein weißes Hemd auf. Dann folgte seine Hose, und kaum war er davon befreit, schloß Emma ihre Hand um sein Glied, das sich wie heiße Seide anfühlte – glatt, hart und wunderbar lebendig.

Steven stöhnte lustvoll auf, schob Emma sanft zurück und

drang dann mit einer heftigen Bewegung in sie ein. Es war einer jener Momente, wo ihr gemeinsames Verlangen nach Vereinigung so drängend war, so ungestüm, daß kein Warten möglich war. Emma bog sich ihm vor Lust entgegen, als Steven die Leere in ihr ausfüllte, und hieß ihn mit einem kleinen Schrei willkommen, der ihre ganze Sehnsucht nach ihm ausdrückte. Dann hörte die Wirklichkeit zu existieren auf, und es gab nichts mehr für sie außer ihrer Leidenschaft füreinander und die innige Vereinigung ihrer Körper und ihrer Seelen.

24

Cyrus war aschgrau vor Sorge, und seine Hand zitterte, als er das Glas mit dem Brandy, den er immer nach dem Dinner trank, an die Lippen hob. »Du mußt Nathaniel suchen«, sagte er zu Steven, der seinem Großvater auf dessen Bitte hin in die Bibliothek gefolgt war.

Viel lieber wäre Steven zu Emma hinaufgegangen, um neben ihr zu liegen und von ihren zärtlichen Händen die Alpträume und Ängste vertreiben zu lassen, die seinen Verstand und seine Seele quälten, aber auch er machte sich Sorgen um seinen jungen Cousin. Irgendwie erkannte er in Nathaniel den verletzlichen, verwirrten Jungen wieder, der er einst selbst gewesen war.

»Er wird nicht auf mich hören«, gab Steven zu bedenken, als auch er sich einen Brandy einschenkte. »Er glaubt, ich hätte Mary getötet und daß ich deswegen geflohen wäre.«

»Es ist mir egal, was er glaubt«, sagte Cyrus. »Ich will ihn nur sicher unter meinem Dach haben, da wo er hingehört.«

Weil er noch nie imstande gewesen war, seinem Großvater etwas zu verweigern, nickte Steven, setzte sein unberührtes Glas auf den Tisch und verließ wortlos die Bibliothek.

Nathaniels Lieblingspferd, ein temperamentvoller Appaloosahengst, war nicht in den Ställen zu finden. Steven sattelte sich einen Schimmel und ritt in die vom Mond erhellte Nacht hinaus. Sein Instinkt riet ihm, seine Suche in den Sümpfen hinter dem Haus und den Ställen zu beginnen statt auf der Straße. Wie oft hatte er selbst dort Zuflucht gesucht, als er anfangs in Fairhaven lebte . . .

Und tatsächlich fand er Nathaniel unter einem moosüberwachsenen Baum, wo er niedergeschlagen hockte, eine Laterne an der Seite und sein Pferd ganz in der Nähe.

»Vielleicht stört es dich nicht, lebendig von den Moskitos aufgefressen zu werden«, begann Steven, während er sich neben dem Jungen auf den weichen, faulig riechenden Boden kauerte, »aber ich bin da anderer Ansicht. Steh auf, Nathaniel – wir reiten zurück.«

»Geh zum Teufel«, murmelte Nathaniel, ohne seinen Onkel anzusehen. »Du bist ein Feigling und ein Mörder . . . und ich bin jetzt nicht besser als du.«

Steven seufzte ungeduldig. »Ich bin kein Mörder, und da Macon nicht sterben wird, bist du es auch nicht.«

Endlich hob Nathaniel den Kopf. Sein junges Gesicht lag im Schatten, aber der Schmerz, der ihn beherrschte, war ihm trotzdem anzusehen. »Wenn du Mary nicht erdrosselt hast, warum bist du dann geflohen?« Erfolglos versuchte Steven, die Schwärme von Moskitos zu vertreiben. »Weil ich wußte, daß ich keinen fairen Prozeß bekommen würde«, antwortete er. »Es war ein Fehler von mir, das weiß ich heute, aber ich wollte nicht sterben, Nathaniel. Wenn ich Emma nicht kennengelernt hätte, wäre ich vermutlich nie zurückgekehrt.«

»Ich habe dich verteidigt«, sagte Nathaniel bitter. »Ich habe jeden angegriffen, der es wagte zu behaupten, du wärst für Marys Tod verantwortlich – und wie oft habe ich deshalb einen Kampf ausfechten müssen ... Und dann bist du weggerannt!« Diese letzten Worte kamen als erstickter Schrei von seinen Lippen; ein Schrei, der Nathaniels ganze Qual verriet und das Gefühl, von Steven betrogen und im Stich gelassen worden zu sein.

Steven packte seinen Arm und zog ihn auf die Beine, dann bückte er sich, um die Laterne aufzuheben. »Es tut mir leid, Nate«, sagte er, während er seinen Cousin auf dessen Pferd zuschob.

Nathaniel weinte, aber Steven spürte, daß er sich für jede Träne haßte. »Es war schrecklich – wie Macon mich angesehen hat – und wie er dann stürzte ...«

Steven legte dem Jungen eine Hand auf die Schulter. »Er wird sich davon erholen, Nathaniel.«

»Ich habe es nur getan, weil er Emma ...«

»Das weiß ich«, unterbrach Steven ihn tröstend, als der junge Mann sein Pferd bestieg und sich mit dem Ärmel über die Augen fuhr. »Und ich bin dir dankbar, daß du sie beschützt hast.«

Nathaniel schluckte, aber er sagte nichts mehr, und Steven schwor sich, mehr Zeit mit dem Jungen zu verbringen – falls das Schicksal ihm die Möglichkeit dazu bot und er nicht zum Tode verurteilt wurde.

Nachdem sie die Ställe erreicht hatten und die Pferde versorgt waren, fragte Nathaniel mit erstickter Stimme: »Muß ich jetzt ins Gefängnis?«

Steven schüttelte den Kopf. »Ich glaube nicht, daß Macon Anzeige erstattet, so, wie die Umstände liegen. Es ist zwar bekannt, daß er ein Frauenheld ist, aber es wäre ihm bestimmt nicht angenehm, vor der ganzen Stadt zugeben zu müssen, daß er seine eigene Schwägerin vergewaltigen wollte.«

Nathaniel nickte, und gemeinsam gingen sie zum Haus zurück.

Emma stand auf dem Korridor an der Tür von Cyrus' Arbeitszimmer und preßte ihr Ohr gegen das Holz. Am liebsten hätte sie laut gegen die Tür gehämmert, bis ihr jemand aufmachte – denn schließlich wurde hier nicht nur Stevens Schicksal entschieden, sondern auch ihr eigenes.

Cyrus saß am Schreibtisch, während Steven vor dem Kamin stand, einen Arm auf den Sims gestützt und den Rücken zur Tür gewandt. »Garrick hat mir geraten, den Urteilsspruch nicht abzuwarten, sondern mich davonzumachen, so schnell ich kann«, hörte sie Steven zu seinem Großvater sagen, doch dann vernahm sie ein Geräusch am anderen Ende des Korridors und eilte rasch die Treppe in den ersten Stock hinauf, wo sie und Steven nach dem Zwischenfall mit Macon ein Gästezimmer bezogen hatten.

Emmas Gedanken überschlugen sich, als sie die Treppe hinaufhastete. Sie wußte zwar, daß der Prozeß sich nicht gut entwickelte, aber sie hatte nicht gedacht, daß Stevens Lage so hoffnungslos geworden war, daß sogar Stevens Anwalt ihm zur Flucht riet.

Panik erfaßte Emma. Garrick hatte recht. Obwohl es sicher nicht leicht sein würde, ständig auf der Flucht zu sein, war ein solches Leben immer noch besser, als am Galgen zu sterben.

Verzweifelt marschierte sie im Zimmer auf und ab und versuchte, Ordnung in ihre Gedanken zu bringen. Es war ein schrecklicher Tag gewesen – vom Moment ihres Ohnmachtsanfalls während der Verhandlung bis zu dem Moment, als Macon vor ihren Augen von Nathaniel niedergeschossen worden war. Emma schloß gequält die Augen.

Wenn Nathaniel nicht gewesen wäre, hätte sie möglicherweise selbst einen Schuß auf Macon abgegeben, und Stevens 45er Colt hätte bestimmt mehr Schaden angerichtet als Nathaniels kleiner Derringer.

Der Gedanke, was sonst noch alles hätte passieren können, ließ sie schaudern.

Stevens Stimme erschreckte sie so sehr, daß sie zusammenzuckte. »Geh ins Bett«, sagte er. »Du zitterst ja wie Espenlaub!«

»H-hast du Nathaniel gefunden?« fragte Emma, während sie

gehorsam zwischen die Decken kroch, die noch zerwühlt waren von ihrem leidenschaftlichen Liebesspiel.

Ihr Mann nickte. »Er war im Sumpf und ließ sich von den Moskitos beißen.« Er löste seine Krawatte, warf sie beiseite und legte auch seinen Rock ab.

»Wie geht es ihm?«

»Er steht noch unter Schock, wie wir alle. Hast du nach Lucy gesehen?«

»Ja«, antwortete Emma und drehte sich auf die Seite. Während sie ihren Mann beim Ausziehen beobachtete, betete sie stumm darum, daß sie dies auch weiterhin tun könnte – bis sie hundert Jahre alt war. »Ich mache mir große Sorgen um sie, Steven. Sie ist in einem viel schlechteren Zustand als Macon.«

Steven glitt neben ihr unter die Decken, streckte sich aus und schob eine Hand unter Emmas Kopf. »Ich weiß«, stimmte er ihr leise zu. Emma strich mit den Fingerspitzen über das lockige Haar auf Stevens Brust. »War sie schon immer so seltsam – ich meine, trug sie auch früher schon schwarze Kleider und spielte mit Puppen?«

»Nein«, antwortete er. »Als ich Lucy anfangs kannte, war sie voller Lebensfreude, lachte viel und kleidete sich nur nach der neuesten Mode. Was immer ihr Problem sein mag, du kannst sicher sein, daß Macon die Wurzel ihres Übels ist.«

Emma nickte und hätte Steven gern gefragt, ob er eine Flucht für möglich hielt, aber sie befürchtete, damit zu verraten, daß sie an Cyrus' Tür gelauscht hatte. So schmiegte sie sich nur still an ihn, legte ihren Kopf an seine Schulter und ließ ihre Finger streichelnd über seine Brust und seinen Bauch gleiten.

»Hast du Angst?« wagte sie schließlich doch zu fragen.

»Ich wäre ein verdammter Narr, wenn ich keine Angst hätte«, erwiderte Steven, und ein leises Stöhnen entrang sich seinen Lippen, als Emmas Hand noch tiefer glitt. Er hielt sie fest. »Du kleine Hexe – hast du beim ersten Mal noch nicht genug gehabt?«

Sie schüttelte den Kopf, und er drehte sich zu ihr um, küßte sie und zog sie auf seine Schenkel. Emma stieß einen lustvollen kleinen Schrei aus, als sie ihn in sich eindringen fühlte, und sie bewegte sich wild und hemmungslos auf ihm, bis beide erschöpft und außer Atem waren und ermattet in die Kissen zurücksanken.

Steven schlief ein, aber Emma fand keine Ruhe. Sie lag im Dunkeln neben ihm und hielt ihn in den Armen. Sie wußte, daß ihre Zeit bald abgelaufen war, und trotzdem schien Steven fest entschlossen, nicht zu fliehen, selbst wenn es seinen Tod bedeuten sollte. Emma sah ein, daß nur eins ihn jetzt noch retten konnte: Sie mußte selbst einen Weg finden, seine Unschuld zu beweisen. So schnell wie möglich.

Sie verdächtigte Macon jetzt mehr denn je zuvor, den Mord an Mary McCall begangen zu haben, nachdem sie selbst erlebt hatte, wie brutal und rücksichtslos er sein konnte. Doch trotz allem war sie überzeugt, daß der Schlüssel zu dem Geheimnis bei Maisie Lee Simpson lag, die ihren Mann zu sehr fürchtete, um auszusagen, was sie wußte.

Irgendwann schlief Emma ein, und dann kam – viel zu früh – der Morgen.

»Ich möchte, daß du hierbleibst«, sagte Steven, der vor der Kommode stand und seine Krawatte band. Er hatte schon gebadet und trug einen frischen Anzug.

Emma wollte heftig widersprechen, aber Stevens Blick ließ sie verstummen. Sie legte sich wieder hin und verschränkte ärgerlich die Arme. »Ich bin nicht krank«, antwortete sie, aber noch während sie sprach, wurde sie von einer solchen Übelkeit erfaßt, daß sie nach der Waschschüssel greifen mußte.

Steven hielt ihr langes Haar zurück, als sie sich übergab, und brachte ihr einen nassen Lappen und kühles Wasser, um ihren Mund zu spülen. Während die allgegenwärtige Jubal die Schüssel hinausbrachte, deckte Steven Emma zu und küßte sie zärtlich auf die Stirn.

»Ich habe nicht das Fieber, Steven«, beharrte Emma, obwohl sie sich so schwach fühlte, daß sie kaum noch sprechen konnte. »Wahrscheinlich bin ich nur schwanger. Du brauchst mich bei dem Prozeß ...«

»Was ich brauche, ist die Sicherheit, daß es dir gutgeht«, fiel Steven ihr ins Wort und strich ihr sanft das Haar aus der Stirn. »Bitte, Emma – wenn du mich liebst, bleib hier. Ich will mich nicht um dich sorgen müssen.«

Ihre Augen füllten sich mit Tränen, als sie zu ihm aufsah. »Ich liebe dich so sehr, Steven . . .«

»Und ich liebe dich«, erwiderte er und küßte sie noch einmal. Dann war er fort.

Obwohl sie damit gerechnet hatte, vor Sorge über die heutige Verhandlung keine Ruhe mehr zu finden, schlief sie schon kurz nach Stevens Weggehen wieder ein. Als sie erwachte, mußten mehrere Stunden vergangen sein, denn die Sonne stand schon hoch am Himmel.

Emma stand auf, wusch ihr Gesicht, putzte die Zähne und flocht das lange Haar zu einem Zopf. Sämtliche Anzeichen von Übelkeit waren verflogen, und sie fühlte sich stark und von wilder Entschlossenheit erfüllt, als sie das neue geblümte Kleid anzog, das Jubal für sie zurechtgelegt hatte. Sie würde Maisie Lee Simpson heute noch einmal aufsuchen und die Frau – ganz gleich, was dazu erforderlich sein mochte – dazu bringen, ihr zu sagen, was sie vor ihr verbarg.

Die Tür zu Lucys Zimmer stand offen, aber ihre Schwägerin war nirgendwo zu sehen. Sie saß auch nicht an Macons Bett oder unten beim Frühstück. In der Vermutung, daß Lucy mit Steven und Cyrus zum Gericht gefahren war, setzte Emma sich an den langen Tisch im Speisezimmer und zwang sich, den Toast zu essen und den schwachen Tee zu trinken, den Jubal ihr aufdrängte.

Nach dem Frühstück bat sie um eine Kutsche.

»Sie dürfen nicht ausgehen, Miss Emma«, protestierte Jubal. »Mr. Steven hat gesagt, daß er es nicht will. Er hat befohlen, daß Sie hierbleiben, wo Jubal sich um Sie kümmern kann.«

Emma kränkte das sympathische Dienstmädchen nicht gern, aber es stand zuviel auf dem Spiel, als daß sie hätte im Haus herumsitzen und darauf warten können, daß das Todesurteil gegen ihren Mann verkündet wurde. Sie *mußte* einfach etwas unternehmen.

Als Jubal für einen Moment hinausging, schlich Emma sich hinter das Haus und schickte eins der Kinder, die dort spielten, in den Stall.

Ebel, der Kutscher – ein älterer schwarzer Mann mit gutmütigen dunklen Augen – kam zu ihr und drehte nervös seine

Mütze in der Hand. »Es tut mir leid, Miss Emma«, sagte er, »aber Mr. Steven hat gesagt, Sie dürfen keine Kutsche haben. Und auch kein Pferd.«

Zutiefst verärgert und entmutigt schickte Emma Ebel fort und ging in die Küche, wo Jubal und ein halbes Dutzend anderer Hausangestellte mit den Vorbereitungen für das Essen beschäftigt waren. Da Emma sich jedoch wie ein Eindringling vorkam, verließ sie die Küche bald wieder und begab sich in den Garten.

Sie war nach wie vor fest entschlossen, Maisie Lee aufzusuchen, aber zu Fuß in die Stadt zu gehen, war ausgeschlossen. Miss Astoria McCalls Haus lag meilenweit von Fairhaven entfernt, und es war anzunehmen, daß Maisie Lee dort arbeitete.

Wütend nahm Emma sich vor, Steven ihre Meinung zu sagen, wenn er nach Hause kam. Sie war keine Frau, die sich im Haus einsperren ließ ...

Als sie über den Rasen schlenderte, kam ihr plötzlich eine Idee. Mit einem lauten, dramatischen Schrei preßte sie beide Hände auf den Bauch und sank stöhnend in die Knie, wobei sie hoffte, keine Grasflecken auf ihr neues helles Kleid zu machen.

Sofort war sie von besorgten Kindern umringt, aber sie hatte ein schlechtes Gewissen dabei, die Kleinen auf diese Weise zu erschrecken. Doch eine andere Alternative gab es nicht, wenn sie ihren Plan ausführen wollte. Als sie Jubal, die eines der kleinen Mädchen herbeigerufen hatte, kommen sah, stöhnte Emma ganz erbärmlich.

Die Angst, die sich auf Jubals Zügen abmalte, verstärkte Emmas schlechtes Gewissen noch, aber sie hörte nicht auf zu stöhnen und ihren Bauch zu halten. »Ich brauche einen Arzt«, murmelte sie.

Jubal wandte sich an einen kleinen Jungen. »Geh und sag Ebel Bescheid!« trug sie ihm auf. »Er soll sofort den Arzt für Miss Emma holen!«

Emma richtete sich mit gequälter Miene auf und legte stöhnend eine Hand auf ihre Stirn. Sie war froh, daß Steven nicht da war; er hätte ihren Auftritt durchschaut. »Nein – ich kann nicht warten«, jammerte sie. »Er soll mich zum Arzt bringen.«

Und so mißachtete der arme Ebel unwissentlich Mr. Stevens

Anweisungen und fuhr die Kutsche vor, um Miss Emma in die Stadt zu bringen. Als sie vor der Praxis hielten, die sich mitten im Zentrum befand, ließ Emma sich von Ebel beim Aussteigen helfen und lief dann rasch, ihre Röcke raffend, auf eine nahe Mietkutsche zu.

Als Ebel bewußt wurde, was sie vorhatte und er ihr nachlief und sie anflehte, zurückzukommen, setzte die Kutsche sich schon in Bewegung.

Das Glück schien Emma hold zu sein. Als sie Miss Astorias Haus erreichte, war Maisie Lee allein. Emma fand sie im Garten hinter dem Haus, wo sie Wäsche aufhängte. Maisie Lee bedachte Emma mit einem ärgerlichen Blick und versuchte, sie nicht zu beachten, aber ihre Hände zitterten, als sie eine weiße Spitzenhose an der Leine befestigte.

Emma hörte eine Kutsche über das Kopfsteinpflaster rumpeln und sie hinter ihrer Mietkutsche anhalten. Ebel mußte ihr gefolgt sein und es war nicht vorauszusagen, wie weit er gehen würde, um ›Mr. Stevens‹ Anweisungen zu befolgen. So sagte sie rasch: »Maisie Lee, Sie werden mir jetzt sagen, wen Sie schützen! Wer war in jener Nacht in diesem Haus?«

Jetzt schaute Maisie Lee sie endlich an, aber der Trotz in ihrem Blick war ungebrochen. »Gehen Sie fort«, zischte sie. »Ich sage nichts. Jethro würde mir den Kopf einschlagen, wenn ich etwas verraten würde.«

»Wollen Sie ihr Gewissen mit dem Tod eines Menschen belasten?« entgegnete Emma betroffen. »Würden Sie wirklich zulassen, daß ein Mann am Galgen endet, von dem Sie *wissen*, daß er unschuldig ist?«

»Ich habe Miss Mary in jener Nacht schreien hören«, gab Maisie Lee stur zurück. »Sie rief mehrmals seinen Namen – Mr. Stevens Namen! Und ihre Stimme klang, als hätte sie furchtbare Angst.«

»Sie schrie seinen Namen«, wiederholte Emma sinnend und sprach dann sehr schnell weiter, weil sie Ebel kommen hörte. »Versuchen Sie sich bitte zu erinnern – *bitte* – ob sie nicht vielleicht noch etwas anderes gesagt hat!«

Maisie Lee schloß die Augen und dachte nach. »Sie sagte: ›Es war Steven‹. Das wiederholte sie zwei- oder dreimal.«

»Aber das beweist doch nur, daß sie mit jemand anderem sprach, begreifen Sie das nicht?« fragte Emma flehend.

Ebel stand jetzt neben Emma. Zwar wagte er nicht, ihren Arm zu nehmen, aber ihm war anzusehen, daß er nicht von ihrer Seite weichen würde, bis sie mit ihm nach Fairhaven zurückkehrte.

Maisie Lees Blick glitt zu Ebel, dann richtete sie ihn wieder auf Emma. »Fahren Sie nach Hause, Miss«, flüsterte sie rauh. »Den Mörder finden Sie in Ihrem eigenen Haus.«

Macon, dachte Emma seufzend. Es gab keine andere Möglichkeit. Jetzt würde sie ihn mit der Wahrheit konfrontieren müssen, obwohl sie von vornherein wußte, daß es aussichtslos war.

Niedergeschlagen ließ Emma sich von dem geduldigen Ebel um das Haus führen, durch den verwilderten Garten und auf die Straße hinaus. Als er ihr beim Einsteigen behilflich war und sie ihn in einer stummen Bitte um Verzeihung ansah, las sie einen leisen Vorwurf in seinem Blick.

Auf der Heimfahrt nach Fairhaven steigerte sich Emmas Verzweiflung noch. In ihrem eigenen Haus würde sie den Mörder finden, hatte Maisie Lee gesagt, aber das war eine Information, die sie nicht viel weiterbrachte. Sie wußte so gut wie Steven und Garrick, daß Macon Mary McCall erdrosselt hatte, es jedoch niemals eingestehen würde.

Als sie an dem Zimmer vorbeikam, das sie bis am Tag zuvor mit Steven bewohnt hatte, sah sie Macon durch die offene Tür. Seine Augen waren weitaufgerissen, sein Gesicht zu einer Maske puren Entsetzens verzerrt, und ein ängstlicher Ton kam von seinen Lippen.

Obwohl Emma wenig Mitleid für ihn aufbrachte, konnte sie nicht einfach weitergehen, ohne herauszufinden, was in dem Zimmer vor sich ging. Sie trat ein und sah mit Bestürzung, daß Lucy sich mit einem Kissen in der Hand Macons Bett näherte.

Starr vor Schreck beobachtete Emma ihre Schwägerin, die das Kissen mit beiden Händen auf Macons Gesicht drückte und dazu die ganze Kraft benutzte, die in ihrem zierlichen Körper steckte.

»Du hast mich zum letzten Mal beschämt«, sagte Lucy in

einem Ton, der erstaunlich vernünftig klang. »Zuerst all diese Frauen, und dann sogar deine eigene Schwägerin! Aber das hätte mich eigentlich nicht mehr überraschen dürfen, Macon. Dein Gewissen hat dich schließlich auch nicht daran gehindert, dich mit Dirks zukünftiger Frau einzulassen. Und Dirk war dein eigener Sohn – obwohl Gott weiß, daß nicht ich es war, die ihn dir geboren hatte, nicht wahr, Macon?«

Als es Emma endlich gelang, ihre Starre abzuschütteln und sie ihre Stimme wiederfand, stürzte sie auf Lucy zu. »Nicht, Lucy«, flehte sie ihre Schwägerin an. »Er ist dein Mann . . .«

»Er ist eine Giftschlange«, erwiderte Lucy kühl und machte keine Anstalten, das Kissen fortzunehmen. Macon strampelte nur noch schwach.

Emma versuchte, sie wegzuziehen, aber Lucy war unglaublich stark in ihrem Wahnsinn. »Lucy, in Gottes Namen, das ist Mord!«

»Er hat so vielen Menschen weh getan«, fuhr Lucy fort, als Emma von neuem versuchte, ihr das Kissen aus der Hand zu reißen, auch diesmal ohne Erfolg. »Du brauchst nur wegzuschauen, Emma. Tu einfach so, als hättest du nichts gesehen.«

Emma rang die Hände. »Sie werden dich ins Gefängnis stecken!« rief sie verzweifelt. »Und Gefängnisse sind ganz schreckliche Orte.«

»Ich weiß«, antwortete Lucy in einem erschreckend zerstreuten Ton. »Steven wird sein Leben in einem von ihnen verbringen, wenn sie ihn nicht hängen, und das alles nur wegen Macon. Begreifst du es nicht, Emma? Es ist nur gerecht, daß Macon stirbt.«

Emma versuchte, einen klaren Kopf zu bewahren, obwohl sie am liebsten aus dem Raum gelaufen wäre, um Hilfe herbeizurufen. »Du hast Mary umgebracht, nicht wahr, Lucy?« fragte sie aus einem Impuls heraus, als ihr Maisie Lees Bemerkung einfiel, der Mörder befände sich in ihrem eigenen Haus. Emma war sich plötzlich ganz sicher, daß es Lucy gewesen war, die Maisie Lee in jener schrecklichen Nacht Marys Zimmer hatte verlassen sehen.

Macon krümmte sich noch immer unter dem Kissen, aber er war so schwach, daß es nicht mehr lange dauern konnte, bis er das Bewußtsein verlor und erstickte – falls Lucy nicht vorher das Kissen wegnahm. Lucy warf einen Blick über die Schulter und runzelte die Stirn. Ganz offensichtlich erinnerte sie sich jetzt. »Ja«, sagte sie, »ich mußte es. Sie hätte ein Baby bekommen – Macons Baby –, und das konnte ich nicht zulassen. Weißt du, ich habe ihm nie ein Kind schenken können. Aber nur ich hatte ein Recht darauf, Emma. *Nur ich.*«

›Es war Steven‹, hatte Mary McCall Maisie Lee zufolge in jener Nacht geschrien. ›Es war Steven.‹ Emma fühlte sich von einem starken Schwindelgefühl erfaßt, aber trotzdem legte sie ihre Hand auf Lucys Arm. »Es wird alles gut werden, Lucy«, sagte sie besänftigend.

Eine Träne rollte über Lucys Wange, und sie ließ das Kissen los. Emma entfernte es rasch von Macons Gesicht und schleuderte es fort. Ihr Schwager war purpurrot und starrte in hilflosem Entsetzen zur Zimmerdecke auf, aber Emma war nicht geneigt, ihn zu beruhigen.

Ihre ganze Sorge galt nun Lucy. Sie führte ihre Schwägerin zu einem Sessel und drückte sie sanft hinein.

»Das Baby, das Mary unter dem Herzen trug, war Stevens«, sagte Emma hölzern, denn zu einem anderen Schluß kam sie unter den gegebenen Umständen nicht. Sie fand es nur bemerkenswert, daß er sie in all dieser Zeit und trotz ihrer verzweifelten Liebe zu ihm belogen hatte.

Aber Lucy schüttelte den Kopf. Sie wirkte jetzt, wo sie das Verbrechen eingestanden hatte, auffallend normal. »Das hat sie nur behauptet, die kleine Schlampe. Das Baby war von Macon.«

»Es war ... *Dirks* ... Kind«, keuchte Macon plötzlich.

Emma starrte ihn an, und auch Lucy richtete ihren Blick auf ihren Mann.

Er versuchte sich aufzurichten, doch es gelang ihm nicht. Emma ging zu ihm, mit klopfendem Herzen und zutiefst erschüttert. Stevens Leben war gerettet, aber ihr Vertrauen zu ihm flackerte wie eine Kerze im Wind.

»Das Baby war ... Dirks«, flüsterte Macon noch einmal und schloß müde die Augen.

Emma drehte sich zu Lucy um, die leichenblaß geworden

war. Ihre dunklen Augen lagen tief eingesunken in ihrem schmalen Gesicht, und ihre zitternden Finger, die sie an den Mund gepreßt hielt, verrieten Emma, daß Macon die Wahrheit sprach.

Steven würde nicht sterben; Emmas ganzes Universum drehte sich nur um diesen einen Satz. *Steven würde nicht sterben.*

Sie kniete sich neben Lucys Sessel und nahm ihre Hand. »Möchtest du etwas von deiner Medizin?« fragte sie sanft, weil sie dieser Frau gegenüber keinen Groll verspürte, nur tiefstes Mitleid. Vielleicht wäre alles ganz anders für Lucy gekommen, wenn sie imstande gewesen wäre, ein Kind auszutragen oder wenn sie einen Mann geheiratet hätte, für den Mitleid und Verständnis keine Fremdworte waren.

Lucy schüttelte den Kopf, und ein zitterndes Lächeln erschien um ihren Mund. »Vielleicht wird Gott mir jetzt verzeihen«, sagte sie.

Emma spürte Tränen in ihren Augen. »Ich bin sicher, daß Gott dich die ganze Zeit verstanden hat«, meinte sie weich. Und dann weinte sie – aus Freude und aus Trauer um alles, was diese Frau und Steven erlitten hatten und um die arme Mary McCall, die viel zu früh gestorben war und aus den falschen Gründen.

Jubals Stimme unterbrach das Schweigen, das den Raum beherrschte.

»Miss Emma? Miss Lucy? Ist alles in Ordnung?«

Emma drehte sich langsam zu Jubal um. »Jemand soll in die Stadt fahren und Cyrus und den Sheriff holen. Sofort.«

Jubal schien sehr verängstigt; immer wieder glitt ihr Blick zu Macon, der mit geschlossenen Augen auf dem Rücken lag und kein Lebenszeichen von sich gab.

»Mr. Fairfax geht es gut«, versicherte Emma ihr ruhig. »Tun Sie bitte, was ich sage. Ich kümmere mich in der Zwischenzeit um Miss Lucy.«

Lucy begann sich in ihrem Schaukelstuhl zu wiegen, als Jubal fort war. »Mein Baby«, sagte sie. »Ich will mein Baby haben.«

Emma schaute sie verblüfft und mitfühlend an. »Dein Baby?«

Lucy stand auf, und auch Emma erhob sich. Nach einem

besorgten Blick auf Macon folgte sie ihrer Schwägerin, die mit entschiedenen Schritten aus dem Zimmer über den Korridor ging.

Vor einer Tür neben ihrer eigenen blieb sie stehen, zog einen Schlüssel aus der Tasche ihres schwarzen Rocks und steckte ihn ins Schloß. Als sie das Zimmer betrat, folgte Emma ihr.

Ein übelkeitserregender Schock traf Emma wie eine Faust in den Magen, als sie sah, daß es sich um ein komplett eingerichtetes Kinderzimmer handelte – mit einer Wiege, einem Schaukelstuhl und Spielzeug. Sanfte Worte murmelnd, ging Lucy auf die Kinderwiege zu und hob etwas heraus, das wie ein in eine Spitzendecke eingeschlagenes Kind aussah.

Der Toast und der Tee vom Morgen kamen Emma hoch, aber dann merkte sie, daß Lucy eine Puppe in den Armen hielt. »Siehst du?« sagte ihre Schwägerin und hielt das hübsch angezogene und sorgfältig gewickelte ›Baby‹ so, daß Emma es bewundern konnte. »Ist sie nicht wunderschön? Sie heißt Helen.«

Ein Schaudern erfaßte Emma, aber sie zwang sich zu einem schwachen Lächeln. »Ja«, erwiderte sie heiser. »Sie ist wunderschön.«

Das ›Baby‹ in den Armen und ein Kinderliedchen summend, ging Lucy auf den Korridor zurück und in das Zimmer, wo Macon lag. Er war jetzt wieder wach, und Emma empfand mehr Mitleid für ihn als je zuvor, obwohl ihr bewußt war, daß sie ihn trotz allem ihr Leben lang verachten würde.

Während Lucy sich setzte und ihre Puppe zu wiegen begann, goß Emma Wasser in ein Glas und hielt Macons Kopf, damit er trinken konnte. Er schluckte dankbar und ließ sich dann keuchend in die Kissen sinken.

Emma erinnerte sich jetzt an Nathaniels Bemerkung, daß Lucy ein Zimmer verschlossen hielt, und begriff jetzt auch, warum. »Wußtest du es?« fragte sie Macon und schaute ihm dabei in die Augen.

Er erwiderte den Blick hilflos, dann nickte er. Im gleichen Augenblick eilten Steven und Cyrus in Begleitung des Sheriffs in den Raum. »Ich wußte von der Puppe«, sagte Macon in schroffem, resigniertem Ton, während Lucy fortfuhr, ihr ›Kind‹

zu wiegen. »Aber ich dachte wirklich, Steven hätte Mary umgebracht – ich schwöre es.«

»Du hattest selbst kein Verhältnis mit ihr?«

Macon schloß die Augen, und Emma wußte plötzlich, daß er es versucht, Mary ihn jedoch abgewiesen hatte.

Emma wollte sich abwenden und zu Steven laufen, aber Macon ergriff ihre Hand und hielt sie mit letzter Kraft fest, die ihm noch zur Verfügung stand.

»Du ahnst ja nicht, wie es war, mit Lucy zu leben...« keuchte er.

Emma entzog ihm ihren Arm. »Nein«, erwiderte sie hart. »Aber ich habe eine recht gute Vorstellung davon, wie es sein muß, mit *dir* zu leben.«

Dann ging sie zu Steven und lehnte ihre Wange an seine Brust.

»Jubal sagte...« begann Cyrus, doch dann fiel sein Blick auf Lucy, die noch immer lächelnd ihr ›Baby‹ wiegte, und er verstummte.

»Es war Lucy, die Mary getötet hat«, sagte Emma leise. »Sie hatte erfahren, daß das Mädchen schwanger war und glaubte, das Baby sei von Macon.«

Stevens Augen spiegelten Entsetzen wider, als er Lucy ansah, aber es lag auch eine Spur von Hoffnung in seinem Blick, als er ihn auf Emma richtete. Anscheinend wurde ihm nun bewußt, daß er ein freier Mann war und den Rest seines Lebens mit Emma verbringen konnte.

Bald darauf erschien der Arzt, und Lucy wurde in ihr Zimmer gebracht und unter Beruhigungsmittel gesetzt. Ihre Puppe an ihrer Seite und ein zufriedenes Lächeln im Gesicht, schlief sie ein. Für sie waren alle Probleme gelöst, und sie befand sich endlich in Frieden mit sich selbst.

»Eine Zeitlang dachte ich, du hättest mich belogen«, gestand Emma Steven, als sie Hand in Hand mit ihm durch den mondbeleuchteten Garten schlenderte. »Ich dachte, du wärst der Vater von Mary McCalls Baby gewesen.«

Steven streichelte zärtlich ihr Gesicht. »Ich habe dir die ganze Wahrheit über mich und meine Vergangenheit gesagt«, versicherte er ihr. »Es wird keine häßlichen Überraschungen mehr geben. Nie mehr.«

Emma schlang ihre Arme um ihn und schmiegte sich an seine Schulter. »Was wird aus Lucy werden? Sie schicken sie doch hoffentlich nicht ins Gefängnis?«

»Ich weiß es nicht«, entgegnete Steven traurig.

Emma schaute zu ihm auf und küßte ihn aufs Kinn. »Wir werden all dieses Unglück wiedergutmachen«, schwor sie inbrünstig, »wir werden Fairhaven mit Lachen und mit Kindern erfüllen.«

Steven zog sie an sich. »Den Ereignissen des heutigen Morgens nach zu schließen, sieht es ganz so aus, als ob das erste schon unterwegs wäre«, meinte er schmunzelnd.

Emma nickte. »Wünscht du dir einen Jungen oder ein Mädchen?«

»Ich will ein Kind«, erwiderte er ernst. »Ob es ein Sohn oder eine Tochter ist, macht nicht den geringsten Unterschied für mich.«

»Ich hätte gern einen Jungen, und er müßte so aussehen wie du«, sagte Emma, glücklich über Stevens Nähe und die gemeinsame Zukunft, die sie erwartete.

»Kein Mädchen, das wir Lily oder Caroline nennen könnten?« erkundigte sich Steven, und da wurde Emma wieder von ihrer alten Trauer erfaßt. Zum ersten Mal in den letzten Tagen kam ihr zu Bewußtsein, daß sie noch keine Antwort auf das Telegramm erhalten hatte, das sie dem Anwalt ihrer Mutter nach Chicago geschickt hatte.

Trotz Stevens Freiheit und ihrer tiefen Zuneigung zu ihm war ihr Glück dennoch nicht vollständig.

25

Um neun Uhr am nächsten Morgen wurde Steven öffentlich von allen Anklagen freigesprochen, und die Zuschauer – die meisten von ihnen sehr enttäuscht – wurden aus dem Gerichtssaal verwiesen. Steven und Garrick Wright wechselten einen Händedruck, und dann wandte Steven sich zu Emma um, die direkt hinter ihm stand.

Er bot ihr den Arm und bedachte sie mit jenem draufgängerischen Lächeln, das sie zu Beginn ihrer Bekanntschaft so anziehend und gleichzeitig so alarmierend gefunden hatte. »Es ist vorbei«, sagte er nur.

»Nein, Mr. Fairfax«, antwortete Emma, während sie seinen Arm nahm und lächelnd zu ihm aufschaute. »Es hat gerade erst begonnen.«

»Was wird aus Lucy werden?« fragte Steven seinen Großvater später, als er, einen Cognacschwenker in der Hand, in Cyrus' Arbeitszimmer saß.

Cyrus warf einen Blick auf Dr. Mayfield, der mit verschränkten Armen am Kamin stand. »Ich glaube, das hängt davon ab, was Paul dazu sagt.«

Der Arzt räusperte sich. »Ein Gefängnis ist nicht der richtige Ort für Lucy, darüber sind wir uns alle einig. Sie wäre gar nicht in der Lage, ein Gerichtsverfahren durchzustehen. Wenn ich Richter Willoughby oder einen anderen Richter dazu bewegen kann, uns zuzustimmen, müßte es möglich sein, sie in einer Klinik außerhalb von San Francisco unterzubringen.«

»Ich stecke Lucy nicht in ein Irrenhaus«, widersprach Cyrus entschieden. »Lieber behalte ich sie hier und stelle eine ganze Armee von Pflegerinnen für sie ein!«

Dr. Mayfield schüttelte den Kopf. »Das Crawford Hospital ist kein Irrenhaus, Cyrus«, widersprach er seinem alten Freund energisch, »und eigentlich müßte ich gekränkt sein, daß du mir so etwas zutraust.« Er warf einen kurzen Blick auf Steven, dann wandte er seine Aufmerksamkeit wieder Cyrus zu. »Es wäre nicht gut für Lucy – und für euch alle – wenn sie hierbliebe. Sie braucht eine neue Umgebung.«

»Und was ist, wenn sie sich erholt?« wollte Steven wissen. »Würde ihr dann der Prozeß gemacht?«

Dr. Mayfield seufzte traurig. »Lucys Probleme gehen sehr tief. Wahrscheinlich wird sie für den Rest ihres Lebens in Crawford bleiben müssen.«

Steven und Cyrus wechselten einen Blick, als der Arzt sich verabschiedete und versprach, die nötigen Arrangements mit den Behörden und dem Krankenhaus zu treffen. Als er fort war, fragte Steven: »Hast du mit Macon darüber gesprochen?«

Cyrus schnaubte verächtlich, nahm sich eine Zigarre und biß das eine Ende zornig ab. »Was ihn betrifft, könnten wir sie auf ein Floß setzen und den Mississippi hinuntertreiben lassen«, murmelte er. Er zündete die Zigarre an, und bald erfüllte dichter Rauch das Zimmer. »Bei dieser Gelegenheit kann ich dir auch gleich sagen, daß er vorhat, Fairhaven für immer zu verlassen, sobald er sich erholt hat. Er sagte etwas von Europa.«

Steven nippte an seinem Brandy. Allmählich kehrte die Kraft in seine Knie zurück, und er überlegte mit einem verstohlenen Lächeln, was er tun könnte, damit sie von neuem weich wurden ... »Ich glaube nicht, daß er begeistert ist von der Idee, daß ich aktiv an der Leitung von Fairhaven teilnehmen werde.«

»Du wirst mehr tun müssen, als daran ›teilzunehmen‹«, informierte Cyrus ihn. »Ich bin zu alt und zu müde, um mich noch um die Geschäfte zu kümmern, und Nathaniel ist noch zu jung; er wird dir keine große Hilfe sein.«

Steven nahm sich eine von seines Großvaters Zigarren. Emma haßte den Geruch, den sie auf seinen Kleidern und in seinem Haar hinterließen, aber er wußte, wie er sie das vergessen lassen konnte. »Du wirst noch eine Weile durchhalten müssen«, sagte er zu seinem Großvater. »Ich habe noch etwas Wichtiges zu erledigen, und das könnte einige Zeit in Anspruch nehmen.«

»Emmas Schwestern?« wollte Cyrus wissen, dem nur sehr wenig entging.

Steven nickte. »Sie muß Lily und Caroline wiederfinden und sie von neuem kennenlernen.«

»Und in ihrer Nähe leben?« fragte Cyrus besorgt, weil er Angst hatte, seinen Erben so bald, nachdem er ihn wiedergefunden hatte, noch einmal zu verlieren.

»Emma betrachtet Fairhaven als ihr Zuhause«, beruhigte Steven ihn. »Sie möchte nur Kontakt zu ihren Schwestern halten, um herauszufinden, ob sie glücklich sind.«

Cyrus seufzte schwer. »Irgendwelche Spuren?«

»Nichts, was der Rede wert ist«, erwiderte Steven stirnrunzelnd. »Aber sie hat die Adresse in Chicago, wo ihre Mutter gelebt hat, und den Namen ihres Anwalts und Beraters.«

»Dann wirst du also mit ihr nach Chicago fahren?«

Steven nickte. »Mit etwas Glück erfahren wir dort, was wir wissen wollen.« Durch das große Fenster hinter Cyrus' Schreibtisch sah er Emma durch den Garten schlendern. Sie wirkte sehr abwesend und vor allem sehr allein.

Er stand auf, drückte seine Zigarre aus und entschuldigte sich. Er fand sie im Sommerhäuschen, wo sie sich vor nicht allzu langer Zeit geliebt hatten und wo sie vermutlich das Kind empfangen hatte, das unter ihrem Herzen wuchs. Sie saß auf einem der Betten, einen Brief in der Hand und einen hoffnungslosen, elenden Ausdruck auf ihrem schönen Gesicht.

»Was hast du?« fragte Steven und setzte sich neben sie.

Sie wandte den Kopf und schaute ihn mit tränenglitzernden Augen an. »Der Anwalt hat seine Praxis aufgegeben«, erzählte sie traurig, »und sein Nachfolger hat keine Aufzeichnungen über irgendwelche Verbindungen zu einer Kathleen Harrington gefunden.«

Steven drückte beruhigend ihre Hand. »Wir fahren bald nach Chicago, Emma. Wir werden mit den Nachbarn sprechen und . . .«

Sie schüttelte den Kopf. »Es hat alles keinen Sinn, Steven«, entgegnete sie bedrückt. »Ich werde nicht im ganzen Land herumreisen, wenn ich hier ein schönes Zuhause habe und einen Mann, der mich liebt.«

»Und Lily und Caroline?« beharrte Steven.

Emma biß sich auf die Unterlippe, dann antwortete sie leise: »Sie sind bestimmt glücklich und brauchen keine Schwester, die ihr Leben durcheinanderbringt – falls sie überhaupt noch am Leben sind.«

Steven maß sie mit einem strengen Blick. »Emma . . .«

Wieder schüttelte sie den Kopf. »Nein. Ich gebe auf.«

»Das sagst du nur, weil du schwanger bist und deine Gefühle sich ständig ändern. Wir sprechen noch einmal darüber, wenn das Kind geboren ist.«

Emma wischte mit dem Handrücken ihre Tränen ab. »Ich liebe dich«, flüsterte sie.

Steven lächelte, stand auf und wollte sie mit sich ziehen, doch sie wehrte sich, und er sah sie verwundert an. »Was . . .«

Ihre Lippen zitterten, aber kein Ton kam aus ihrer Kehle. Es waren ihre Augen, die ihm mitteilten, was sie wollte, und er war nur allzu gern bereit, ihr ihre Wünsche zu erfüllen.

Lucys Briefe waren wie die Botschaften eines heimwehkranken Kindes aus einem Internat. Sie hasse den Ozean, schrieb sie, den ständigen Nebel und die Sonne, die mittags viel zu heiß sei; sie wolle nach Hause zurückkehren, nach Fairhaven.

Macon runzelte ärgerlich die Stirn über ihre Briefe und sagte, sie solle zur Hölle fahren für all den Ärger, den sie verursacht habe. Nachdem er sechs Truhen mit Kleidern und anderem persönlichem Eigentum gepackt hatte, schiffte er sich am zehnten August nach Europa ein. Seiner Frau, die er nicht einmal mit einem kurzen Schreiben von seiner bevorstehenden Abreise informiert hatte, widmete er keinen Gedanken mehr.

Steven und Cyrus waren zu beschäftigt mit der Neuorganisation der Familiengeschäfte, um sich solch sentimentalen Aktivitäten wie Briefeschreiben zu widmen, und Nathaniel, der ein junges Mädchen aus St. Charles, einem Nachbarort, hofierte, war fast nie zu Hause anzutreffen. So blieb Emma die Erledigung der Korrespondenz mit Lucy überlassen, und sie tröstete sich damit, daß sie ihr auf diese Weise etwas von der Liebe abgeben konnte, die sie sonst vielleicht ihren Schwestern geschenkt hätte.

Sie schrieb lange, ausführliche Berichte über das Leben in Fairhaven, wobei sie natürlich Macons mitleidloses Verhalten und die Tatsache, daß sie ein Baby erwartete, ausließ. Sie erzählte in ihren Briefen von Cyrus und Steven und Nathaniel, den Dienstboten und den Nachbarn, schrieb ganze Gedichte für Lucy ab und vereinzelt sogar Bibelverse, von denen sie annahm, daß sie ihre Schwägerin ermutigen könnten.

Im November, als die Schwangerschaft Emma schon deutlich anzusehen war und Steven geschäftlich in San Francisco zu tun hatte, begleitete sie ihn und besuchte Lucy in der Klinik.

Das Crawford Hospital war ein hübscher, ruhiger Ort direkt am Meer, und Emma fand Lucy in einem Pavillon mit Ausblick auf den Strand, wo sie vor einem Piano saß und ihre Hände eifrig über die Tasten gleiten ließ. Ihr Spiel war so schön, daß Emma stehenblieb und in einer Mischung von Andacht und Schmerz zuhörte. Sie freute sich, Lucy zu sehen, aber sie befürchtete auch, daß ihre Schwangerschaft Lucy mit neuer Bitterkeit erfüllen könnte. Denn Emma war bewußt, daß Lucys unerfüllt gebliebener Wunsch nach einem Kind – wenigstens zum Teil – Auslöser ihrer Krankheit gewesen war.

»Lucy?«

Die zierliche Frau am Piano versteifte sich, dann drehte sie sich mit fast kindlicher Neugier um. Sie trug eine elfenbeinfarbene Bluse und einen Satinrock aus hellem Blau, und als sie Emma erkannte, weiteten ihre Augen sich vor Freude. »Emma!« rief sie, stand auf und ergriff beide Hände ihrer Schwägerin.

Die beiden Frauen umarmten sich – ein bißchen ungeschickt, weil Emmas umfangreicher Bauch sie dabei behinderte.

Lucy schaute erstaunt an ihr herab. »O Emma«, flüsterte sie dann. »Wann wird es sein?«

»Im Januar, meinte der Arzt«, erwiderte Emma leise.

Ein strahlendes Lächeln glitt über Lucys Gesicht, obwohl ihre Augen sich mit Tränen füllten. »Das ist ja wunderbar!« sagte sie und zog Emma von neuem an sich.

»Ich habe dir Bücher mitgebracht und einige neue Klavierstücke, und Jubal hat extra für dich einen Kuchen mit Pecannüssen gebacken«, sagte Emma. »Es wartet alles in deinem Zimmer auf dich.«

»Wo ist Steven?« fragte Lucy und schaute sich suchend um.

»In der Stadt, aber er hat versprochen, uns beide heute abend zum Dinner auszuführen. Falls du es möchtest, natürlich nur.«

Sie betraten die kleine Suite, die Lucy bewohnte, und sie öffnete sofort den Karton mit Jubals Kuchen, um ein Stück davon zu essen. »Möchtest du auch eins?« bot sie Emma an, die jedoch mit gespieltem Entsetzen ablehnte.

»Ich bin schon dick genug!« protestierte sie lächelnd.

»Wie geht es Macon?« erkundigte Lucy sich mit solchem Eifer, als hätte sie sich ihr Leben lang bestens mit ihrem Mann verstanden.

»Gut«, erwiderte Emma knapp. »Er ist wie immer sehr beschäftigt.«

Gegen vier Uhr holte Steven die beiden Frauen ab, und sie fuhren in einer eleganten Kutsche in die Stadt. Lucy plauderte angeregt den ganzen Weg und auch während des Essens, und erst als sie zum Krankenhaus zurückkehrten, nahm sie Stevens Hand und sagte flehend: »Bitte, Steven – darf ich wieder nach Hause kommen?«

Emma sah die Güte in seinem Blick, als er Lucys Wange sanft berührte und leise erwiderte: »Noch immer nicht, Liebes. Du bist noch nicht bereit für Fairhaven. Aber wir besuchen dich so oft wie möglich, das verspreche ich dir.«

Das schien Lucy sofort zu trösten, und Emma kam plötzlich der Gedanke, daß Macons zarte kleine Frau innerhalb weniger Stunden vergessen haben würde, daß sie überhaupt bei ihr gewesen waren. »Es tut mir leid«, sagte Lucy, als Steven und Emma sich verabschiedeten. »Ich weiß, wie sehr ihr durch mein Verhalten gelitten habt.«

Steven küßte Lucy auf die Stirn. »All das ist jetzt vorbei«, versicherte er ihr. »Denk nicht mehr daran. Du mußt jetzt deine ganze Energie darauf konzentrieren, gesund zu werden.«

Lucy nickte, vielleicht, weil ihr insgeheim bewußt war, wie hoffnungslos ihre Lage war, und in ihren dunklen Augen standen Tränen, als ihre Besucher schließlich gingen und sie allein im Pavillon bei dem Piano zurückließen.

Das Baby suchte sich eine regnerische Januarnacht aus, um seinen ersten Blick in diese Welt zu tun.

Emma schreckte Steven recht unsanft aus dem Schlaf, indem sie den Rücken krümmte und vor Schmerz und Entsetzen unwillkürlich schrie. Steven richtete sich verschlafen auf und murmelte, er sei bereit, fünftausend Dollar für das gewünschte Land zu zahlen, und keinen Cent mehr.

Trotz ihrer Schmerzen mußte Emma über sein zusammenhangloses Gerede lachen. »Die Wehen haben eingesetzt, Mr. Fairfax«, informierte sie ihn, als ihr Bauch sich unter dem Nachthemd zusammenkrampfte und ihr Gesicht sich verzerrte. »Du solltest den Arzt holen, und zwar schnell.«

Steven, der auf einmal hellwach war, sprang aus dem Bett und rief Cyrus und Nathaniel.

Beide erschienen in langen Flanellhemden, bei deren Anblick Emma unter anderen Umständen in schallendes Lachen ausgebrochen wäre. Steven erinnerte sich, daß er splitternackt war, als er schon Nathaniel zu Dr. Mayfield geschickt hatte und Cyrus in die Dienstbotenunterkünfte, damit er Jubal holte. Und dann war es ihm auch egal.

Er streifte sich über, was er gerade fand, und kämpfte mit

den Hemdsärmeln, die heute ungewöhnlich widerspenstig waren.

Emmas amüsiertes Kichern verwandelte sich sehr schnell in lautes Stöhnen, ihr Bauch hob sich, und dann spürte sie einen Strom von Wasser zwischen ihren Beinen.

»Kann das so schnell gehen?« fragte sie Steven, bevor sie sich unter einer neuen Wehe krümmte.

»Woher soll ich das wissen?« entgegnete er nervös und stolperte in der Dunkelheit umher, bis er mit dem Schienbein an einen Bettpfosten stieß. Er stieß einen anhaltenden Fluch aus und brüllte: »Wo zum Teufel bleibt der Arzt?«

»Er wohnt fünf Meilen entfernt«, gab Emma nüchtern zu bedenken. »Beruhige dich, Steven. Eine Geburt ist etwas ganz Natürliches . . .«

In diesem Moment wurde sie von einer neuen Kontraktion erfaßt und stieß einen Schrei aus.

Jubal kam mit einer Laterne und scheuchte Steven mit einer ungeduldigen Handbewegung beiseite. »Holen Sie mir frische Laken, Mr. Steven«, befahl sie. »Jetzt sofort.«

Während Steven hinauslief und Emma dachte, daß er bestimmt keine Ahnung hatte, wo die Wäscheschränke waren, zündete Jubal alle Lampen im Zimmer an und warf einen prüfenden Blick unter Emmas Nachthemd.

Die schwarze Frau pfiff leise durch die Zähne. »Na, der hier scheint es eilig zu haben, das Licht der Welt zu erblicken«, sagte sie, kurz bevor ein anderes Dienstmädchen mit einer Schüssel heißem Wasser hereinkam.

Jubal schrubbte sich die Hände und die Arme und half Emma dann aus dem Bett in einen nahen Sessel. Während Jubal auf Steven wartete, zog die andere Frau das Bettzeug ab und breitete mehrere alte Decken über der Matratze aus.

Als Steven endlich mit den Laken erschien, wurde das Bett frisch bezogen und Steven barsch aufgefordert, gefälligst nicht im Weg zu stehen.

Jubal half Emma, sich wieder auf das Bett zu legen und trat hinter sie. »Drücken Sie ganz fest meine Hand«, forderte sie Emma auf, die inzwischen vor Schmerzen stöhnte. »Und schreien Sie, soviel Sie wollen, das erleichtert.«

»Ich habe noch nie so schnell ein Kind kommen sehen«, bemerkte Ester, die normalerweise für die Küche zuständig war.

»O Gott«, stöhnte Steven und schritt unruhig im Zimmer auf und ab.

Emma fühlte eine neue Wehe kommen und umklammerte Jubals Hand, entschlossen, nicht von neuem aufzuschreien.

»Sie wird reißen«, warnte Ester.

In diesem Augenblick ertönte ein Aufprall, und Emma nahm an, daß Steven ohnmächtig geworden war. Aber sie hatte weder die Zeit noch das Verlangen, sich zu vergewissern, ob es tatsächlich so war.

Danach nahm Emma alles nur noch verschwommen wahr. Sehr wenig blieb ihr im Gedächtnis haften, außer dem Schmerz, der sie innerlich zerriß und dann – endlich! – die Erleichterung und das wütende Geschrei eines Säuglings.

»Mein Baby«, flüsterte sie erschöpft.

»Mein Baby ist da.«

»Es ist ein gesundes kleines Mädchen«, sagte Dr. Mayfield. Wann war er gekommen?

Aber Emma beschloß, daß das nicht wichtig war, und lächelte nur müde.

»Steven?«

»Er fühlt sich nicht wohl«, erklärte der Arzt. »Er brach zusammen, als ich Sie schneiden mußte.«

Emma lachte. Steven, der Rebell mit seinem gefürchteten 45er Colt! Nie würde sie ihn vergessen lassen, was ihm bei der Geburt seines ersten Kindes passiert war. »Laßt mich meine Tochter sehen«, bat sie.

Das Baby wurde auf Emmas Bauch gelegt. Der winzige Körper war mit Blut und einer puderähnlichen Schicht bedeckt, es schwenkte wild seine Arme und seine Beine, und aus seiner Kehle drangen wütende, empörte Schreie.

»Keine Angst«, sagte Emma zärtlich und zupfte an einem winzigen Zeh. »Dein Daddy wird dich mit seiner 45er beschützen.«

»Sehr witzig«, erklang eine matte Stimme neben ihr, und ein sehr blasser Steven setzte sich neben Emma auf das Bett. »Wie heißt sie?« fragte er mit einem Blick auf seine kleine Tochter. »Lily oder Caroline?«

»Beides«, antwortete Emma, und fünf Tage später fand Lily Caroline Fairfax' Taufe statt, gefolgt von einer großen Party, die ihre stolzen Eltern zu ihren Ehren veranstalteten.

Als der Januar in den Februar überging, dachte Emma unablässig an ihre Schwestern. Am vierzehnten kam ein Brief von Big John Lenahan, bei dem ein kleiner blauer Umschlag lag, der an Marshal Woodridge adressiert war. Big John schrieb, Manuela habe den Brief im Zimmer seiner Tochter gefunden, und er entschuldigte sich für Joellens Verhalten und meinte, er hätte den Brief schon viel eher geschickt, wenn Manuela ihn nicht erst vor wenigen Tagen gefunden hätte. Es folgten herzliche Grüße, auch von Chloe, und Big John verabschiedete sich mit den besten Wünschen für die ganze Familie.

Mit wild klopfendem Herzen und bebenden Händen riß Emma den blauen Umschlag auf. Sie saß in der großen Suite, die einst Lucy und Macon bewohnt hatten und die jetzt ihr und Steven gehörte.

Ihre Tochter schlief friedlich in einer Wiege neben dem breiten Bett.

Sie zog das einzelne Blatt heraus und faltete es auseinander. *»Lieber Marshal«*, begann der Brief, der in einer Handschrift verfaßt war, die Emma schon als Lilys erkannte, bevor sie noch die Unterschrift gesehen hatte. Der Brief handelte von Lilys verzweifelter Suche nach ihren verlorenen Schwestern, Miss Emma und Miss Caroline Chalmers.

Tränen tropften von Emmas Wangen auf das Papier, als sie es zärtlich küßte und dann auf ihren Schoß sinken ließ. Lily. Sie hatte in Spokane gelebt, als sie den Brief schrieb – in Spokane! Auch Emma war dort gewesen, in derselben Stadt, und nicht einen Augenblick auf den Gedanken gekommen, ihre Schwester könnte sich in ihrer Nähe aufhalten.

Eine Stunde später, als Steven zurückkam, stillte Emma ihr Kind und las den Brief zum mindestens zwanzigsten Mal.

»Lily«, sagte sie und hielt das Blatt in die Höhe, damit Steven wußte, daß sie von ihrer Schwester und nicht von ihrer kleinen Tochter sprach.

»Ich habe sie gefunden, Steve. Sie lebt – oder lebte – in Spokane. In ihrem Brief erwähnte sie einen Mann namens Rupert Sommers.«

Mit einem zärtlichen Lächeln küßte Steven Emmas Mund, die weiche Wölbung ihrer vollen Brust und das seidenweiche Haar auf dem Köpfchen seiner Tochter. »Ich gebe sofort ein Telegramm auf«, sagte er und ging wieder hinaus. Als das Baby gestillt war und zufrieden schlief, begann Emma eine ziellose Wanderung durch den Raum, bis sie durch die Fenster ihren Mann zurückkommen sah. Aber an seiner Schulterhaltung war zu erkennen, daß er keine Neuigkeiten hatte.

»Wir müssen abwarten, bis eine Antwort kommt, Emma«, sagte er und zog sie tröstend in die Arme.

»Ich kann das Warten nicht mehr ertragen«, flüsterte sie, aber Steven setzte sich in den Sessel, in dem sie die kleine Lily gestillt hatte, und zog Emma auf seinen Schoß.

»Ich auch nicht«, antwortete er, während er behutsam das Mieder öffnete, das sie gerade erst zugeknöpft hatte. »Meinst du, es wäre schon möglich?«

Emma lachte, denn selbst in ihrem qualvollsten Momenten fand sie Trost in Stevens leidenschaftlichen Umarmungen. »Ja, es ist möglich«, erwiderte sie und schloß aufstöhnend die Augen, als er ihre Brustspitze in den Mund nahm und genauso hungrig daran saugte wie eben noch seine kleine Tochter.

Die ersten Tage in Chicago waren für Emma sowohl erschöpfend wie auch enttäuschend. Die Gegend, in der sie mit Kathleen und ihren Schwestern gelebt hatte, war nicht wiederzuerkennen, die alten Häuser waren durch neue ersetzt worden, und alle Versuche, den Anwalt ihrer Mutter ausfindig zu machen, schlugen fehl.

Emma gewöhnte sich an, zu Kathleens prächtigem Haus zu gehen, das jetzt verschlossen war, und an der Tür zu klingeln. Obwohl nie jemand aufmachte, blieb Emma beharrlich. Gemeinsam mit Steven befragte sie auch die Nachbarn, aber entweder antworteten sie überhaupt nicht auf ihr Klingeln, oder sie behaupteten, Kathleen nie gekannt zu haben.

Eines Tages, als Steven zu einer Besprechung mit einigen Geschäftsfreunden gegangen war, ließ Emma Lily bei ihrem schottischen Kindermädchen zurück und nahm eine Kutsche zu Kathleens Haus. Sie hätte weder erklären können, warum sie dieses dringende Bedürfnis hatte, dort hinzufahren, noch wäre sie imstande gewesen, diesem Bedürfnis zu widerstehen.

Als sie das Haus erreichte, klingelte sie, und diesmal öffnete eine Putzfrau in einem schäbigen Kattunkleid. »Ja?«

»Mein Name ist Emma Fairfax«, sagte Emma rasch, überwältigt von der Tatsache, endlich jemand angetroffen zu haben. »Kathleen Harrington war meine Mutter.«

Die kleine Frau mit dem strengen Knoten nickte, musterte prüfend Emmas Gesicht und ihre jetzt wieder schlanke Gestalt. »Die Rothaarige«, sagte sie. »Na ja, kommen Sie ruhig herein«, fügte sie nach kurzem Zögern hinzu. »Viel gibt es nicht zu sehen. Mr. Harringtons Verwandten kamen und haben fast alles abgeholt. Aber Sie können sich gern umschauen.«

Emma trat über die Schwelle. »Können Sie mir etwas über Mrs. Harrington sagen?« fragte sie hoffnungsvoll. »Hat sie irgendwelche Briefe oder Papiere hinterlassen?«

»Wie ich schon sagte«, erwiderte das Hausmädchen, »die Harringtons haben fast alles abgeholt, mit Ausnahme des Pianos. Ich kann Ihnen nichts über Ihre Mutter sagen – außer vielleicht, daß sie Sie unbedingt wiederfinden und Sie für alles entschädigen wollte.«

Emma ging in den Salon und setzte sich an das Piano; ihre Augen brannten vor ungeweinten Tränen. Sie ließ ihre Finger über die Tasten gleiten, unsicher zunächst, dann immer zuversichtlicher, als sich die Noten eines vertrauten Lieds in ihr Bewußtsein drängten. Und dann begann sie zu singen:

Three flowers bloomed in the meadow,
Heads bent in sweet repose,
The daisy, the lily and the rose ...

Kaum waren die Worte verhallt, als ein kalter Luftzug in den Raum drang und Emma eine Bewegung spürte – oder ein Geräusch – und ihr Herzschlag auszusetzen schien.

Sie schaute auf und sah eine wunderschöne Frau mit blondem Haar und großen braunen Augen in der Salontür stehen, eine Frau, die sie anblickte, als traute sie ihren Augen nicht.

Emmas Hände erstarrten auf den Tasten. »Lily!« flüsterte sie.

ENDE

Die wilden Delaneys
Die wilden Jahre der Delaneys
DER STOLZE FALKE
Roman von Kay Hooper
BASTEI LÜBBE
Die wilden Jahre der Delaneys
DER GLANZ DES GOLDES
Roman von Kay Hooper
BASTEI LÜBBE
Die wilden Jahre der Delaneys,
SILVER, DAS HALBBLUT
Roman von Iris Johansen
Die wilden Jahre der Delaneys
BASTEI LÜBBE
Die wilden Jahre der Delaneys
FLAMMEN DER LEIDENSCHAFT
BASTEI LÜBBE
Die wilden Jahre der Delaneys
GEZÄHMTES HERZ
Fayrene Preston • Roman
BASTEI LÜBBE